文春文庫

罪人たちの暗号

下

カミラ・レックバリ
ヘンリック・フェキセウス
富山クラーソン陽子訳

文藝春秋

罪人たちの暗号　下

主な登場人物

ヴィンセント・ヴァルデル……メンタリスト
ミーナ・ダビリ………………ストックホルム警察本部特捜班の刑事
ユーリア・ハンマシュテン……同特捜班班長　息子ハリーが生まれたばかり
クリステル・ベンクトソン……同班の刑事　最古参
ルーベン・ヘーク………………同右　好色漢
ペーデル・イェンセン…………同右　三つ子の父
ミルダ・ヨット…………………法医学委員会所属の監察医
ナタリー…………………………ミーナの娘
オッシアン・ヴァルテション……誘拐された男の子　五歳
リッリ……………………………誘拐殺人の被害者
マウロ・マイヤー………………リッリの父
イェンニ・ホルムグレーン……リッリの母

ノーヴァ……………………………自己啓発団体〈エピキューラ〉の指導者
本名イェシカ・ヴェンハーゲン
ヨン・ヴェンハーゲン……………ノーヴァの父　故人
マリア……………………………ヴィンセントの妻
ベンヤミン………………………ヴィンセントの長男　二十一歳
レベッカ…………………………ヴィンセントの長女　十七歳
アストン…………………………ヴィンセントとマリアの息子　十歳
アネット…………………………ペーデルの妻
トルケル…………………………ユーリアの夫
アストリッド……………………ルーベンの祖母
ラッセ……………………………レストランの給仕長

ストックホルム市街

Vasastaden
Stadion
Värtahamnen
エストラ・レアルス高校
ノルマルム地区
ストゥーレプラーン
エステルマルム地区
Karlaplan
Ladugårdsgärdet
クングスホルメン
Kronobergs-
parken
Brunkebergstorg
王立公園
Blekholmstorget
ユールゴーシュブルンス湾
Stadshuset
Skansen
Djurgården
Mälaren
シェップスホルメン島
旧市街
(ガムラ・スターン)
Riddarfjärden
ロングホルメン・ホテル(元刑務所)
ロングホルメン島
Kastellholmen
ベックホルメン島
Slussplan
Södermalmstorg
レイメシュホルメ島
Mariatorget
セーデルマルム地区
Tjärhovsplan
ファーナブシュ公園
Medborgarplatsen
Tantolunden
holmen
Nytorget
Åsötorget
Danvikskllippan
Färgarplan
Årstadal
Färgargårdstorget
Årsta holmar
ハンマルビー・
シェースタード

第三週（承前）

部屋の暑さで、空気が揺れていた。昼間は最悪だ。ミーナは戸口で、本当に自分はこの部屋でみんなと一緒にいたいのだろうか、と思っていた。ヴィンセントがいなければ、中に入らなくても済む言い訳を見つけているところだ。

クリステルが手にしている電池式扇風機から、スズメバチのようなブーンという音がしていた。彼の前には、購入したばかりのミニ扇風機が十台ほど入った袋が置いてあった。すぐに壊れるので絶えず補給する必要はあるものの、扇風機は実際役に立った。クリステルはそれを一台、部屋の熱を受けて苦悶の表情を浮かべたヴィンセントに渡した。

ルーベンの水色のシャツの脇の下には特大の汗の染みがあり、ユーリアまで暑さに参っているようだった。

「ヴィリアムくんの件では、皆さん迅速に対処してくれたことにお礼を言います」ユーリアは言って、ルーベンとアーダムに視線を向けた。「ところで、ハル刑務所のヨルゲン・カールソンですが、昨日一番に面会できたのはツイていました。カールソンは直後に、不慮の事故に遭ったそうです。ひどい転倒をして、二針縫ったとか。わたしには何のことか分かりませんが、刑務所側は、家族を虐待した受刑者が服役中にバランス感覚に障害を起こすことはよくあるのだと説明していました。それについて何か思い当たることがあれば教えてください」

ユーリアは無言で、ルーベンとアーダムを探るように見た。ルーベンは咳き込むような音を立て、アーダムは天井に視線を向けた。

今がチャンスだ、とミーナは思った。ミーナとヴィンセントにとって。でも、どう切り出すのがいいか。

「別件なのですが、わたしたちからちょっとご提案が」どうにかそう言って、ヴィンセントをちらりと見た。「わたしたち……というのは、わたしとヴィンセントのことです。マウロへの疑いが濃厚なのはわたしも分かっています。これから申し上げることが状況証拠にすぎないことも承知しています。ヴィンセントがわたしに指摘したところでは、現実に存在するパターンを見つけることと、希望的観測から勝手にパターンを作り上げてしまうこととの間のバランスを取らなくてはなりません。しかしながらわたしたちは、これから申し上げることが単なる偶然の一致である可能性は――もちろんその可能性はあるにせよ――高くないと考えています」

「『わたしたち』って言ってるが」ルーベンが言った。「要するにヴィンセントだろ？　そうとしか聞こえないし、そもそも何の話をしてるのか説明してもらえないか？」

「つまりわたしたちは、三つの事件に共通するパターンを見つけたのです」ミーナは言った。

「数でいえばヴィンセントのほうが多く発見したんですが。ヴィンセント？」

「はい、さて」メンタリストは咳払いをした。「聞いたところでは、特捜班はノーヴァを招いて、彼女は問題の殺人事件に儀式的な要素が見られると指摘したそうですね。すなわち、誘拐から遺体発見までの三日間という時間間隔と、誘拐の実行犯が毎回異なっていたという点から、これは一人の連続殺人犯による犯行ではなく、ある種の集団によるものと考えられる、というのが彼女の説でした。何らかの形で組織化された集団ということですね。そして、三人の被害者に共通するパターンがあります」

「三人?」ルーベンが言った。「二人だ。ヴィリアムを殺したのがだれなのか分からないとしても、ヴィリアムはそのパターンとやらにまだ関係ないでしょう。それに、オッシアンとリッリを殺したのは十中八九マウロだろうが、やつはヴィリアムと何の関係もない」

「だとしたら、今からわたしが話すことは、マウロには不利になるかもしれません」ヴィンセントが言った。「あるいは、まったく違う方向を示すことになるかもしれない。ミーナが言ったように、これは状況証拠にすぎません。ですが、状況証拠が多くなればなるほど、三件はつながっているという確信は強くなる。それに、わたしとミーナは、オッシアンくんとリッリちゃんを、場合によってはヴィリアムくんも結びつけるものも発見しています。オッシアンくんとリッリちゃんの所持品の写真を見たときに、わたしたちはそれに気づいていましたが、水曜日にヴィリアムくんの遺体発見現場の乾ドックでもそれを発見するまでは確信がなかったんです。ペーデルも、わたしたちがあそこにいたときにそれを見ています。以上より、わたしたちは何かを見つけたと確信しました」

「分かったよ、だからそれは何なんだ?」ルーベンが言った。「くどい説明はもういいから」

「馬です」

全員が、ひな鳥のように口をあんぐりと開けた。それからルーベンが爆笑し、忍び笑いを堪えようとしているペーデルの髭が揺れた。ミーナは小さくため息を漏らした。もう少し説得力のある言い方もできただろうに。とはいえ、彼を簡単に非難できなかった――彼女もまた、この説を信じていいのか自信がなかった。

「本物の馬ではありません」ヴィンセントは咳払いをした。「リッリちゃんのポケットにはしおりが入っていた。恐らく、だれかが入れたものでしょう。それにはアラブ種のサラブレッドが描かれていた。オッシアンくんのそばにあったのは〈マイリトルポニー〉のイラスト入りリュックサックで、これは彼のものではありません。そして、ヴィリアムくんが発見された場所には、『hippo』という文字がありました。これはギリシャ語で『馬』を意味します。偶然にしてはあまりに奇妙です」

「じゃあ、この子たちは馬、そう言いたいわけですか？」ルーベンが笑った。

「あるいは、馬グッズが好きでたまらない人間を追えばいいんじゃないですか？」ペーデルが言った。

「ってことは」クリステルが含み笑いをした。「この殺人犯を見つけるには、町中の十歳の女の子を一人残さず取り調べればいいってことか」

ルーベンが突然、笑うのをやめた。

「ひとまとめにしてものを言うもんじゃない」彼は吐き捨てるように言った。「十歳の少女がみんな馬好きってわけじゃないし」

クリステルはびっくりしてルーベンに顔を向けた。手にしている扇風機がとまっているのにも気づかなかった。ルーベンが何を言っているのかミーナには理解できなかった。最近の彼はひどくおかしい。

「そういう単純な話ではありません」ヴィンセントはペンを手にして、ホワイトボードに書き始めた。「ノーヴァの推測したとおり儀式的な要素が正しいとしたら、誘拐犯たちにとって馬が重要なシンボルである可能性があります。鉄器時代から、馬を崇拝するカルトは存在しました。馬は王や戦士といった、神聖な存在とみなされていたのです。馬の崇拝は、有名な神話にも見ることができます。ギリシャ神話の神ポセイドンは最初の馬を創ったと言われていますし、北欧神話に登場するロキは雌馬に化けて『馬のうち最高のもの』と言われるスレイプニルを子として儲けました。でも、どうなのでしょう。なんだか……」

ヴィンセントは黙りこみ、正面を見つめた。ミーナは彼の視線をたどった。壁にある、完璧な正方形に収められたストックホルム中心街の地図を見て、熟考しているようだった。ようやく、彼はわれに返った。

「今日でも馬の崇拝は存在します」彼は言った。「例えば、南アジア。驚くべきことではありません。馬は世界中で平和の普遍的なシンボルになっていますからね」

彼は一息ついて、額に少ししわを寄せ、再び地図を見つめた。いつものヴィンセントではなかった。ミーナは手助けしたかった。でも、何かおかしかった。

「じゃあ……おたくとノーヴァの意見に従うとしたら、われわれは、小さな子供たちを殺害し、馬と水が大好き教団を追うべきだと」ルーベンは皮肉たっぷりに言った。「なるほど、マウロ・マイヤーよりも確実な線ですね。アルミ箔のお徳用パックを買ってきましょうか、ヴィンセント？　あれで強化した帽子でオツムを守らなきゃいけないんじゃ？　勘弁してくださいよ。コーヒーを飲みたいとかミーナに会いたいとかなら、そう言ってくれるだけでよかったのに。

わざわざ、こんなパフォーマンスしなくても……」

ミーナは、頬が赤らむのを感じた。でも、ルーベンにそうやすやすと動揺させられるのは癪だった。彼女が顔を上げると、アーダムが観察するように見つめていた。そのせいで、彼女はますます頬を赤らめた。

「いいえ」どこかうわの空でヴィンセントは言った。「そういうことをするつもりはなくて、ただ……」

彼はまた口をつぐみ、ストックホルムの地図のそばまで行き、十字を描くように地図の上を人差し指でなぞった。

「珍しく正しいことを言うじゃないか」ルーベンが言った。「そういうことをするつもりはない。こっちがするのはマウロ・マイヤーの線を追うこと。自分の娘を殺したと前妻に告発され、今度はオッシアン殺害に関与した容疑をかけられている男。ヴィリアム事件は何の関係もない。おたくの妄想だ」

「ミーナ、どうして、このことをもっと早く話してくれなかったの？」ユーリアが言った。「あなたたちが乾ドックに行ったのは先週の水曜日で、今日は火曜日。この情報が重要だとは思わなかったの？」

「重要だとは思いました。でも、今のような反応が返ってくるだろうと思ったんです」ミーナは言った。「だから、ミルダにヴィリアムくんの解剖のときの話を聞いて何か情報が得られるまで待つことにしたんです。手掛かりがもうひとつあります。オッシアンくんとリッリちゃんとヴィリアムくんの喉から同じタイプの羊毛繊維が見つかり、肺には同じようなあざがありました。繊維の出所やあざが生じた過程は不明です。ですが、これらを総合的にみると、三件の事件が無関係だと解釈するには偶然が多過ぎるような気がします」

室内が静まり返った。

「何てこった」ルーベンが言った。「結局、ヴィリアムもマウロの犠牲者かもしれないってわけか。あいつは連続殺人犯だと」

「『ポーンの心理学』」地図のそばに立つヴィンセントが呟いた。「ちょっと待って」

彼はホワイトボードに戻って、ペンを一本と長い定規を手に取った。それから、地図が掛っている壁に向けて椅子を置き、その上に立った。定規とペンを使って、街の地図の上に端から端まで垂直線を素早く七本引いた。それから水平に七本。

「その地図に何かご不満でも？」ルーベンが言った。

ヴィンセントは答える代わりに椅子から下りて、自分が描いた格子を検分すべく、後ろにさがった。

ヴィンセントが熱中症になってしまったのでは、とミーナは案じた。もしそうだったなら、彼女は今後十年にわたって、この大失態の話を聞かされることになる。それも毎日。ヴィンセントは完全に理性を失ってしまったようだ。

「ヴィンセント、どういうことか説明を」ユーリアが言った。ヴィンセントは向きを変え、当惑した目でみんなを見た。この部屋にいるのが自分一人ではないことを忘れていたかのように。

「ある……友人が言うには、馬はゲームの駒なのだそうです。カルト教団のメンバーを思わせます。それで、馬が出てくるゲームにはどんなものがあるだろうかと考えていたんです」

ルーベンはため息をつき、やれやれとばかりに両腕を広げた。

「チェス」突然興味を惹かれたか、クリステルが言った。「それに、ハーネスレース（一頭立ての二輪馬車レース）だ。後者は金がかかり、前者は屈辱的」

そこでミーナは、ヴィンセントが何をやっていたのか分かった。ストックホルム中心街を、縦横八列のマスになるよう区切ったのだ。チェス盤のように。彼の描いた格子の枠の中に、街の中心街がすっぽりはまっている。

「三人の子供たちは駒なんじゃないかと思ったんです」ヴィンセントはそう言ってから、下から上に向けて、列に素早く1から8まで番号を付けた。それから、縦列の下にそれぞれ、a、b、c、d、e、f、g、hと書いた。

「ポーンやルークといった他の駒がないのはどうしてだ?」クリステルが言った。「馬、つまりナイトだけでチェスをする人間はいないだろ」

「通常はそうです。ですが……」

ヴィンセントは地図に近づいて、リッリが発見された場所を見つけ出した。一番下の右の端で、マスの番号はh1。彼はそのマスの中にリッリと書いた。それから、下から三番目で左から七番目のベックホルメンを含むマスg3にヴィリアムと書き込んだ。そして、最後にシェップスホルメンのあるマスにオッシアンと書いた。マス番号はf4、地図上では、左から六番目で、下から四番目。

「昔からよく知られているチェスの問題で、今日《こんにち》『騎士の巡歴《ナイト・ツアー》』と呼ばれているものがあります」彼は言った。「かつての名称のひとつはサンスクリット語の『Turagapadabandha』。直訳すると『馬の歩みで形成される順序』です」

ミーナは、さりげなく口に手を当てて咳をした。ヴィンセントが問うような目を向けると、彼女はかすかに頭を左右に振った。みんながやっと彼の言葉に耳を傾けだしたときに、長話で彼らの注意力を失わせるのはまずい。

「馬との関連を明確にしたかっただけで」彼はみんなに詫びるような視線を送った。「でも、ひょっとすると皆さんは……ともかく、この問題は、馬――つまりナイト――の駒を移動させて、チェス盤上のすべてのマスを一回通過させよというものです。ただし、一度通過したマス目をもう一度通ってはいけません。さて、リッリちゃんが発見された場所をスタート地点とすると、一番下の列の右端からということになります。ナイトの移動に関するチェスのルールに従うと、ナイト――馬――が移動できるマスは二つだけ」

彼は問題の二つのマスを、ペンで軽く叩いた。

「ご覧のように、移動できるマス目のひとつはg3、ヴィリアムくんが半年後に発見された場所です。ここから移動できる先は五つあります」

五つの移動可能なマスに点で印を付けた。

「でも、その五箇所の中に、オッシアンくんの発見場所はありません」アーダムが言った。

「そのとおり。でも、分かりますよね？」

メンタリストは意味ありげに、頭で地図を指した。数秒待ったが何の反応も返ってこなかったので、彼はため息をつきながら、マスe2に付けた点を指した。そのマスの中にファートブシュ公園がある。

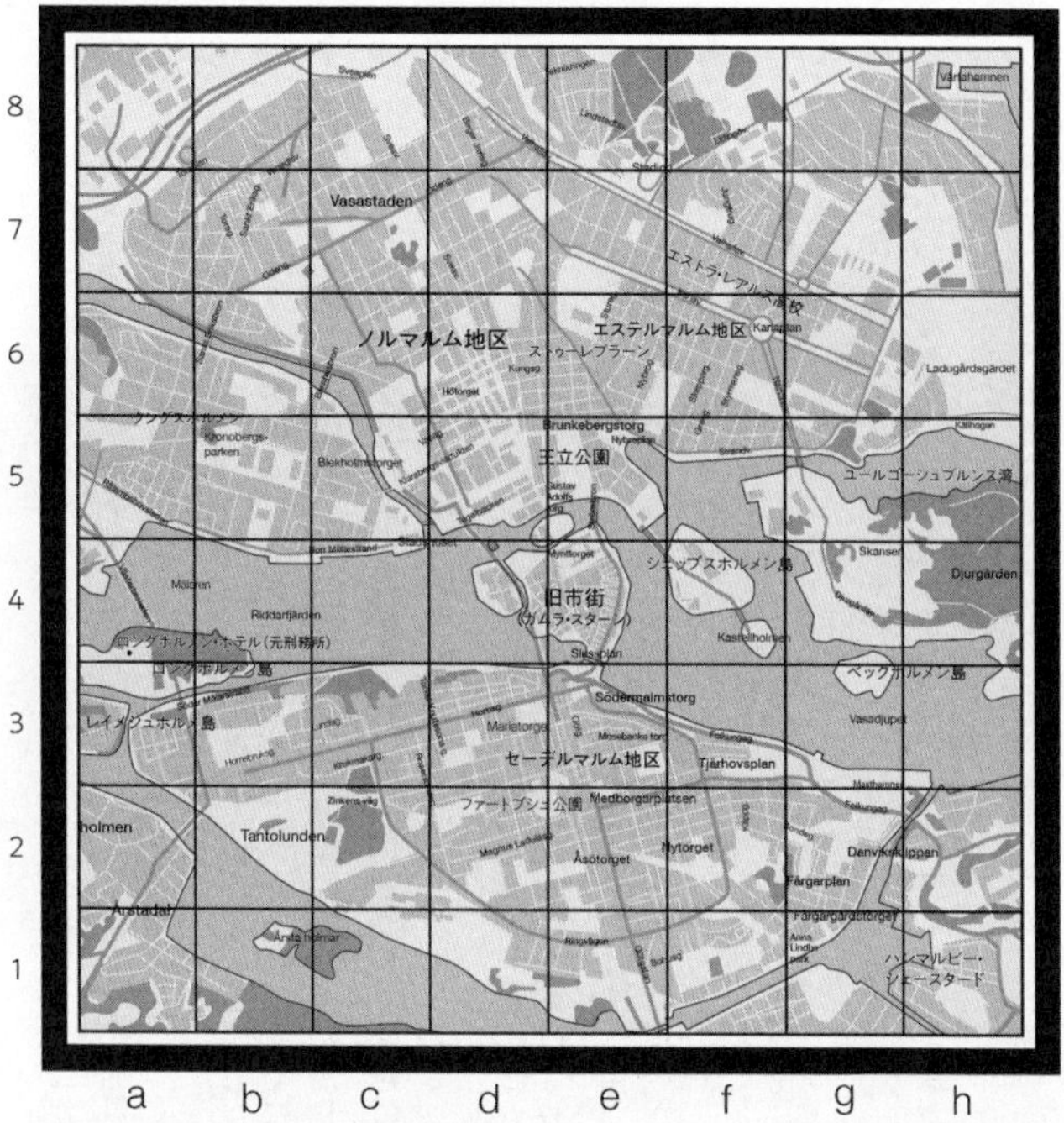

Vasastaden
ノルマルム地区
エステルマルム地区
エストラ・レアルスコーラ校
ストゥーレプラーン
Karlaplan
Ladugårdsgärdet
Värtahamnen
Hötorget
Kungsg.
Brunkebergstorg
王立公園
Kronobergsparken
Blekholmstorget
ユールゴーシュブルンス湾
Skansen
Djurgården
Mälaren
Riddarfjärden
旧市街
(ガムラ・スターン)
シェップスホルメン島
Kastellholmen
Slussplan
ロングホルメン・ホテル(元刑務所)
ロングホルメン島
ベックホルメン島
Södermalmstorg
レイメジュホルメ島
Mariatorget
セーデルマルム地区
Tjärhovsplan
Vasadjupet
ファートブシュ公園
Medborgarplatsen
holmen
Tantolunden
Nytorget
Danviksklippan
Åsötorget
Färgarplan
Färgargårdstorget
Årstadal
Årsta holmar
ハンマルビー・シェースタード
1
2
3
4
5
6
7
8
a
b
c
d
e
f
g
h

「ヴィリアムくんの発見場所から移動可能なマスのひとつです。そして、ここからオッシアンくんの発見場所f4へ直行できます。ファートブシュ公園は、ヴィリアムくん発見場所から唯一妥当な移動先なんです、ナイトを窮地に立たせたくないなら」

「なるほど。でも、おたくの説には無理がありませんかね？」ルーベンが言った。「その公園で死んだ子供はいない。あそこは大勢の人たちが訪れるから、何かあればすぐに発見されるはずだ。ストックホルムを巨大なチェス盤にして、子供たちを駒にしたチェスゲームなんてかわいい発想だ。だが、しおりとリュックサックと落書きを、その何とかって問題に結び付けるのは大胆過ぎやしませんかね……何だったっけ、騎士の純潔？」

「『騎士の巡歴』です」

「何度も言わせないでくれ、これはパズルなんかじゃないんだ。おれたちはマウロ・マイヤーを押さえている。それに、あいつにはこんなことをやるのは無理だ。おむつ替えで手一杯なんだから」ルーベンは苛立った口調で言った。

「そう言えば、あの公園の真ん中には噴水がありますね」ペーデルが呟いた。「噴水も水がらみだ」

「いい加減にしてくれ……」ルーベンがぶつぶつ言った。

「その噴水の下は調べましたか？」ヴィンセントが言った。

「いや、何でそんな必要があるんだ？」ルーベンが言った。「マウロを引っ張ってくること以外、特捜班は何もすることがなかったからか？」

クリステルのそばにいた犬のボッセが、舌を垂らしてあえいだ。ボッセがとても静かだったので、ミーナは、その存在すら気づかなかった。この暑さで、みんな着実に参っていた。

「ひとつ提案があります」ヴィンセントが言った。「公園を調べてください。何も見つからなかったら、これ以上皆さんの邪魔はしません。信じてもらえないかもしれませんが、ルーベンが正しいことを心底祈っています。犯人は捕まった、わたしもノーヴァも間違っていた、わたしたちはありもしないパターンにこだわっていた。そうであることを願っています。ですが、公園で何か発見されたら、わたしの考えは正しかったということです」

ユーリアがフォルダーで顔を扇いだ。みんなが彼女のほうを見た。

「かなりの経費になりますね」彼女は言った。「公園を掘り起こす。噴水を壊す。あなたが地図に格子を描いたらひらめいた、というだけでは、そんなことはできません。まして今、わたしたちは容疑者を拘束しています。わたしとしては、この特捜班にはなくなってほしくないの。だからもっと有力な理由がほしい。それに……」

彼女は少しためらった。

「……上から次のような明確な指示を受けました。彼らは、カルトの線で捜査を進めても益はないという意見です。マウロの線を徹底的に洗えと。そうはっきり伝えられました。これに従わないと、班の存在が危ぶまれることになります。それに、上が間違っているとも言いきれません。今回に限っては、わたしも彼らの意見のほうに傾いているくらいです。今の仮説は無理筋に過ぎる」

ヴィンセントは、ペンにキャップをした。それから、そのペンで何の印もついていない地図のマスを軽く叩いた。

「分かりました。でも、上層部《うえ》が間違っていると仮定したら？　一連の事件の黒幕がマウロ・マイヤーではないと仮定してみましょう。その黒幕がだれであれ、今も野放しです。オッシアンくんとリッリちゃんとヴィリアムくんが本当に『騎士の巡歴』の始まりだとしたら、駒はこれからも何度も移動します。だとしたら、新たな移動、すなわち、新たな誘拐殺人が起こりかねない。これまで三回移動して、チェス盤に見立てた地図には、まだ六十一のマスが残っています。その可能性を無視する余裕など、本当にあるのでしょうか？」

87

ヴィンセントは、特捜班の面々が会議室を出ていくのを見送った。ペーデルが通り過ぎるとき、彼のポケットから何か落ちた。平たく赤い箱。ヴィンセントは、床から箱を拾い上げた。どこにいようと、彼ならすぐに見分けがつく代物。トランプの箱だ。ありきたりのものではなく、USプレイング・カード社の〈バイスクル〉印。カードはポーカーサイズで裏が赤く、スウェーデンの典型的なブリッジカードより多少幅広だ。

ヴィンセントが知る限り、この手のトランプを使う人間は二種類のみだ。ポーカーのプレーヤーと手品師。ペーデルは、そのどちらにも見えない。

「ペーデル、ちょっと待って」ヴィンセントは叫びながら、急いで彼のあとを追って箱を振った。「落としましたよ」

立ちどまったペーデルは振り返り、ヴィンセントが手にしているものを見て、目を見開いた。

「すみません、ありがとうございます」

「ポーカープレーヤーは、トランプを持ち歩かないものですが」ヴィンセントはペーデルのところへ行った。「あなたはなぜこれを？」

ペーデルは廊下を見回した。それから、ヴィンセントに手で合図して近くの部屋に入ると、急いでドアを閉めた。

「班の他のメンバーには聞かれたくないんで」彼は小声で説明した。「三つ子たちにいとこがいるんです。カスペルっていって、カスペルの母親とぼくの妻のアネットが姉妹なんです。あと三週間ほどでカスペルの誕生日パーティーで、妻たち二人が、パーティーでぼくに手品をやらせようって決めちゃって、カスペルは大喜びなんです。だから、必死でトランプの手品を覚えようとしているわけですよ」

憂鬱そうなペーデルに、ヴィンセントは笑い出しそうになって、唇をかんだ。

「で、カスペルはいくつなんです？」彼は言った。

「五歳」

ヴィンセントはその部屋の机の上にトランプを置いてから、椅子に腰掛けるよう、ペーデルに手で合図した。彼自身も座った。

「だったら、そもそもの出発点から間違ってますよ」ヴィンセントは言った。「子供に手品を見せるほど難しいことはない」

ペーデルは、ますます落ち込んだ。

「奇術はなぜ多くの人を惹きつけるのだと思いますか？」ヴィンセントは言った。「世界を支配する法則に反するからです。人間は飛べないはずなのに、ラスベガスのステージでは人が飛ぶ。そうやって奇術は、人間の空想や世界観に挑むわけです。でも、子供はまだそんな法則を学んでいない。子供にとって、世界はまだ未知の領域です。奇術で目にすることが現実では起こり得ない、ということが分からない」

「『ウィンクス・クラブ』に出てくる妖精もそうか」ペーデルは暗い顔で言った。「三つ子たちにとって、妖精の冒険はリアルなんだ」

「何の話かわたしには分かりませんが、まさにそのとおり。わたしが言いたいのは、あなたがトランプの手品で、カードとカードを入れ替えてみせたとしても、子供たちが感心するとは限らないということです。そんなことは起こり得ないということが分かっていないのですから」

ため息をついて、ペーデルは両手で顔を擦った。

「子供に手品は通用しないってことか」そう言った。「勉強になりました。アネットと相談してみますよ。妻の姉に嫌われちゃいそうだなあ。二人にあなたの電話番号を教えてもいいですか？」

「そうは言ってません」ヴィンセントは言った。「子供に手品を披露することはもちろんできますよ。驚かせばいいんです。参加させるんです。触れさせるんです。笑わせるんですよ。完璧なトリックを覚える代わりに、わたしが今言ったことを目標にすれば、成功します。適切なことに焦点を合わせればいい」

「驚かせて参加させるわけか。参ったな」

ヴィンセントはトランプの箱を手に取って、ゴミ箱の上にかざした。

「これは忘れることですね」そう言って、手を離した。

88

「どう受けとめられたと思いますか?」

ヴィンセントは、会議のあと姿を消していた——ペーデルと何やら話していたようだ。でも、そのあとでミーナを探しに来て、ミーナとしても、とにかく彼ともっと話したかった。ただ、警察本部は避けたかった。〝壁に耳あり〟だからだ。特捜班の同僚たちの目は言うまでもない。

ミーナは、ヴィンセントが話し始めたときのルーベンの呆れた顔を覚えていた。

だから、ヴィンセントを建物の外に連れ出して、クロノベリィス公園へ向かった。公園といっても、警察本部とフリードへムスプラーンの間にある、樹木に覆われた丘にすぎない。それでも、樹木で日光が遮られているので、木の下の小道は会議室より少なくとも数度は涼しい。

「この森で謁見《えっけん》できることに感謝いたします、ミーナ女王」ヴィンセントが言った。「さて、改めて訊きますが、やはりわたしは正気でないと思われちゃいましたかね?」

彼女は大げさに驚いた顔をして、彼を見た。「疑う余地はありませんよ」彼女は言った。「みんな、あなたは頭がおかしくなったと思っています」

「やっぱり」

ヴィンセントは細い棒を拾い上げて、靴から何かを擦り落とし始めた。

「白いスニーカーなんて買うんじゃなかった」彼は言った。

「そうですよ。実を言うと、その靴を見たとき、少し不安になったんです」彼女は言った。「昔のあなたらしさをなくしてしまったんじゃないかって」

ヴィンセントは小さな泥の塊を取り除いて、彼女のコメントに対抗して、そのべたついた棒をミーナに向けて振った。返ってきたのは、その棒を燃やしかねないほどの視線だった。

「あなたに天才だと思ってもらえていれば、わたしは満足ですよ」彼は言って、棒から手を離した。

「もちろん」彼女は、その棒を蹴とばした。「あなたは賢いし、強い。しかも謎めいている」

「子供に親切なことも忘れないように」

アミールとはこんなふうに気楽に話ができなかったのはなぜなのだろう？　というより、他のだれともできない。アミールには何の落ち度もなかった。落ち度があるのは彼女のほうだ。いつもそうだった。

ヴィンセントが現れるまでは。

ヴィンセントと一緒だと、彼女に悪いところは何もない。

それはそれで問題ではあった。

「真面目な話、会議室であなたが言ったことは」彼女が言った。「やや飛躍していました。数学的なチェス？　馬で？」

「分かってます」ヴィンセントが彼女のほうを向いた。悲しそうだった。

「二年前のイェーンの事件があってから、わたしに何かが起こった」彼は言った。「見抜けるはずのパターンを見つけることができなくなった。それに、ないはずのパターンが見えてしまうこともある。自分の脳とわたしは、昔のようには親友でなくなってしまったみたいに。わたしの中の一部は、特捜班の皆さんの推理が正しいことを願っています。殺人犯は捕まり、すべては解決したって。しかし同時に、これだけ共通点があるとなると、単なる空想とは思えないのも事実です」

「ならば、あなたは並外れた空想の持ち主に違いない」彼女は言った。

顔を赤らめ、ヴィンセントは視線を逸らした。

「どうして連絡してくれなかったんですか？」彼は小声で言った。

突然の質問に、ミーナはヴィンセントが言いたいことを理解するのに、多少時間を要した。

「わたしが？」そう言った。「あなたがそれを望まないと思ったから……そっちこそ、何の連絡もしてくれなかったじゃないですか」

「確かに。分からなかったんです、どうすればいいのか……事件は解決しましたからね。その他の口実もいろいろ考えてはみました。でも、どれも本心からではなかった」

彼は、まだ彼女に目を向けなかった。

「じゃあ、本心って何なんですか？」彼女が言った。

「自分はどんどんその質問に答えるのにふさわしくなくなっている気がします」そう言って、彼はやっとミーナに視線を向けた。

彼女は、彼の明るい青の瞳をじっと見つめた。彼の肩がいつもより下がっている。誇らしげに背筋を伸ばしているのが常なのに、今日は違う。心配事があるのは明らかだ。以前聞かされた妻のマリアの話を思えばおかしなことではないが、それではないような気がした。彼の心の奥底に影響を与えるような何か。その奥底とは、ミーナが垣間見たことしかない場所であり、彼の本性そのものでもある。彼女は、ヴィンセントの肩に手を置いた。

「ヴィンセント……」彼女はそう言い始めた。

「そうだ、デート！」彼は突然叫んだ。「デートしたんですよね？」

「謁見は終了」彼女が言った。「さっきの棒、どこにやっちゃいました？」

89

ルーベンは例の黄色いテラスハウスの前に立って、勇気を奮い起こしていた。緊張するなんて馬鹿げている。こんなことはめったにないのだ。しかし今は普通の状況ではなかった。それに前回うまくいったとは言い難かった。彼は深呼吸をして、戸口の呼び鈴を押した。ドアはすぐに開いた。彼女がルーベンの前に立っていた。長い茶色の髪、Tシャツにジーンズ。そして、母親にそっくり。他のだれかにも似ている。彼が毎朝鏡で見る人物に。

「やあ、アストリッド」彼は言った。

そこで急に胸が詰まった。

「こんにちは、ルーベンさん」彼女が嬉しそうに言った。

彼女に続いて玄関ホールに入った。靴とジャケットを脱ぐべきなのだろうか、それとも、そんなことをしたら厚かましく見えるだろうか？　軽はずみなことはしないに限る。アストリッドは期待に満ちた目でそばに立ったまま、何も言わなかった。

「えっと……」彼は話し始めた。「学校はどう？」

「今は夏休み」

彼は額をピシャリと叩きたい気分だった。何て馬鹿だ。夏休み中に決まってるじゃないか。父親なら知っているべきなのに。

「あら、来てたの？」キッチンから出てきたエリノールが言った。「呼び鈴が聞こえなかった」

彼女は時計に目をやった。さほど嬉しそうではなかったが、少なくとも口調は前回より多少穏やかだった。

「靴とジャケットを脱いで、中に入って」

小さな玄関ホールの向こうに食堂があり、ペンと紙が散らかっているオーク材のテーブルがあった。家族にだれか、絵を描くのが好きな人がいるのだろう。家具は多くなく、壁が白くて、置かれている家具は明るい色のものだった。だから、壁に掛かっている絵画の色鮮やかさが際立って見えた。ルーベンとエリノールが一緒に暮らしていた頃、エリノールは絵を描いてみたいとよく言っていたが、それを実現したようだ。おまけに才能もある、とルーベンは思った。

三人はテーブルに着いた。エリノールから何か飲みたいか訊かれることもなく、キッチンのコーヒーメーカーにもスイッチが入れられていないようだ。明確なメッセージだ。彼には、必要以上にここに残ってほしくないということだ。

「また会えて嬉しいよ、エリノール」彼は言った。「冗談抜きに。二人に会えてよかった。こちらの頼みに応えてくれてありがとう」

前にここを訪れたときに感じたことは間違っていなかった――エリノールには、この部屋には収まらないほどの存在感がある。そんな女性を手放した自分は大馬鹿者だ。でも、昔のことをくどくど繰り返すような間違いを犯すつもりはなかった。そんなことをしても、事態を悪化させるだけだ。

「本当を言うと、あなたから話がしたいって言われて、びっくりした」エリノールが言った。「でも、それと、あなたをまた信じるのとは別問題。で、要するに何がしたいの？」

「いや、アストリッドと一緒に時間を過ごしてもいいかな、と思ったんだ。アストリッドにその気があるならね。それに、もちろん、きみが反対しなければ」

エリノールは、彼を疑わしげに見つめた。

「あなたって、それほど信頼できる人間じゃないでしょ」彼女は言った。「アストリッドと〈リッシュ〉あたりのレストランに行って、うっかり忘れてきたりしそう」

「まさかと思うだろうが、今のおれは十年前と同じ男じゃない」彼は言った。「一年前とだって違う。きみは驚くと思うよ」

「どうする、アストリッド？」彼女は言った。「何度も話し合ってきたよね。でも気持ちを変えてもいいのよ。ルーベンはあなたの実のお父さんだけど、そのことは考えなくてもいいの。あなたが嫌なら、会わなくても大丈夫。どう思う？」

「ちょっと怖い」アストリッドが答えた。「でも、うまくいくと思う。それに、ママ、携帯電話があるから」

「オーケー。まずは二時間。そのあとは、うちに帰ってきて夕飯を食べること」

二時間。ルーベンとしては期待外れだった。でも、何もないよりはましだし、もう午後だ。

十歳の子供が何時に夕食をとるのか、さっぱり分からなかった。夜何時に寝るのかだって知らない。彼がとんでもないミスさえ犯さなければ、次回はもっと長い時間、一緒にいられるかもしれない。

三人は玄関に行った。彼は持参した警察帽を取り出して、アストリッドにかぶせた。帽子は耳に届くほど大きかった。かわいいと思ってくれるだろうか、それとも、不機嫌になるだろうか？　彼は、小さな女の子とどう接していいのか分からなかった。でも、自分が十歳くらいの頃好きだったものは覚えていた。それほど大きな違いはないはずだ。

「一緒にパトカーに乗って」彼は言った。「警察犬を見に警察署まで行こうと思っているんだ。今日は仕事日だからね。犬は好き？」

アストリッドは目を輝かせてうなずいた。射撃場も訪問先に加えるべきか思案したが、さすがに行き過ぎかもしれない。次回のために何か取っておく必要もある。

「犬は大好き」彼女は言った。「でも、警察犬って大きいけど、嚙まない？」

「きみが泥棒だったら、優しくないだろうけどね」ルーベンは笑った。

「よかった」アストリッドはそう言って、警察帽を正した。「わたし泥棒じゃないもん。ママ、じゃあ、ルーベンと出かけてくる」

アストリッドは外へ出た。ルーベンが続いて出ようとしたとき、エリノールに腕を摑まれ、引き留められた。

「今日きちんとしてくれなかったら、二度とアストリッドには会わせないから、そのつもりでいて」彼女はルーベンを睨んだ。「チャンスは一度。一度きりよ」

ルーベンは唾を呑み込んだ。こんなふうに先行きが見えない状況には不慣れだった。それが気に入らなかった。彼は無言でうなずき、外へ出た。アストリッドはもう、駐車場へ向かって歩いていた。しまった。アストリッドにアイスキャンディーを食べさせてもいいか、エリノールに訊くんだった。でも、それくらい自分で決めようと思い直した。何しろ、自分はアストリッドのパパなのだ。

90

ヴィンセントは、ウンベルトからのメールをもう一度読んだ。ミーナと公園にいる間に届いたもので、帰宅して気づいたのだ。電子メールの署名の箇所にTV4のロゴが赤く輝いており、その横に番組制作会社〈ヤロヴスキー〉の、笑う女性のイラスト入りのロゴがあった。ウンベルト自身のコメントは「さあ、始まるぞ。わが友よ！」のみで、サングラスをかけたスマイリーの絵文字が添えてあった。それ以外は番組制作会社からの文章だった。ヴィンセントは、キッチンチェアに座ったまま、自分の内側がゆっくり死んでいくような気持ちになった。

メールには、フランスの沿岸を出たところにある小さな島への旅程表が記載されていた。より具体的に言うと、『要塞脱出大作戦《フォール・ボワヤール》』の撮影が行われる島のことだ。番組制作会社は彼の好奇心をかき立てようとしたのか、要塞の写真も数枚送ってきた。だが、軍事施設ふうの石造りの建物はまったく逆効果だった。世界中で彼が最も訪れたくない類の場所だ。写真を拡大してみると、大砲が見えるような気がした。自分にはその中に詰められる人間大砲役を演じてもらいたいということだな。そうに決まっている。

メールによると、彼はあと三週間ちょっとで島に行かねばならないのだという。二十五日か。弁護士を見つけて遺言書を作成する時間なら十分あるだろう。自分が生還しなかった場合、ウンベルトと〈ショーライフ・プロダクションズ〉には一クローナとて渡らないようにしておきたい。

「何それ？」

レベッカが後ろに立って、彼の肩越しに、興味深そうに携帯電話を覗き込んでいた。

「それフォール・ボワヤール要塞の写真でしょ！　まさかパパ……」彼女は怯えたように言った。「『要塞脱出大作戦』に出るなんてないよね？」

彼は振り返って、娘を見た。手にサンドイッチを持っているのを忘れてしまったかのように握りしめていた。恐怖の表情に、わざとらしさはなかった。

「もし、パパが出るとしたら？」彼が言った。

「まるまる一学期、学校に行けなくなる。ドゥニのところに引っ越して、もう永遠に外出しないから」

「そんなことできないだろ」彼は言った。「通訳としてデニスを連れていく。フランス人だからな。〈リーセベリィ〉遊園地に行ったときの家族写真をプリントしたTシャツも作ってある。お前がジェットコースターの一番前に座って、えらく怯えているあの写真だ。パパとデニスは、ずっとそのTシャツを着るんだ」

娘の目に浮かぶ恐怖が、純然たる憎悪に変わった。

「彼の名前はドゥニ」彼女は興奮した口調で、名前をフランス語風に発音してみせた。「あの写真を彼に見せたら殺すから」

レゴで作った車がキッチンに入ってきて、そのすぐあとにアストンが続いた。クイーンの歌らしきメロディーをハミングしているようだが、聞き取るのは容易ではなかった。アストンへのレベッカの影響は、心配でもあったが感動的でもあった。

「見て、パパ！」アストンが言った。「車で旅行だよ！　みんな、この車に座れるよ。楽しい家族ごっこ遊びをしてるんだ。パパみたいに！」

「恐ろしい家族の間違いじゃないの？」レベッカがアストンに言った。

「アストン、ベンヤミンとレベッカのママがお前のママと違うからって……」ヴィンセントはため息をついてから、口を閉ざした。

レベッカが彼を睨みつけた。

「パパが人間大砲で飛ぶとき、制作会社が命綱を忘れてますように」彼女は小声で言ってから、サンドイッチを握りしめ、自分の部屋に向かいかけた。

「そこを通るついでに、魚に餌をやってもらえないか？」彼は言った。

「パパが餌になってくれるならね」吐き捨てるように言って、娘はドアを思い切り閉めた。

アストンがまた歌い出していて、今度はコーラスまでたどり着いた。そして唯一暗記しているその箇所を、ありったけの大声で歌った。

「ザ・ショー・マスト・ゴー・オーーン！」

ヴィンセントは、百パーセント同意した。ショーは続いていかなければならない《マスト・ゴー・オン》。問題は、あとどれくらい続くのか、だった。

91

ミーナはけたたましい音で目が覚めた。最初は何の音なのか分からなかった。まだ夢の中に囚われていたのだ。馬や繊維やメスを手にしたミルダや、彼女より大きなチェスの駒が、巨大なチェス盤の上を移動してミーナを粉々にする夢だった。

彼女は混乱して、周りを見回した。テレビでは、夏の娯楽番組が放送されていた。彼女はソファで眠り込んでいた。けたたましい音がまた聞こえ、それが自分の携帯電話だと気づいた。電話はコーヒーテーブルの上で怒ってでもいるかのように光っていた。

「もしもし……」

こもったかすれ声になってしまった。咳払いをして言い直した。

「もしもし」

「もう待てないぞ、ミーナ」

このタイミングに電話をかけてきてミーナを起こすなんて、気持ち悪いほどだ。彼の声の響きは、いつものように彼女に漠然とした不安を呼び起こした。思えば、そうでなかったことなど一度もなかった。彼はいつもミーナに劣等感を抱かせる。彼女は欠陥があって、彼は完璧であるかのように。彼はいつも壊れたものを修理するのが好きだった。ものを正しく直すこと。彼女とのことも同じだったのかもしれない。いずれにせよ、そのおかげで彼は、今の役割にまさに完璧な人物だった。

「今日は火曜日だ。もう十一日が過ぎた」彼は言った。「なのに、何の連絡もない。責任感のある親なら、とっくに迎えにいっているはずだ」

責任感のある親。だれのことかは、はっきりしていた。

「あなたが今あそこへ行って、彼らを震え上がらせたところで始まらないでしょ」ミーナはそう言って、腕時計に目をやった。「明日仕事であの施設へ行くの。制服で行ったら、イーネスだって柔軟に対応するかもしれない。わたしがだれなのか喋ってしまうようなことはないと思う」

「どうして明日なんだ?」彼はイライラしたように言った。「どうして今じゃない?」

「だってもう午後十一時十五分よ」彼女は言った。「それに、何か深刻なことが起きたとも思えない。数日前にイーネスと話したときは、万事うまくいっているって保証してくれた」

「いつから自分の母親を信用するようになった? 明日一番にあそこへ行くんだ。戻ってきたら即、こちらへ電話をするように」

彼はミーナの返事を聞かずに電話を切った。彼女はがっくり肩を落とした。

お腹の虫が高らかに鳴いた。そうだ、夕食を取るのを忘れていた。

立ち上がって冷凍庫へ向かい、引き出しを開けた。何があるかチェックした。フェットゥチーネ・アルフレードとナシゴレンのどちらにしようか迷ったが、アルフレードにした。容器を覆うビニールをじっくり調べた。パッケージをキッチンの照明にかざして、真空パックに切れ目——細菌の入り口になるような——が入っていないか確かめた。ビニールに損傷はないようだ。慎重にビニールを剝がし、容器を電子レンジに入れた。最高温度で、表示されている時間より少し長く加熱した。食べ物は火が通り過ぎてしまうが、そのほうがました。科学的証拠はないと自分でも分かってはいたが、当てる電磁波が多ければ多いほど、食品内の生物を効果的に殲滅できると確信していた。

ついに彼女はオーブンボタンを押して、容器を取り出した。蒸気で指に火傷をした。

「熱っ！」

彼女は思わず調理台に容器を放り出し、指に息を吹きかけた。水ぶくれなんてできませんようにに。自分の指先で膨らんでいく大きな水ぶくれを思い浮かべた。考えただけで吐き気がした。切断するほうがましだ。いっそ食べないほうがいいかもしれない。もう遅い時間だし。だけど、お腹は正直だ。

容器が冷めてから、もう一度掴んでみた。今度はうまくいった。彼女はその容器とフォークとウェットティッシュを手に、ソファに腰掛けた。文字どおりのＴＶディナーだ。いつもこうだった。フォークをウェットティッシュで念入りに拭いてから、食事を少量フォークに刺し、深呼吸をした。うちの発酵乳《フィールミョルク》は生きた菌入りだと自慢する会社がある。気持ち悪いったらない。目の前の食材すべてが完全に死んでいることを祈った。テレビではベンヤミン・イングロッソが失恋の歌を歌っている。彼女は目を閉じ、フォークを口に入れた。

92

「こうしてるからと言って、あなたの説を認めたわけではないと分かってます？」

ファートブシュ公園の噴水は高さが五十センチしかなく、水盤も浅過ぎて、死体を隠しておくことは難しい。アーチを描く縁の下でも不可能だった。ヴィンセントが噴水の周りをぐるりと巡る間、ペーデルは冷たい水で手を冷やしていた。

「ユーリアはあなたにかなり気を遣って、ぼくと一緒に公園に行くことを許したわけですよ」ペーデルはあくびをかみ殺した。「あなたが言ったことを鵜呑みにするのはなかなか難しかった。というか、新しい市街地図を買ってきてもらわないと。とにかく、ぼくたちがここに来たのは、チェスゲーム説が馬鹿げていることをあなたにも理解してもらうためなんです。そもそも、ユーリアはあなたの好き勝手な振舞いを許すことで、大きなリスクを抱えてることも理解してくださいよ。このことが上層部《うえ》に知れたら、彼女はかなりまずい立場に置かれます、ということは、ぼくら全員がまずい立場に置かれるということなんですから」

「チェスゲームではありません」ヴィンセントが呟いた。「『騎士の巡歴』は、同じ場所を二度訪れることなく移動するという数学的課題です。われわれが追っている殺人犯も、被害者の遺体を遺棄するために、毎回、新たな場所を探している」

彼は公園を見渡した。平坦だ。小さな公園だから、端から端まで見渡せた。

「だけど、ご覧のように」ペーデルが言った。「長い間、遺体を見つけられずに隠していられるような場所は、噴水以外ありません。隠してあったら、もうぼくらが見つけています。見つかったなら、あなたの説が正しいのかもしれない。だけど、見つからなかった。だから、あなたの説は正しくないということです。残念だとは思いますけどね。あれは面白い推理でした。とんでもないことを言い出したな、とは思いましたけど」

「遺体が埋められていなければね」ヴィンセントは言った。「少し掘ってみましょう」

ペーデルはため息をついて、噴水を囲む敷石を蹴った。

「ユーリアも言ってましたが、あなたがチェス遊びが好きだからといって、公園全体を立ち入り禁止にして手あたり次第壊すわけにはいきません」彼はそう言って、噴水の冷たい水を顔にかけた。「それに、どこを探したらいいのかすら分からないじゃないですか。ノーヴァの水の説のほうがまだ信じられる」

水で涼しさを得られたせいか、彼は満足そうなため息をついた。

ヴィンセントは、噴水の周りの歩道を歩き始めた。

「ノーヴァは自分の専門分野では大変優れています」彼は言った。「でも、彼女の推理は使えない。あなたたちの時間を無駄にするだけです。あの説が当たっていたとしても、この街では水のそばにない場所より、水のそばにある場所のほうが多いのですから使えないことに変わりはありません。水辺への死体遺棄が犯人にとって一番楽だったからだとしたら、水の象徴性云々の意味合いは薄れてしまう。皆さんが追っている犯人は、単に船に乗っていただけかもしれない」

「そして、ちょうどいい陸地に死体を捨てるって言いたいんですか?」ペーデルは考え込んだ。

「実際、悪くない推理ですね。それに、ノーヴァのカルト説やあなたのチェス説より簡単だし」

ペーデルのもじゃもじゃ髭に付いている水滴が、まだ光っていた。ミーナなら、髭から滴り落ちてペーデルのシャツを濡らす噴水の水の清潔さに関して、一言二言口を挟んでくることだろう。

「いいですか」ヴィンセントは言った。「わたしとしては、殺人犯の知的レベルはわたしの予想ほどではないと考えたいんです。自分は間違っていたと。実のところ犯人は『騎士の巡歴』なんて聞いたこともない、単なるモーターボートの持ち主なら、わたしとしては万々歳です。捕まえるのもうんと楽でしょうし。ただ残念なことに、ちょっとした問題があります。ヴィリアムは、ドックから水を抜いたときに発見された。捜査できた船舶は、そのときにドックにあったもののみだったんです」

「でも、あなたのチェス説にも、この公園のどこにも死体がなかったことで、ヒビが入ったわけでしょう」ペーデルが言った。

「見えないからといって、ないとは限らない」ヴィンセントは考え深げに言った。

「何だか堂々巡りですね」ペーデルは言った。「じゃあ、こうしませんか？　ぼくはアネットの待つ自宅に寄らないといけないんですよ。おむつを買ってあったのに、今朝車から出すのを忘れちゃったんで。だから、しばらくここにいていいですよ。死体がありそうな場所を思い付いてぼくらを説得できたら、何とかしてユーリアから掘削の同意を取り付けます。ただし、どこか一箇所のみ。一回きり。いいですか？」

ヴィンセントは、芝生と植えた木々と手間暇かけて並べられた敷石のある公園を見渡した。何かを長い期間にわたって隠すことが不可能な公園。何も見つからなかった公園。

「極めて妥当だ、と思いますよ」

93

ミーナは、〈エピキューラ〉の敷地へハンドルを切った。念のため、イーネスとノーヴァには自分が行くことを事前に警告してあった。そうすれば二人もナタリーの前で平気を装えるだろう。ミーナは単に警察官として行く。ナタリーのことではいろいろあったにせよ、ノーヴァは捜査で役に立つかもしれないし、個人的な事情で特捜班とノーヴァの関係を危険に晒したくなかった。公私混同は避けなくてはならない。

中庭でノーヴァが待っているのに気づいて、ミーナは手を振った。まだ朝早いのに暑さで空気が揺れていたが、白いシルク服のノーヴァは涼しそうだ。ミーナのほうは、車から降りた途端、背中に汗が伝わり始めるのを感じた。警察服が黒でなくてはいけないと決めたサディストは一体だれ？　また車の中に飛び込んで冷房を最強にし、車内で話そうと提案したい気持ちを堪えた。

「いらっしゃい！」ノーヴァは満面の笑みを浮かべた。

ミーナのところへやって来たが、今回はハグをする素振りは見せなかった。

よかった。

「中に入りましょう」ミーナの制服に目をやりながら、ノーヴァは言った。「屋外だと暑過ぎるでしょうから」

ノーヴァは早足で正面玄関へ向かった。ミーナは汗だくになりながら、そのあとに続いた。

ポケット・ウェットティッシュを持参したか確かめてから、好奇心に駆られて辺りを見回した。どんな感じなのか想像もつかなかったが、この施設がこんなに……心地よさそうだとは予想外だった。

重い玄関ドアをくぐると、そこはありがたいほどの涼しさだった。ミーナは目をつぶり、鼓動がゆっくりと治まり始めた。こんなことが続くようなら、ヴィンセントに呼吸法のエクササイズを教わったほうがいいかもしれない。

エントランスホールの雰囲気は、静かで落ち着いていた。天井は高く、たくさんのガラス窓から日光がふんだんに差し込んでいた。肌を濡らしていた汗が冷えて、ミーナは身震いをした。

「寒いですか？　室内をうんと涼しくしているので」ノーヴァが申し訳なさそうに言った。

「いえ、気持ちがいいです」ミーナは頭を振りながら言った。「寒いのが好きなので」

「わたしのオフィスへ行きましょう」ノーヴァは微笑んだ。「邪魔されずに話せるでしょ。だれもかれも、わたしに頼み事をしてくるのよ。それに、あなただって……必要以上に見られるのは嫌でしょうから」

彼女は左に曲がって長い廊下へ入り、一番奥のドアを開けた。ミーナは彼女に続いて入る。

この部屋も、大きくてとても明るかった。淡い色のインテリアはお洒落でシンプルだ。植物の緑だけが彩りになっていた。ノーヴァは透明のプラスチックでできた大きく高価そうなデスクの後ろに腰掛け、その前にある安楽椅子に座るよう、ミーナに手で示した。ノーヴァの右側の壁は、本がずらりと並んだ本棚で覆われていた。銀の枠に入った写真も立っていた。

「見てもいいですか？」

ミーナは写真をよく見ようと、本棚に近寄った。

「もちろん」

ノーヴァも立ち上がり、ミーナのそばまで行った。彼女は、一枚の写真を指した。厳しい風貌をした、顔立ちのいい初老の男性の白黒写真。男の隣に車椅子があり、十代の少女が座っている。両脚と片腕をギプスで固定され、首の周りには大きな頸椎カラーがはめられている。少女の表情が真剣だったせいで、それがノーヴァだと気づくまで時間がかかった。

「父方の祖父。そしてわたし。例の事故のあと」

「何があったのか」ミーナは控えめに言った。「訊いても構いませんか？」

「自動車事故よ。父は死亡したけれど、わたしは助かった。だけど重傷を負ったわ」

「それはお気の毒です」

ノーヴァは肩をすくめて微笑んだ。「昔のことよ。別の人生。それに、祖父がわたしの面倒を見てくれた。運がよかったわ」

「もう完治したのですか？」

ミーナは別の写真に目を移した。祖父よりは若い男性。あけっぴろげで嬉しそうな顔。肩まで伸びた長髪に、前がはだけたシャツ。

「どうかしら。怪我はすべて治ったけれど、痛みは残っている。その痛みを強みとみなすことを学んだの。ここでの活動の多くは、痛みの対処法を学ぶことを基盤としている。そして、痛みを肯定的なものに変えることもね。心の痛みも体の痛みも――この二つが違うものだとしたらだけど。だって、痛みは痛みだし、体と心の違いは、思っているほど大きくない」

ノーヴァは机に戻って、また腰掛けた。ミーナは立ったまま、男性だけが写っているほうの写真を指した。

「お父さまですか？」

「ええ、父」

ノーヴァがそれ以上何も言わなかったので、ミーナは訊くべきではなかったと悟った。ノーヴァの声に悲しみがこもっていた。ミーナには親を失った子供の心のうちを深く探るつもりはなかった。それを知るのが怖かった。

だから、安楽椅子に腰掛けた。ノーヴァは真っ青な目で彼女を見つめていた。

「捜査のほうはうまくいってます？　進展はありました？」

「役立ちそうな手掛かりはいくつか」ミーナは曖昧な言い方をした。

じっと観察するようなノーヴァの視線に、ミーナは落ち着かない思いになった。

ノーヴァに考えを見抜かれているような気がした。過去に彼女をそんな気持ちにさせたのは、ヴィンセントだけだった。でも、ヴィンセントの目がいつも優しく物柔らかだったのに対し、ノーヴァの目はレーザービームのように突き刺さってくる。彼女の前では、百パーセント正直でいるほかないと思わされた。

「現状では、すべての可能性を考慮しています」ミーナは言った。「何らかの組織による犯行という見立てでも。でも、大きな声では言えませんが、これはひどく……」

「ひどく信じ難い、と言いたいのね」ノーヴァが言い加えた。「分かります」

彼女は微笑んだ。だが、その笑みは苦く、しかも外に向けているというよりも自身に向けられているように見えた。

「カルトが根付く理由はそこ」彼女は続けた。「自分がカルトに引き込まれると思っている人はだれもいない。カルトが実在するなんてだれも思っていないし、ましてや、自分の近くにあるなんて絶対に思っていない。自分を感化されやすいとみなす者はいません。だけど、人間は群れを成す動物よね。群れに従い、さらにその群れが従うべき指導者を求めるものなの。カルトは、人間にとって最も本能的で深い心理的プログラミングにつけこんでいるにすぎない」

「わたしはそれでも、人間個人の考える可能性を信じたい」ミーナは言った。

「もちろん、そうしたものも実在はしています。でも、その可能性は、わたしたちが信じているよりも、はるかに限られている。人間は羊なの。でもそのことを受け入れようとしないから、自分たちに危害を加えようとして蜘蛛が仕掛けた罠が見えない。そして捕らえられてしまう――死ぬまで自分自身の意志の力を疑わずに」

「手厳しいんですね」ミーナは驚きの目で相手を見つめた。

ノーヴァの表情が和らいで、温かい笑顔になった。

「ごめんなさいね。思いのほか、きつい言い方になってしまって。でも、ここ〈エピキュラ〉でわたしたちが取り組んでいるのは、まさに自己強化なの。わたしたちは、個人が先天的に持っている能力を信じている。人々を集団に向かわせるのは恐怖であることが多く、すべての恐怖は根本的には同じ。新しいものに挑戦することへの恐れは、評価されることへの恐れから生じる。そして、評価を恐れるのは、好かれないことへの恐怖から生まれる。その恐怖は、仲間外れにされることへの恐怖を根源とし、その恐怖は集団からの援助が得られなくなることへの恐れから生まれ、その恐れは畢竟、死への恐れから発したものです。すべての恐怖は、元をたどれば死への恐怖ということなのね。そしてエピクロス主義の本質は、〈アタラクシア〉――身体と心の平静――を達成することにとどまらず、〈アポニア〉、つまり苦痛のない状態に到達することにあります。それによって死への恐怖を取り除けるということ。死を恐れなくなって初めて、あなたは人間として完全に自由になれる。わたしたちは、すべての人間が幸福と心の平穏に達することができると信じているわ。今日、現代人でそう言える人って何人いるかしらね？」

「壮大ですね」ミーナは考え深げにうなずいてみせた。「でも、それが実際どう活かせるのかが分かりません。その哲学が、ここでの日々の活動をどう導くのか。具体的には、ここのセミナーでは何を学ぶのでしょうか？」

「入会手続きをしてあげましょうか？　心より歓迎しますよ」

「ここにはわたしの家族がもう充分な数いると思うので、結構です」

ノーヴァは大声で笑った。

「説明してみましょう」彼女は言った。「祖父が基盤を築き、わたしが育て上げようとしているのは、エピクロス主義の教えに従い生きられるような拠点となるセンターを作り上げること。ここでは、政治、闘争、対立といった、不安を生み出すものすべてから自由になれる。平穏で質素な生活を送りながら、その場限りのかりそめの満足ではない、持続する幸福を与えてくれるものは何なのかを学ぶのです。すべての快楽がいいわけではない。すべての苦悩が悪いわけでもない。つかの間の快楽は、長きにわたる痛みを与えかねない。その逆もまた然り。でも一番に教えたいことは、一瞬一瞬を生きること」

「参加者はどのくらいここに留まるのですか？」

ミーナは不本意ながら、興味を惹かれていた。何もかもが浮世離れしていると思ってはいたが、強い信念を抱くノーヴァを羨ましいと思う自分もいた。

「管理職のための一日セミナーもあれば、人生の休憩時間を取って、長期間滞在する人もいる」ノーヴァは言った。「ここに来て何年にもなる人だっています。例えば、あなたのお母さまとか」

「母といえば」ミーナは言った。「わたしがここへ来たのは、私的な用件もあるからです。ナタリーを父親のもとに戻さなくてはならないんです。あなたがおっしゃったような自分の心を訪ねる旅が、あの子とイーネスにとって有意義であればと願っています。でも、それももうおしまいです。今日の午前のうちに、ナタリーをバスで帰宅させることが一番です。そのほうがよければ、わたしが運転するパトカーに乗せていくこともできます。どちらがいいか、あなたとイーネスとで選んでください。さもないとナタリーの父親が、ちょっとした軍隊を引き連れて、娘を力ずくで取り戻しにきますよ。そして彼の堪忍袋の緒は切れかかっています」

「何とかしてみましょう」ノーヴァは言った。「もちろん、ナタリーは帰宅しなくてはね。ただ問題なのは、わたしはナタリーにもイーネスにも……恐らく一週間以上会っていないということと」

ミーナは、冷たく不快なものが湧き上がるのを感じた。母を信じた自分が馬鹿だった。

「二人はここにいないということですか？　じゃあ、どこにいるんです？」

「ここのメンバーが数日間森でハイキングをするのは珍しいことではありません」ノーヴァは言って、また微笑んだ。「お互いを知るのに効果的な方法だし、この辺りで野外宿泊するところならたくさんありますからね。イーネスは、ナタリーをそういった旅に連れていったのでしょう。それ以外、考えられない」

「一週間以上も？」

「この天気だし、適切なパッキングをしていれば、二週間くらい問題なく森で過ごせるはず」ノーヴァは言った。「わたしたち、そういったハイキングをよくするんですよ。夏の星空の下で寝たり、自然の中で自炊すると最高ですよ。試してみては？」

もちろん、試してみるのも悪くない。森をアスファルトで舗装してくれたなら。ミーナが知っている昔のイーネスは、ショートブーツの靴紐すら結べなかった。でも、彼女の母親は変わった――先日会ったときにも気づいた。彼女はイーネスの〝心の旅〟を過小評価していた。そう、その旅には当然、自然の中で自分を見つけ出すことも含まれているということだろう。コーヒーと酒をがぶ飲みするヘビースモーカーだったミーナの母親が、今ではアウトドア派だ。悪いことではない。驚くほどのことでもないだろう。

そうは言っても、よりによってミーナがここに来たときにナタリーがいないのは気がかりだった。偶然にしては出来過ぎている。彼女がノーヴァに目をやると、ノーヴァは微笑み返してきた。

「心配ご無用。保証します」彼女は言った。「イーネスが森で迷うことはありません」

「ナタリーの父親に電話をして、説明しておきます」ミーナは言った。「でも、早くイーネスを見つけておいたほうがいいと思います。イーネスのためを思えば、さっきおっしゃったよりもずっと早く、二人が戻ってきてほしいと思います。でないと、母は孫にもう二度と会えなくなってしまうでしょうから」

94

ミーナはノーヴァとの面会から直接、ヴィンセントが待つファートブシュ公園へと向かった。警察本部に戻ったらすぐに、汗だらけの下着を着替えるつもりだった。今では一日に少なくともショーツを二枚使用していた。汗のかき具合では、それ以上のときもあった。ショーツの大量セットに加え、五枚入りの安価なキャミソールも山ほど購入し始めた。キャミソールも使い捨てだ。自宅の仕事部屋に置いたストックは、夏の間に、ちょっとしたブティックの在庫に近づきつつあった。かといって、気にするようなことではなかった。来客などいないのだ。

公園で会ったときに、彼女は目を細めてヴィンセントを見た。ゆったりした白いTシャツ姿なのに、粋に見える。こっちは残骸のようなルックスに違いない。しかも、汗にまみれた残骸だ。何て不公平なんだろう。

彼と公園を散歩するのは習慣になり始めていた。でも、ファートブシュ公園は散歩には小さ過ぎる。だから、二人はベンチに腰掛けて、辺りを見回した。ミーナは、持参したビニールの敷物の上に座った。どんなにきれいに見えても、公園のベンチが彼女の服に触れるなんてとんでもない。でも、消毒液を噴きかけるつもりはなかった。ヴィンセントが一緒にいるときは。

ノーヴァから聞いたことは何も話さなかった。これまではミーナに娘がいることを知っているのはヴィンセントだけだが、彼も詳細までは知らなかった。〈エピキューラ〉での出来事は、ミーナにはどうすることもできなかった。こうなっては、すぐに世界中にすべてが知られてしまうような気がしていた。そして、あの質問が問われるのだ。まったく答えたくない、あの問いが。

しかし、一番気になっていたのはナタリーのことだ。ナタリーには真実を知られたくない。そうでなくとも、せめて自分の口から伝えたい。自分なら、娘に理解してもらえるかもしれない。でもミーナにはこれまでそんな機会がなかった。森を歩き回っている間に、イーネスなら確実に話すだろう。何てひどい冗談だろう――森の中で自分を発見する。自分の母親がずっと生きていたと聞かされて、ナタリーはミーナと関わりたくないと思うかもしれない。

「来てもらえてよかった」ヴィンセントがミーナの思考を遮った。「そのほうが、じっくり考えられる」

「わたしがそばにいたほうが、ですか？」彼女が言うや、ヴィンセントは顔を赤らめた。

ヴィンセントは咳払いをした。

「それより、例のデートはどうだったんですか？」彼は言った。

「それより、ウルリーカさんとはどうなんですか？」ミーナは切り返した。「レストラン〈ゴンドーレン〉で突発的な逢瀬を重ねてます？」

「参ったな」

ヴィンセントは傷ついたようだった。

「わたしは本気で訊いたんですよ」彼は言った。「娘に彼氏がいるんです。まあ、本人談で、わたしは、まだその彼氏に会ったことがない。ドゥニっていうんですが、娘がその彼氏をうちに連れてこない原因はわたしにあるらしいんです。うざいから、ということでした。恋愛について娘に訊いてもうっとうしがられてしまうので、代わりにあなたの恋愛について訊かなくてはならないわけです」

彼女はもっと心地よい位置を探して、体を動かした。ビニールの敷物がカサカサ音を立てた。ヴィンセントはふざけた口調だったが、表情を見ると本心であることがうかがえた。本当に関心があるようだ。しかし、ミーナとしては何を言ったらいいものやら。そもそも非常に個人的な質問だった。プライバシーに関わると言ってもいいくらいだ。でも同時に、ヴィンセントほど一緒にいてくつろげる人はいない。彼と恋愛の話ができないのなら、他に相手はいないことになる。それに、デートがどんな〝結末〟を迎えたのか、ヴィンセントにはすでに察しがついているようだった。

「まあ、自分が本当に求めているのが何なのか分かったという感じでした」彼女は言った。

「ところで話は変わりますが、ファートブシュ公園の線はどうなんでしょう。ここに遺体が隠されていると、本気で信じているんですか？」

絶望的なほどぎこちない形で話題をすり替えてみたが、ヴィンセントの顔が輝いたところを見ると、あながち変なボタンを押してしまったわけではないらしい。

「ファートブシュ公園は、ストックホルムの公園の中で特殊なのは間違いありません」彼は言った。「南側の半分、つまり今わたしたちの前方にある部分は、ご覧のように、芝生と歩道で整えられた半円形。わたしたちが腰を下ろしている北側は、コンクリート製で直線的になっています。わたしの記憶が正しければ、この公園の設計者は、混沌と秩序を表現しようとしていたはずです。陰と陽、ディオニュソスとアポロン」

彼は、二人が座るベンチから一メートルほど離れた場所に立つ銅像を指した。

「ギリシャ神話の神たるアポロンに敬礼」彼は言った。「ディオニュソスはあちら側に立っています。ただし、酒器として。少なくともアポロンは男性です――太ものの片方はまるで馬のようですが」

「ええと、あなたと公園の像の間には何があるんです?」彼女は笑った。「執着だとすると、あまり健康ではない感じがしますが」

ヴィンセントは肩をすくめた。

「公共の場に立つ像には、わたしたちが思っている以上に、異教やオカルト的な象徴を扱ったものが多いんです。わたしはそこに惹かれる。こうした像たちが、町中に、だれにも見えず、だれにも気づかれないネットワークを築き上げているんです。わたしが神秘主義者だったら、こうした像のネットワークにより、この市にオカルトエネルギーが供給されていると言い出すでしょう。わたしは信じてはいませんが、それでも像が心理的効果を与えている可能性もありますよ。分かりやすい例だと……」

彼は、公園の真ん中にある低い噴水を指した。ミーナには、せいぜいバードバスの巨大版か、二つに割れた、縁がでこぼこした皿にしか見えなかった。

「この公園でアポロンとディオニュソスは何をめぐって競っていると思いますか? もちろん、

愛の女神アプロディーテです。彼女はあそこにいます。正しくは、彼女の大きく広げた陰部が」

「ヴィンセント！」

けれど、彼の言うとおりだった。確かにエロチックな形をしている。でも、指摘されなければ気づかない程度だ。

「要するに、この場所のすべての象徴物は、無意識のうちにわれわれの思考に影響を及ぼしているということです」ヴィンセントは言った。「この噴水のそばを通り過ぎざま、訳も分からず、突然恥ずかしい気持ちになったり興奮したり動揺したりする人たちがどれだけいると思います？　この公園でいちゃつく人が多いのはどうしてだと思いますか？」

ミーナが公園の反対側に目をやると、確かに、広げた敷物の上で抱き合うカップルが数組いた。周りには目もくれず、二人だけの世界に浸っている。

「遺体があるとすれば、あそこの芝生の下に埋まっていればいいのですが」ヴィンセントは立ち上がった。「アスファルトやコンクリートを砕くよりは、芝生を掘り起こすほうが楽ですからね」

ミーナも立ち上がり、二本の指で汗にまみれた敷物をつまみ上げてゴミ箱に捨てた。それから、噴水のある場所へ行った。ショートパンツの後部が濃い色の染みになっているような気がしたので、ヴィンセントに見えなそうな位置に立った。念には念を入れた。

「芝生でいちゃついている人たちに嫉妬してるだけでは？」彼女は言った。

噴水の中に遺体を隠せないのは明らかだった。浅過ぎる。足元の敷石の下も無理がある。小さい遺体を埋めるだけのために、わざわざ舗装を壊して、埋めたあとに石を元の位置にはめ直す人間はいないだろう。

彼女はヴィンセントのあとを追って、芝生へ続く歩道を歩いた。公園の南半分は端から端まで百メートルもない。

「ここに遺体を埋めるとしたら、どこに埋めます？」大き過ぎるのでは、という声で、ヴィンセントは言った。

一番近くでいちゃついていたカップル——黄色い敷物の上にいた三十代の男女——が、ギョッとして彼を見た。

「歩道脇でしょうね」ヴィンセントに負けず劣らず真剣な表情で、ミーナが言った。

女性のほうが身を起こして膝を抱えると、敷物の周りの芝生を恨めしそうに見回した。男性のほうは、殺してやると言わんばかりの表情で、二人を睨んだ。

ヴィンセントは、考え深げにうなずいた。

「掘ったり埋めたりしても気づかれにくいのは、あの辺りの芝生だな」ヴィンセントが言った。

カップルはグラスやワインや敷物をまとめ始めた。デートは完全におしまいのようだ。

「意地が悪いですね、ヴィンセント」ミーナは彼の脇を軽く突いた。

彼は眉を上げて、無邪気な顔でミーナを見た。

「何のことだかさっぱり……」それから、声を潜めた。「それより、あそこに植えてある木立、どう思います？　かなり密集しているので、あの中に入っていったり腰を据えたりするのはみんな避けるでしょう。あそこなら、掘り返してから慎重に埋め戻せば、上に草が生えそうまで、だれにも気づかれないのではないかと」

二人は木立へと向かった。突然、ヴィンセントがミーナの腕を取り、前方を指さした。彼がミーナに触れるのは稀だ。彼女のことをよく知っているだけに、そんなことはまずしない。恐らくヴィンセントは、彼女の腕を掴んでいるという自覚がないのだろう。ミーナはタンクトップ姿だから、ヴィンセントは彼女のむき出しの肌を掴んでいた。肌と肌が触れ合っているということだ。

なのに、彼女はパニックに陥らなかった。

少なくとも、今はまだ。

ぎりぎりまで、何も言わないことに決めた。代わりに、彼が何を指しているのか確かめた。そこの木々の間に生えている草は、その周囲の草より濃い緑色だった。

ヴィンセントはしゃがんで、草を数本抜き取った。

「なぜだろう?」彼は言った。「ここの草の色が濃いのは」

「分かりません。でも、わたしも色の違いには気づきました。日光が枝に遮られて、草まで届かないからとか?」

「かもしれない。これは間違いなく125715だ」

「何のことですか?」

「この色彩のカラーコードです。それをアルファベットに置き換えるとLEGOになる。だから何だとは訊かないでください、『要塞脱出大作戦《フォール・ボワヤール》』に関連したことなので」

何を言っているのかわけが分からない。からかわれたのかどうかも確かではなかった。恐らく、からかったわけではないのだろう。

ヴィンセントは一番近くの木の葉を観察してから、もっと奥にある木でも同じことをした。戻ってきた彼は、葉っぱを数枚手にしていた。

「うむ、この箇所は樹木の葉も、他より色が濃い。それに、ここには雑草も多い。おかしいですね、通常は、公園の管理事務所がそういったことをきちんとチェックしているのに」

ミーナには彼を見つめることしかできなかった。

「小さめのビニール袋を持っていませんか？」

訊くまでもなかった。ヴィンセントは、彼女がいつも持参していることを知っていた。彼女は小さいサイズの〈ジップロック〉を取り出した。ヴィンセントはその中に葉と草を入れてジッパーを閉めた。

「植物学者に早変わり？」ミーナが言った。「十五歳の頃のように押し花を作りたいのなら、もっときれいな葉っぱがあるでしょう。ついでにバラをドライフラワーにして、壁に吊してみては？」

「そんな必要はありません。今年の誕生日に、マリアからバラのドライフラワーをもらったので。ベッドの上に吊るしてあるんです」彼は携帯電話を取り出した。「葉や草がどれくらいみずみずしい状態を保てるのか分からないから、写真としても保存しておきましょう」

彼は袋の中の植物、それから木々の間の地面の草の写真を撮り、木の葉を接写した。

「あなたが一体何をしているのか、それを自分が知りたいかどうかすら分からなくなりました」彼女が言った。「なので事件の話に戻りましょう。異常なチェスプレイヤーがここのどこかに死体を埋めたと本当に信じているんですか？」

突然、ミーナの携帯電話が震えた。ヴィンセントが撮影した写真をすべて送ってくれたのだ。

「勘違いかもしれないので」彼はミーナに葉と草が入った袋を渡した。「確信が持てるまでは何も言うつもりはありません。昨日の捜査会議以来、わたしは特捜班によく思われていませんから。今夜のショーの準備もありますしね。今週末には今シーズン最後のショーが控えています。でも、写真と袋をミルダに渡すのはいい考えだと思いますよ。わたしの考えどおりなら、彼女の口から聞いたほうがいいでしょう」

95

「こんなことしてる時間ないでしょ！」

彼の母親が鼻を鳴らし、腕を組んだ。アーダムは笑った。

「時間の過ごし方くらい、自分で決めさせてくれよ」彼は言った。「母さんを気ままに食事に招待したっていいだろ？」

「思うんだけど」ミリアムは小さな簡易キッチン付きの彼の1LDKのインテリアを、批評の目でじっくり見回した。「ここには女性の手が必要よ」

「ぼくなら、一人でまったく問題ないって」

「信じられないね。ほら、あれ！」

彼女は非難するように、しおれた鉢植えを指した。「それに、あなただって、女っ気がないとあれでしょう」彼女は言った。「そうでないと男はしんどいものよ」

「母さん、いい加減にしてくれよ。こっちが恥ずかしくなる」

「わたしだって、いつまでもここに来られるわけじゃないんだから。あなたには、世話をしてくれる女性が必要なの」

二人は黙った。彼女の言葉が、その場に重くのしかかった。彼は、カロリンスカ病院での最新の診断結果について、まだ訊いていなかった。知りたいかどうかも定かではなかった。それからミリアムが咳払いをして、わざとらしく微笑んだ。自分のためにそうしてくれたことが分かり、彼はそんな母親が大好きだった。だからといって、気持ちが楽になったわけではないが。

「新しい部署に移ったって言ってたでしょ」彼女は言った。「気が合いそうな女性はいないの？」

「まあね。実は一人いる。ちょっと特別なひとでね」

「本人にはそう言った？」

「もう、やめてくれよ！　そういう感情は表に出さないようにしてきたんだから。向こうがぼくに気があるとは思えないし……事情は複雑なんだよ。それに、こんな狭いところで女性と暮らせって言われてもね」パスタをざるに入れて水を切ろうとしながら、アーダムは、ファーシユタ地区にある三十平方メートルの、この小さな１ＬＤＫの部屋を見渡した。

「こら」そう言ったミリアムに後頭部を叩かれて、アーダムは、ざるに入れるつもりのパスタをシンクにこぼしてしまう。「そういうことに気を使わないでいいの！　わたしの育て方のせいなのかしらね。何ですって？　狭いところ？　奥さんと子供四人が暮らせるだけのスペースならあるでしょ。わたしとあなたのお父さんとで暮らしてたウガンダに比べると、お城よ。あそこではね……」

「はいはい、その話ならもういいって。床が土の小屋に住んでたっていういつもの話だろ？」

「駄々っ子め」彼女は呟き、また彼の後頭部を叩いた。

「痛っ！　スウェーデンでは子供を叩いちゃいけないんだ、知っているだろ？」

「何言ってるの。あなたを生んだのはわたしなんだから、好きにさせてよ。自分は大人だと思っているようだけど、木のおたまで味見したりなんかして……」

「孫は四人だと思っているわけか」彼は言った。「そう言ったろ？」

「手始めにね。だから急ぎなさい、若くないんだから。でも、あの〈イケア〉のポスターは外しなさいよ。あれが壁に掛かっている限り、ここに足を踏み入れたいなんて思う女性はいないから」

母親は、ニューヨークのビルの横桁に腰掛けて昼食をとる建築作業員たちの白黒写真を顎で指した。

「いいから座って」アーダムは笑い、熱々のスパゲッティの入った鍋をテーブルの上に置いた。ミートソースの入った鍋を、その隣に置いた。

「お子様向けね」ミリアムは言ったが、それでも、皿に自分の分をたっぷりと盛った。「キッチンにも女性の手が必要だってことよ」

二人はしばらく無言で食事をとった。それから、アーダムがナイフとフォークを置いた。

「何て言われたの？」

彼女は息子の視線を避けた。パスタレードルに手を伸ばして、さらにパスタを取った。それから、小さな声で言った。「治療開始は明日」

静寂が降りたキッチンで、ナイフとフォークの音は銃声のように響いた。アーダムは自分の皿を遠ざけた。もうこれ以上、食べられなかった。

96

祖父を訪れるたびに、ミルダの心は嬉しさでときめいた。エーンシェーデにあるこの赤い家は、楽しかった子供時代を象徴していた。ここは、母方の祖父ミコラスそのものだった。

彼女がノックする前に、祖父がドアを開けた。

「おはよう！」大声で言った。「コーヒーを淹れているところだ！」

彼女は、まばゆいばかりのゼラニウムと西洋アジサイがところ狭しと並ぶ玄関ホールへ入り、靴を脱いだ。祖父のあとについてキッチンへ向かいながら、彼女は顔を少し歪めた。祖父の声が大きいのは、ここ一年の間に耳を悪くし始めたからだ。祖父も老いたのだ、とミルダは思わざるを得なかった。祖父はいつまでも生きていると思っていたかった。でも、そんな妄想を抱えて生きるわけにもいかない。

「腰掛けたらどうだ、疲れた顔をしているぞ」彼は叫んで、熱々のコーヒーをテーブルに置いた。

「怒鳴ってるわよ、おじいちゃん」彼女は大声で言った。

彼が微笑むと、日焼けした頬にえくぼがくっきりと浮かんだ。

「そうかね。まあ、耳が遠くなり始めてね。だけど、視力じゃなかったのは不幸中の幸いだ！」

「パンを持ってきたの」彼女はそう言いながら、紙袋から小さめの丸パンを取り出した。丸パン。祖父が大好きなタイプだ。彼女はパンを横半分に切ったあと、冷蔵庫の中段からバターとチーズを取りにいった。それから、キッチンテーブルの祖父の向かいに座った。祖父はバターは塗らず、上下半分にしたパンの片方をかじって目を閉じた。

「うまい」彼はそう言った。「焼きたて。たまらない美味しさだ」それから、真剣な顔つきになった。「それより、どうした？　何かあるようだな」

「ううん」無駄と知りつつ、彼女は手で振り払うしぐさをした。むろん祖父が諦めるはずはない。

「アディのことか？」

彼女はため息をついた。祖父は核心を突く名人だ。彼女は自分のパンにバターを塗ってから、この家に関する兄アディの要求を手短に話した。祖父は呆れた表情をして、荒れた手を彼女の手の上に置いた。

「どこの家族にも腐ったリンゴのような問題児はいる」彼は言った。「でも、おまえはいいリンゴ、ミーオ種だ。それが一番おいしいとみんな言ってる。果肉はフルーティーでジューシー、少しイチゴのような味がする。スウェーデンと英国の品種を掛け合わせたもので、両方のいいとこ取りと言えばいいかな。美しさは母親のウースターペアメンから、美味しさは父親のオラニーから受け継いでいる」

「その品種名って、児童文学から取ったのかな。アストリッド・リンドグレーンの」

そう言って、ミルダは微笑んだ。きれいなリンゴに例えられるのは嬉しかった。

「そう、そのとおり！」祖父の目が輝いた。「金のごとく素晴らしいリンゴだ。少なくとも、そう思われているよ」

「じゃあ、アディをリンゴに例えるとしたら？」

彼は鼻を鳴らした。

「あの子はリンゴじゃない。害虫のコドリンガ（蛾の一種）だ。幼虫はリンゴの果肉に侵入し、芯にまで入り込む」

「だけど、おじいちゃん、アディだって孫でしょ」

祖父は、また鼻を鳴らした。

「そのとおりだ。だが、自分の家族にそんな振舞いをするなんて」彼は呟きながら、眉をひそめた。「あのコドリンガと話をする必要がありそうだ」

彼女は祖父に目をやった。彼が怒ったところを見たのはほんの数回だけだ。でも、今の表情から判断すると、アディは苦境に立たされそうだ。

祖父は、また微笑んだ。

「おまえがここに来たのは、それが理由じゃないだろ？　アディの話をするだけのためにここへは来ないはずだ」

ミルダはテーブルに視線を落とした。特別の用事がなくても、祖父を訪れようと心に誓った。すぐにでも。そのときは、丸パンを持ってくるだけではなく、ヴェーラとコンラドも連れてきて、祖父をひ孫たちに会わせてあげよう。今日のところはともかく。

「気にしなくてもいい」祖父は言った。「わたしの知識が、温室の外の世界でまだ役に立つなら嬉しいよ。ただ今回は、おまえが袋に入れた毛を持参していないことを祈るがね（「魔術師の匣」参照）。あれはちょっと……特殊だったからな」

ミルダは笑いながら頭を左右に振った。祖父といると、何でも楽にできるような気持ちになれる。いつもそうだ。祖父といると困難なことはない。祖父がいなくなったらどうなるか、考えるのも怖かった。

彼女は朝食を横に押しやって、ミーナから受け取った写真とビニール袋を取り出した。細かなところまで祖父によく見えるよう、写真は拡大して印刷しておいた。

「今回は毛じゃなくて」彼女は言った。「草と葉なの。セーデルマルム地区のファートブシュ公園から採取したもの。写真で分かるように、一箇所だけ他のところより色の濃い草が生えているの。この色の濃い葉は、そこの木から採取したもの。公園内の他の木の葉や草は、色がずっと薄いのよ。この色の違いって、何が原因だと思う？　木が茂っているせいで日当たりに差が出ているとか、あるいは他の原因があるのか」

祖父のミコラスはキッチンテーブルの上のパン屑を払って、葉を袋から出した。うち二枚を光にかざし、観察した。それから親指と人差し指で慎重に揉み、においを嗅いだ。

「成長するものすべてにとって、太陽の作用は間違いなく要因のひとつになる」彼は言った。「だが、太陽と同じくらい――もしかしたらそれ以上に――植物に影響を及ぼす要因が草木の下にもある。つまり、土だ。土は場所ごとに異なる。ミネラルとか栄養の含有量が異なるんだ。土壌の湿度も高かったり低かったりする。この草と葉の色が濃いのは、周りで育つものより多くの葉緑素を生成しているからだ。つまり、この植物が育つ土壌には、窒素が多く含まれていると考えられる。写真に写っている雑草の状態からすると、他の栄養素も豊富なようだ」

「つまり、この土壌で局所的な化学成分の変化が生じたってことね」ミルダは言った。「こんなにわずかな面積で、それほどの窒素含有量の増加をもたらす原因って何？　近くに埋設された電気ケーブルとか？　銅管？　温度の違い？」

「そこはわたしには分からんよ」祖父は言った。「それを知るには土壌標本が必要だ」

祖父は葉と草を慎重に袋に戻し、ジッパーを閉めた。「どうしてまた光合成に興味を持ったんだ？」彼は言った。「ヴェーラの学校の研究課題かね？」

ミルダはもう聞いていなかった。恐ろしい考えが浮かんでいた。人体には約二キロの窒素が含まれている。腐敗の過程でその多くはアンモニアに変わるから、仕事の一環で古い遺体を扱うときは、うっかりアンモニアを吸ってしまわないよう、いつも注意している。その過程のあとも、ある程度の窒素は死体に残留し、それは死体が埋められた場所の土壌の窒素濃度を五十倍は上げるに十分な量だ。祖父が話してくれた葉緑素の差が説明できる。

彼女は拡大した写真を見た、木立の合間にある濃い緑色の箇所を。サイズにして二平方メートル弱。子供の遺体にはちょうどの大きさだ。

97

警察帽は日よけにはなった。おかげでミーナの頭が焼けるように熱くなることはなかった。

だが一方で、帽子の下の熱は耐えられないほどの温度に達し始めていた。この日はみんな制服姿で来るよう、ユーリアから要求があった。市民に存在をアピールし、仕事ぶりを見てもらうためだという。だが、ミーナはその考えに賛成したことを、すでに後悔していた。公園内の木陰に退散して帽子を脱ぐと、たちまち楽になった。

ヴィンセントがやってきて、彼女の横に立った。

「ユーリアは一体どうやってこんなに速く作業が行えるようにできたんだろう」彼は不思議がった。

二人の数メートル前で、ユーリアは、入念に少しずつ芝生を掘る鑑識員たちのそばに立っていた。

地中レーダー探査の専門家が、電磁波を地中に放射して探査した結果、遺体らしきものの存在がすでに確認されていた。ファートブシュ公園の草の下にあるのが本当に遺体なのか、もうすぐ明らかになる。

掘り始める前には、地面に長い棒を突き刺して、土壌基質の変化がどこから起きているのかチェックした。死体遺棄現場かもしれない場所の大体の輪郭を確認するためだ。もしこれが死体だとしたら、むき出しで埋められていると思われた。

ミルダがミーナに説明した内容によると、死体がジッパーで封のできるビニール袋のようなものに入れられていたら、窒素が土壌に出てくることはなかっただろうからだ。そろそろ鑑識員たちが死体を発見してもおかしくない。腐敗の程度は不明だが、どうであれ死体を傷つけぬよう、彼らは発掘調査する考古学者のように細心の注意を払って作業していた。

「実は、あなたがこの公園の名前を挙げた時点で、ユーリアに根回しを頼んでおいたんです」ミーナは言った。「今朝ミルダの電話で、ここに遺体が埋まっている可能性を告げられたときには事前準備は済んでいて、実際にチームを動かすまで数時間しかかからなかったんです」

「ということは、あなたとわたしが昨日ここに来たときには、すでにユーリアは公園の土地を掘り起こす許可を申請していた？　なのに教えてくれなかったんですか？」

「あなただって、わたしのショートパンツの後ろに濡れた敷物のせいで染みが付いていることを教えてくれなかったじゃないですか」

「それとこれとは話が別です。まず、あなたの臀部を見ようなんて思いませんよ。次に、見たとしても、紳士はそんなことは口にしません」

「じゃあ、見たってこと？　見たってことですよね？」

彼は顔を真っ赤にして激しく咳払いをした。「人間のボディランゲージを観察するのはわたしの習いです。ところで、ずいぶん作業に時間がかかってませんか？　ちょっと見てきます」

意地悪だったかもしれないが、ヴィンセントをからかうのが楽しみになっていた。恐るべき仕返しが返ってくるかもしれないが、それだけの価値はある。

「行ったってしょうがないでしょう。水泳のコーチが建築家を手助けするようなものです」彼女は笑った。「さっきの話ですが、あなたの言うとおり、話が別ですね。わたしがこの件について黙っていたのは、あなたの推理が間違っていてほしかったから。それに、通常ならこの手の許可を得るのに数週間かかるんです。だけど、どうやらストックホルム市としては、観光客が公園で子供の遺体に遭遇するような目に遭うのを避けたかったのでしょう。ユーリアが頼んでいたら、スコップだって用意してくれたと思いますよ。わたしとしては、今もまだあなたが間違っていると思いたい。心底から。だって、あなたが正しかったとなると……」

「分かってます」彼は言った。「わたしだって考えたくない」

鑑識員の一人が、突然手を振った。

「ここだ！」彼が叫んだ。「何かあるぞ」

その鑑識員をまっすぐ見つめたヴィンセントは、前回公園を訪れたときと同じように、ミーナの腕を掴んだ。今回も自分の行動を自覚していないようだった。ミーナは、自分の肌に触れる彼の肌を感じた。嫌な気はしなかった。

鑑識員たちのそばに立っていたユーリアが、何が見つかったのか見ようと前かがみになったとき、アンモニアの刺激臭があたりに広がった。

ユーリアはじっくり観察している。それが何なのか理解するのに、多少時間を要した。理解したくなかったのかもしれない。それから、彼女はミーナとヴィンセントのところへやってきた。

「好ましくないことになるわね」彼女はミーナに言った。「こんな状況で、政治の話をするなんて不謹慎かもしれないけど、仕方ない。警察本部の方針は、わたしたち特捜班の存在そのものに影響を及ぼすものだし、遺体の発見は上層部《うえ》の願望と相反する。彼らの見立てとは違う絵図になってしまったから」

彼女はメンタリストのほうを向いた。

「あなたは正しかったようね、ヴィンセント。おめでとう」

ユーリアは咳払いをした。彼女と父親エステンの公私の関係には、明らかな相違があった。無理もないことだろう、彼女の父親は警察本部長なのだ。

「ちょっと気になる話を聞いたんだが、おまえたちはまた、あの……手品師の意見を取り入れているらしいな」

「お父さん、あの人は手品師じゃなくて」ユーリアはため息をついた。「メンタリスト」

彼女は父親の目を見て、ヴィンセントの職業を正しく定義したところで何ら役に立たないことを悟った。

「すでにしっかりした手掛かりを摑んでいるじゃないか」彼は言った。「非常に嫌疑の濃厚な容疑者がいるだろう――マウロ・マイヤーのことだ。それに、わたしは警察官としておまえより長い経験を積んできている。そんな経験則で言えば、多くの場合、最も単純明快な答えこそが最も確実な答えなのだよ。それとは別の線は……わたしとしても、その線を追うのは中止せよと、そろそろおまえに直接通告しなくてはならなくなるぞ。おまえたちがノーヴァをコンサルタントに迎えたときからすでにわたしは疑わしく思っていたんだ。だが、少なくともノーヴァは……まあいい。だが今はどうだ、事態は混乱の極みだ。それもノーヴァの後釜に、あの……例の……」

ユーリアは深いため息をついた。七歳の頃に戻ったような気がした。牛乳を冷蔵庫に戻し忘れて、父親に叱られていたときのような気分だった。

「分かってる」彼女は言った。「でも、わたしたちが数時間前、ファートブシュ公園で子供の遺体を発見したという事実からは逃れられない。ヴィンセントと彼の推理のおかげです。だから、彼の指摘が正しくないとは言えないはず」

「別に……ヴィンセントが……間違っている、と言っているわけではない」エステンの声は、あのときと同じだった。彼女がゲートを閉め忘れて、飼っていたシェパードが逃げ出し、隣人のキャバリア・キングチャールズ・スパニエル犬を妊娠させたときの声。「だからと言って、もうひとつの可能性を排除するわけにはいかない。ヴィンセントの推理は正しいかもしれないが、マイヤーへの疑いも排除できない。おまえたちが焦点を合わせるべきは、マイヤーに圧力をかけて自白させ、共犯者がだれなのかを聞き出すことだ」

「だけど動機は?」ユーリアは椅子の上で姿勢をもぞもぞと変えた。

「おのずと分かってくる。動機は必ずある。聞き出せるときもあれば、そうでないときもある。しかし、まずは犯行自体からだ。事実。そして証拠。具体的かつ明確なもの。例えば、少年の衣服がやつのレストランに隠されていたこと。これは事実だ。やつの前妻はかねてから、やつは怪しいと警告していたそうだな。これも事実だ。それに、社会がもっと耳を傾けてくれたら、と願うときがあるよ。だが残念なことに、これが、われわれが向き合わなくてはならない現実だ」

遺憾そうに頭《かぶり》を振るエステンを、ユーリアは黙って見ていた。何を言っても無駄だと分かっていた。父が威張った態度で教訓を語り始めると、何も彼には聞き入れてもらえない。父は善意で言っているのも分かる。根は悪い人間ではない。だが、父は旧世代の警官であり、警官にお決まりのパターンにとらわれた考え方しかできない。事件がそれにうまく収まらなければ、収まるよう中身を増減させればいい。ときには真実を犠牲にしてでも。これはユーリアもときにプレーを強いられるゲームだった。決定権があり規則を決めるのは、上層部《うえ》の人間たちだ。警察に奉職したとき、彼女もそういうところだと理解していたはずだ。むしろ、ほとんどの新米警察官よりよく知っていただろう。

「そのもうひとつの線とやらに、これ以上時間を割くのはよせ。まともな警官らしい仕事をしなさい」

父の口調はにべもなく、ユーリアは謁見とお叱りの時間は終了したことを知った。そこで父の顔がぱっと晴れた。

「今度はいつ、孫に会わせてもらえそうかね。最後に会ってから、もうずいぶん経つぞ。早くしないと、ハリーが独り立ちしてしまうではないか！」

彼は立ち上がって、娘を片手でハグした。ユーリアはしばらく父親の肩に頭をもたせかけた。子供の頃、何度もしてきたように。それから体を起こした。

「この事件が解決したら、すぐにでも遊びに行く」彼女は言って、父親の頰にキスをした。

「心配無用だ、ユーリア、もうすぐ解決するさ。あの男を拘束しているからな！」

父の声が、部屋を出るユーリアの背を追うように聞こえてきた。

99

ヴィンセントは舞台に立っていた。この日の晩と明日金曜日、それに土曜日にショーがある。それが済むと、ツアーはやっと終了だ。ショーはそろそろ彼が自らベルトで首を絞める演目《ナンバー》に差し掛かっていた。これを披露するのもあと三回というのは幸運だった。もうこの演目には懲り懲りだったのだ。前回のショーのあとは、喉についた赤い痕をメイクで隠さなければならなかった。最近のショーでは、この演目を超自然現象でないものとして演じるようになっていた。もはや霊界と交信しているというような話はしなくなっていた。演目自体は同じものだったが、時事問題などをネタにするようになった。目下自分の周囲で起きている不快な出来事を咀嚼するための手段なのかもしれない。理由はどうあれ、以前よりも好調だった。カルトをテーマにしたパフォーマンスは受けた。

準備をしっかりしておきたかったから、彼は開演三時間前にストックホルムのオスカシュ劇場に到着していた。シーズン最後の週ということもあり、大胆なショーにするつもりだった。劇場のロビーで、彼の助手たちが観客たちに無料の縁なし帽を配っていて、ほしい人はだれでももらえた。白い布製のその帽子には、黒い点でできた模様が施されていた。

少なくとも五十人がその帽子をかぶって、観客席に座っている。ショーの第二部のため舞台に戻ってきたヴィンセントは、シャツ姿から、帽子と同じ模様のTシャツに着替えていた。

「こんなにたくさんの方々が、理由も分からないまま、その帽子をかぶる勇気をお持ちだと知って大変嬉しく思います」彼はそう言って両腕を大きく広げ、自分のTシャツを見せた。「ここにいらっしゃる皆さん全員――なんと八百五十七人全員――が、スウェーデンで最も賢明な方々である証拠を、わたしは摑んでいます。それはとりもなおさず、皆さんが今ここに座っているという事実です」

大して気の利いたセリフではなかったが、こうしておだてることで、観客たちの間に集団意識を生み出すのに役立つ。狙いどおり、観客のほとんどが満足そうに微笑んだ。彼が今から破壊しようとしているのは、この集団意識だ。

「一方で、それ以上の行動に出られた方もいらっしゃいますね」彼は言った。「帽子を受け取った方は、受け取らなかった方より明らかに好奇心が強い。だからどうだということを言っているわけではなく、単なる事実を述べているにすぎません。帽子をかぶっている方のほとんどは、最高の自分になることに関心があるのではありませんか？　皆さんのお宅の本棚には自己啓発に関する書物が並んでいるのでしょうし、そうした分野のセミナーに参加されたという方もいらっしゃるかもしれません。帽子をかぶっている皆さんは、それ以外の方々がまだ手に入れていない独自の物の見方をお持ちなわけです」

帽子組の大半がしきりにうなずくなか、帽子をかぶっていない人々はがっかりしたような顔で腕を組んだ。〝われわれ〟対〝彼ら〟という感情を生み出すのは、こんなにも簡単なのだ。彼がやったのはただひとつ――いつものように――いわゆる『バーナム効果』を用いたことだった。実際にはだれにでも当てはまるのに、まるで自分個人だけに向けられたように聞こえる言葉のことだ。さらに帽子組には柔らかい口調で話しかけ、よく微笑むよう心掛ければいい。

効果は覿面《てきめん》だった。

「皆さんくらいユニークで開かれた心の持ち主には」彼は言った。「特別な位相を介した交信が可能になります。皆さんとわたしは、特異な心の領域を共有しているのです」

さらなるお世辞。しかも、まるで意味がない。彼がいきなり「特異な心の領域」などと言い出していたら、乗ってくる観客はだれもいなかっただろう。でも、ヴィンセントはそう切り出す前に、通常なら受け入れないようなことを受け入れさせるよう観客の心を導く然るべき言葉を並べてきた。恐ろしいのは、あっという間に事が進むことだ。人の心を変えるのに、彼が発した以上の言葉は必要ない。

「奇妙に聞こえるかもしれませんが」申し訳なさそうに笑みを浮かべながら言った。「これは鍛錬すればあなたも身に付けられる特性なのです。脳から身体を切り離すということです。お見せしましょう」

彼は覚悟を決めた。ベルトを使う演目の時間だ。助手が帽子組の一人を舞台に上がらせ、ヴィンセントの隣の椅子に座らせた。ヴィンセントがベルトを喉に巻き付けると、いつものように観客がざわめいた。

「これは象徴的な意味で——文字どおりの意味でも——身体を切り離すためです」彼は緊張した声で言った。

彼は、怯えた表情の帽子の男性に片手を差し出した。

「わたしの脈を測ってください。そして、遅くなってきたら、合図を出してください。そうしたら、わたしは皆さんと分かち合う意識の中へ潜っていきます」忌々しいベルトは相変わらず痛かった。でも、あと三回の我慢だ。演目の以降のパートはいつもとさほど変りなく進行した。ヴィンセントは腕の脈をとめて意識を失ったふりをする。そして数分のうちに、帽子の男性の子供時代の体験や個人的な思い出を語ってみせ、果ては男性がこれまでだれにも話したことのなかった秘密まで、ひとつ二つ暴露していた。ヴィンセントと男性は、間違いなく思考を共有しているように見えた。

実のところ、ヴィンセントが使ったのは、相手の服装や言葉遣いやボディランゲージから引き出した純然たる推測、つまりバーナム効果にすぎない。そこに、ついつい男性のほうが解釈の助け舟を出してしまいたくなる曖昧な物言いを混ぜ合わせただけだ。

ヴィンセントの言うことが間違っていたとしても、例の特異なグループの他の人の情報をうっかり持ってきてしまった、と言い訳すればそれでよかった。そうすると、帽子をかぶった観客のだれかがハッと息を呑んで、自分のことだ、と呟くのが常だった。

パフォーマンスを終えたヴィンセントは、喉に巻き付けていたベルトを慎重に緩めて、脈が腕に戻ってくるようにした。

「ありがとうございます」彼は帽子組だけに向けて、そう言った。「ですが、この能力は、皆さんすべてに備わっているのです。実は、わたしはセミナー施設を運営していまして、そこでわたしたちが共有する意識と接触することを教えています。そこで二週間わたしと暮らして、わたしが皆さんに指導をする。ただし、非常に高額だということは申し上げておくべきでしょう。それに参加できるのは十人までです。さて、興味のある方?」

二十五本の手がすぐに挙がった。ヴィンセントは考え深げにうなずいた。少しでも長く間を入れようと、頭の中で十まで数えた。

「こうやって、カルト集団は作られるのです」彼はゆっくり言った。

その場が静まり返った。

さっきまでとは異なる感情が、観客席から沸き起こった。帽子をかぶっていない人々の心情が、先ほどまでの疎外感が、ざまあ見ろという思いと、自分たちの正しさが証明された思いからくる昂揚にとって替わった。自分たちは選ばれた側だと思っていた帽子組は、裏切られたと感じていた。彼らはヴィンセントを信用していたのに、不意打ちを食らった。観客が完全に感情に乗っ取られてしまわないようにするには、あと五秒以内に彼らの合理的思考を活発にする必要があった。そのためには、彼らがヴィンセントを憎む前に、〝苦い薬〟を飲ませなければならない。

「失礼いたしました」彼は、できるだけ申し訳なさそうな表情を作って言った。もちろん、これも演技だ。

「説明の前に、皆さんにはっきりとお伝えしておきたいことがひとつあります。皆さんが知的な方であると、わたしは心から信じています。一人残らずです。よろしいですか、帽子をかぶっている人とかぶっていない人との間に違いは何もありません。どちらかがどちらかよりも頭がいい、というようなことはないんです。違いがあるとすればただひとつ、わたしの助手から帽子を受け取った人がいること。すると、その帽子のせいで、かぶった人たちの間ですぐに集団意識が生まれました。それは、わたしが意図的に強めた意識でもあります。その帽子は、あなたたちから個人としてのアイデンティティーを剝奪しました。ここが、カルトを作り上げる際に、とても重要な要素です。あなたたちは共同体の一部になった。それにそもそも、〝共有する意識〟なんて、まるでナンセンスなんです。しかし、集団意識をさらに高めるために、自分たちだけに通じる独自の表現を作るのは、カルトでは大事なのです」

今やほとんどの人たちが帽子を脱いで、気まずそうに体をよじっていた。

「もう一度言います」ヴィンセントは言った。「だれが帽子を受け取ってもおかしくなかった。どうあれ、あなたと他の人たちとの違いはありません。あなたとわたしの違いもね。それから、あなたたちが目にしたわたしの演目は、心理学的な見せかけで、安っぽいトリックにすぎません。なのに、皆さんは大金をはたいて、わたしと同居なんぞをする気にさせられてしまった。大切なのは、偽りの教祖には気をつけるようにすることです」

今夜のエンターテイメントを講演に変えるつもりはなかったが、やむを得ないときもある。次の演目は、その埋め合わせに、華やかなものを用意していた。

「この模様に何か意味はあるんですか？」観客席のだれかが叫んで、帽子を振ってみせた。

「この黒い点ですけど」

「ああ、その点ですか」ヴィンセントは、いたずらっぽくウインクした。「点字です。『あなたに従います』と点字で書いてあるんです」

観客席全体に、その場の緊張をほぐすような爆笑が沸き起こった。彼は観客を見回して、微笑んだ。やり過ぎだと言いたい者がいても不思議ではなかった。だが、今そこにいるのは、さっきよりも騙されにくくなった八百五十七人の観客だった。

照明が変わったとき、突然見覚えのある顔がヴィンセントの目に入った。ショーの最中は、その女性に気づかなかった。ノーヴァだ、二階の最前列に座っていた。彼女は笑っていなかった。拍手もしていなかった。ただ腕を組んで、彼を見つめていた。それから、立ち上がってその場を去った。

100

彼が劇場の楽屋に行くと、すでにだれかがいた。ソファにだれかが座っているのに気づいて、ヴィンセントは思わずビクッとした。そこに人がいるとは夢にも思わなかった。実際、だれもいてはいけないはずだった。

「ごめんなさい、驚かせるつもりはなかったの」ノーヴァが言った。「だけど、警備員にここで待っていいと言われて」

ヴィンセントは、答える前に少し間をおいて気を取り戻した。ほんの一瞬、アンナが戻ってきたのかと思った。タトゥーを入れたアンナ、彼のストーカーだったアンナ。アンナとノーヴァは似ても似つかないというのに。テーブルに目が行った。ショーの最中に、だれかがお菓子の入った深皿をひとつとボトル入りミネラルウォーターを三本置いていっていた。彼に嫌がらせをするかのように。

「大丈夫」それから、彼は言った。「以前のツアーで、手段を選ばずに楽屋に侵入しようとするストーカーがいたんだ。その女性に直接会って話したんだけれど……いい結果にはならなかった。そのストーカーの部屋中にはわたしの写真が貼られていて、祭壇のような台まであった。

あれ以来、いまだに神経が尖っている気がします。それに、いつも楽屋では一人で過ごしていてね」

ヴィンセントは床に目をやった。ドアに鍵をかけて、しばらく床に手足を伸ばして寝ころぶつもりでいたからだ。でも、そんなことをしたら、ノーヴァは不審がるだろう。それに、ボトルの数が3であることも何とかしたい。彼女の向かいのソファに腰掛けて、カルトを取り扱った演目に対する痛烈な批判を覚悟した。ステージ上で〈エピキューラ〉の名前は口にしなかったものの、かなり近かった。

「押しかけるつもりはなかったの」彼女は言った。「ただ挨拶がしたかっただけ。素晴らしいショーを見せてくれたことに感謝したかったというのもあります。面白かった」

「ならよかった。不快な気持ちにさせたのではないか、と心配してたんで。何せわたしはショーの終わりで言いましたからね、教祖とかカルトが云々って。水はいかが?」

ノーヴァは頭を振った。駄目か。ボトルを一本、減らせると思ったのに。

「どうしてわたしが不快な思いになるの?」彼女は言った。「あなたは正しい。それに、意義深い話でもあったでしょう? わたしがしているような建設的で真っ当な社会運動と、有害で人をコントロールするカルトの違いを教えるのはいいこと」

ヴィンセントは、自分がしたかったのはそういう話ではないような気がしたが、何も言わなかった。

「それより、興味があるようなら……」彼女は自分のバッグを開けた。

ルイ・ヴィトンのバッグだった。ノーヴァは、表紙に〈エピキューラ〉のロゴが入ったパンフレットを取り出して、彼に差し出した。

「いつでもいらしてくださいね」そう言った。

ヴィンセントは、パンフレットをめくった。最初のページに、イタリック体の引用文が記載されていた。

エピクロスの　手引き　は　この　新たなる　時において　なお　不変なり
不安は　過ぎるまま　に　せよ　なぜ　ならば　かの　不安の　速き　こと
あたかも　彗星　の　星　を　過ぎる　ごとき　なれば
生の　平穏の　実相　とは　生の　浄化なり。
心すべき　ことは　何ものも　欲望　せず　痛みは　いかなる　ものも
避ける　べき　こと
欲望　なき　生と　は　汝を　解き放ち　汝に　もはや　なきは　苦痛であり、
全なるものを　成し遂げ　その　大いなる　成就を　満喫する　ことを
己に　許す　ことこそ　すべて
ヨン・ヴェンハーゲン

「この引用文なら、そちらのウェブサイトで見た」彼は言った。「お父上もエピクロス主義者だったとは知らなかった」

「どちらかというと、父方の祖父のほうだけれど」ノーヴァは言った。「父は時折、文章を書いたりして手伝っていた程度。祖父の哲学を完全に共有していたわけではありません。その引用文は、父が最後に遺したものです。……消える前に」

「消える？　お父上は事故で亡くなったのでは？」

ノーヴァの顔が青ざめ、視線が落ちた。

ヴィンセントは悔やんだ。何て無神経なんだ。そんな断定的な言葉で父親の死について思うことなんて、ノーヴァには避けたくて当然だ。なのに、彼はそうノーヴァに強いてしまったし、いまだに彼女を苦しめる慢性的な痛みの原因である事故のことまで思い出させてしまった。人の心が読めると自負する男が、聞いて呆れる。

「事故のあと、二週間、水中をくまなく捜索したにもかかわらず」彼女は言った。「遺体は発見されなかった。もちろん、父がもういないのは分かっていたつもり。でも、あの車に乗っていた幼い少女の心の欠片は、父がそのうち戻ってくるといまだに願ってる。無傷で、髪が少し濡れただけで帰ってくるって」

皮膚がふやけ、髪に海藻がからまった姿で生き返ったヨン・ヴェンハーゲンが、ノーヴァの家の呼び鈴を押す姿がヴィンセントの脳裡に浮かび、それを振り払おうとした。彼女がそんなつもりで言ったわけではないと分かってはいたのだが。

「お父上はなかなかの詩人ですね」ヴィンセントは話題を変えようとして、引用文を指した。

ノーヴァは笑った。うまくいったようだ。

「お世辞はいらないわ」彼女は言った。「部外者にはほとんど理解不可能な文ですもの。父は、使う単語の数にルールを設けていたんです。事前に決めた単語数より、多くても少なくてもいけなかった。何かを創作するときに、父はそういう課題を、自分に課していました。結果的によくなったかというと……ともかく、父の遺したものを讃える意味で、今でもその文を使っているの。裏面に住所が書いてあるので、先ほども言ったように、気が向いたらいらしてください。やっぱり、お水をいただいてもいい？」

そう言って、ノーヴァはテーブル上のボトルの一本を指した。これでよし。

「どうぞどうぞ」彼はできるだけ無頓着そうに言って、パンフレットを置いた。

ノーヴァは深皿に入っていた栓抜きで、ボトルの王冠を開けた。ヴィンセントはホッと息をついた。ようやく心が晴れた。自分用には空のコップに洗面台の水道水を汲んだ。

「ところで、わたしもあなたと同じ事件の捜査にかかわっているんです。例の子供が殺された事件」彼は言って、また腰掛けた。「背後にいるのは組織化された団体だというあなたの考えは興味深い。しかし、過激派組織というものは、たいがい、世間の目を避けるものです。なのに、この事件では、むしろ世間に見てもらいたがっているように見える」

ノーヴァは彼を見つめながら、ボトルから直接水を飲んだ。完璧に塗った口紅はまるで剝げなかった。

「自分自身は見られたくない」彼女は言った。「けれど自分たちのメッセージは見てもらいたい、というのは？」

「そのメッセージとは？　あなたが提唱した水が関連しているという説？　残念ながら、この推理はもう通用しない。今朝、警察はファートブシュ公園で新たな子供の遺体を発見した。わたしの知るところ解剖はまだのようですが、見つかった遺体は他の事件と関連しているはずだ。そしてファートブシュ公園は水域からかなり離れている。あるのは噴水だけです」

ノーヴァは笑い、きらきら光る目を彼に向けた。彼女は、部屋いっぱいに存在感を放っていた。ヴィンセントは、感心せずにはいられなかった。自分も彼女のように、見るからに……何と言うか、人を惹きつけるようになりたかった。率直にいって、これまで彼女の主宰するテレビ番組がなかったのは不思議だった。依頼はあったものの、断っていたのか。ノーヴァは必要以上の注目を集めたくないようだった。講演家の世界では稀だ。

「むしろこれで、わたしの推理が裏付けられたのではありませんか？」彼女は言った。「あのファートブシュ公園は、昔は湖だった。他の人はともかく、あなたが知らなかったとはね。六百年ほど前にはセーデルマルム地区の真ん中に湖があって、人々の暮らしにはとても大切な湖だったんです。水と魚の供給源だから」

そうだった。あの公園はストックホルムの重要な水源の遺物だ。そのことを思い出せなかったヴィンセントは、自分を恥じた。思い出していれば、ペーデルはさぞや聞きたがっただろう。

「一六〇〇年代末には湖がごみだらけになってきたため、ファートブシュ泥沼と呼ばれるようになっていた」ノーヴァは続けた。「悪臭は凄まじかったそうですよ。しかし、水抜きされたのはようやく一八〇〇年代中頃になってから。ストックホルム南駅周辺に住宅地を開発するためだった。つまり、この町がたかだか二百年前に作られるずっと前から、あそこには〝水〟があった。それが公園になった。そこで遺体が発見されたわけです。何をにやにや笑ってるんですか？」

ヴィンセントは笑い声をあげた。にやにやしていたとは気づかなかった。ノーヴァも一緒になって笑う。また目がきらきら輝いた。推理が正しいのは彼女のほうで、自分は間違ったのだと、ヴィンセントは考えてしまう。でも、彼の結論が正しくないとしたら、これからどうなるのか分からなかった。だとしたら、以前よりも自分は殺人犯を理解できなくなったことになる。

ノーヴァは立ち上がって、彼の腕に手を置いた。

「わたしたちって、あなたが思っている以上に似ているのかも」彼女は言った。「わたしのほうが少し賢いだけでね。お待ちしていますわ。先ほどの住所にどうぞ」

101

ペーデルは、ヘルマンが午前中に店にやってきたらすぐに訪れるつもりだった。通常なら、金曜日の午前中はその週に質入れされた品物のリスト作成の時間で、店が開くのは昼食時だ。でも、ヘルマンから電話を受けて、ペーデルは客が来る前に用件を済ませるほうがいいと思った。

ペーデルはガラスケースに顔を近づけて、目の前の、紺色の布の上に置かれた品物を見つめた。

「昨日は電話をどうも」彼が言った。

「どうってことない。書面にあった特徴を読んで、すぐにこの時計だと分かったよ。一日早く手配書が届いてたらよかったんだがなあ。とはいえ、あんたが来るまで、万一のことがないよう見張ってたさ……」ヘルマンは、満足そうに自分のお腹を叩いてみせた。

ペーデルは、この質屋のヘルマンとは何年にもわたって何度も顔を合わせていた。警察に協力できたときのヘルマンは、いつも満足げだった。

「あと、刻印も入っているんだっけ？」ヘルマンは嬉しそうな笑みを浮かべながら、時計を裏返した。

「アラン・ヴァルテション、還暦祝」ペーデルが読み上げた。

アラン・ヴァルテション。オッシアンの父方の祖父。フレードリックの父親だ。

年々大きくなる見事なお腹のせいで、ガラスケースの向こうにはヘルマンが立つスペースがほとんどなかった。ペーデルと同僚たちは、旧市街《ガムラ・スターン》にあるこの店から彼を外に出すのにのこぎりが必要になる日が来るぞ、とよく冗談を言っていた。

「で、持ち込まれた品はこれだけ？」他の物品を見ながら、ペーデルが訊いた。「もう売っちゃったものもあるかい？」

時計の他に、金の指輪と真珠のブローチとビスマルクチェーンのアクセサリーセットがあった。

「いや、すべてここにあるよ。盗難品は受け取らない主義なんでね。だから、このブツを見てすぐに警察に連絡した。親父が警官だったから、警察には協力するよう教えられてきたわけよ」

「感謝するよ」ペーデルはヘルマンの肩を軽く叩いた。「じゃあ、今から、重要な質問をさせてもらうよ。これらを持ち込んだのはだれだ？」

「おれたち二人の顔馴染みさ」ヘルマンは含み笑いをした。「だから、おれはいつもより警戒してたのかもな」

　それから、彼は沈黙した。ペーデルはこの手のやりとりに慣れていた。ヘルマンはこういったときにじらすのが好きで、ペーデルもそれに付き合ってやるのにやぶさかでない。彼は小さな店の中を見回した。多種多様の品物の寄せ集めが、彼の子供のような興味を煽った。昔の分厚いテレビからアクセサリー、潜水用具や埃をかぶった切手収集、それにアナグマの剝製らしきものまで、ありとあらゆるものが揃っている。

「だれなのか知りたくないのか？」ヘルマンがいたずらっぽい目で言った。

「そりゃ、もちろん」ペーデルがうなずいた。「頼むから教えてくれよ、ヘルマン」

「だったら、まずは、おれのなぞなぞに答えてみろ」

「だと思ったよ」ペーデルは笑った。「で、今日はどんななぞなぞを用意してるんだ？」

　ヘルマンはくすくす笑った。

「いくぞ。男が使う調味料って何だ？」

「うーん、何だろうなあ」ペーデルは言った。考えながら髭を掻いた。たいていは正答できるのに、今回は何も浮かばない。彼はため息をついた。

「難し過ぎるよ。降参」

　ヘルマンは思わせぶりに間を置いた。

「お酢《オス》！」彼はそう叫んで、むせるほど笑った。

　ペーデルは、笑いながら頭を振った。

「どこでそんなくだらないなぞなぞを見つけてくるもんだか。さあ、そろそろ、お馬鹿な刑事を気の毒に思って教えてくれよ。一体だれなんだ？　常習犯か？」

ヘルマンがうなずいた。「ああ、ここの常連だ。〝パッテ〟と韻を踏む名前といえば何でしょうか？」彼はまた、くすくす笑った。

ペーデルは額にしわを寄せた。これは答えられるはずだ。パッテ……そこで彼は顔を輝かせた。「マッテ！　マッテ・スコーグルンド！」

「正解」ヘルマンは満足そうに、自分のお腹を叩いた。彼は布の上の品物を指した。「なかなかの品なんだぞ。ちょっとやそっとじゃ……」

「悪いが、ヘルマン。これは持っていかせてもらうよ。分かってるとは思うけど。また来るから、新しいなぞなぞを考えておいてくれ！」

「今度来るときは髭を剃ってくれな！」ドアに向かうペーデルに、彼が叫んだ。「よい週末を！」

ペーデルは外へ出るや否や、携帯電話を取り出した。

「もしもし、アーダム。ペーデルだ。ベルマンス通りのオッシアンの両親宅住居侵入に関する陰謀論はすべて除外していいと思う。常習犯の仕業だった。マッテ・スコーグルンド。そう、そのとおり。外回りの警官にやつを探すよう伝えておく。だけど、盗難品は取り戻せたから、この事件は仕舞いだ」

彼は電話を切った。それから、独り笑いをした。お酢。かなり笑えるな。

102

「グッジョブ」ミルダが素っ気なく言った。

今のBGMは、シャロット・ペレッリ（一九七四年〜。スウェーデンの歌手）の『千夜一夜物語』で、ミルダが無意識に鼻歌を歌っているのも聞こえる。ローケは常に静かな影のように待機していて、いつでもミルダの指示に従える態勢にあった。

「わたしじゃなくて、ヴィンセントのお手柄です」ミーナは、メンタリストにちらりと目をやった。

なぜかヴィンセントの喉元にかすかな赤い線が付いていた。実のところ、今回の捜査が始まって以来、ヴィンセントの首にそういった痕が出没することにミーナは気づいていた。訊いてみないと。でも今はそのタイミングではない。

ヴィンセントは解剖台の上の遺体を見つめていた。解剖室に入る前に、これに耐えられると思うか、ミーナはヴィンセントに繰り返し尋ねていた。大人の遺体だって、目にするのは苦痛を伴う。子供の遺体はもっときつい。でも、彼は大丈夫だと主張した。いつもより青ざめたその表情から、大丈夫ではないことがうかがえた。

「ちょうどこの子を縫合したところ」

そう言ったミルダは、パチンと音を立ててゴム手袋を外した。

「何か分かったことは？　傷は他の子供たちと同じでしたか？」ミーナはそう言って、解剖台のこの名前の分からない少年から視線を外した。少年が身元不明のままなのは恥ずべきことのような気がした。どこかでだれかがずっと、この子がいなくて寂しい思いをしているに違いない。

ヴィンセントの喉で胃の内容物がヨーヨーのごとく上がったり下がったりしているのか、一定の間隔で唾を呑み込んでいる音がするのにミーナは気づいた。でも、彼女が冷静を保っているからと言って、彼よりうまく状況に耐えられているわけではなかった。子供の遺体は自然に逆らうものだ。それがもう四体目だ。

「遺体はしばらく埋められていたことを考えると、いささか事情は変わってくる」そう言って、ミルダはスピーカーのボリュームを下げた。「わたしたちにとってプラスなのは、埋められた死体は分解に時間を要するということ。地中の温度が低いことも一因だし、ハエがいないのもそう。とは言っても、腐敗は相当進んでいる。皮膚が層ごとに分離してしまっていて、解剖が少しばかり困難だったわね。さらに組織には死蠟化も見られる。でも、答えはイエス。他の被害者との類似点があった」

彼女は黙った。シャロット・ペレッツリの歌声がかすかに流れていた――〝わたしの夢の中には、いつもあなたがいるの〟

ヴィンセントがまた唾を呑んでから、口を開いた。

「どの程度の類似です?」声はこもっていた。

「かなりと言える」ミルダは答えた。「肺に同じ痕が見られ、咽頭から例の同じ繊維が採取された」彼女は、分析に送られるのを待つ証拠品が載っているスチールワゴンを顎で指した。

「それを決めるのは、わたしじゃなくてあなたたち。とは言え、監察医としてのわたしの印象は、手口にかなりの類似点が見られるということ」

ミーナは物思わしげにうなずいた。横目でヴィンセントをちらりと見て、ここから連れ出したほうがよさそうだと思った。だが、そろそろ帰ろうかとミーナが言う前に、ヴィンセントは口を開いていた。

「同一犯だと？」


「時期は？」彼は言った。「殺人が行われた時期についてはどう思われますか？」

ミルダは台の上の遺体に目をやって、額にしわを寄せた。

「それは難題ね。わたしに言えるのは推測だけよ。遺体が土中にあったのは、せいぜい二か月。ただ鵜呑みにはしないでほしい。死蠟化を始めた遺体を相手にするのは容易じゃないのよ。でも、それが役立つときもある。死蠟化が速いと、死体に残った傷がはっきりと保存される場合があるから。でも今回は残念ながらそのケースではなかった。ところで、死体のそばにこんなものを発見した。あいにくプラスチックは自然環境下で分解しないから、いつ埋められたかを割り出す役には立たないけど」ミルダは台の上の透明の容器を指した。赤と青のおもちゃらしきものが入っている。

ヴィンセントはそれを見にいった。顔色は少しよくなっていた。

「レゴの車だ」彼は携帯電話を取り出した。「いいですか……？」

ミーナがうなずいたので、ヴィンセントは写真を撮り始めた。彼のレゴへの関心は、ミルダの死体への関心に匹敵する高さだ。

「この子のおもちゃだと思いますか?」ミーナが言った。

「そうじゃないと信じる理由はないかな」ミルダが言った。「こんなものを一緒に埋めるというのも妙な話だけど、今回の事件で妙なことって、これだけじゃないでしょ」

ミーナはうなずいた。ミルダは正しい。ヴィンセントは、撮ったばかりの写真に没頭しながら歩いてきた。

「ありがとうございます、ミルダ」ミーナは言った。「試料の分析が終わり次第、話を聞かせてください――それ以外にも何かあったら連絡してください。単なる思いつきでも構いません。今はどんなものでも助かります」

「でしょうね」ミルダは堅い口調でそう言うと、助手に向かってうなずいた。彼は遺体を載せた台を動かし始めた。

ミーナとヴィンセントがドアに向かう間に音楽のボリュームが上がり、ペレッツリの歌声が背後から聞こえてきた。〝蒼い黄昏時に影が差し始めると、愛を求めて夢見てしまうの。忘れられない……〟

廊下に出、ドアが閉まるや、ヴィンセントは顎の先を胸にめり込ますようにぐったりうなだれて、数回深呼吸をした。それから顔を上げて、ミーナと視線を合わせた。

「子供が四人」彼は言った。「だれかに誘拐され、同様の手口で殺された。しばらくは眠れそうにないですね」

「そうですね。ただ、ひとつ問題があります。解剖室で見た遺体は、あなたのチェス説、つまり『騎士の巡歴』説を裏付けるはずだった。あなたの推測どおり、遺体はファートブシュ公園で発見されました。でも、馬との関連が見つからない。そうなると、遺体が本当にチェスのパズルの一環なのか、ただの偶然なのか分からない。あなたの言うチェスが連続殺人のパターンであるとする推理は、二つのことに基づいています。ひとつは、死体を遺棄した場所。もうひとつは、しおりとリュックサックと落書き。でも、わたしの知る限り、レゴの車は馬とは何の関係もない」

　ヴィンセントは考え込むようにうなずいた。

「分かってます」そう言った。「それに、レゴの車のうちのひとつに、何となく見覚えがあるんです。何かが腑に落ちない」

103

　ヴィンセントは聞かされた住所にあるビルカスターン地区のアパートのインターホンを押した。すぐにブザーが鳴り、カチッと正面玄関が解錠される音が聞こえた。

「勤務時間をこんなことに費やすのはいかがなものかと」ミーナは懐疑的だった。

「たしかに警察は容疑者を勾留していますが」彼は言った。「何らかの集団による犯行という線もまだ排除できません。つまり、四件の殺人で、被害者は子供ばかり――犯行には相当な覚悟が必要でしょう。『カルト』なんて言葉を使いたいと思ったことは過去になかったけれど、やはり一番しっくりくるのはその言葉なんじゃないかと思い始めました。最終的には、警察が押さえたマウロが、その集団の指導者だったということになるのかもしれない。でも、それはひとまず置いておきましょう。実はスウェーデンに一人、この国にはどんな団体があって、どんな活動をしているのか、その全体像を把握している人物がいるんです。うまくいけば、ここから帰るときには過激な集団による犯行説を捨てられるようになっているかもしれません。上はそれを望んでいるんですよね」

「でも、わたしたちがマウロを勾留したのは月曜日です。今日は金曜日です。勾留期間が切れてしまう前に、マウロに集中すべきではありませんか？」

「こう考えてみては？　もし犯人がマウロだったら、警察はすでに彼を捕まえている。ゆえにあなたはこの面会に費やす時間的余裕がある。マウロでないとしたら、まだ事態は進み続けている。危険に晒されている子供が、どこかにいるかもしれない。何かを看過できるような余裕はわたしたちにはない。言い替えれば、ここで極めて重要な知識が得られるかもしれない」

ミーナは彼を見つめた。

「あなた以外の人の意見だったら……」そう言いかけた。「でも、まあいいでしょう。この訪問には意味があると仮定します」

三階まで階段を上った。エレベーターは人一人入るのがやっとのサイズで、ヴィンセントはそんな狭いところに閉じ込もる気はなかった。しかしヴィンセントにとって運がよかったのは、エレベーターもしばらく掃除がされていないようだったから、それを見るなりミーナも乗るのを拒否したことだった。

「信じてください」ヴィンセントはそう言ってから、表札にユングと書いてあるドアの呼び鈴を押した。「あとでランチをおごりますから」

三十代の赤毛の女性がすぐにドアを開け、二人に挨拶をした。「来ていただけて助かりました」申し訳なさそうに言って、女性は二人が部屋の中に入れるよう、後ろへ下がった。「資料のほとんどが自宅にあるものですから」

ヴィンセントは、ミーナが不安そうに周りを見回していることに気づいた。彼女がリラックスできるような住まいの持ち主は、恐らくどこにもいないだろう。さっき彼が言った「信じてください」だって、これは無駄足なのだという彼女の意見を抑えるには十分ではなかったのではないかと疑っていた。

ベアータ・ユングの自宅は、ありがたいことに掃除が行き届いていた。ミーナは少しホッとしたようだ。ヴィンセントの探るような目に気づき、ミーナは大丈夫だというようにうなずいた。

「仕事部屋にどうぞ」

ベアータは、二人を明るく広い部屋へ案内した。本やファイルがきちんと並んだ本棚でいっぱいだった。

「カルトに関する研究と資料について、スウェーデンで最高の権威だとヴィンセントからうかがっています」ミーナはそう言って、青と白の縞模様の安楽椅子に腰掛けた。もちろん座る前にまず、染みがないか生地を調べた。

「そんなご立派なものではありませんよ」ベアータは机の後ろに腰掛けた。

大きく美しいダークウッドの机だった。ヴィンセントはどこに座ったらいいのか分からず、立ったままでいた。

「残念ながら、腰掛けられる場所はそこくらいなんです」ベアータは、グレーのビーズクッションを指した。

クッションに沈んだヴィンセントが心地よい姿勢を探してもがく間、ミーナは声を殺して笑った。いかにもプロフェッショナルであるという威厳を発散できそうな姿勢はないだろうかと奮闘した。うまくいかなかった。今日着ているリネンのスーツがビーズクッションとまさに同じ色合いであることも助けにはならなかった。むしろ自分はクッションに浮かぶ頭部のように見えるのではないか？　そして、唯一クッションから突き出ているのは、クッキーモンスターのイラスト入りの濃い青緑色のソックスだった。

「あなたの記事はいくつも拝見しています」自然に喋ろうというヴィンセントの努力はうまくいっていなかった。「幅広く、深い知識に感銘を受けました。それに、ジャーナリズムだけでなく、心理学も修了なさっているんですよね？」

「ええ、どちらを専攻しようか決めかねていたんです」ベアータは笑った。「最初は心理学者になろうと思っていたのが、学位取得を前にして、自分がなりたいのはジャーナリストだって気づいたんです。とは言え、この〝遠回り〟は今の仕事に大いに役立っているので、学生ローンの返済通知が届いても文句は言いません」

「すみません、例のヤルヴセー事件の本を書いたのはあなたなんですか？」机の上の本を指して、ミーナが言った。

ヴィンセントはまだ読んでいないが、数年前に話題になった作品だ。二家族が皆殺しにされた一月の運命の夜に、あの小さな町で何が起こったのか、それを凄惨な細部に至るまで書き上げた作品らしい。その小さな集落では、長年にわたってカルト宗教めいた活動が行われており、それが最終的に殺人に至ったのである。ヴィンセントの記憶が正しければ、テレビドラマにもなったはずだ。感心せずにはいられなかった。

「ええ、そうです」ベアータは、期待の目で二人を見た。「それで、お二人がお知りになりたいことというのは？」

「それがよく分からないのです」ヴィンセントがそう言いながら体をくねらせた。ビーズクッションが体重の移動でガサガサと音を立てた。「自分たちが何を探しているのかまだ不明なのです。言えるのは、現在活動中のある集団で、その行動がどうも……不可解、であるというくらいです。なので、まずは、スウェーデン国内にどういったカルト的なグループがあるのかを把握しておきたいのです。そして、危険になり得るのはどの集団なのかを」

「意図的に曖昧に話していらっしゃいますが、何のことか分かったように思います。しかし、ご存じとは思いますが、非常に大きなテーマです。表面をちょっと引っかくくらいのことしか申し上げられませんが、できるだけお答えします。わたしにも五歳の息子がいますから、本当に心が痛みます」

そう言って、ベアータは壁に掛かっている写真を顎で指した。かわいらしい赤毛の男の子の写真だ。にっこり笑っていて、前歯が一本欠けているのが見える。

「では、カルトの基本的な概念から始めましょう」彼女は言った。「どの程度の知識がおありですか？」

「わたしたちはノーヴァと意見交換をしました。その際に多少は聞いています」ミーナが言った。

「ノーヴァは優秀ですよ。脱会者の手助けを随分してきた人です」ベアータは言った。「すると彼女から、スウェーデンには三百から四百のカルト教団があって、そのうち破壊的なものは三十ほどというのは、聞いていますか？」

「ええ、そのようなことを言っていました」ミーナはうなずきながら言った。

「実のところ、『カルト』という言葉そのものには危険という意味は含まれていません。『包丁』は危険だと言うようなものです。包丁は、もちろん人に害を加えるために使えば危険でしょうが、素晴らしい夕食の材料を切るのに使うなら否定的な意味はないわけです。カルトもそうです。問題なのは、意図や目標、そして活動内容なのです。カルト集団にもいろいろなタイプがあります。多くの人は、カルトは宗教に関する団体だ、と真っ先に思うでしょうし、それが最も一般的なタイプのカルトではあります。ですが、『カルト』と呼ばれる集団の中には、経済や哲学、あるいは売上に基づくカルトだって存在します」

「そんなふうに考えたことはありませんでした」ミーナが言った。

「ただし、方針がどんなものであろうと」ベアータは続けた。「破壊的なカルトのほとんどは権力によって動かされています。創設者の権力欲です。起ち上げた当初はそれが目的ではないかもしれない。でも、権力は腐敗します。人間を中から腐らせるのです。ここにお金が伴うことも多いのですが、お金は必ずしも必要ではない。ときには権力それ自体が一番重要なものとなります。そして残念ながら、大抵は悲劇的な結末を迎えてしまうのです。集団自殺の話は聞いたことがあるでしょう。ジョーンズタウン（「人民寺院」なる大規模なカルトを率いたジム・ジョーンズが南米ガイアナに築いたコミュニティ）では九百人以上が亡くなりました。多くは睡眠薬《ジアゼパム》とシアン化物を加えたブドウジュースを飲んで死亡しましたが、これを飲むのを拒否した人たちは銃殺されました。〈ヘヴンズ・ゲート〉（UFOを信奉するカルト集団。97年、ヘール・ボップ彗星の接近を機に集団自殺した）では、約四十人が睡眠薬入りのウォッカを飲んで死亡しています。似たような例は、いくらでも挙げられます」

「恐ろしいですね」ミーナが言った。「ですが、カルト教団に惹き込まれてしまうのは、何らかの特徴を持つ人なのではないかと思うのですが。騙されやすかったり、無知だったり、孤独だったり」

　今やミーナは椅子の座面の縁に腰掛けていた。当初彼女が思っていたよりも興味をそそられているようだった。ヴィンセントとしては、この面会に固執した自分が許されたサインだと思いたかった。

「そう思うのは危険です」ベアータが言った。「カルトに入信するのは、社会に溶け込めないとか孤独といった、疎外感を抱いている人々だけではありません。人には、人生の意味を見つけ出そうとする習性が備わっているのです。自分に目標を与えてくれる何かを求める習性ですね。家柄がよく、安定した生活を送り、家族や友人がいる人も例外ではありません。思っているより早く、人生の意味への探求は、それを与えてくれる者に乗っ取られてしまうものなんですよ。ヴィンセントさんなら、こうしたことに一家言お持ちではありませんか？」

「混乱《カオス》の中で育った人間は、やがてカオスを忌み嫌うようになるものです」ヴィンセントはうなずきながら言った。「そして強力なコントロールを及ぼす組織や集団に入信する。しかし一方では、厳しい家庭で育ったがゆえに、厳格な制約を課す組織を押し戴く者もいる。人間の成長過程には混乱《カオス》と支配《コントロール》の両方が存在するから、そこから受ける個人的な影響を避けられない可能性もあるわけです。ひとつうかがわせてください。今回の事件との関連で最も言及すべきカルト集団――〈サイエントロジー〉のような名の知れたものは別として――は何だとお考えですか？」

ヴィンセントはまた姿勢を変えた。ビーズクッションが音を立てる。ベアータは眉にしわを寄せた。机の上の深皿からゴムバンドを取って、赤毛をポニーテールにまとめた。ヴィンセントは、ミーナが羨ましそうな目をしたことに気づいた。赤毛の女性に対するくだらない偏見は多い――奔放だとか野性的だとかよく言われる。そういった考えが、ミーナの頭の中をよぎったのだろう。ミーナの考える赤毛の女性たちは、彼女ほど頻繁に消毒液を手に吹きかけないのだろう。彼女がしているように自分に枷をはめて生きてはいないのだろう。あるいは単に、素敵な髪だと思っているだけかもしれない。

サムソンが何と主張しようと、ヴィンセントはミーナに、人柄は髪の毛で判断するものではないと言いたかった（旧約聖書に登場する怪力の英雄。力の源が髪にある）。彼女の豊かな黒髪は素晴らしいと言ってやりたかった。長かろうと短かろうと。でも、そんなこと、どう言ったって馬鹿みたいに聞こえるだろう。

「どの角度から見るかで変わりますね」ベアータは言った。「声価を確立している集団か。われわれがすでに十分な知識を持っている団体か。新しいものか。まだよく把握できていないものか。できるのは、わたしが作成したリストをさしあげることくらいです。それも完璧なリストだという保証はありません。わたし自身が行った脱会者へのインタビューに、他の研究者から得た事実をまとめたもので、事例によってはジャーナリストによる潜入取材からの情報も利用しています。わたしは何年も、スウェーデンにおけるカルト集団を調査研究してきました。それでも、すべてをカバーしているとは言えません。カルトには、一見すると正常な見かけの裏に、己の実像を隠してしまう独特の能力があります。もちろん、全部の集団がそうではありません。あからさまに異常なものもありますが、大抵はそうではないのです。そういったタイプが一番厄介だとも言えます。組織として、規模の点でも財力の点でも大きいのに、一般人は全く聞いたこともないというような。例えば、〈東方閃電〉はご存じですか？」

ヴィンセントもミーナも、頭を左右に振った。

「正式名は〈全能神教会〉。一九八九年に中国で設立されました。全世界に数百万の信者がいます。過去に殺人、誘拐、他の宗教集団の乗っ取り等を行なってきました。彼らの信仰の基盤は、主イエスが楊《ヤン》という名の女性として再臨したという教えです。中国で何度かいざこざを起こし、国内での布教ができなくなってから、世界中に広がっています。今はスウェーデンにもありますよ。〈プリマス・ブレザレン〉はいかがでしょう。ご存じですか？」

ミーナはまたも頭を振った。ヴィンセントには聞き覚えがあった。

「製造業界における、一企業帝国をコントロールしているのです」ベアータは言った。「三十八のスウェーデンの企業が、彼らとかかわりがある可能性があります。これは極端に閉鎖的なカルト教団で、スウェーデンの信者は約四百人。極めて保守的で、男尊女卑と外界からの徹底的な孤立が特徴です。なので、自分たちの学校もあります。というように、話し出したらキリがなくなってしまいます。わたしが作成した資料は完璧ではありませんが、それでもお役に立てば幸いです。ピースがいくつも欠けているパズルを無理やり作ったようなものですが」

「構いません。ありがとうございます」ヴィンセントが言った。

ビーズクッションから立ち上がろうとしたが、うまくいかなかった。ミーナがまたも、声を抑えて笑った。ヴィンセントは彼女を睨んでから、また立ち上がろうとした。力んだあまり、うなり声が出てしまう。ミーナはもう我慢できなかった。彼女が大声で笑うと、ベアータも笑った。それから二人はヴィンセントを哀れんで、立ち上がると彼の腕を一本ずつ摑んで、クッションから彼を一気に引っ張り上げた。

「やれやれ」彼は言った。「若者用の家具に、おじさんは座るもんじゃない。このクッションに沈んだまま一晩を過ごす羽目になると思いましたよ」

彼はズボンと上着を手で撫でつけて、しわになっていないか確かめた。実のところ、ミーナと目を合わせたくなかったのだ。引っ張り上げてもらったときに感じた距離の近さと体温が、やけに気になっていた。

ミーナも同じく目を合わせたくないらしく、すでに玄関へ向かっていた。

「ベアータさん、ありがとうございました。資料はメールで送っていただけますか?」彼女は肩越しに訊いた。

「ええ、もちろん」ベアータが言った。

ヴィンセントとベアータが握手をする間に、ミーナは外へ出た。

ヴィンセントが外に出たときには、ミーナはすでに一階下にいた。ヴィンセントは階段を下りながら何気なく携帯電話の通知をチェックした。そのうちのひとつを目にして驚いた。足を早めた。

「待って！」彼は叫んだ。「ミーナ、待って！」

正面玄関で、やっと追いついた。彼は携帯電話を掲げた。

「ランチはおあずけ。これを」

「何ですか？」

よく見ようと、彼女は近寄った。それから、大きな声で毒づいた。

「嘘でしょ？　マウロに？」

104

パソコンの画面で、黒い文字の大見出しが輝いていた。

児童連続殺人容疑者に児童虐待の前科

ミーナは苛立って、机をコツコツと指先で叩いた。ヴィンセントと一緒に警察本部へ直行したので、空腹でおなかに穴が開いたようだった。やっぱりここに来る前に、ヴィンセントにランチをおごらせればよかった。ミーナは怒りで爆発しそうだった。

「わたしたちがこのことを知らなかったのはどうしてです？」彼女は言った。

「このとき、マウロは十七歳だった」ユーリアが言った。「つまり未成年。だから、ずっと前に記録が削除されていたのよ」

「なら新聞はこの事実をどうやって？」ミーナが言った。「こんな記事の掲載が許されるなんて！」

「今となってはどうでもいいことだろう」彼女に負けないほど苛立った声で、ルーベンが言った。「重要なのは、その記事が正しいということと、理にかなうってことだ。ああいった連中は、大人になって急にやらかすんじゃなく、若い頃にはもう始めてるものだからな」

「でも、説明のつかないことが多過ぎます！」そう言ったミーナは、不満をため込んだ目で、机を囲んで座る同僚たちを睨んだ。「マウロはいまだに事件への関与を否定しているじゃないですか」

「関与してるに決まってるさ！」ルーベンが鼻を鳴らした。

「でも、こういう情報をもってしても、彼の勾留をさらに延ばすのは難しいんじゃないかなあ」ペーデルが言った。

「オッシアンくんの衣服が彼のレストランで発見されたことに変わりはない」ユーリアは言った。「しかも隠してあった。そして今度は有罪となった事実。わたしはルーベンの見解に傾いています」

「衣類はトイレタンクの中にありました」ミーナが言った。「マウロが被害者の服をトロフィーと見なしていたとしたら、殺人犯がそうしたものをあんなふうにぞんざいに隠したケースなんて聞いたことがありません」

「きみには殺人犯やトロフィーについて、あれこれ言えるほどの経験があるってわけだ」ルーベンが皮肉を言った。「じゃあ、どう隠すのが〝殺人犯っぽい〟んだい？」

ユーリアに睨まれて、ルーベンはあからさまに呆れた顔をしてみせた。暑さで、みんな必要以上にカリカリしているようだった。おまけにマスコミが――今回のすっぱ抜きの前からすでに――血に染まった海を泳ぐサメのように動き回っていた。マウロ逮捕の事実がマスコミに漏れたことで、緊張は高まっていた。〈スウェーデンの未来〉の党首テッド・ハンソンはことあるごとに、マウロはスウェーデン生まれではないと、ソーシャルメディアを通じて、自分に耳を傾ける人々すべてに向けて繰り返していた。彼の主張は、今回の記事でますます強固にされたことになる。今や被害者が四人になったとマスコミが嗅ぎつけたらどんなことになるか、ミーナは想像したくもなかった。

「とにかくわたしは、納得できないことがたくさんあると言いたいんです」彼女はため息をついた。「オッシアンくんの衣服の隠し方とか、マウロはいかにして、だれにも見られずに幼稚園から着替えを持っていけたのか、という問題があります。例の衣服は、衣服置き場のオッシアンくん用の箱に入っていたはずです。連れ去ったのは女性だったという女の子の証言はどうです？　マウロの前妻のイェンニは、マウロには共犯がいると主張していましたが、目撃証言に一致する人物は彼の周囲にいません。すでにわれわれは、少女の目撃証言の信憑性は高いと判断しています。自分たちの仮説に都合がよくないからといって疑い始めるのは筋が通りません。そもそもマウロとオッシアンくんやヴィリアムくんとのつながりがわたしには納得できません。それを言ったら、火曜日にファートブシュ公園で発見された被害者とのつながりだってそうです。ミルダは、この無名のままの被害者の遺体からも、同じ肺の傷と繊維を発見しています。マウロはなぜこの子たちを殺害したんですか？　警察を混乱させるため？　だとするとやることが極端です。あるいは、まず最初にマウロは自分の娘を殺し、それから無差別に他の子供たちを手に掛けたと？　皆さんは、マウロにはすでに会っていますよね、そんなことがあり得ると本気で思ってます？　わたしたちがやるべきは、その過去の事件についてもっと調べることじゃないんですか？　みんなだって、単純に白黒をつけられない事件があるって分かってるでしょう。ねえ、ヴィンセント、何か言って！」

ミーナはメンタリストに言った。彼は会議中ずっと沈黙を保っていた。

「わたしは何も言えません」彼は居心地悪そうに体をよじった。「マウロに関しては、すみません、発言のしようがありません。会ったこともないので。ただ、今うかがった話から判断するならば、わたしはあなたに同意します。腑に落ちない点がいくつかあるようですからね」

「そりゃ、あんたはミーナに同意するでしょうよ」ルーベンはため息をついた。

「もしマウロでないとしたら」ペーデルが、髭を引っ張りながら言った。「彼にまつわる不思議な偶然の一致の謎を解かなくちゃならなくなりますよ。実のところ、まだクリアしないといけないものが他にもあるんです。ヴィンセントが言っていた馬との関連性とか」

「どういうこと？」ミーナが言った。

ペーデルは、一ページ目が見える状態で机の上に置いてある、今日付けの〈アフトンブラーデット〉紙を指した。

馬術大会参加者、児童殺害容疑で逮捕という見出しだった。黒い棒状の線で目隠し加工の施されたマウロの写真がある。

ミーナはハッとした。馬、術、大、会、参、加、者。マウロ宅の棚の中のトロフィーを思い出した。彼は、わざわざ説明してくれた。「若い頃は、いろいろな活動に参加していました。乗馬からフェンシングまで」

彼女はマウロの家で、彼の過去を間近に見ていた。馬の絵が彫り込んである馬術トロフィー。このつながりに数日前に気づいてもよかったのに、見逃してしまうとは。そうはいっても、いま問題になっているのはマウロが若い頃の話で、数十年前のことだ。乗馬の話は、玄関で何気なく聞いたにすぎない。世界で乗馬に興味があるのは、マウロだけではない。だからピンとこなかったのも仕方ないか。

ペーデルは、意見を求めるように机を見回した。

「やっぱり、少し奇妙だと思うんですよ」彼は言った。「容疑者に乗馬の経験があって、同時に、現場からは毎度……馬……に関するものが見つかるっていうのもね。ミーナ、ヴィンセント、どうです、単なる偶然だと思います？　ぼくはむしろ、その反対だと思いますけどね。マウロにとって、ますます不利な証拠になるんじゃありませんか？」

「この国で、乗馬にかかわったことがある人はたくさんいる」ミーナは両腕を広げた。「わたしが子供の頃は、クラスの女子の半分が乗馬をしてました」

「そりゃそうだけど」ペーデルは言った。珍しくミーナと反対の立場を取ることになり、明らかに気まずそうだ。

「そのとおりです」ヴィンセントが言った。「マウロと馬には関連がはっきりありますね。それに、馬と殺人犯にも明らかに関連があります。チェスを始めとする遺留品がそれを示唆しています。ですが、ミーナも正しい。スウェーデン乗馬連盟には十五万五千人の会員がいます。

マウロの他にも、馬に関係している人間は大勢いるわけです」

ユーリアが驚いた顔をした。

「以前調べたことがあったものですから」彼は申し訳なさそうに言った。

「それに、マウロにはアリバイがあります」ミーナが言った。

「ええ、でも、そのアリバイを裏付けているのは彼の妻です」ユーリアが言った。「だから、彼女が本当のことを言っているのかどうか判断し難い」

ボッセが隅にある水入れのほうからよろよろと歩いてきたので、クリステルは耳の後ろを掻いてやった。

「おれはミーナの言うことに一理あると思うけどな……」ためらいがちにクリステルが言った。

ユーリアは、腕を組んで壁にもたれているアーダムに視線を向けた。「あなたは？」

彼はすぐには答えず、熟考しているようだった。

「どちらも理解できます」ようやく言った。「多くの疑問符が残っているという点ではミーナに同意します。しかし同時に、物的証拠は物的証拠です。マウロがオッシアンの服を所持していたことに対する妥当な説明が他にできるでしょうか？　服が発見されたのが奇妙な場所だったことには、何かしらの説明がつくようにも思います。違う場所に隠していたのだが、見つかりそうになったので慌てて一時的にトイレの中に隠したとか」

「マウロと話をさせてください」ミーナは探るような眼差しをユーリアに向けた。「ヴィンセントも同席の上で」

しばらくためらってから、ユーリアはうなずいた。

「馬と子供服で十分じゃないか」ルーベンは不機嫌そうに言ってから、うんざりした顔で〈エクスプレッセン〉紙をめくった。「おまけに児童虐待の前科持ち。決まりだ。あいつに違いない」

105

「一体何が何だかさっぱり理解できない」数日間の勾留で、マウロは疲れ切った様子だった。蛍光灯のせいで、小さくてがらんとした部屋の三脚の椅子から長い影が伸び、緑の囚人服を着たマウロの顔は灰色がかって見えた。ミーナはマウロと同じ机に着き、ヴィンセントは、二人の会話がよく観察できるよう、壁際の椅子に腰掛けた。

「だれかが衣服をあそこに置いたんです」マウロは続けた。「イェンニだ、イェンニに決まってる」

「イェンニさんにはアリバイがありますし、オッシアンくんとはつながりがありません」ミーナが言った。「それに、あなたに不利な証拠は、レストランで発見された物以外にもありますね」

ミーナは、机に触れないよう注意していた。取調室でウェットティッシュを取り出すわけにはいかない。両手を膝に置いて、自分が腰掛けている椅子のことは考えないようにした。椅子も拭くことはできない。

「えっ？　他にあるわけがない。わたしは何もしていないんですから。決して……」

「十七歳のとき」彼女が遮った。

「何があったのですか？」

マウロは啞然とした。

「えっ？　あれは……」

「あなたが前歴について黙っていたのはなぜなのかを、わたしたちは疑問に思っているんです。わたしはあなたの調書を調べましたが、どこにも見当たりませんでした」

「だれも訊いてこなかったので」マウロは両腕を広げてみせた。

「とぼけないでください。こうした状況で、それが極めて重要なのはご承知でしょう。親権争いのときに明るみに出なかったのですか？　イェンニさんはこのことを知らないのですか？」

「ええ」マウロが小声で言った。「前妻は知りませんでした。知っていたら、わたしに不利になるよう利用したはずです。ですが……本当は、事実と異なるんです」

「どんな点で？」ミーナが言った。

「あれは虐待ではありません」マウロは言った。「わたしたちは付き合っていたんです。わたしが十七歳で、彼女は十四歳。両思いで自発的な関係でした。相手は、わたしと同じ乗馬クラブのメンバーでした。ですが、彼女の両親は快く思っていなかった。わたしはお眼鏡にかなわなかった、あるいはわたしは十分にスウェーデン人ではなかったということか……」

「彼女は法廷で真実を告げたのですか？　両思いだったと」

マウロは苦笑いを浮かべた。

「いいえ。供述内容を変えたら新しい馬を買ってやると彼女の両親が約束したんですよ。彼女はずっと馬を欲しがってた」

マウロは口をつぐんだ。腕をがっちり組んで、両手を脇の下に入れた。それから、悲しげに机に目を落とした。ミーナがヴィンセントに目をやると、彼はかすかにうなずいた。マウロが真実を語っているのは明白だった。

二人はしばらく黙った。聞こえるのは換気扇の音だけだった。

「馬についての件もうかがわなければいけません」彼女は言った。

「馬？」

「はい。すべての被害者の発見現場にあったのが、馬に関する遺留品だったのです。ご想像どおり、あなたに乗馬の経験があるという新事実は、あなたにとって有利にはなりません」

「乗馬の経験があるのは、わたし以外にも大勢いるじゃないですか」

「ええ、あなたの他に十五万五千人も」

ミーナの目の隅に、ヴィンセントが壁際でかすかに笑うのが映った。

「乗馬を始めたきっかけは？　男性としてはあまり一般的ではないのではありませんか？」

マウロは一瞬躊躇してから言った。

「一般的ではない、という表現は控えめですね。乗馬人口の九十パーセントは女性ですから。でも、わたしの母が希望したんです。母はイタリアの馬牧場で育った大の馬好きで、ある夏、わたしを乗馬合宿に参加させたのです。アスファルトとコンクリートに囲まれていない世界を見せてやりたいという狙いもあったのでしょう。そして、わたしはすぐに気に入りました。それなりの才能もありましたしね。それがきっかけですよ。両親が費やしてくれたのは時間と熱意だけではありません。わたしの大会参加のためなら、惜しまずに費用を払ってくれました」

自分の両親のことを前向きに語るマウロを見ていると心が痛んだ。ミーナの家族はそうではなかった。そして、彼女自身、そのような親ではなかった。彼女は立ち上がった。「まだしばらくここにいていただくことになりますが、今うかがった話について調べるとお約束します」

「助かります」マウロは言った。

「ひとつだけ質問させてください」立ち上がったヴィンセントが言った。e4、e5。イタリアン・ゲーム。あなたならどう守りますか？」

マウロは当惑した。視線がヴィンセントとミーナの間を行き来した。

「守る？　わたしがだれを……？　すみません、サッカーのことはさっぱり分からなくて。どうしてそんなことを訊くのですか？」

「何でもありません」ヴィンセントは言った。「勘違いでした」

ミーナがドアを開け、ヴィンセントが部屋の外へ出た。

「彼にチェスの知識はありません」彼女の脇を通り過ぎざま、彼が小声で言った。

ミーナが最後に見たのは、また虚ろな目に戻ったマウロだった。がらんとした部屋では、換気扇が鳴り続いていた。

106

会議室のテレビに映るテッド・ハンソンの勝ち誇った顔を、ルーベンは嫌悪感とともに見つめていた。前回の記者会見は成功だった——〈スウェーデンの未来〉党首の動画は口コミで大きく拡散された。だから、テッドが新たに伝えたいことがあると告知すると、たちまちマスコミが群がった。今回は〈TV4ニュース〉が、彼とのインタビューを生中継していた。

きっとマウロの話だろう、誓ってもいいくらいだ、とルーベンは思った。同僚たちには声をかけなかった。みんな忙しいし、テッドが彼らの関心を惹くような話をするとは到底思えなかった。必要となれば、あとで見ればいいことだ。好むと好まざるとにかかわらず、この新たなテレビインタビューだって、捜査に何らかの形で影響することになる。

今回もリッリの母親イェンニが、党首テッドの横にいた。二人は国会議事堂の外にあるミント広場に立っていた。戸外のほうが、自分を庶民的に見せられるとテッドは判断したのだろう。二人の顔にははっきりとほくそ笑みが浮かんでいる。『他人の不幸は蜜の味』というわけか。

ルーベンはテレビに時折目をやりながら、今日の〈アフトンブラーデット〉紙をめくっていた。マウロの犯行であることに疑いを持っていたわけではなかった。ミーナと違って、彼は〝ひづめの音を聞いたら、シマウマではなく馬を思い描く〟タイプだ。つまり、確率の高い当たり前の結論から考えるべきだと思っている。それなのに、テッド・ハンソンとイェンニ・ホルムグレーンがマウロの件で喜色満面でいるのを見ると、何かがルーベンをひどく不快にさせるのだ。

「真実が明るみに出て、わたしたちはホッとしていますし、感謝の気持ちでいっぱいです。マウロ・マイヤーは犯罪者です。リッリちゃんのお母さんであるイェンニさんが絶えず、そう言い続けてきたにもかかわらず、だれからも耳を貸してもらえませんでしたが、やはりあの男は罪のない子供たちを虐待していたのです。あんな男を、このスウェーデンで野放しにしてはいけません、あれは猛獣です。わたしたちは、ついに正義が為され、娘さんのために闘ってきたイェンニさんが報われるときが来るのを期待している次第であります」

テッドは、不可視の涙を目尻から拭っているイェンニに腕を回した。

ルーベンは鼻で笑った。マスコミは、こんな茶番によく付き合っていられるものだ。

「真実が明らかになって以来、皆さまからいただいたたくさんのご支援に感謝しています」イェンニが言った。「マウロが、その罪にふさわしい罰を受けるのを待ち望んでいます。リッリは天国のどこかから、ママが自分のために闘ってくれた、闘い続けてくれた、ママありがとう、うれしいよって、ニコニコしながら喜んでいると思います」

イェンニがまた見えない涙を拭くと、テッドは爪が食い込まんばかりに彼女の肩を抱いた。

ルーベンは目を逸らして、〈アフトンブラーデット〉紙を再びめくり始めた。二人の声を聞くだけでうんざりなのに、顔まで見せられるなんてたまったものではない。

中央見開きに掲載されているイェンニとの長いインタビューで、ページをめくる手がとまった。より人間味を出すためか、彼女の写真は自宅で撮影されていた。うちの一枚でイェンニはソファに座ってリッリの写真を膝に抱いており、背後の整理ダンスの上の家族写真が数枚、写っていた。

ルーベンは突然、前かがみになった。写真に顔を近づけて、じっくりと観察した。それから、悪態をついた。

「くそっ！　特大くその特盛りだ！　ミーナが正しかった、やったのはマウロじゃない」

イェンニの後ろの額入りの大きな写真をルーベンは見ていた。見覚えのある人物と一緒にイエンニが写った肖像写真。ルーベンはテレビに顔を向け、ニヤリとした。テッド・ハンソンの得意顔も、もはやこれまでだ。

107

ヴィンセントは、冷静を保てと念じながら、エレベーターに乗り込んだ。警察本部を出たのは考えたかったからだ。馬の手掛かりについて話すうちに、直近の遺体と馬との関連性をまだ見つけていないことに気づいたのだ。レゴの車の謎もまだ解明できていない。だから、文字どおり新しい観点を求めて、ストックホルム市庁舎へ歩いてきた。

彼は目を閉じて、自分は塔内にある狭い上りエレベーターの中ではなく、〈ＩＣＡ〉スーパーマーケットのレジの列に並んでいるのだと想像した。乗客たちの体が密着し、想像の一助となった。扉が開いて観光客が一斉に降りてくれたので、また呼吸ができるようになった。

ヴィンセントは最後に降り、その場に立って見回した。今いるのは市庁舎とつながった塔を半分くらい上ったあたりで、小さな博物館のようなところだった。

「すみません《エントシュルディグン》！」

ドイツ人家族が、彼を押しのけて前へ進んだ。男の子たちは、プロペラがてっぺんに付いた、青と黄色のスウェーデン国旗の色の帽子をかぶっていた。

「どういたしまして《ビッテ》」彼は呟いて、展望台へ続く階段を探した。

視界が利くほうが考えやすい。つまり距離だ。上から街を眺めると、パターンが見える。街路網や公園や公共の建築物の配置のただなかにいては迷ってしまう。地面を歩く者の目からは隠された大きな関連性や関係性は、距離を取らないと見えてこない。

パターンの全体像を把握するのは、その細部のただなかをさまよっていては不可能だ。脳のためにはズームアウトしてやる必要があった。

階段を見つけ、見上げた。細い塔に沿って階段がぐるぐる昇っている。アルフレッド・ヒッチコックの『めまい』に出てくる階段にそっくりだ。エレベーターならまだしも、さすがにこれは……。しかも、人でいっぱいだ。うまく行ける気がしなかった。

でも、市庁舎は警察本部から楽に歩いてこられる距離にある。以前はレストラン〈ゴンドーレン〉の展望席をよく利用していたが、あそこに行く勇気はなかった。前妻ウルリーカとあの店で会って以来、二年間、あのレストランに行っていなかった。彼とウルリーカはあそこで……いや、思い出したくなかった。従業員が全員入れ替わらない限り、あそこに足を踏み入れる気にはなれないだろう。

階段の一段目に足をかけ、壁がすぐそこにあることを意識しないようにしながら、上り始めた。塔内の段数は全部で三百六十五。一年の日数と同じだ。塔の高さは百六メートルで、エレベーターで来られるのはその半分ちょっとの五十四メートルまで。残りの五十二メートルを歩いて上ることになる。一年を構成する週の数も五十二。段数もメートル数も暦年を表しているのは偶然だろうか？　そんなはずはない。

彼は気を紛らわそうと携帯電話を取り出して、ゆっくり階段を上がりながら、ファートブシュ公園で見つかった二つのレゴの車の写真を選択した。この謎を解くために、彼はここへ来ていた。ミルダが間違っている可能性だってある。レゴは被害者の持ち物だったという説に、彼はミルダほど確信が持てないでいた。

青いレーシングカーと赤いレッカー車。見たところ、どういうことはない。むしろそこが怪しい。

ヴィンセントにかかると、何もないはずのところに意味が見えてくる。ゆっくりと階段を上がり続けながら、今回も絶対に何かあるはずだ、と考え始めていた。なぜなら彼はわずか数日前、レゴとモスグリーンについて同時に考えたことがあった。そのすぐあとに、警察がモスグリーンの草の下から、よりによってレゴを発見する確率は？　しかも、彼自身が指定した場所で。彼が自分でおもちゃをあそこに置いたなら話は別だが、もちろん、そんなことはしていない。まったくの偶然から信じられないようなことが起こることはあるが、彼は、そんな偶然が嫌いだった。

彼は立ちどまって一息ついた。一番上まではまだ何段も残っている。

あの青いレゴの車に見覚えがあった。その理由を思い出せると思っていたが、駄目だった。

また写真を見る。車の片側に擦り切れたシールが貼ってある。可能な限り拡大してみると、「drif」というアルファベットが何とか読み取れた。

また階段を上り始めながら、グーグルに「Lego《レゴ》 Drift《ドリフト》」と打ち込んだ。車に関することだとすれば「ドリフト」は妥当な推測だろう。検索結果としてレゴの車が数台現れたが、求めているものはない。彼はまたシールを見た。そこにある言葉はdで始まってはおらず、その前に擦れたアルファベットがひとつある。それが何かは分からないが、選択肢はそう多いわけがない。

いちかばちかで、「Lego《レゴ》 Adrift《アドリフト》」で検索した。今度はうまくいった。携帯電話の画面いっぱいに、公園で見つけたレゴの車の写真が現れた。車のセットの広告写真も、作り方や商品の番号も出てきた。

そこでふいに、見覚えがあった理由が分かった。ベンヤミンが小さかった頃、実物の車のミニチュアである〈レゴレーサーシリーズ〉が売られていて、この車もそのひとつだった。息子は、ヴィンセントが頭に浮かべた青いレーシングカーとブロックセットをもらっていたのだ。

やっと一番上に到着した。ヴィンセントは展望台へ出た。眼下に美しい夏のストックホルムが広がっていたが、彼はもう、街の光景には集中できなかった。脳の中ではすでに、パズルのピースがはめ込まれ始めていた。急いでボールペンを取り出したが、紙がないことに気づき、手の甲に書くことにした。今まで分かったことを書き留めた。

レゴレーサー。8151。アドリフト・スポーツ。
レゴクラシック。5116。ブロックセット。

熟考してから、二行目に抹消線を引いた。ベンヤミンのブロックセットが今回の件に関係しているとは思えない。でも、見つかった赤い車は青い車と同じサイズだ。恐らく同じレゴシリーズの車だろう。携帯電話に保存した写真をじっくり観察すると、この車にも擦り切れたシールが貼ってある。「Tow T」と書いてある。グーグルで「Lego《レゴ》 Tow《トウ》 Truck《トラック》」で検索すると、一発で赤い車の組み立て方と、「ターボ・トウ」という商品名が出てきた。やっと勢いに乗ってきたぞ。彼は新しい情報を書き留めた。
レゴレーサー。８１５１。アドリフト・スポーツ。
~~レゴクラシック。５１１６。ブロックセット。~~
レゴレーサー。８１９５。ターボ・トウ。

あとは、パターンを見つけ出すことだ。

彼はセーデルマルム方面の水域を見渡した。西に目をやると、葉の生い茂るロングホルメン島の木々が見える。あの島のホテルは、昔刑務所だった。この街は見渡す限り水だ。水、そして死んだ子供たち。

アドリフト。トラック。

ベンヤミンのレゴとのつながりで、少なくともひとつは収穫が得られた。赤い車は青い車より少し新しいようだが、二種とも十年以上前から店頭には並んでいないモデルだ。こうした小さなタイプのモデルは、中古市場にもあまり出回らない。これが殺人犯からのメッセージだとすると、ファートブシュ公園で発見された子供を殺す計画は、かなり以前から計画されていたことになる。あの子が生まれる前からだ。一体これはどういうことか。まだ存在しない人間の殺害計画を練るなんてあり得ない。たぶんこれは重要な疑問だ。ただ、今ここで、答えなくてはならないものではなさそうだった。

『騎士の巡歴』が事件と関係がなかった場合、公園で見つかったあの子は、悲しむべき一事件の被害者にすぎない。あのレゴの車は、ゲーム好きの狡猾な殺人犯が残した手掛かりではないのかもしれない。レゴ車の外見に、おかしなところは見当たらない。説明書どおりに組み立てられているようだ。ミルダが正しかったのか。ただ単に、殺されたときにあの子が偶然このおもちゃを手にしていたということか。

だが、そうは思えなかった。

プロペラ付きの帽子をかぶった例の子供たちがドイツ語で何か叫びながら、彼の後ろを走り過ぎようとした。彼は手摺に体を押し付けて、場所を空けてやった。彼のずっと下では、人々が芝生の上で日光浴をしている。手掛かりが車自体にないとしたら、車の名称はどうだろうか？　アルファベットからは何も得られなかったので、発売順に振られた商品番号をアルファベットに置き換えてみた。８１５１８１９５はＨＡＥＡＨＡＩＥとなった。意味をなさなかった。

しかしアルファベットというものは、ＡからＩまで九文字しかないわけではない。Ｉよりあとにあるアルファベットを得るには、数字を二つずつ組み合わせなくてはならない。試してみた。最初の二つの数字を組み合わせると81。81番目のアルファベットは存在しない。ゆえに最初の文字は8のまま、つまり八番目のＨとしよう。次の数字を組み合わせると15。つまりＯだ。次の組み合わせは18、Ｒ。次は19、Ｓ。最後に5が残り、つまりＥ。

ヴィンセントは、手に書き留めたアルファベットをじっと見た。

Ｈ　Ｏ　Ｒ　Ｓ　Ｅ。

馬《ホース》。

　馬の歩みで形成される順序《Turagapadabandha》。

　騎士の巡歴。

　ドイツ人観光客たちが、ますます大声を上げていた。

108

「自分たちのしたことが分かってるんですか？」

ルーベンの声は、押し殺した怒りで震えていた。仕事中は大抵の感情は抑えられる。しかし今日のこれはかつて見たこともない愚行だった。彼とユーリアはミント広場に急行し、広場に着いたときには、ＴＶ４のインタビューはちょうど終わったところだった。二人がイェンニ・ホルムグレーンに話が聞きたいと言うと、テッド・ハンソンはそそくさとその場を離れた。警察のそばにいる姿は見られたくないのだろう、とルーベンは察した。特に、テレビカメラの周りに観客が集まっているときには。観光客にとっては金曜日のちょっとした娯楽なのだ。ルーベンはイェンニに警察本部まで同行を求め、この件については彼女に選択の余地がない旨、はっきり伝えた。イェンニは観衆の前でひと悶着起こすほど馬鹿ではなかった。

　しかし、いざ取調室に通されると、イェンニのしれっとした態度が明らかな苛立ちへ変わった。

「何のことかさっぱり分かんないんですけど」彼女は言った。「しかも、みんなが見ている前でパトカーで連行するなんて、無神経にもほどがあるんじゃない？　訴えてやりたいわよ。わたしにだってね、面子《めんつ》ってもんがあるの。テッドだって気の毒よ。世間にどう思われるものやら。けどね、あんたたちみんな、マウロの嘘にまんまと引っかかったのよ。みんな、あの男にコロッと騙されるんだから、あいつのうわべにね。まったく、騙されやすいったらないわね、あんたたちは……」

ルーベンは、隣のユーリアと目くばせを交わした。イェンニの耳が赤くなっているところを見ると、ルーベンに負けないほど立腹しているのだろう。時間を無駄にする馬鹿どもの相手は、さっさと済ませるに限る。盗みの常習犯マッテ・スコーグルンドは、すでにオッシアンの両親宅への住居侵入で逮捕済みだった。警察に連行される道中、マッテには容疑を否認する気力もなかった。

「もうあなたの掘った墓穴は十分深いんだから、今以上に深く掘らないよう、よく考えたほうが身のためですよ」ユーリアがゆっくりと穏やかに言った。

ここで初めて、イェンニの目に不安がよぎった。

「わたしの同僚が、すでにあなたの弟のマッテを確保しています」穏やかな口調を変えずに、ユーリアは続けた。「ここの取調室のどれかに、そろそろ入った頃じゃないかしら。一体どんなことを話すのか興味があるわ。供述の見返りに減刑するなんて言われたらどうなるのかしらね？」

イェンニの目が怒りと恐怖で光った。警察の勝ちだ。イェンニもそれを悟った。

「マッテの言うことなんて当てにならない」彼女は手で払いのけるようなしぐさをしながら言った。「あの男の前科は知ってるでしょ。懲役、ドラッグ、空き巣、暴行。あの男がやらかしてないことってある？」

「そういうことなら把握済みだ」ルーベンが言った。「特に窃盗は弟さんの十八番《おはこ》だ。あんたの言うとおり」

彼は写真を数枚、彼女の前に差し出した。

「あんたの弟が質に入れたブツです。さて出所《でどころ》はどこでしょう？」

イェンニは悪態をついた。「処分しろって言ったのに、あの間抜け」

「いまの発言を以て、わたしたちも知らないふりをするのはやめることとします」ユーリアが言った。「これらがオッシアンくんのご両親のものだったことは知っていますね。ご両親に息子さんの衣服を調べてもらったところ、何枚か見当たらないことが分かりました。その服の特徴が、あなたの前夫のレストランのトイレから見つかった衣類と完璧に一致しました」

「マウロがあの子を幼稚園から誘拐したついでに、服も失敬したんでしょ」

「ええ、こちらもそう考えました。ところが、オッシアンくんの替えの服は、自宅にあったリュックサックに入ったままだったんです。レストランで見つかった服がオッシアンくんの家からなくなったのは、住居侵入と同時だったんですよ。これを偶然だとおっしゃるんですか？」

イェンニは答えず、机を見つめた。

「われわれは、マウロさんに対する容疑をすべて取り下げました」ルーベンはほくそ笑みを隠し切れなかった。「彼はすでに釈放されて、家族のもとへ向かっている。そういえば、あそこの家に家族がもう一人増えたの、知ってます？」

「代わりに、あなたと弟さんの身柄を拘束します」ユーリアはそう言い足して、立ち上がった。

「窃盗、盗品の転売、捜査妨害などなど、少なからぬ疑いがかかっていますからね」

「そんなことさせるもんですか。わたしにはね、権力者の友だちがいるんだから……」

「新しいお友だち、テッド・ハンソンのことかしら？」ユーリアが遮った。「〈スウェーデンの未来〉の党首の？　彼、今回の件を聞いたら、もうあなたのそばになんて近寄りたくもなくなるんじゃないかしら。だって、あなたのせいでこれからマスコミの餌食になってしまうんですよ？　あなたがもてはやされるのも、これでおしまい」

「黙れ、くそ女」イェンニがぼそっと言った。

ユーリアは動きをとめた。机に身を乗り出し、イェンニの顔に自分の顔を近づける。

「わたしは一人の母親。そんな呼び方は二度とし・な・い・よ・う・に」

イェンニはユーリアの視線を避けた。

「分かったわね」ユーリアは言った。「じゃ、お疲れさま。よい週末を」

ルーベンとユーリアが部屋を去るとき、イェンニはふくれっ面で虚空を見つめていた。

「お手柄ね、ルーベン」ユーリアが言った。

あっけにとられ、彼はうなずいただけだった。

109

木陰に置かれた自作の家具セットに腰掛けるナタリーの祖母は、不安そうな表情をしている。一枚の書類を何度も何度も読み返していた。

「どうかしたの?」ナタリーが心配そうに訊いた。

「お金が足りなくなってきたの」そう言って、イーネスは書類を置いた。ナタリーはそれが請求書であることに気づいた。「思っていたより改修にお金がかかっちゃって。メンバーの生活費も馬鹿にならないし。この施設に残れるかどうかも分からないのよ」

その言葉に、ナタリーは平手打ちを食らったようなショックを受けた。彼女は、祖母の隣にドサッと腰を下ろした。

「残れないの?」彼女は言った。「だけど……じゃあ……わたしはどこへ行けばいいの?」

祖母は、やるせなさそうに肩をすくめた。

「ほとんどのメンバーは気前がいいから、生活に困らない程度に献金してくれていたのよ。だけど、それだけじゃ足りないの。それに、あなたには頼めないでしょ、まだ子供だもの。あなたに頼んだところで、どうなるものでもないしね。かなりの額が必要だから」

ナタリーは恥ずかしく思った。何て自己中心的だったのだろう。そんなことは何も知らずに、他の人たちに養ってもらっていた。今まで気づかなかったなんて。お金はどこからか入ってこなくてはいけないわけだから。自分は子供じゃない、他の人たちに負けないくらい気にかけている、と祖母に言いたかった。でも、言葉では役に立たない。みんなを助けなくては。そして、どうすればいいのか、彼女には分かっていた。

「パパとわたしとで貯めたお金がうちにある」彼女は言った。「わたしの部屋にミニチュアの海賊の宝箱があって、誕生日にお金をもらったときは現金で引き出して、その中に入れているの。パパもときどき、お金を入れてくれる。たくさん貯まったら、どこかに旅行に行こうって言ってるの。わたしたちは、そのお金を海賊マネーって呼んでる。宝箱の中には、一万クローナは入っているはず。それを取りにいこう？」

祖母は、目を丸くして孫を見つめ、微笑んだ。

「本当に？」そう言った。「それは助かるわ。それにあなたの価値が、みんなに証明されることにもなるし。だけど大金よ。あなたのお金だし」

「わたしの価値が証明されるってどういうこと？」

「ごめんなさい、余計なこと言っちゃって」イーネスは孫娘の手を取った。「でも、他の人たちはときどき思っているのよ、わたしがあなたの母方の祖母だから、あなたは特別扱いされているんじゃないかって」

もう迷いはない。ナタリーは決心した。

「みんなにわたしのお金をあげたい」彼女は言った。「今すぐ、二人でお金を取りにいこう」

祖母はまた微笑んだ。世の中のすべてのものが善であると教えてくれるような、温かくて包み込んでくれるような笑い顔だった。

「カールの手が空いて、一緒にこられるようになるまで待ちましょう」彼女が言った。「いつ強い男性が必要になるか分からないもの。なにせ、相手はあなたのお父さんだから」

110

レストラン〈ウッラ・ヴィーンブラード〉に足を踏み入れながら、クリステルは額に浮いた汗を拭いた。ここ数か月、毎週土曜日にここへ来ている。先週と先々週だけは、オッシアンの捜査に時間を取られて来られなかった。ユールゴーデン地区にあるこの大きく伝統的な建物に入ると、彼は不安そうに辺りを見回した。二回目に来たときに、左の角にある二人用の小さなテーブルを自分の席にしようと決めた。一度、若いカップルが彼より先にそこに座っていたことがあって、彼は仕方なく、その隣のテーブルに着いた。それから、気づかれないよう控えめに、その二人を不機嫌な目でチラチラ見ながら昼食をとった。自己満足でしかなかったが——なぜならそこが彼のテーブルだなんて、そのカップルには知る由もなかったのだから。

「これはこれは！　またいらっしゃっていただけて光栄です！」

クリステルが来るのを見るや、給仕長は顔を輝かせた。クリステルは心にぬくもりが広がるのを感じた。汗がぶり返さないよう祈りながら給仕長を見ると、クリステルの記憶の中にあるのと同じ金髪であることに、いつものことながら心を打たれた。白髪も見当たらないし、染めたふうでもない。

「もう来店していただけないのか、と心配し始めていたところでした」給仕長はそう言ってウインクした。「お客さまのテーブルなら空いていますよ」

彼は足をとめずにさっとメニューを取り、クリステルの前を歩いてテーブルへ向かった。テーブルは、白いテーブルクロスと銀の食卓食器類と火を灯したロウソクで美しく整えられていた。

今日こそは、とクリステルは思っていた。自己紹介するのだ。自分がだれなのか伝えたかった。今日こそ伝えてみせる。確実に。絶対に。

「いえいえ、仕事で忙しかっただけでね」クリステルはぼそぼそと言った。

「メニューはご覧になりますか？　あいにくと代り映えがございませんが。それとも、いつものにしましょうか？」

給仕長がメニューを差し出すと、クリステルは壁を背にして腰を下ろしながら受け取った。給仕長の口調には親しみが込もっていたような気がした。昔の知り合いだと気づいたのだろうか？　クリステルはそう期待したが、同時にそうでないことを必死に願った。今のところは、そのほうがいい。まず、少し気を落ち着けなくては。

窓から見える景色は素晴らしかった。歩道はのんびり歩く人たちでいっぱいで、犬を連れている人も多かった。ボッセが恋しくなった。いつもならどこへでも連れて歩くのだが、このレストランはペット不可だった。暑い車の中に残すのも嫌だったので、ボッセには家でおとなしく待ってもらうことにした。初めて留守番をさせたときにはお気に入りの革靴を、次の週にはクッションのきいたテレビ鑑賞用椅子の左の肘掛けをダメにされたが、その程度の犠牲は構わなかった。

「拝見しましょう」メニューを差し出した彼に目をやらないよう努めながら、クリステルは言った。

鼓動がひどく高鳴っていたので、周りにも聞こえていたに違いない。さあ、そろそろだ。そろそろ言わなくては。

「ゆっくりご覧になってください。今日はお客さまも多くありませんから。皆さん、別荘や群島に出かけているのでしょう」

クリステルはぶつぶつ答えながら、メニューに没頭しているふりをした。注文ならすでに決めていた。いつものニシン料理だ。でも、この瞬間を長引かせたかった。さらに数秒時間をかけて、会話の完璧な出だしの機会をうかがいたかった。ここ三か月、そのチャンスは訪れなかった。もしかしたら、チャンスはあったのに、逃しただけかもしれない。彼自身、もう分からなくなっていた。

「あのう」白い給仕服を着た金髪の男性が言った。

キッチンに向かう途中で立ちどまって、こちらを見ていた。メニューから視線を上げたクリステルは、彼とまともに視線を合わせた。目までも、クリステルの記憶どおりの青さだった。

「何度かお訊きしようと思っていたのですが」給仕長は言った。「忙しくて訊けませんでした。もしかして……以前どこかでお会いしたことはありませんか？　見覚えがあるような気がするものですから」

給仕長は眉間に軽くしわを寄せた。完璧な角度で彼の顔に日光が当たり、目が一層青くなった。クリステルの鼓動がさらに激しくなった。レストラン全体に鳴り響いて、あの隅の小さなテーブルで何があったのか、と客がみな振り返るほどの高鳴りだった。なのに、だれもこっちを見ない。クリステルの耳で鳴り響く鼓動は、だれにも聞こえていないようだった。彼は深呼吸をした。待ちに待ったチャンスの到来だ。

やっと。

なのに。

「いいえ、会ったことはないと思います」そう言う自分の声が聞こえた。「それより、ニシンをお願いします。あとはピルスナーも」

彼がメニューを閉じて給仕長に渡すと、給仕長は肩をすくめてから、クリステルの注文を伝えにキッチンへ歩いていった。クリステルは、見えなくなるまで彼の背中を目で追った。彼は深くため息をついた。

次の機会。それまで待とう。

そのときには、何か言うつもりだ。

111

一日くらい休ませてもらいたい。しかも、今日は日曜日だ。金曜日にイェンニとマッテを確保してマウロを釈放するという手柄を立てた。ルーベンは、ちょっとした休息に値する仕事をしたつもりだった。

でも、そうではないらしい。

彼は、できる限りスピードを出して運転した。アストリッドのために手配したのがパトカーなので、速度制限は気にする必要がなかった。でも、高速道路を走り抜けているときに、助手席に女の子が座っているのを見られたら、どう思われるだろうか？　かぶっている警察帽で、アストリッドの顔が少しは隠れていればいいのだが。ルーベンは、帽子がだんだん似合ってきたと思った。

エリノールのところからアストリッドを連れてきたわずか数分後に会議に呼び出すなんて、

いかにもヴィンセントのやることだ。アストリッドと出歩くのはまだ二回目なのに。「何もかも放り出して今すぐ来てください」とヴィンセントは言ってきた。一体何様のつもりだ！　今日は日曜日だぞ。とはいえ、ヴィンセントが最後に特捜班の全員を招集したのは二年前の夏だった。あのときメンタリストは、三十分のうちに、見事に最重要容疑者になってしまった。ルーベンは、ヴィンセントが今回、何をやらかしてくれるのか大いに期待していた。

「すごいスピード」隣でアストリッドが笑った。「泥棒を追いかけてるの？」

「ある意味そうだな」ルーベンは言った。「人の心を読める人物に会いにいくんだぞ。その人はお前の考えを盗めるからな」

アストリッドは黙った。ルーベンの言ったことを熟考しているようだった。

「だったら、サイレンは鳴らさないの？」彼女は言った。

ルーベンは胸が熱くなった。規則なんてこの際関係ない。娘がサイレンと言っているんだ。だったら、鳴らすのは当然だろ。彼はサイレンと青色回転灯の両方をオンにして、アクセルをさらに少し強く踏んだ。アストリッドは歓声を上げた。

二人が警察本部に入ると、受付でアストリッドは礼儀正しく挨拶をした。それからエレベーターで上階へ上がり、会議室へ小走りで向かった。アストリッドは、ルーベンに遅れずについていった。部屋の中に足を踏み入れたところで、彼は、なぜみんな驚いた顔でこっちを見ているのか不思議に思った。それから、視線は自分ではなく、娘に向けられていると気づいた。

「ああ、この子はアストリッド」彼は言った。「今日はおれと一緒に過ごすことになってるんだ」

室内が静まり返った。

「わたしとしては同席を許すべきなのか……」ユーリアは頭を左右に振った。

「もしかして、その子って……」ペーデルが髭の奥から呟いた。「つまり……今まで……」

それから、彼も口をつぐんだ。

ヴィンセントは反対の壁際に立っていた。チェス盤のような格子模様が描かれたストックホルムの地図が掛けてある。リッリとヴィリアム、それにファートブシュ公園で発見された子供と、オッシアン。それぞれを表す絵が、それぞれの発見場所に待ち針で留めてあった。恐らくヴィンセントによるものだろうが、殺人犯の動きを明確に追えるよう、遺体発見現場から遺体発見現場を結ぶ線が引いてあった。

「やあ、アストリッド」ヴィンセントは、ルーベンの娘に微笑みかけた。「会えて嬉しいよ。パパにそっくりだ！　警察帽なしでも似ているんだろうね」

「パパ？」クリステルがあんぐり口を開けた。

「だから？」呟いてから、ルーベンは自分とアストリッドのために椅子を引き出した。「おれの娘なのは、一目瞭然でしょう。あんたらの眼は節穴なんですかね。ヴィンセントの言ったとおり。そっくりなんだから。この子のパパともなれば、当然おれくらいかっこよくなきゃ」

彼はアストリッドのためにお菓子の載った皿を引き寄せた。その行動に、隠しようのない笑みが一同の間で広がっていくのを無視した。ミーナの目にすら、優しさらしきものが浮かんでいた。

皿には、昨日の残りの〈シンゴアッラ〉クッキーが数枚だけ載っていた。アストリッドはそれでも、このジャムのクッキーを嬉しそうにつまんだ。ユーリアは、口角が裂けんばかりに笑った。

「おじさんは、きみと同じくらいの年のアストンっていう男の子を知っているよ」ヴィンセントがアストリッドに言った。「アストンって、アストリッドとすごく似た名前だよね」

「その子、ここに来てるの？」アストリッドは期待して言った。「一緒に遊んでもいい？」

コーヒーカップを口に運びかけていたクリステルが、手をとめてクスクス笑い始めた。

「おい、ルーベン」彼が言った。「ヴィンセントの家でプレイデート（親同士が約束して、子供たちを遊ばせるデート）ってことになりそうだな！」

ルーベンとしては、そんなことは考えたくなかった。彼は大きく咳払いをした。

「それより、急ぎの用件ってのは何なんです？」彼は言った。「今日はアストリッドとすることがあるんでね」

「確かに」ユーリアが言った。「始めましょう。伝えたいことというのは何ですか、ヴィンセント？　それから、ルーベン、不穏当な話になったら、アストリッドの耳を塞ぐように」

「この子なら大丈夫ですよ」またクッキーに手を伸ばした娘の帽子を正してやりながら、ルーベンは言った。

「ファートブシュ公園で発見された……ものについてですが」ヴィンセントはアストリッドに目をやりながら、言葉を慎重に選んだ。「あそこでも馬が見つかったんです。本物の馬ではないんだけどね、アストリッド。実際にはレゴでした。しかし、そこにはメッセージが隠されていました。『ＨＯＲＳＥ』という文字列です。わたしの『騎士の巡歴』説に当てはまります。

ただし、わたしの仮説に合致する一方で、これはノーヴァの水をめぐる仮説を否定するものでもない。犯人と共犯者たちはカルト集団のようだという彼女の考えに、わたしも同意します。これだけ多くの……被害者が……同一人物とは思えない実行犯に誘拐されたとなると、組織化された集団が背後にあると考えるのが適切でしょう」

「ファートブシュ公園の被害者については、身元も誘拐犯もまだ何も分かってないがね」そう指摘したクリステルに、ヴィンセントはうなずいた。

「そのとおり、依然として不明です。ですが、同じ殺人犯によるものだと示唆する手掛かりがあることを突きとめました」

ヴィンセントが「殺人犯」という言葉を口にしたとき、アストリッドは目を大きく開けた。言葉に無頓着なのは、いかにもヴィンセントらしい。だが、彼女は何も言わず、ルーベンの手を強く握りしめただけだった。今やルーベンは、そんな娘が誇らしかった。不要に怖がったりしない。アストリッドなら、最高の警官になれるだろう。

「問題は、ノーヴァの推理では予測ができないということです。新たな……事件が……発生するとしても、水の近くということしか分かりません。あるいは、水があった場所。こうなると、この市《まち》全域ということになります。ですが、『騎士の巡歴』説に従えば、どこを警戒すべきか、ある程度絞り込めます。なので、もしあなたさえよろしければ、ユーリア、わたしの仮説をもとに捜査を続けることを提案させてください。もちろん、もっとよい仮説が出てくるまでの話ですが」

ヴィンセントは答えを待たず、地図上のリッツリ発見場所のマスに指を置いた。それから、ヴイリアム発見場所のマスに続く線をたどり、ファートブシュ公園へ、次いでオッシアンが発見されたシェップスホルメンへ、そして地図上の線をたどって次の地点を指した。「地図上の経路に従うと、次の……発見場所……は、ユールゴーシュブルンス湾」

「そこは全体が運河ですね」ペーデルが言った。「つまり水です」

ヴィンセントは、彼に不機嫌そうな視線を送った。

「それでは不十分です」ユーリアが言った。「あなたが言っているのは、ヴィンセント、わたしたちが捜査に失敗した場合にどこを捜せばいいかということにすぎません。ですが、わたしたちは誘拐そのものを阻止しなくてはならない。すべての幼稚園に注意喚起し、保護者が迎えにくる際には特に注意し、子供たちの監視を怠らないよう指示を出します」

「期間はどれくらいです？」ペーデルが言った。「リッリちゃん誘拐とヴィリアムくん誘拐には半年の間隔がありましたが、ヴィリアムくんとファートブシュ公園の件ではそれよりかなり短いですし、そこからオッシアンくんまでもそうです。犯行実行間隔のパターンがないように思うんです。ぼくたち保護者はどれくらいの間、恐れおののきながら暮らす羽目になるんでしょう？」

「保護者なら、とっくにうんざりしてるさ」そう言ったルーベンは、彼とアーダムがローイスのアパートの前で出会った女性を頭に思い浮かべた。「テッド・ハンソンは日を追うごとに得点を稼いでいる。イェンニ・ホルムグレーンの助けがあろうとなかろうと」

「注意喚起が役立つとは思えない」クリステルが憂鬱に言った。「誘拐犯は今まで、保護者も隣人たちも出し抜いてきた」

ルーベンはアストリッドを見つめた。娘は、今話に上がっている子供たちより数歳年上にすぎない。ヴィンセントとノーヴァは組織による犯行を主張している。そんなに多くの悪しきものが同一の場所に集中するなんて、理解し難かった。そんなに多くの悪が、彼の住む町に。

突然、息苦しさを感じて、彼はアストリッドがかぶっている帽子を正してやった。娘に近づこうとするやつは、ただじゃおかないからな。

112

他のメンバーは部屋を去ったが、ヴィンセントは部屋に残って立ったまま地図を見つめていた。地図を指でなぞるように、チェス盤上の騎士《ナイト》の移動経路をたどった。地区から地区へ、殺人者が動く。自分たちは何かを見落としている。そう感じていた。

ミーナがドアのほうで何か言っている。

ペーデルの指摘が引っかかっていた。犯行の間隔が一定でない。自分たちが追っている殺人犯のような十分注意深い人間が、成り行き任せにするとは思えない。この世で起こるものすべては時間と空間の中で起こる——特定の時点に特定の場所で起こる。常に、〝いつ〟と〝どこ〟がともに存在する。地図上のパターンは、極端なまでに明確に、〝どこ〟を示している。だが、それはパズルの片方のピースにすぎない。もう片方が欠けている。〝いつ〟に関するピースが。

「ヴィンセント」

彼は振り返った。ミーナが戸口に立って、返事を待っている様子だった。

「失礼」彼は言った。「何ですか？」

「出てくる気があるのか訊いたんですが」

彼は記憶を巻き戻して、ミーナが何と言ったか思い出そうとした。でも、ミーナの声は彼自身の思考にかき消されてしまっていたらしく、記憶には何も残っていない。彼は自分が聞いていなかったことがばれないよう、視線を落とした。

「大丈夫、聞いていなかったのは分かっています」ミーナは言った。「言ってみれば、それこそわたしが言いたかったことです。少しの間、違うことを考えたほうがいいと思う。さあ、一緒に来てください」

どこへ向かうのか訊く勇気がないまま、ヴィンセントは彼女が押さえていてくれたドアから廊下へ出た。二人はエレベーターへ向かった。ヴィンセントは不安だった。

「マリアさんに、帰宅が遅くなると電話してください」扉が開くと同時に、ミーナが言った。

「署での会議が長引いているとか理由をつけて」

「いいですが、でも、どこへ行くんです？」

「わたしたち二人とも、頭をすっきりさせる必要があるでしょう？」ミーナは地下駐車場のボタンを押した。「そのほうが、あとでいい仕事ができる。そういうことについては、そちらのほうが詳しいのでは？」

扉が開いて、降りる前にヴィンセントは一拍置いた。エレベーターは苦手だが、地下の駐車場はもっと好かない。天井が近過ぎる。とはいえ、ミーナが屋外に路上駐車しなかったことをろだ。

喜ぶべきだろう。でなければ、どこへ向かうにせよ、走るサウナに乗る羽目になっていたところだ。

ミーナの車のそばまで来たとき、ヴィンセントは、後部座席にビニールカバーが敷かれていないことに気づき、しばらく同乗者がいなかったのだろうと思った。

「本当にいいんですか？」彼は言った。

「ビニールはグローブボックスに入れてあります」彼女は言って、エンジンをかけた。「自分で広げてください」

「男性を歓迎する方法を心得てますね」彼は言って、言われたとおりにした。

ミーナは聖エーリック橋を渡って、オーデンプラーンへ向かった。市立図書館の手前で脇道へ入って、駐車場にとめた。

「職場からはかなり距離がありますが」彼女が言った。「そこがポイント」

駐車場を出るとき、ドアの横の看板がヴィンセントの目に留まった。頭蓋骨のイラストのすぐそばにＲＯＱと書いてある。ますます見当がつかなかった。ここは一体、どんな場所なんだ？

「分かります」看板を見つめるヴィンセントに気づいたミーナが言った。「なるべくバンドが演奏してないときに来るようにしてます。別にここで演ってる音楽には何の反感も持っていませんけど、ドラムを叩いたときにどんな粒子が飛び散るか、知ってます？　ガラスの檻の中で演奏するべきだと思うんですけどね」

ヴィンセントは、ミーナに続いて中へ入った。目が外の強い日差しから建物内の薄暗さに慣れるまで、数秒かかった。それから、自分たちはビリヤード台が何列も並ぶ大きな部屋にいることに気づいた。

「ビリヤードは得意だって言いましたよね？」ミーナが言った。「なので、わたしが勝つことであなたに謙虚さというものを教えてさしあげようと思うんです。そうすれば、あなたは、自分は天才だと感じる必要はない。気分転換です」

ヴィンセントは彼女を見つめた。どう解釈すべきなのだろう。ビリヤードだって？

この女性刑事は人間嫌いで、だれかが「バイ菌」と綴っただけでパニックを起こしかねない。そんな彼女がビリヤード場にいる？　しかし今、店内にはほとんどだれもいない。まだ昼過ぎだからだ。掃除も行き届いているようだった。それに、もうずいぶん前のことだが、たしかにミーナは、ビリヤードが好きだと言ったことがある。

「どっちみち、今は捜査の進展は期待できないでしょう」ミーナは言った。「闇雲に自分たちを追い込んでも何の解決にもつながらない。だから、今は他のことに気持ちを逸らしたほうが、今後やるべき仕事もうまくやれると思うから」

「こんにちは、ミーナ！」バーカウンターの向こうにいた女性が言った。

「こんにちは、アリス、調子はどう？」

アリスというらしい女性は、胸元に店のロゴがプリントされている黒いタンクトップを白いタンクトップの上に重ね着し、髪の毛は緩くまとめていた。彼女は肩をすくめた。

「それがね」彼女が言った。「あの人ったら頑固なところがあるでしょ。呆れちゃうわ。いつものように八番の台を予約しておいたわよ」

アリスはカウンターの向こうでかがんで、消毒液のボトルとウェットティッシュ入りのワイヤーバスケットが載ったトレイを取り出した。

「旦那さんにうんざりするようなら電話して」ミーナは言った。「お説教してくれそうな同僚が何人かいるから」

彼女はトレイを受け取って、台のほうへ歩き始めた。ヴィンセントはついて行くしかなかった。

「さて、まずは」彼は言った。「まずはボールを全部洗いましょうか？　台はビニールでくるむ。キューは消毒済みで折り畳み式を持ってたりするんですか？　からかっているわけではないのですが、どうすればあなたがビリヤードをできるのかさっぱり分からない。だって、何千もの人がビールを飲んだり嗅ぎタバコのついた手で触れたり、あるいはライブで汗をかいた人たちもいたでしょう」

「はいはい、ご忠告どうも」ミーナは言った。

「積極的認知行動療法のようなものですか？」

「あなたと付き合っていると、セラピーが要りそうです」彼女は言った。「〈アルコホーリクス・アノニマス〉に顔を出すのをやめてから、毎週ここへ来ているんです。一週間に数回来るときもありますよ。職場から離れているから、だれにも気づかれないし、干渉されることもない。〈アルコホーリクス・アノニマス〉より役立っているかもしれない。わたしが来る前に、バーにいたアリスが、いつもボードをきれいにしてくれるんです。キューとボールもね。あと、きれいにするときにはビニール手袋を使用するよう頼んでもいます。彼女は全然おかしいことだとは思っていない。旦那さんが彼女に要求することと比べたら、わたしがお願いすることのほうがずっとノーマルだし。彼女の旦那さんは、いわゆる自分が主役でないと納得しないタイプ《エクシビショニスト》の男だそうなので」、文字どおりの意味の……

ヴィンセントは、ミーナが三角形をしたプラスチックのラックにボールをセットする様子を眺めた。

「露出狂《エクシビショニスト》——つまり、違法であろうと公共の場で堂々とわいせつ行為を行うタイプの人間と付き合わされてるってことですか?」彼は言った。「それはうんざりするでしょうね」

彼はビリヤード台を揺すってみて、安定性を確かめた。この台の上で何が行われたか、容易に想像できた。

「そうじゃないですよ!」ミーナがこちらを向いて言った。「わたしも最初はそう思って、アリスに訊いちゃいましたけど」

彼女はヴィンセントにキューを渡し、三角形のラックを持ち上げた。

「ブレイクしてください」

その後の試合は、ミーナが予想したとおりになった。彼女は容赦なかったが、ヴィンセントがあまりにも下手でもあった。犯行の間隔の謎が頭から完全に消えずにくすぶっていて、集中を妨げた。

ミーナは慎重に狙いを定めた。スピンをかけるつもりだった。ボールは次のボールに当たり、いくつものボールが連鎖反応のようにぶつかり合い、最後のボールがポケットに落ちた。

ヴィンセントは静止した。今のプロセスを、頭の中で映画のように再生してみた。何かが気になった――ボールがぶつかり合い、互いの距離がどんどん短くなってゆく。時間。ひとつの事象が他の事象を引き起こす。時間の間隔。ボールがぶつかり合って反応を起こすごとに時間が短縮する……

「ミーナ」彼は言った。

キューの上に前かがみになっていた彼女が視線を上げた。

「特捜班を今晩、本部にまた招集できるでしょうか？」彼は続けた。

「つまり、お楽しみはこれで終わりってことですか？」彼女は身を起こしてキューを台にもたれさせた。「つくづくリラックスできない人なんですね」

「できますよ。九歳のときに一度、リラックスしたことがあります」彼は言った。「あれはひどく退屈だった。それより、どうですか、再招集……」

「ペーデルの奥さんは、あなたをばらばらに引き裂くでしょうね」彼女は言った。「ユーリアの旦那さんも。それ以外は問題はないんじゃないですか。でも、どうして？」

「車の中で教えます」

「わたしがまた圧勝しそうだからではないんですね？」ミーナは怪しむようにヴィンセントを見つめた。

「違うと断言します」

ミーナはため息をつきながら、道具を片づけた。消毒液の載ったトレイを返すと、アリスは驚いた顔をした。

「今日は随分短かったわね」彼女が言った。

あの人と旦那さんは、絶対にあの台をそういうことに使った」

プレイしている台を見る目に気づきましたか？」彼は言った。「あの女性が、わたしたちの

店を出てミーナの車へ向かいながら、ヴィンセントが言った。

「思い付いたことがあって」ミーナが言った。「でも、今週中にまた来る」

113

ミーナが班のメンバーを集めるのに時間はかからなかった。ルーベン以外、全員本部に残っていたからだ。しかし、机を囲む一同のぐったりとした暗い顔を見る限り、ヴィンセントにはうんざりしているようだった。もちろんミーナは、再集合はヴィンセントのアイデアだと明確に伝えていた。ペーデルですら乗り気ではなさそうだった。ミーナはみんなの気持ちが理解できた。先ほどのひどいコメントへの罰として、ビリヤードホールから警察本部まで歩かせるとヴィンセントを脅したくらいだ。あの一言を聞いてしまったからには、来週には台を換えるよう、アリスに頼まなくてはならない。

「またお呼び立てしてしまって、すみません」ヴィンセントが言った。「でも、電話で説明するには複雑過ぎると思ったもので……。実はペーデルが」彼は腕時計を見た。「二時間前に言ったことを考えてみたんです」

「その二時間前から今まで、お二人さんは何をしていたものやら」ルーベンが意味ありげな口調で言った。もうアストリッドが一緒ではないので、いつもの彼に戻っていた。

「あなたには関係のないことです」ミーナが言った。「でも言わせてもらえば、玉は洗い立てだったし、ヴィンセントは侮れないくらい強く突くのよ」

　クリステルとペーデルは爆笑した。しかしルーベンは顔を真っ赤にしてうろたえた。してやったり。やっと彼に仕返しができた。何年にもわたる彼の視線や発言や嫌味に耐えてきた彼女が、言葉でルーベンをやりこめた。彼は男子生徒のように顔を赤らめていた。

「ビリヤードをしていた、ってことですね？」アーダムが恐る恐る言った。

　クリステルはさらに高笑いした。

「さあみんな、教室ではおとなしくするように」ユーリアがため息をついた。「あなたたち小学生と口喧嘩していたいのはやまやまだけど、わたしにとってもっと大切な人が一人、家で待っているの。あの子のほうが、多少まともなことを言うわよ」

　ミーナは、ユーリアが二人ではなく一人と言ったことが引っかかった。いまだにトルケルは白い目で見られているようだ。

「で、話したいことというのは？」ユーリアはミーナに目をやった。

　ミーナは一歩下がり、ヴィンセントに向けて手のひらを閃かせた。

「すべてお任せします《イッツ・オール・ユアーズ》」彼女は言った。

　ヴィンセントは咳払いをしてから、前回同様、地図のそばに立った。

「先ほども言ったとおり、わたしの推理では、次の被害者の遺体は、ここユールゴーシュユブルンス湾付近で発見されます。不明だったのは、犯人が――犯行グループにせよカルト集団にせよ――いつ次の犯行に及ぶかでした。ですが、それを見破れたと思います。ペーデルの言っていたことが正しかったんです。殺人が行なわれる日は、互いにぶつかり合い、減速せず加速するビリヤードのボールのようなものなのです」

班の全員が、当惑した表情で彼を見つめた。

「それを聞かされるだけのために、おれはわざわざヴァレントゥーナから出向いてきたってわけか？」ルーベンが言った。

今のヴィンセントこそミーナが一番好きなヴィンセントだった。自分の思考に没頭し、同じ部屋にいる他人のことなど完全に忘れてしまう。思索にふけるとき、彼のボディランゲージは一変する――余裕が出る。自信に満ちる。こうでないときの彼は常に警戒しているように見える。これこそ、ミーナが心の防御壁の内側に入れることを許した、あのヴィンセントだ。

「先ほどまで、このパターンが見えていませんでした」ルーベンの不愉快な発言は明らかに聞いていない。「ファートブシュ公園で発見された遺体が埋まっていたのは長くて二か月とミルダが推測したときに気づいていてもよかった。偶然にしては一致し過ぎているんです」

「一致って？」ますます苛立ったルーベンが言った。

アーダムとユーリアが期待の目でヴィンセントを見つめる一方、クリステルはメンタリストの言わんとすることを何とか把握しようとしているかのように、額にしわを寄せていた。ペーデルは何も載っていない皿を残念そうに見つめている。最後のクッキーはルーベンがアストリッドに持たせてやってしまったのだ。

「加速度がです」ヴィンセントはホワイトボードへ向かった。

ペンを手にして、書き始める。

「こういうことです。『騎士の巡歴』を使っていることから、犯人が厳密な数学的アプローチをもとに行動していることが読みとれます。であるならば、犯行の頻度についても同じアプローチをとっていると。リッリちゃんが行方不明になったのは、昨年の六月初め。ヴィリアムくんは今年の一月末。この二つの事件の間隔は七か月です。ミルダの所見どおり、公園の遺体が埋まっていたのが二か月程度だとすると、この子が誘拐されたのは五月半ばということになります。ヴィリアムくんの誘拐から三か月半後です。そして、オッシアンくんがいなくなったのは、その八週間後。ピンときませんか？」

ヴィンセントは自分が書いた項目を指した。

リッリ→ヴィリアム＝7か月

ヴィリアム→ファートブシュ公園＝3.5か月

ファートブシュ公園→オッシアン＝1.75か月（8週間）

「犯行のたびに間隔が半減しています」彼は言った。

部屋の全員がこの発見を理解するまで、ヴィンセントは待った。

「何てこった」クリステルが呟いた。

「だとしたら、次の誘拐はオッシアンくんの四週間後に起きるということね」ユーリアが言った。

「まさしく」ヴィンセントはうなずいた。

「ちょっと待った」クリステルが言った。「あんたはこないだ、警察が阻止できなかったら、犯行は六十四回起きるって言っていたな、チェス盤のマスの数と同じだけの数だって。だがその半減ペースで進むと、それほど多くの犯行は起こせないんじゃないか?」

「そのとおり」ヴィンセントが言った。「ご明察のとおりです。犯行と犯行の間隔が半減していくのならば、犯人に残されている犯行回数はせいぜい四回。そのあとは一日に子供を一人、やがては一時間に一人誘拐しなくてはならなくなります。それはあまりに不合理です。八件の誘拐のあとは、自然とストップするのではないかと考えられます。八回発生すると言っているわけではありませんよ。あくまで、八回の可能性があるというだけです。ですが、今わたしたちが集中して取り組まなければいけないのは、五件目の誘拐の阻止です」

だれも何も言わなかった。みんな、ヴィンセントの説明を真剣に受けとめているようだった。ルーベンまでも、今の推理を熟考している様子だった。

「ということは、ヴィンセント」ユーリアがゆっくりと言った。「次の誘拐が起きるまでにわたしたちに残された時間はどれくらい?」

「先ほどおっしゃったように」メンタリストはホワイトボードを軽く叩いた。「オッシアンくんが誘拐されてから四週間後。今は日曜日の午後です。水曜日で、オッシアンくんが連れ去られて三週間となります。警察がこの事件を解決できなければ、今から十日後に、ストックホルムのどこかで、また一人、子供が姿を消す」

第四週

114

「お疲れさまです！」

その声に、ルーベンはビクッとした。だれかが近づいてきたことに気づかなかった。

「お疲れさま！」彼はそう返して、無意識に前髪を直そうと手を上げた。

この日、火曜日の朝は、髪の毛がなかなか思いどおりに整えられなかった。

「順調ですか？」分析課のサーラが言った。

特捜班のためにすべての情報の分類整理の手助けをし、どういうわけか彼を好かないサーラ。彼女が隣に座ると、香水と柔軟剤の混じった香りがした。部屋の中は暑いのに、サーラは涼しい顔をしている。ルーベンは、自分の脇の匂いを確認したいのを我慢した。そんなことより目の前の仕事だ。

「うちの仕事はしんどさに際限がないみたいだよ」ため息をついて、パソコンの画面を指した。「連続殺人がマスコミで大々的に取り上げられるようになってから、子供の姿が十五分見えないと、保護者たちが警察に連絡をしてくるようになった。そういう届け出の山で溺れそうだ。しかも世間の目は厳しいよ。警察はまともな仕事をしてないってね。それに恐れている。保護者たちは子供から目を離せないでいるんだ」

「届け出は、少ないよりは多いほうがいいんじゃないですか？」サーラはそう言い、目を細めて画面を見た。

「そこに持ってきて、犯人は来週の水曜にまたやるかもしれないって週末に分かったんだ」彼はため息をついた。「マウロがらみの大失敗のせいで、すべては振り出しに戻った。お恥ずかしながら、手掛かりはゼロさ。昨日は一日中、オッシアンがいなくなったときの調書をすべてひっくり返して、結局何もなし。新たな手掛かりはないし、見落としたものもなさそうだ。この犯人はまるで幽霊だ」

「わたしにできることって何かないですかね？」さっき自分でデスクに置いた、なみなみとコーヒーが入ったカップに手を伸ばしながら、サーラが言った。

「ありがたいけど、何をしてもらえばいいのか、今は分からなくてさ。ところで、それはあその自販機のやつかい？　だとしたら忠告するけど、飲めたもんじゃないぜ」

サーラは笑った。よく響く、耳に心地よい笑い声だった。どうして今まで気づかなかったのか。

「わたしはアメリカの薄くてまずいコーヒーに慣れてますから」彼女は一口飲んだ。「それと比べれば、スウェーデン最低のコーヒーもおいしい」

「そうか。それより、実際どうなんだい？　アメリカのことだけど。こっちに移ってきたのは永住を想定してと聞いた」

「つまり、わたしが離婚しそうだって聞いたわけですね」サーラはため息をついた。

ルーベンは、彼女の体形を横目で見ないよう努めた。なかなかグラマーなのだ。彼女の旦那は大間抜けだ。

「夫とわたしは、物事をそれぞれ少し違う角度から見ていたんです」彼女は言った。「夫は、わたしに主婦になっておとなしくしていてほしかった。でも、わたしは……そうしたくなかった」

「なるほど」ルーベンは、パソコンに表示された全失踪届をスクロールし続けた。「立ち入り過ぎだったら謝るけど、お子さんはどうするんだい？　おたくたち二人は、大西洋を隔てて別居しているわけだけど」

サーラは、驚いたように彼を見た。「あなたの新しい一面を見た気がします。わたしに子供がいると知っているなんて思わなかった」

ルーベンは顔を赤らめたが、すぐに背筋を伸ばした。彼女の言うとおりだ。彼には新しい一面がある。彼としては、自分は昔からずっと思いやりのある人間だったと思っていた。ただ、その対象となる人が少なかっただけで。いや、彼が気づかなかっただけで、それに値する人はたくさんいたのかもしれない。くそっ、何もかもややこしいことになってきた。だが、カウンセラーのアマンダに言わせれば、混乱はよいことらしい。混乱は前進だから。たとえそれが時に自分を疲弊させたとしても。

「実は、おれに娘がいることが分かってね」彼は言った。「アストリッドって名前で、十歳」

「あら。すごい。おめでとうございます！」

サーラは、ますます驚いた顔で彼を見た。

「気分はいかがです？」

「素晴らしいよ」彼は心からそう言った。

だって、事実だから。素晴らしいと感じているから。あの子は素晴らしい。

「娘の成長を随分見逃したことは残念さ。だけど、仕方ないし、そもそも自分がどれだけ育児の役に立てたか分からない。あの子の母親は賢明だ。彼女がおれを追い出したのは正しい決断だったって心のどこかで分かってるんだ。でも、今は最善を尽くしたい。最高のパパになってみせるさ」

サーラは頭を左右に振って、カップを持ち上げ、しばらくコーヒーを見つめてから、また置いた。

「数日ここに顔を出さなかった間に、いろいろあったわけですね」彼女は言った。「でも、わたしも本当に嬉しいです。わたしの子供たちについての質問への答えですが……なかなか複雑なんです。わたしは両親が近くにいるここに残りたいし、子供たちにはここで育ってほしい。でも、夫はそう思っていない。それに、母親の権利という点で、アメリカの法律が素晴らしいとは言い難い。母親が外国人だとなおさらね。今もし子供たちが夫のところへ行ったら、返してくれないかもしれない。それが怖いんです。だから今のところは、子供たちに会いたいなら、ここへ来るようにって夫に言っている。あと、それぞれの弁護士が現在〝話し合い〟中」サーラは、指で宙に引用符を描いてみせた。

「しんどいね」思わずルーベンが言うと、サーラはうなずいた。

またコーヒーを一口飲んで、彼女は顔を歪めた。「あなたの言うとおり。飲めたもんじゃない」

「そう言ったろ」彼は言った。「ここ数週間で届いた子どもの失踪届に目を通すのを手伝う気はないかい？　子供はすでに発見されているか、もう戻ってきているのに保護者が連絡をしてこないケースがほとんどでね。だから電話をかけて確かめることから始めようと思ってるんだ。犯人は来週まで動かないという推理が正しいとしても、この作業で誘拐犯を捕まえられるわけではない。でも、必要な作業でもある」

「隙のない考えだと思いますよ」サーラはそう言って、彼の隣に座り、自分の携帯電話を手にした。「何か興味深い事実に出くわすかもしれない。奇蹟の起こる時代は過去のものだなんて決めつけなくてもいいんじゃありません？」

ルーベンは彼女を盗み見た。どうして、もっと早く彼女とちゃんと話をしなかったのだろう？　こんなに聡明で面白いのに。奇蹟の起こる時代か。確かに。それより何より、彼女はいまだに涼しい顔をしている。ルーベンは恐る恐る、手で脇の下をチェックした。しまった。かなり汗ばんでいる。しかも、Tシャツはライトグレーだ。やっぱり、黒いTシャツにしておくんだった。

115

ペーデルは、髭を生やせば見栄えがプラスになることを期待していたが、今や、かゆみによるマイナスが耐え難いレベルに達した、と不本意ながら認めざるを得なかった。そもそも、髭ですごくかっこよく見えると思っていたのは彼一人だった。今では、アネットですら、完全に反対派についてしまった。この絶え間ないかゆみさえなければ集団の圧力に耐えられるところなのだが、今や自分の気持ちはかなり揺らぎ始めているようだった。

ペーデルは髭を掻きながら、いつものように念入りにリストをチェックしていた。この手の仕事は得意だ。大量の情報をじっくりチェックして、統計的な相関や異常値を発見すること。干し草の山の中に小さな小さな針を発見するような挑戦が大好きだった。今回の捜査を解決に向かわせるような金の粒を探し求めていた。しかし、今回のリストはいつものようにはいかない。失踪した子供たちのリストを、単なるデータの羅列とみるわけにはいかない。ルーベンとサーラがすでに最初のチェックをしてくれていて、すでに消息が判明している子供は除かれていた。つまり、リストの大半が、ということだ。それでもまだ、数人残っていた。これだって多過ぎる。

その子たちの顔や詳細情報が画面に現れるたびに、三つ子たちの顔が目の前に浮かんでくる。三人が生まれてからというもの、自分の全身体が――彼の生命を維持する全システムが――あの三人に直結されたような気がしていた。彼にとって、三つ子たちはユグドラシル（北欧神話に登場する巨大な生命の木）であり、彼の体を走る血管であり毛細血管だ。あの子たちは、彼に呼吸をさせる肺だ。今彼が警察のデータベースで目にしている子供たちには、わが子との接続を絶たれて息のできないでいる保護者が、少なくとも一人はいる。

大半の児童失踪には、もっともな理由がある。身内が子供を連れて国外に移住した。難民の一家が母国に送還させられないよう隠した。さまざまな理由から――どの理由も悲惨なことでは甲乙つけがたい――親元や里親や施設から子どもが逃げ出すこともある。

だが、それらに当てはまらない子らがいる。姿を消す妥当な理由がない子供たち。不可解な形で消息を絶った子供たち。彼が関心を向けているのは、そういう子供たちだった。その一人一人を、ミルダの作成したファートブシュ公園の遺体の検死報告と比較した。遺体は傷んでいたため手掛かりは多くないが、何もないわけではなかった。それに、ミルダは役立ちそうな事実をまとめることに長けている。

ペーデルは検死報告に改めて目を通し、必要事項を確認した。身長＝約一メートル二十センチ。年齢＝六歳前後。髪の色＝茶色。性別＝男子。この男の子は右の大腿骨を骨折したことがあるらしく、ミルダの見立てによれば、骨折は約二年前に負ったと思われた。これらを鵜呑みにはできないが、それでも重要なヒントではある。

ペーデルは、ゆっくりかつ念入りに、パソコン内のすべての文書をスクロールしていった。やっと見つけたと思いハッとすることもあるが、いつも何かしら事実に合致しない要素が見つかった。

ついに彼の手がとまった。画面の情報を読み、自分のリストと二度比較し、そこで彼は椅子を後ろに引いた。

みんなが必死で新しい手掛かりを探している。殺人犯に一歩近づけるような何かを。それを、ペーデルは発見した。ファートブシュ公園で見つかった少年の身元が判明した。

「パパ、これ何？」

レベッカが、コーヒーテーブルの上にある〈エピキューラ〉のパンフレットを不快そうにめくった。「パパらしくない。エピクロスの四つの基盤って？」

ヴィンセントは、読んでいた本から目を上げた。ミシェル・ド・セルトーの『日常的実践のポイエティーク』に没頭していた。より正確に言えば、そこに収録されている興味深いエッセーで、ある都市を高い位置から見るのと、路上の一箇所から見るのとでは、どのように捉え方が違ってくるのかを論じていた。それは市庁舎の塔に立ったときに、彼が考えていたのと同じことだった。

「『エピクロス主義』というのは哲学の一種でね」彼は本を閉じた。「パパの同業者のノーヴァがセミナー施設を構えて、そういったことを教えている。今晩はうちにいるんだろう？　ドゥニとはうまくいってるかい？」

「ノーヴァってすごい美人だよな」ソファの隅に座るベンヤミンが言った。「ぼくの講座仲間でも、インスタであの人をフォローしてるやつならいっぱいいるよ」

「ドゥニは親戚のところに行ってる」レベッカはヴィンセントにそう言ってから、兄に言う。「キモいんですけど、ベンヤミン。ノーヴァってお兄ちゃんの倍くらい年上じゃん」

「だから？　年上だけど美人のどこが悪い？」

アストンが自分にだけ聞こえる音楽に合わせて踊りながら部屋から出てきた。歌いながら、腰を挑発的に激しく振っている。ヴィンセントは、どこでそんな動きを覚えたのか、そのうち訊いてみようと思った。

「す・ご・い・美人《ソーーーー・ホット》」アストンはクイーンの『ショウ・マスト・ゴー・オン』のメロディーに合わせて、そう歌った。アストンのお気に入りソング・リストで、この歌が『レディオ・ガガ』から一位の座を奪ったようだ。

「す・ご・い・美人！」

ヴィンセントは、子供たちが成長するにつれて、理解できないことが増えてきた、としみじみ思った。

マリアは、携帯電話に前かがみになって座っている。彼女がだれにメッセージを送っているのかは、メンタリストでなくても分かる。そこで彼女が顔を上げた。

「そのすごい美人のノーヴァと知り合いなわけ？」彼女は言った。「どの程度の知りあいなのかしらね？」

「さっき言ったじゃないか」彼が言った。「昔からの顔馴染みで、ばったり会うことがたまにある。それに、今は同じ事件の捜査に……」

失敗に気づいて、彼は話をとめた。

だが、ときすでに遅し。

マリアの顔が灰色に変わった。

「またなの？　あなたとあの刑事で？」彼女は言った。「ミーナだっけ？　そして今度は、その女も一緒ってこと？　もう、ヴィンセント、あなた恥ずかしくないの？　事件捜査？　なるほどねえ」

立ち上がった彼女は、憤慨している様子だった。ケヴィンとメッセージを交換するのは、完全に忘れたようだ。

「3Pってやつかしらね？」彼女は言った。

「ちょっと、マリア！」ベンヤミンとレベッカが同時に叫んだ。

「さーん・ピィィィィ〜」アストンが、そう歌いながら居間のアクアリウムの前で楽しそうに腰を振った。

ヴィンセントは両手で頭を抱えた。魚までがトラウマを負ったら最悪だ。彼は時計に目をやった。まずい、電車に遅れてしまう。今晩はイェーヴレ市で講演だった。ショーが千秋楽を迎えてすこぶる満足していたせいで、すっかり忘れていた。それでも、ショーよりは楽だ。ベルトで首を絞めなくてもいい。

「そういう言葉はおまえはまだ……」彼は言いかけた。「まあ、ママに説明してもらいなさい。パパはもう出かけなくちゃならない。でもアストン、二十二時の電車で帰ってくるから、おまえが目を覚ましたときにはうちにいるよ」

彼はパソコンを入れたバッグを手に、玄関へ行った。マリアがついて来た。ヴィンセントは、最後の小言を覚悟したが、予想外の言葉にびっくりした。

「今夜の講演、がんばって」彼女はささやいた。「わたしのこと忘れないでね」

彼は目を丸くして、妻を見つめた。皮肉なのだろうと推測した。でなければ、非難でも隠されているのではないか。でも、マリアの見開いた目は、わずかに潤んでいる。本気のようだ。少し寂しそうにすら見える。

「ぼくが留守の間、そんなふうに……思っているのかい？」彼は言った。「きみのことを忘れるなんて」

こんなこと過去になかった。どういうことなのか。カウンセリングでも二人の距離は縮まらなかったのに。マリアの好戦的な攻撃や冷笑的な態度は、防衛のためだと思っていた。でも、妻からこんなことを言われたことはなかった。彼女がそう感じていたと知って、彼の心が痛んだ。そういうことだったのか。

「ヴィンセント・ヴァルデル、達人メンタリスト」彼女は言って、彼のシャツから目に見えない一本の髪の毛を摘み取った。「みんなから求められている男。あなたに太刀打ちできる人はいない」

「今度、ぼくのショーか講演に来てくれよ」彼は言った。「そうすれば、ぼくはみんなが見たがっている男だってことが分かるよ。適度な距離を置いてだけどね。そこが違いかな」

彼はバッグを床に置いて、彼女の顔に両手を添えた。

「あと、忘れるってことだけど」彼は言った。「まるで反対だよ。分かってもらえてると思ってたんだけどね。ぼくが地方で仕事をしているときに、少しでもノーマルでいられるのは、きみたちがここにいるって分かっているからだよ。何が起ころうと、自分には帰る場所があるってね。きみと子供たちがいなければ、ぼくは何者でもないよ」

マリアは何度か瞬きをして、かすかに微笑んだ。彼女の顔に影が落ちる。「それは、ミーナと一緒でないときは、ってこと?」

ヴィンセントはため息をついて、またバッグを持ち上げた。もう少しだったのに。次回はうまくいくかもしれない。ヴィンセントが外へ出るとき、居間のアストンは、まだ3Pの替え歌を歌っていた。

117

「さっぱり訳が分からない。どうしてあの子がファートブシュ公園に？　ヴェンデラもいたのですか？」

トーマス・ヨンスマルクはメイクアップ・アーティストの手を払いのけて、ルーベンに顔を向けた。この大物俳優と面会するのには数日を要した。しかしルーベンとペーデルも、用件についてヨンスマルクの代理人に細かく話したくはなかった。まずトーマスに伝えたかった。

「あと十分でメイクを済ますようにと言われているんですが……」メイクアップ・アーティストが控えめに言った。

「待たせておけ」不愛想に言って、トーマスはダークカラーの濃い髪をかき上げた。「わたしたち三人だけにしてもらえないか？」

ルーベンは、その有名なふさふさ髪を羨望の眼で見つめた。自分は何年にもわたって女性にモテると自負してきたが、トーマス・ヨンスマルクには歯が立たない。彼はスウェーデンのテレビ・映画スターであるだけでなく、全スウェーデン女性をメロメロにさせる魅力の持ち主だ。何十年にもわたり、有名・無名関係なく多くの女性と浮名を流し、ゴシップ誌に話題を提供してきた。そして、彼の息子の名はデクステルといった。いや、彼のただ一人の子供というべきか。ルーベンはほんのつかの間、心が痛むのを感じた。

アストリッドの顔を思い浮かべた。いっとき、娘の身にも何かが起こるかもしれないという感情に飲み込まれかけた。まるで自由落下しているような気分にルーベンは襲われた。そんな感情を追い払おうと、体を振った。彼がこれまで目を逸らしてきた暗い深淵だった。これにどう対応すればいいのかも分からなかった。

「奥さまにはまだ連絡が取れていません」ペーデルが言った。「それを言えば、あなたを捕まえるのにも苦労しました」

「妻ではなく、元恋人です」そう訂正し、トーマスはペーデルの髭をじっと見つめた。「ヴェンデラとわたしは結婚したことがないんですよ。デクステルは……正直言うと、わたしがヴェンデラと付き合ったのは、ほんの短期間でね。デクステルは、予期せず生まれた子供です。少なくとも、わたしからするとね」

彼は思わせぶりに言った。聞き覚えのない話とは言えなかった。ルーベンもタブロイド紙やゴシップ誌の張り紙広告で何度も目にしていた。トーマスとヴェンデラの口論は当初から激しく、醜い誹謗中傷合戦が繰り広げられていた。そこにヴェンデラの心の病の問題も加わり、こちらもメディアで大々的に公開されていた。

「わたしたちは映画の撮影現場で出会いましてね。彼女は『黄昏の血』でのわたしの役柄に関して助言するコンサルタントだったんです。ご存じのように、わたしがゴールデン・ビートル賞を獲得した作品です」

トーマスはまたも髪をかき上げた。ルーベンはうなずいてみせたものの、その映画のことも賞のこともまるで知らなかった。ブルース・ウィリスかトム・ハーディかドウェイン・ジョンソンが出演していないのなら、恐らく彼は見ていない。

「彼女は、それはそれは美しかった。そして強くてね。その強さは脆さと裏腹だったわけですが。一目惚れでしたよ」

戸口から、ヘッドセットをした若い女性が覗き込んだ。

「そろそろお時間です」

トーマスが手で払うと、女性は怯えたようにドアを閉めた。

「ヴェンデラさんとデクステルくんが消息を絶った件についてうかがえますか?」ペーデルが言った。「あなたがご存じの範囲で結構ですので」

「分かりました。先ほども言ったように、わたしたちは一緒に住んでいません。同居したことは一度もないんです。ヴェンデラが入院中は、いつも彼女の母親のところにデクステルは預けられていました。ところがヴェンデラは少し前に退院したばかりでね」

「心配はしませんでしたか?」ルーベンが割り込んだ。

トーマスは答えるまで間を置き、爪のあま皮を何やらいじっていた。

「いいえ、率直に言って、心配はしませんでした。ヴェンデラは劇的な行動に走る傾向がありましたから。ほんの数年のうちに自殺未遂を何度かしていますし、どれも本気というよりは演技のようなものでした」

「今回、ヴェンデラさんから脅迫のようなことはありませんでしたか?」ルーベンが言った。

「死んでやる、といったような」

「ええ、まあ、そんなメッセージを送ってはきましたね。わたしの新しい恋人の記事を目にしたとかで。ブラジル人のモデルです。それで、例によってキレたわけです。ですが、わたしも長年の経験から、無視するのが一番ということを学びました」

彼は両手を大きく広げた。髪の房が彼の額に掛かるのを見て、女性たちが彼に夢中になるのも無理はない、とルーベンは思った。

「二人がいなくなった日、いつもと違うようなことはありませんでしたか？」ペーデルが髭を掻きながら言った。

ルーベンは、そろそろ髭を剃ったほうがいいと、どの程度はっきりペーデルに言うべきか悩んだ。

「いいえ。おかしいと思い始めたのは、ヴェンデラの母親から電話で、デクステルが幼稚園に行かなかったことと、ヴェンデラと連絡が取れないことを聞かされてからです。めったにないことですから」

「それからアパートで手紙を発見したわけですか？」ペーデルが言った。

「はい。ヴェンデラの母親が鍵を持っていたので、二人で中へ入ると、キッチンテーブルの上に手紙があったんです。手紙と言っても、『さようなら』だけで、他には何も書かれていませんでしたが」

「そのメッセージを真剣に受け取りましたか？」

そのとき、ドアをせわしくノックする音が聞こえ、ルーベンはビクッとした。その音がやむや、厳しい表情の初老の女性がドアを開けた。

「来てください、今すぐ！」

「そんなこと言ったって、警察が来ているんだ。デクステルが見つかったんだよ」トーマスがとげとげしく言った。

女性は顔面蒼白になり、黙ってうなずいた。

「充分、時間を取っていただいて結構です」彼女はそう言いながら、ドアを閉めた。「スタッフに伝えておきます」

「さて、ご質問への答えですが、いいえ、そのときはわたしたちのどちらも真剣には受けとめませんでした」

初めてこの俳優の〝仮面〟が少しずれて、心からの悲しみのようなものが垣間見えた。それから、仮面はふたたび元に戻った。生きることとは何かの役割を演じること、そう言わんばかりに。

「夜になっても二人が帰宅しなかったので、ようやく、何かあったのかもしれない、と本気で思いました。警察に通報したのはそのときです。あとのことはご存じですね。ヴェンデラが最後に目撃されたのは、タリン（エストニア共和国の首都）行きのフェリーに乗り込むところです。彼女が買ったのは大人用の乗船券一枚だけだったのに、目撃者によると、彼女は男の子を連れていたそうです。そして、二人はタリンで下船しなかった」

彼はまた、爪のあま皮をいじった。

「わたしたちは、目撃証言を行なった人たちに改めて話を聞いてきたんです、あなたにこうして話を聞く前にね」ルーベンが言った。「すると、男の子と一緒にいたのがヴェンデラさんだったか、確信が持てないというんです。われわれ特捜班は、ヴェンデラさんは一人でフェリーに乗り込んだと推測しています。そして、恐らくは水中に身を投げた。でも、そこにデクステルくんはいなかったと考えています」

ペーデルは同情の目でトーマスを見ていた。新たな情報が集まってくるたびに、メイクアップ用の椅子に深く深く埋まってゆく。彼のメイクはほぼ終わっていて、皮膚がおしろいで覆われ、眉毛がペンシルで強調されていることが間近に分かった。テレビで見るとまず気づかないことだ。

「どういうことです？　じゃあ、どうしてあの子はファートブシュ公園で発見されたんですか？」

「まだ分かりません」ルーベンが言った。「わたしたちとしては、息子さんが何者かに殺害されたと申し上げるほかありません。犯人はいまだ不明です。ヴェンデラさんが犯人である可能性はゼロではありませんが、まだ公にはできない理由から、わたしたちはあなたの息子さんを殺害したのは、あなたの元奥……失礼、昔の恋人だとは考えていません」

「あの子たちか」トーマスがぼそっと言った。ページュのパウダー層の下の顔が青ざめた。

「ニュースで見たぞ。あの子たち」

「申し上げたとおり、いまはまだ、これ以上お話しできません」ペーデルが言った。

彼とルーベンは立ち上がった。

「何か思い出したら、いつでもご連絡ください」

ペーデルは彼の肩に手を置いた。部屋を出るルーベンの目の隅に映ったのは、椅子を回転させて、鏡に顔を向けるトーマスの姿だった。

118

「ここでとめて」ナタリーが言った。「近づき過ぎるのはよくないから」

カールはうなずいて、脇道に駐車した。三人は、ナタリーの父親のマンションがあるリネー通りから二街区離れたカーラ通りにいた。これくらい離れていれば、パパが目を光らせることもない。

「わたしも一緒にいったほうがいい？」イーネスが言った。

「それはよくないと思う。わたしが一人で行くほうがいいわ。二人はここで待ってて」

彼女はリュックサックを背負い、車から降りて、ユングフルー通りに通じる角を曲がった。パパのお付きの護衛がどのくらい知っているかが問題だ。娘がいなくなったことを聞かされているのだろうか？　だとしたら、彼女を見かけると同時に、パパに報告が行くだろう。しかし、これには対抗しようがない。状況に応じて対処するしかない。彼女はリネー通りに曲がった。黒い車が一台、正面玄関の真向かいにとまっている。一般市民の自家用車かもしれないし、父の護衛かもしれない。それを知る由はなかった。でも、玄関からこっそり中へ入るときには、だれの姿も見えなかった。

エレベーターは使わず、四階分、階段を上がった。エレベーターの扉に設置してある格子の扉が、独特の音を立てて部屋の中にまで聞こえるので、父に気づかれそうで嫌だったのだ。どっしりとした黒いドアの前で聞き耳を立てた。部屋の中から、パパがキッチンで食器を洗う音が聞こえる。一人しかいないのに、無駄に手の込んだ夕飯の支度をしているのだろう。料理となるとあそこまで張り切る父が、ナタリーには理解できなかった。

ゆっくりと鍵穴に鍵を入れ、回して、静かに中へ入った。玄関ホールから、肩に布巾を掛けてソースの味見をするパパの背中がちらりと見えた。きっと、四種の生のチリ入りのソースだ。自家栽培のトマトの中から今日食べる分を選び出しつつ、表面をあぶっている肉の温度を測るのだろう。料理がそれほど楽しいのなら、なぜレストランを開店しないのか不思議だった。

ナタリーは忍び足で自分の部屋へ入った。例の小さな宝箱は、整理ダンスの上に置いてあった。黒い陶製で、蓋には銀色の頭蓋骨が描かれている。彼女は蓋を開けて調べた。祖母に伝えた一万クローナよりかなり多い額が入っている。祖母の喜ぶ顔を頭に浮かべ、彼女は誇らしく思った。宝箱をリュックサックに入れてから、整理ダンスの一番上の引き出しを開けて、洗濯済みできれいなショーツとソックスをすべて取り出した。ジーンズも二、三本持っていこうか迷ったが、必要ないだろう。下着以外の必要な衣類は、すべてイーネスから受け取っていた。もうひとつやるべきこととして記憶に銘じていたのは、携帯電話の充電器を探すことだった。そのあと、こっそりバスルームへ入って洗面道具を取り、すべてリュックサックに入れた。

部屋まで来たときと同じくらい静かに、玄関ホールへ戻った。キッチンではフライパンで何かを焼いているようで、ナタリーのお腹を刺激した。キッチンの戸口で立ちどまった。わずか数メートル先にパパがいる。猛烈にパパのところへ行きたかった。パパは彼女を見て、大喜びするだろう。そして彼女は食べものを好きなだけ食べられる。

自分の手を見た。指にはまだ痛々しいピンク色の線が残っている。キッチンからはとてもおいしそうなにおいがしてくる。以前の生活に戻るのは容易いことだ。この敷居をまたぐだけでいい。

でも、そうしたら、もう二度と祖母に会えなくなる。イーネスには自分が必要だ。他のメンバーも彼女を必要としている。今や、あの人たちが彼女の家族だ。キッチンに立つあの男性ではない。

彼女が忍び足で玄関から外に出ると、ドアはかすかな音を立てて閉まった。

119

「これはこれは、いらっしゃいませ！　今日はいらっしゃるだろうか、と思っていたところでした。何といっても、土曜日ですからね」

給仕長に満面の笑みを向けられて、クリステルは溢れそうになる感情を呑み込んだ。やっぱり、まずい考えだったかもしれない。まったくもってまずい考えかもしれない。まだ後戻りできる。向きを変えて、この場を去ることだってできる。

でも。せっかく来たのだから、ニシンでも食べてピルスナーをひっかけたっていいかもしれない。それから、この場を去ればいい。

「どうぞ、いつものテーブルなら空いていますよ。ご注文はいつものもので？」

給仕長は彼の前を歩いて、大きな店の中へ入っていった。ランチタイムの客たちは静かな声で話している。レストラン〈ウッラ・ヴィーンブラード〉は、彼の母の言う〝室内で話すのにふさわしい小さな声量〟で話すべき場所だ。

母親のことを思い出して胸が詰まった。いつも頭の中にあって絶えず渦巻いているあの考えを、母は認めなかった。母は昼も夜も、頭の中でグルグル回っている。母は受け入れなかった。でも母はもういないじゃないか、彼は自分に言った。母は母で自分の意見を持てばいい。自分には自分の人生を好きなように生きる正当な権利がある。

あとは勇気を出せばいい。

クリステルは一歩下がって、窓の外にちらりと目をやった。今日はボッセが一緒にきていた。彼がこのレストランへ来るたびに自宅の家具を台無しにされたら破産してしまう。ボッセは、日陰になっている自転車ラックにつないでいた。持参した水入れをそばに置いてある。それでも、暑過ぎるだろう。やっぱり……。

「さあ、どうぞ。お迎えする準備は万端です。メニューはご覧になりますか?」

給仕長の笑みで、すでに日が差して明るい部屋がさらに輝き、クリステルはぎこちなく席に着いた。

「ニシン」テーブルクロスに視線を落としたまま、彼は呟いた。「あと、ピルスナーも」

「いつものですね。敢えて申し上げれば、当店の一番のお勧めです。であれば別のものに挑戦する必要もありません。そういうチャレンジは、若者に任せておけばいいことです」

若者の中には、そういう者もいるかもしれない、クリステルはそう思った。給仕長の笑い声は壁と壁の間を跳ね返り、クリステルは、胃が締めつけられるような感覚を覚えた。自分の心を読まれているような気がした。クリステルは視線を上げて、かすかに震える声で言った。

「若者と言えば、あなたの言っていたことは正しかった。ほら、先週の」

給仕長は、目を細めてクリステルを見つめた。彼がよく記憶している表情だ。体が暖かくなったのを感じ、クリステルは深呼吸をして続けた。「わたしに質問したでしょう。あの件、イエスです。昔会ったことがあります。実際のところ、単に会っただけじゃない」

パニックに襲われて、それ以上は言えなかった。何をごちゃごちゃやっているのか。彼は突然立ち上がり、危うく椅子とテーブルを倒しかけた。

「おっと、すみません、出なくてはいけないので」彼はどう見てもスイッチが切ってある携帯電話を振った。「警察の仕事で」

彼はもう一度謝罪して、外へ出た。背中に給仕長の突き刺すような視線を感じていた。

120

シルクハットをかぶったペーデルは汗だくだった。日曜日の午後のカスペルの誕生日パーティーはたけなわで、十対《じっつい》の子供の目が、疑わしげに彼を見つめていた。二歳半の三つ子が最年少、そして、この日五歳になった三つ子のいとこカスペルが最年長だった。

子供たちがバースデーケーキを食べ終わったところで、シルクハットをかぶり、髭を青く染めたペーデルの出番と相成った。彼は、自分はペーデルではなく、ペーデルの秘密の弟ペドロだと主張した。子供たちはとても面白がった。子供たちが彼はペーデルだと叫べば叫ぶほど、彼は躍起になって違うと主張し、三つ子たちは父親の青髭に笑い転げた。

子供たちの喜ぶ声に、彼の心はたくさんの愛で満たされて破裂せんばかりだった。しかし同時に、不安も心を満たした。一週間前の捜査会議以来、いずれ新たな誘拐が起こるというヴィンセントの言葉が、耳の中で鳴り響いていた。ファートブシュ公園で発見された子供の身元をペーデルが解明したのは、大きな一歩だった。特捜班のメンバーは行方不明の子供たちのリストに何度も目を通し、見逃した情報はないか調べた。アーダムは、オッシアン発見現場であるシェップスホルメンで収集したすべての情報を批判的な目で見ていった。他の班員は、この一週間で可能な限りの準備態勢を整えようとしてきた。

それでも、水曜日に自分たちを待ち受けているかもしれないものが何なのかは、見当もつかなかった。目を光らせるべき先も分からなかった。街中の幼稚園をすべてマークできるほどの人員は、もちろん警察にはいない。市民に警告を出すのも適切ではない。町中の小さい子供を持つ保護者たちの間ですでに暴走しているパニックを、さらに悪化させることになる。遅かれ早かれ、傷つく者が出かねない。

特捜班は板挟みになって身動きが取れない状態だった。でも、彼らが何もしなければ、三日後には子供が一人いなくなる可能性がある。

カスペルかもしれないし、三つ子のうちの一人かもしれない。あるいは、パーティーに来ている他の子供たちの中のだれか。ここにいる子供たちも、他の子たちも、みな同じだけのリスクを抱えている。だから、彼は全員助けなくてはならない。ただ、その手立てが見つからなかった。

そして今、彼はここに立っている。

手品の真っ最中で。

赤いボールを消す手品から始めた。子供たちの反応はいまいちだった。続いて、紙を折って、カスペルに帽子を作ってやった。すると、三つ子たちがアニメの『ウィンクス・クラブ』で妖精たちに起きた出来事を他の子供たちに話し始めた。折り紙の帽子は小さ過ぎて、カスペルの頭に合わなかった。

子供たちがお互いにケーキを投げ始め、もはやメルトダウンが起きるのは時間の問題となった。いよいよ、秘密兵器の出番だ――ヴィンセントから習った手品である。事前に練習する時間はなかったから、説明書きのとおりにやるしかない。いちかばちかだ。

「さて子供たち、最後にして最も危険な手品の始まりじゃ」『ウィンクス・クラブ』討論会の最中の子供たちに聞こえるよう大声で言った。「これを初めてやったとき、この魔法の効果で、わしの髭は青くなってしまったのじゃ」

「最も危険」という言葉を聞いて、子供たちは黙った。よし、注目を惹けたぞ。とはいえ長続きはしない。説明書きをちらりと見てから、大きな黄色いハンカチを二枚引っ張り出した。これを結んでつなぎ合わせることになっている。

「大きなハンカチが二枚」ペーデルは言った。「今からこのペーデル、じゃなくてペドロが、角と角を合わせて強く結ぶ。大切なのは、このハンカチを、だれにもいたずらされない場所に隠すことなんじゃが、何とここに最高の隠し場所が」

彼は結び目のあるあたりをくしゃくしゃにして、素早く自分のズボンの下に入れた。二枚のハンカチの残りの部分がウエストから外に下がった。

「オエーッ、ズボンの下に入れた！」だれかが叫んで、他の子供たちは大笑いした。

ここでふいに、ペーデル自身も楽しんでいたことに気づいた。これがヴィンセントの言う、手品をすると思わずに客を楽しませると思うべし、ということか。彼は説明書きをもう一度確認してから、三枚目の赤いハンカチを取り出して、できる限り大げさな身振りで見せた。年上の子供たちがクスクス笑った。それから、その赤いハンカチをシルクハットの中に入れて、そのまま帽子をかぶった。

「みんなで『シム・サラ・カ・ダブラ・スナーベル』と叫ぶと、赤いハンカチは帽子の中から消え、二枚の黄色いハンカチとハンカチの間に現れる」彼は真面目くさって言った。「わしのズボンの中にじゃ！」

子供たちはまた笑った。

「シム・サラ・カ・ダブラ・スナーベル！　さあ、みんな一緒に！」

「シムカ・スナーベル！」子供たちが同時に叫んだ。

ペーデルは、精一杯に誇張した自信と自負の笑いをあげて、黄色いハンカチの端を摑んでウエストから引っ張り上げ、次いでハンカチを左右に広げた。

「じゃじゃーん！」彼は歌うように言った。

その場が静まり返った。それから、大爆笑になった。カスペルは涙を流しながら、腹を抱えて笑っていた。

「ちょっと、ペーデル！」アネットが悲鳴をあげた。彼女も満面の笑みを浮かべており、その隣にいた彼女の姉もペーデルのほうを見て顔を輝かせていた。

さすがヴィンセントは心得ている。ペーデルは驚いた顔を作って、ハンカチを見た。二枚の黄色いハンカチの間に、使い古したパンツが結ばれていた。

三つ子たちの通う保育所の職員たちに説明をしなくてはならなくなるだろう、と思った。きっと三人は、お誕生パーティーでパパがパンツを脱いだと話すだろうから。でもそれだけの甲斐はあった。彼は子供たちのヒーローだ。そして、今この瞬間、世界に悪は存在しない。このペーデルが追い払ったのだ。

パーティーが終わってからもずっと、彼の耳の中では子供たちの笑い声が響いていた。

第五週

121

ベンヤミンが外の郵便受けから郵便物を取ってきた。キッチンテーブルの上に重なっている郵便物は、アストンに届いたレゴクラブからのメンバー限定マガジン、商品サンプルを郵便局まで取りに来るようにというマリアへの通知が数通、そして、ヴィンセント宛の封筒が一通だった。月曜日としては物足りない量だ。休暇が本格的に始まったということだ。

封筒の中身はすぐに分かった。半年も早く届いたにもかかわらず。封代わりに貼ってあるサンタクロースのシールを剝がして、〈テトリス〉風の形の紙片をテーブルの上に出した。その紙片を見た途端、以前に紙片を受け取ったときの不安感が猛スピードで戻ってきた。今回は、不安感をより強く感じる。なぜ今届けられたのか——夏の真っ只中に？　何か違うのだろうか？

同封してあったクリスマスカードを開いて驚いた。以前は白紙だったのに、今回は手書きのメッセージがあった。

おまえは何も学ばない。わたしは待つことに疲れた。

オッシアンにはオメガになってもらう。〈頭韻法としては上質とは言えないが、ここにあ

る意味には詩学がある）

そして、覚えておくように。責めを受けるべきは他のだれでもなく、おまえであることを。

他の道を行くこともできた。しかしおまえは選ばなかった。

だからわれわれは、おまえのオメガに到達した。

すなわちおまえの終わりの始まりに。

追伸　もしおまえが今、なぜこんなに早くパズルのピースを受け取ったのか不思議に思っているならば、それはおまえも知るように、オメガはギリシャ語アルファベットの24番目の文字だからだ。24を2で――おまえとわたしで――割れば12。ゆえに24/12となり、つまりはクリスマスイブ（スウェーデンでの日付表記は月より先に日を書く）。
一足早いメリークリスマスを贈ろう。

首筋が引きつった。虫が短い髪の中を這い回るような感覚だった。オメガ。ユーリアが記者会見でオッシアンの話をしたときに、彼の頭に浮かんだ考えと恐ろしいほど似ている。オメガはこの世の終わりのことだと、あのとき彼は思った。すべての終わり。そして最後には、クリスマスが答えとなる計算。こういうことを彼は気を紛らわすときによくやる。相手は彼の頭脳がどう働くのかを熟知している。それどころか、彼の頭の中に住み着き、彼の思考にアクセスできるかのようだ。おまえとわたし。彼はゾッとした。

不安で、彼の中の影が目を覚ました。今、最も必要としていないものだ。今、闇に捉われるのを許したら、彼はだれの役にも立たなくなってしまう。彼はパズルを解くことに焦点を合わせた。脳の前頭葉を活性化させて扁桃体内の情動中核を抑制する。負けてはならない。今は駄目だ。

今回の〈テトリス〉型のピースは、組み込むのに苦労した。合理的思考能力の負担となるストレスホルモンとアドレナリンが、彼の体を満たし始めている兆候かもしれない。彼は唾を呑んだ。ひどく喉が渇いていた。

ようやく不規則な形の図形ができた。他のパズルと同様、空白だらけだ。そして、他のパズルと同様、メッセージの文字ができあがった。

儀式化した？　わたしを捕まえて！　(Ritualiserad? Tag mig!)

儀式化。

儀式。

ノーヴァは、この連続殺人には儀式の要素が仄見えると言っていた。それに、『騎士の巡歴』も、明らかに儀式的な行動だ。このパズルを送ってきているのは犯人なのだろうか？

わたしを捕まえて？

捕まえてみろとヴィンセントを挑発しているのだろうか？　こうした挑発や挑戦が最初のパズルの時点から仕込まれていたのだろうか？　あのパズルはリッツリが——最初の被害者だ——発見される半年前に、郵便受けに入っていた。

恐ろしい考えが浮かんだ。リッリ、ヴィリアム、デクステル、オッシアン。もし、この子たちが、ヴィンセントだけに向けられた挑戦だとしたら？　もしも、殺人犯が彼のことを新聞で読んで、彼に解かせようと究極のパズルを作ろうと決心した、彼のファンだとしたら？　四人の児童の死は、ヴィンセントが原因なのかもしれない。彼がクリスマスメッセージを深刻に受けとめなかったがために殺害されたのかもしれない。

考えただけでもおぞましかった。

カードのメッセージは、やけに個人的な感じがした。〈他の道を行くこともできた。責めを受けるべきは他のだれでもなく、おまえであることを〉。だれかが彼に失望しているということだ。

ヴィンセントはまた文をじっくり見た。筆跡鑑定人によると、このメッセージに見られるような細長い大文字は情熱的で知性の高い人間を示唆し、文字が強く傾いているのは攻撃的と言っていいほどの強い感情を表している。上がきちんと閉じたOは内向的で無口なことを表す一方、細いLは意識的で自制的であることを示している。

結論は、この人物は非常に頭がよく、内向的であり、自分を抑えようと努めているが、目下、感情の爆発の瀬戸際にいるということになる。

彼はコップ一杯の水を取ってきてから、パズルの結果の三語を改めて見つめた。三語に加えて疑問符ひとつと感嘆符ひとつ。〈儀式化した《Ritualiserad》？　わたしを捕まえて《Tag mig》！〉。今度こそ解読してみせる。キッチンの引き出しの中にテープを見つけた彼は、ばらばらにならないよう、パズルのピースを慎重にテープで貼り合わせた。それから、仕事部屋の机の引き出しから他の二つの

〈テトリス〉パズルを取ってきて、これらも組み立ててテープで貼り合わせた。この三つの謎めいたメッセージを平行に並べた。

Saluterad, giriga Tim! ——敬礼された、けちなティム！

Trasig Maria i guldet ——金の中の壊れたマリア。

Ritualiserad? Tag mig! ——儀式化した？　わたしを捕まえて！

水を一口飲んだ。冷たさで息がしやすくなった。各メッセージに文字が十八。まるで同じアルファベットが使われている。鼻から息を吐く。もう疑う余地はなかった。アナグラムだ。それがカギだ。問題は、それによって何を伝えようとしているかだ。答えは彼の目の前にある、ここに並ぶアルファベットの中のどこかに。なのに、彼にはまだ見えていない。

さらに水を飲んで、時計に目をやった。マリアはケヴィンのところに行っている。レベッカとベンヤミンとアストンは、泳ぎに出かけている。あるいは、少なくともアストンは泳いでいるだろう。レベッカの女友だちも一緒ということを考えると、ベンヤミンが泳ぐとは想像し難かった。ともかく、だれかが帰宅してヴィンセントに何をしているのか訊くまで、あと一時間はあるということだ。

彼はアストンの部屋に〈アルファペット（単語を作成して得点を競う「スクラブル」に似たボードゲーム）〉を取りに行った。それから、すべてのアルファベットの駒をキッチンテーブルの上に出し、問題のメッセージで使われている文字を拾い上げた。十八の文字——可能な組み合わせは６４０２３７３７０５７２８０００

通り。

この数字を出すのに、彼はまず暗算しようとしたが、頭が痛くなるだけだった。結局、〈ウルフラムアルファ〉というオンラインアプリを使って正確な数を得た。この数字の列の読み方をグーグルで検索した。六千四百二兆。十八個の小さなアルファベットの駒から。脳みそが茹で上がってもおかしくない。

しかし、この駒で理解可能な単語を作るとなると、そこまで多くの組み合わせにはならない。それでも、何十万。スウェーデン語なり何なりといった、ひとつの言語に属する言葉に限れば、数は減少する。しかも、その単語を組み合わせて意味を成す文章を構成するとなると、さらに減る。彼個人にとって意味のある単語に絞れば、さらに。メッセージは彼個人に向けられたものだろう。ということは、この謎を解くチャンスはあるということだ。理論上は。

彼は十八の駒から無作為に単語を作っていくことから始めた。まずは、短くてシンプルな単語から。

GAM——ハゲワシ
ARGA——怒っている
SLUTADE——終わった（終わるの過去形）
SLUTTIDER——終了時間

「Sluttider」は九文字、まずまずだ。だが〈アルファペット〉のルールでは八点しか稼げない。

彼に当てはまる単語でもない。短い単語の探求をさらに続ける。

MATIG――満腹感をもたらす
ARTIG――丁寧な
MAGI――奇術

それらしい単語だ。「奇術《MAGI》」。彼と関連性があるのかもしれない。最初につくった短い単語のどれかと組み合わせられないだろうか?

MAGI
SLUTAR
――奇術が終わる。

このアルファベットを見て、ヴィンセントの息が詰まった。どう続くのか、ぴんと来た。しかし、あり得ない。そうであってほしくなかった。

だが一方で彼には分かっていた。彼は正しかった。解答は、彼個人に向けたものだった。六千四百兆以上の組み合わせのうち、ただひとつ可能な答え。彼に関連したたったひとつの組み合わせ。彼の中の闇が少年時代のあの湖から姿を現わし、地平線いっぱいに広がった。今にも彼の上に崩れ落ちてきそうだった。テープで貼り付けた三つのパズルをゴミ箱に投げ捨てたかった。こんなものなどなかったことにしたかった。しかし、調べずにいられない。彼は仕事部屋に戻って、約二年前にルーベンから受け取った薄茶色のA４サイズの封筒を探し出した。ママが亡くなったときの〈ハランド・ポステン〉紙の記事の切り抜きが入っている。ヴィンセントは、彼に罪を着せようとして、姉イェーンがルーベンにこの封筒を送ったと思っていたが、その話を聞いて、姉は何のことだか分からないと言った。今になってその理由が分かった。

地平線を覆う影が、耳をつんざくような声でうなっている。

腹部に感じる恐怖が、それに声を合わせた。

新聞の切り抜きを〈アルファペット〉の横に置いた。それから、アルファベットの駒をひとつずつ、ページの幅全体にわたって配置されている大見出しの上に置いた。並べ終えて、彼の手が震えた。完全に一致した。三つのパズルにあった文字列は、彼が二度と目にしなくても済むよう願っていた文のアナグラムだった。

MAGI SLUTAR I TRAGEDI!——奇術、悲惨な結末を迎える！

偶然のはずがない。過去二回のクリスマスと、この猛暑の最中にパズルを送りつけてきた人物は、二年前にこの古い新聞記事をルーベンに送ったのと同じ人物ということだ。あのときすでに、他のだれよりも彼のことを知っていた人間がいた。

イェーンではないだれか。

一体だれなのだろう？　ヴィンセントは手書きのメッセージをもう一度見つめた。
　だからわれわれは、おまえのオメガに到達した。
　すなわちおまえの終わりの始まりに。

　彼の何の終わりなのか？　オメガにはいつもアルファ、つまり始めが付きものだ。これが彼のオメガなら、彼にとってのアルファとは何なのだろう？　自分が何かを始め、それを犯人は終わらせたい。それは一体何なのか？　それが不明な限り、彼は自衛のしようがない。そして、彼の中の闇が、時間がないと言っている。

122

　今日、ルーベンは本部の食堂で昼食をとることにした。この暑い中、いつものビストロまで歩くくらいなら、エアコンの効いた食堂のほうがましだった。そのうえ、火曜日、ということは、今日のメニューはラッグムンク（スウェーデン風ポテトパンケーキ）だ。ベーコンと、火を通していないコケモモのジャムが添えてあれば、ルーベンの大好物第二位にランクインする。リンゴのコンポートでもいい。近頃の店が出すような、エビなどを添えた偽物ラッグムンクは許せない。すでに完璧なものをもっとよくしようなんて、無理な話だ。
　特捜班のメンバーは、翌日に備えて、みんなピリピリしていた。明日、誘拐犯が新たな犯行を起こす恐れがある。それを阻止しなければならない。今回ばかりはヴィンセントが間違っていて、それですべてが丸く収まることをルーベンは願っていた。

昼食は、進展のない捜査のストレスから一時的に解放されるありがたい時間だが、息抜きの時間は出動班のグンナルらの姿を見た瞬間に終わりを告げた。連中は、食堂のひとつ奥のテーブルに陣取っていた。グンナルがこっちのテーブルへ来るよう手で合図を送ってきたので、彼らを無視するのは不可能となった。ルーベンは内心悪態をついてからテーブルを移り、トレイを置いた。

「娘がいるんだって?」ルーベンが腰掛けると、グンナルが含み笑いをした。「びっくりしたぜ」

本部内でこれほど速く噂が広まるとは。広めているのは、班の中にもう一人パパがいることに大はしゃぎのペーデルに違いない。

「ああ、名前はアストリッド」彼は言った。「十歳」

ルーベンはラッグムンクを切りながら、カリカリに焼けているか、音を聞いて確かめた。多少柔らか過ぎるが、我慢しよう。他の選択肢は、三十度の暑さの中を歩くこと。それよりは、柔らかいラッグムンクのほうがましだ。

「おいおい、ルーベン、おまえに子供とはな」グンナルが言った。「おまえなら、避妊のほうはしっかりしてると思っていたのに。でも、まあ、皮付きのバナナなんて食いたい人間はいないか」

ルーベンは答えなくても済むように、素早く大きなベーコンをかっ込んだ。コケモモのジャムが少しフォークから落ちて、彼の白いシャツの胸元についた。くそっ。しかもグンナルはまだ話し終えていないようだ。

「十歳か」彼はクスクス笑った。「あと五年もすれば、娘は家に友だちを連れてくるぞ。自宅にうまそうなキャンディーが来るんだ」

ルーベンは辛抱強く笑いながら、ベーコンを飲み込んだ。

「あんたのとこの息子みたいにですかね」そう言った。

「はあっ？」グンナルは、当惑した顔をした。

「フィーリップは十六歳でしたよね」注意深くフォークにコケモモジャムを載せながら、ルーベンは続けた。「息子さんとその友だちたちをここに連れてきたらどうです？　あんたの言う息子のキャンディーの包装紙を大喜びで剝いでくれる女もここにはわんさかいる。男の中にも喜ぶやつがいるかもしれないし。もう性的指向が云々なんて言う時代じゃないでしょう」

グンナルの顔がこわばって、笑いが消えた。

「てめえ何が言いたいんだ⁈」

グンナルの顔が真っ赤になる。ルーベンの目の隅に、他の捜査員たちが食べるのを中断するのが映った。野次馬のお供にポップコーンを持ってくればよかったと思っているのだろう。ルーベンはグンナルに、けげんな目を向けた。

「えっ？」彼は何食わぬ顔で言った。「あなたと同じことを言ったまでですが」

「同じじゃねえだろ！　だってフィーリップは……だって……」

「まったく同じだよ」ルーベンはトレイを手に立ち上がった。「失せろ、グンナル」

彼は向きを変えて去った。彼の背後は、水を打ったように静まり返っていた。アストリッドを護身術の教室に通わせよう。クラヴ・マガ（イスラエル軍で開発された近接格闘術）とか。世界にはグンナルのようなクズが多過ぎる。

123

この男を叩いて逃げようとしたけど、駄目だった。最初、この男はわたしの口に手を当てて、大きい声を出せないようにした。だから、うんと強く噛んだ。そうしたら、すごく汚い言葉を使ったから、痛かったんだと思う。いい気味だ。

だけど、この男がわたしをさらったとき、あとを追ってくる人はだれもいなかった。追った人もいたのかもしれない。人はたくさんいた。見ている人はたくさんいた。でも、男は走るのが速かった。わたしは蹴とばしたけど、それでも、この男は走った。わたしを車の中に入れた。車の中では怖かったから、強く叩き過ぎないようにした。そんなことしたら、車が道から外れて、みんな死んじゃう。だから代わりに、大声で叫んだ。ずっと。男は運転しているから、わたしの口に手を当てられない。だけど、男は車をとめなかった。わたしは声がかすれてきたけど叫んだ。

この男の車の中にいちゃいけない。アイスキャンディーを買うんだもん。ママからもらったお金を握っていた。アイスキャンディーを買ってうちに帰ったら、ママにおつりを返すつもりだった。叫んでいたら喉が痛くなったから、少し黙った。

「怖がることないよ、ヴィルマ」男は言った。

「あなたがだれか知ってる」そのとき、わたしは言った。

男は震えた。

「知って……いる？」

「うん。子供をさらう人。ペド」

「えっ、いや、違う」そう言って、男は怯えたような顔をした。「きみを傷つけるようなことはしないよ。その逆だ。きみは生まれ変わるんだ」

「でも、わたし、生まれ変わりたくない」わたしは叫んだ。「赤ちゃんになるのは嫌。だからもう、おうちに帰して」

わたしはすごく怒って、やっぱり叩いてしまった。ハンドルと、男の腕と、頭を、叩き始めた。そうしたら、男は突然、わたしに向かって怒鳴った。すごく大きな声で。わたしはとっても怖くなって、泣き始めた。おしっこもたくさん漏らしてしまった。

124

ユーリアは廊下を行ったり来たりしていた。今日は水曜日、新たな誘拐事件が起きるとヴィンセントが予言した日で、みんな固唾を呑んでいた。彼女は例によって、小声で携帯電話で話していた。トルケル向けにしか使わない憤慨した声だった。

「つまり」彼女が言った。「目下問題なのは、ハリーがやっと寝てくれたのに、あなたが眠れないってこと？　それは本当にお気の毒」

「ユーリア、ぼくは……」

「いい加減にして。そんなことで、いちいち電話をしてこないで」

ミーナが廊下を走ってきた。ひどく息を切らしていたので、エレベーターではなく階段を使ったのだろう、とユーリアは気づいた。つまり、緊急ということだ。ユーリアは「またね」も言わず、電話を切った。

「たった今、分析課のサーラと話して」あえぎながら言って、ミーナはメモ帳を振った。「また発生したそうです。ヴィンセントの予測どおり」

「確かなの？」ユーリアは言った。「子供が怪しい人に連れられていったという通報は、一日に百件寄せられている。蓋を開けてみれば、孫を連れたお祖父さんだった、というのがほとんどよ」

「それに、まったくのでっちあげも混じっている」ミーナは付け足した。「注目されて、新聞に取り上げてもらいたい人々。そういうことは承知の上です。でも、サーラは分析課でナンバー1の捜査員です。彼女はずっとファイルを調べてきましたし、自分のやるべきことを心得ています。そのサーラが、これは関連性があると確信しているのです。目撃者の話によると、髭を生やしてサングラスをかけた金髪の男が、エステルマルム地区のフェルトエーヴェシュテンにある歩道から子供を抱えてそのまま車まで走り、その子を乗せて逃走。女の子は大声で叫び、抵抗するも、男は素早かった。周りに大人はたくさんいたのに、癇癪を起した娘を父親が連れていったわけではないと気づいたときには、二人はすでにいなくなっていた」

ユーリアはミーナを見つめた。自分の夫は、睡眠リズムを息子と同期させられないことが人生最大の問題であるかのように言い立てていたことを思った。いつか彼を、この部署で一日職業実習させてやろう。

「ご両親は一緒じゃなかったの?」彼女は言った。

「サーラを確信させた点がそこです」ミーナが言った。「実は、今お話しした通報の少しあとに、通報がもう一件入っています。イェンスとヤニーナ・ヨーセフソン、子供を持つ夫婦です。二人は〈フェルトエーヴェシュテン〉ショッピングモールの真上に住んでいて、娘さんは初めて一人でアイスキャンディーを買いにいったのだそうです。二人は問題ないと思ったようです。売店《キオスク》は、自宅の玄関から文字どおり十メートルしか離れていませんから。でも、娘さんは戻ってこなかった。キオスクのそばのベンチに腰掛けてアイスに夢中なのか、ショッピングモールに迷い込んでしまったのではないかと思って、迎えにいったのだそうです。でも見つからなかった。子供を抱えて走っているところを目撃された男と時間的に一致します」

ユーリアはめまいを感じた。誘拐犯は待ち伏せしていたに違いない。待っていた。好機をうかがっていた。そんな異常者がいるなんて。

「連れ去った車の車種は、赤のルノー・クリオのようです」ミーナが言った。「ですが、男が人目を気にかけていない様子だったことから、カツラや付け髭だった可能性があります。車もすでに乗り捨てられているかもしれません」

ユーリアは床に座り込んだ。壁に頭をもたれさせ、目を閉じた。

「三十分前ですって?」彼女は言った。「どうしてもっと早く対応できなかったの? この通報に然るべき優先順位をつけていれば、わたしたちは二十八分前にはその車の追跡にかかっていた」

「班長がおっしゃったように、警察と総合緊急通報室には、今ひっきりなしにそういった通報が入ってきてます」ミーナはユーリアの隣に座った。「通報のたびに出動するわけにはいきません。人員がいませんから。悪夢のような状況です。そして、犯人はそれを利用した。警察の注意を逸らすのが目的で、犯人グループが他の通報をしているのかもしれません」

ユーリアはゆっくりとうなずいた。

「全署緊急手配を発令します」彼女は言った。「今度こそ捕まえる。わたしたちから逃げられるなんて思わせないから」

「クリステルに、登録データで目撃情報を調べるよう頼んできます」ミーナは立ち上がり始めた。「さっきも言ったように、変装だとは思いますが、ひょっとしたら、ということもありますから」

「あと、アーダムとルーベンに、ご両親のところへ話を聞きにいくよう伝えて」

「もちろん」

ユーリアは、ミーナの腕に手を置いて、彼女をとめた。

「その子」彼女は言った。「その子の名前は?」

「ヴィルマです」

125

ヴィンセントは自分がたいして役に立てなかったのが悔しかった。彼は子供たちが遺棄されたパターンが、チェス盤上の『騎士の巡歴』でのナイトの動きと一致していることを見つけた。次の遺体がいつどこで発見されるかまで予測した。しかし誘拐の阻止につながらず、犯人の〝後片づけ〟しかできないようでは何の役にも立たない。いまだにグループを率いるのが何者なのかも分からなければ、子供たちを殺害する理由も、ばらばらの要素がどうつながるのかも分かっていなかった。

昨日の午後からヴィルマが行方不明になっている理由は、つまりそれなのだ——彼がまだ真相を見抜けるに十分な情報を見つけていないから。

彼のせいなのだ。

電話でヴィルマの失踪を伝えてくれたのはミーナだった。でも、ユーリアから本部へ来るようにとの要請はなかった。その理由は分かっている。特捜班の面々は、彼が解決してくれると信じていたのだ。ミーナは信じていた。そして、ヴィンセントは彼女の期待を裏切ってしまった。

ベンヤミンがキッチンに入ってきた。ヴィンセントがノーヴァから受け取ったパンフレットを持っていた。何やら頭の中で考えを激しく巡らせているかのような、ぼんやりした目をしていた。

「パパ、少しいい？」マリアにちらりと目をやってから、小声で言った。

ヴィンセントはうなずいた。

ベンヤミンは顎で自分の部屋を指して、そちらへ向かった。

マリアは、うわの空でペンの頭を吸っていた。自分のネットショップのロゴを作ることに夢中で、心ここにあらずという様子だった。ヴィンセントが立ち上がって息子のあとについていったことにも気づかなかった。彼が部屋の中に入ると、ベンヤミンはドアを閉めた。

「どうした？」ヴィンセントが言った。「やけに秘密めかしているじゃないか。それより、朝食は食べないのか？」

「もう食べた」ベンヤミンが言った。「一晩中眠れなかったような顔をしてるけど、何かあったの？」

ヴィンセントはうなずいた。「あとで話すよ」そう言った。

「分かった。ともかく、マリアはぼくたちがノーヴァの話をするのを嫌がるよね。でも、これ、読んでみて」彼はパンフレットにある一文を指した。ヴィンセントがすでに百回は読んでいる、〈エピキューラ〉のエピクロス主義に関する説明だった。

エピクロスの　手引き　は　この　新たなる　時において　なお　不変なり
不安は　過ぎるまま　に　せよ　なぜ　ならば　かの　不安の　速き　こと
あたかも　彗星　の　星　を　過ぎる　ごとき　なれば
生の　平穏の　実相　とは　生の　浄化なり。

心すべき ことは 何ものも 欲望 せず 痛みは いかなる ものも
避ける べき こと
欲望 なき 生 とは 汝を 解き放ち 汝に もはや なきは 苦痛であり、
全なるものを 成し遂げ その 大いなる 成就を 満喫する ことを
己に 許す ことこそ すべて

ヨン・ヴェンハーゲン

ヴィンセントは、ヨン・ヴェンハーゲンは、実際より深い意味があるように見せるために、この文章を練ったのではないかと疑っていた。エピクロス主義に何か根本的におかしなものがあるというわけではないが、特に神秘的でもない。

「この文が、必要以上に曖昧だというのには賛成だ」彼は言った。「だが、このメッセージを解読するにあたり、読む側の個人的な解釈が可能であればあるほど、受け手がそれに賛同する可能性は高くなる。昔ながらのやり方だが、パパは好きではないね」

「そうじゃないんだよ、文そのものをよく見て」ベンヤミンはまた指さした。「意味は無視して。〈全なるもの《Allt》〉という言葉が大文字のAで始まってる。それと、その言葉のあとに終止符がない。ずっと変だって思っていたんだ」

ヴィンセントはベンヤミンのオフィスチェアから『オニールの成長株発掘法』というタイトルの本をどかして、そこに座った。

「こういったパンフレットをきちんと校正するのは稀だからな」彼は言った。「そのうえ、ノーヴァの父親が九〇年代に書いた文だ。彼に敬意を表するために、文字の間違いなどもそのままにしたんじゃないか？」

「かもね」ベンヤミンは言った。「だって、ウェブサイトでもまるで同じ文が記載されているし。とにかく、ぼくはこの文を熟読してみた。ほら、あの……パパが取り組んでいた……チェスの問題だけど、チェス盤ってマス目がいくつだっけ？」

ヴィンセントは株式市場での成功法を扱った本をめくり始めた。とりわけ、ベンヤミンがどの箇所を大事と見なして印をつけたかが気になった。ヴィンセント自身にとって、株取引はずっと未知の世界だった。

「それなら、おまえだって知っているだろ」本を読みながら彼は言った。「チェス盤には六十四のマス目がある」

「そのとおり。そして、この文章には六十四の単語が用いられている」

ヴィンセントは本を閉じて、息子を見つめた。

「ちょっと落ち着こう」ヴィンセントは言った。「まず、パパが取り組んでいるのはチェスの問題ではない。子供を狙う連続殺人犯を理解しようとしているんだ。犯人がチェスをヒントにした戦略を用いているらしいのは事実だ。あくまでも、用いているらしい、だからな。だからといって、チェスがらみの事柄がすべて今回の殺人事件に関連すると言えるわけじゃない」

例の推理の披露の結果、今のヴィンセントと特捜班の関係は首の皮一枚、といったところだろう。彼の推理が状況証拠にしか基づいていないことはみなが知っている。いわば推測ということだ。『不思議の国のアリス』がウサギの穴に落ちて不思議な世界を体験するみたいに、もし自分が非現実的な思考の沼に深く飛び込んでいったら、最後にはおかしな考えに捉われて、知恵という知恵を失ったような人間になってしまう。そうなったら、ミーナが二度と口をきいてくれなくなるのは言うまでもない。

「冷凍庫の中にある角氷も六十四個かもしれない」ヴィンセントが言った。「今テレビで放送されている番組に、王《キング》と女王《クィーン》の両方が出ているとか。かといって、この二人と氷が、今回の事件に関係があるとはならない」

「分かってるって」ベンヤミンはパソコンを手に、自分のベッドに腰掛けた。「相関関係と因果関係は同じじゃないってことだろ？　ぼくだって分かってる」

「そのとおり。数年前、5Gの電波塔は人体に被害を及ぼすと言われたことがあった。そのことが地図によって〝証明〟されたことを覚えてるか？　その地図にははっきりと、5Gの電波塔の数が最も多いエリアで、体調不良を訴えた人が一番多いことが示されていた」

ベンヤミンはうなずいて、その話を引き継いだ。「だけど、そのエリアは犬の数も車の数も健康な人の数も一番多かった。というのも、そこは単に人口が最も多い場所だったから」息子は続けた。「覚えてるよ。だけど、ちょっとの間だけでいいから、すべてに関連性があった、と仮定できない？　パパのショーみたいにさ」

ベンヤミンの目が輝いている。もうとめられない。ヴィンセントはため息をつきながら、両腕を広げた。息子にはしばらく遊ばせてやろう。これが遊びと分かっている限りは。

息子はすでにパソコンでグーグルのページを開いていた。

「その文章を書いたのはヨン・ヴェンハーゲンだから、まずは彼を検索してみることにしよう」ヴィンセントがそう言うと、ベンヤミンはその名前を書き込んだ。

ヴィンセントに見えるよう、ベンヤミンはパソコンの向きを変えた。「ヨン・ヴェンハーゲン」の検索結果は、七万一千件ちょっとだった。続いて「ヨン・ヴェンハーゲン　エピキューラ」で検索すると、〈エピキューラ〉のパンフレットやノーヴァの本を紹介するブログや自己啓発系サイトが数件引っかかっただけだった。ヨン自身につながるようなサイトはなかった。

「『ヨン・ヴェンハーゲン　ストックホルム』でやってみろ」ヴィンセントが言った。

検索結果は五万七百件。

「だいぶましだね。でもいいとは言えない」ベンヤミンが言った。「ヨンは郊外に農場を所有してたんだよね？　あれは何ていう名前？」

ヴィンセントは首《かぶり》を振った。新聞や雑誌に載っていること以外、ノーヴァがどんなふうに育ってきたのか知らなかった。それに彼は信条として、新聞記事を信じ過ぎないことにしていた。

「個人的には勧めないが、もしおまえが、この世ならぬ世界に通じるウサギ穴に飛び込む気があるなら」彼は言った。「こんなのはどうだろう？　あくまで頭の体操ってことで。ノーヴァの父親の文章は六十四の単語で書かれている。一方、殺人は四件、六十四のマス目のチェス盤上に置かれるように、遺体は遺棄された。つまり……」

ベンヤミンは「ヨン・ヴェンハーゲン　チェス」と打ち込んだ。

いろいろな地域のチェスクラブの会報の写真が表示された。その中に『チェスの雑誌』なるものがあった。全国誌のようだ。

グーグルが探し出した会報の表紙には、豊かな口髭を生やした男性の写真があった。男性はトロフィーを掲げている。〈ヨン・ヴェンハーゲン、地域の新チャンピオン〉と見出しに書かれている。

「パパが言いたかったのはこれだよ」ヴィンセントは言った。「探索を長くやり過ぎると、何もかもがつながっているように見えてくるんだ。ノーヴァの父親と同名でチェスが巧い人物がいたからといって、必ずしも……」

そこで彼は口を閉じた。

写真をじっくり見つめた。

ヨン・ヴェンハーゲンは片手にトロフィー、もう片方の手で子供を抱いている。女の子は黒髪で、すでに魅惑的な目をしている。

間違いない。

この女の子はイェシカ・ヴェンハーゲンだ。

のちのノーヴァ。

「彼女の父親だ」ほとんど聞き取れない声でヴィンセントは言った。「ノーヴァの父親。何てことだ、父親はチェスができたんだ。しかも、かなりの腕前のようだ。いいか、だからといって、何かを証明することにはならない。……しかし、『不思議の国のアリス』になぞらえれば、ウサギ穴にようこそ、白ウサギくん、といったところか」

ベンヤミンが笑った。「だったら、ぼくはアリスだ」彼は言った。「あの急いでいる白ウサギがパパって感じ。じゃあ、さっきの文を調べてみようよ」

ヴィンセントはうなずくしかなかった。

何もかも荒唐無稽に思えた。むしろ、そうあってほしくもあった。あり得なそうな偶然の一致を幸運にも見つけてしまっただけで、それ以上のものではない。偶然の一致。それは実のところ、たくさん起こっている、われわれが思う以上に。個々の、あり得そうもない偶然の一致が起こる確率は極めて低いにせよ、統計的に言えば、多少のあり得そうもない偶然の一致は起こらざるを得ないのだ。実際、それなりの数とも言える。ヴィンセントは、これもそういうケースのひとつであってくれ、と心から願った。

そこでオスカシュ劇場でのノーヴァの言葉を思い出した。楽屋で彼女は、父親は使う単語の数のルールを設け、それに従って文を書いたと言っていた。

チェス好きのヨン・ヴェンハーゲンは、単語数を六十四と定めた。それ以上でもそれ以下でもいけない。チェス盤のように。

ベンヤミンは正しかった。

この文がカギだった。

ヴィンセントの心の中で、何かがひどくおかしいという感情が動き出した。そして、この感情は、息子とのこの探索作業を終えるまでにもっとひどくなるだろう、と察した。

彼はパソコンを取って、新たなドキュメントを開き、各行に単語が八つずつになるよう、全文を八行に分けた。

8	エピクロスの	手引き	は	この	新たなる	時において	なお	不変なり
7	不安は	過ぎるまま	に	せよ	なぜ	ならば	かの	不安の
6	速き	こと	あたかも	彗星	の	星	を	過ぎる
5	ごとき	なれば	生の	平穏の	実相	とは	生の	浄化なり。
4	心すべき	ことは	何ものも	欲望	せず	痛みは	いかなる	ものも
3	避ける	べき	こと	欲望	なき	生と	は	汝を
2	解き放ち	汝に	もはや	なきは	苦痛であり、	全なるものを	成し遂げ	その
1	大いなる	成就を	満喫する	ことを	己に	許す	ことこそ	すべて
	a	b	c	d	e	f	g	h

「つまり、各単語がチェス盤上の一マスを表しているってことか」ベンヤミンが、考え深げに言った。「8かける8。じゃあ、次のステップは？」

「『騎士の巡歴』」

「あっ、そうか。じゃあ、どの単語が、というよりチェス盤のどのマス目が、警察が……子供たちを見つけた場所に当たる？」

〝子供たち〟という言葉をなかなか言えなかった息子は称賛に値すると、ヴィンセントは思った。

「チェス盤ではh1、g3、e2、そしてf4」ヴィンセントは言った。

ヴィンセントは突然、喉の渇きを覚えた。ひどく。すぐにでもキッチンに水を取りにいきたくなったが、これが心理的な逃避であることも分かっていた。今にもベンヤミンのパソコンの中で姿を現わそうとしている不快な事実からの逃避だ。続けろと自分を叱咤した。

「移動を続けていくと、次のマス目はh5だ」彼は言った。「ストックホルムの地図上では、ユールゴーシュユブルンス湾。われわれが二日以内に事件を解決できなければ、その付近でヴィルマちゃんの遺体が発見されることになる」

「分かった。じゃあ、一番下の角、h1から始めよう」そう言って、ベンヤミンはヴィンセントが挙げた五つのチェスのマス目を探した。

彼は、その箇所にある単語を太字にした。

	a	b	c	d	e	f	g	h
8	エピクロスの	手引き	は	この	新たなる	時において	なお	不変なり
7	不安は	過ぎるまま	に	せよ	なぜ	ならば	かの	不安の
6	速き	こと	あたかも	彗星	の	星	を	過ぎる
5	ごとき	なれば	生の	平穏の	実相	とは	生の	**浄化なり。**
4	心すべき	ことは	何ものも	欲望	せず	**痛みは**	いかなる	ものも
3	避ける	べき	こと	欲望	なき	生と	**は**	汝を
2	解き放ち	汝に	もはや	なきは	**苦痛であり、**	全なるものを	成し遂げ	その
1	大いなる	成就を	満喫する	ことを	己に	許す	ことこそ	**すべて**

「浄化なり、痛みは、は、苦痛であり、すべて」それから、そう言った。「なるほど……。一瞬、思ったんだけど……あっそうか、このウサギ穴は、それほど深くなかったのかも」

ヴィンセントは画面上の単語を見つめていた。

「逆向きなのか」彼は体を支えようと、ベンヤミンの肩に手を置いた。大文字のAは印刷ミスじゃない。Allt（すべて）は文の終わりじゃなくて、始まりなんだ。子供たちが殺害された順番に従って、発見場所に対応するマス目を読んでみるんだ」

ベンヤミンは、画面上の単語を指でたどった。

「すべて……は……苦痛であり、痛みは……浄化なり。これって」

「すべては苦痛であり、痛みは浄化なり」ヴィンセントはそう言って、うなずいた。「ノーヴァの父親の有名な引用句。文頭は大文字で、文末は終止符という手の込みようだ。非常に明確。複雑ですらない。移動は五回だけなんだ。ミーナに電話しなくては」

チェスの雑誌の表紙を飾るヨン・ヴェンハーゲンが、二人に向かって満面の笑みを浮かべている。ヴィンセントは突然、表紙で幼い娘を抱くヨンの手には、愛情がこもっていないと思った。それは、娘を強引に掴む手だった。

126

ミーナは電話を終えた。ヴィンセントの様子がおかしかった。彼の言葉を借りると「ここ数週間は認識機能が不完全だった」とのことで、何度も謝っていた。何やらショーの話をして、酸欠になるようなことをし過ぎたようで、明瞭に考える力を失っていたと言っていた。そして今日の午前中、ミーナが職場に向かう前に見せておきたい重大なことがあるとのことだった。電話では説明が困難らしい。今、彼はこちらに向かっているところだ。ミーナのところへ。

アパートの中を見回した。ヴィンセントが二年前に来たときから変わっているのは、壁を新たにライトグレーに塗ったことだ。以前と同じ色調だが、ずっときれいになっている。仕事部屋にある彼女のショーツやキャミソールや洗浄剤の在庫に、彼は多少なりとも恐怖におののくかもしれない。ちょっとした世界戦争やパンデミックを切り抜けられるほどの量なのだ。だが、別に彼が見る必要のないものだし、仕事部屋の鍵ならかけられる。

しかし自身の準備ができているかは定かではなかった。ヴィンセントといるのは楽しいが、彼がまた自宅に来るとなると話は別だ。周囲の世界から彼女を守るこの要塞に。電話での彼は、ミーナに断るチャンスもくれなかった。

彼女は時計を見た。ヴィンセントが来るまであと十分。さっとシャワーを浴びる時間ならありそうだ。通常は、できるだけ熱いお湯でシャワーを浴びる。肌についている細菌が焼き払われる様子を想像するのが好きだった。でも、今年の夏はひどく暑いから、これ以上の熱はごめんだ。だから、冷水シャワーにした。ヴィンセントが来る前に、またも汗をかかないよう祈るしかなかった。

シャワーのあとで、彼女は仕事部屋から新しいショーツとキャミソールを取ってきた。少しでも長く体を涼しく保てるよう、その他の衣類はゆっくり身に着けた。それから、消毒液のボトルを手に、部屋のすべてのドアノブと椅子の背もたれとテーブルや机を拭いた。

額を擦ってみると、少し湿っている。まったく、もう。時計に目をやった。ヴィンセントに下着オンリーの姿を見られたくないのなら、もう一度シャワーを浴びる時間はない。

何なのよ、一体?

彼女は唇をかんだ。ヴィンセントと下着姿の自分を同時に頭に浮かべるだなんて。両手に消毒液をシュッとスプレーして、きれいにした。それから、さらに一噴きして、額と脇の下に擦り込んだ。脇の下がしみたが、仕方なかった。あとで、もう一度シャワーを浴びよう。

呼び鈴が鳴り、彼女はその音にギョッとした。くだらない考えに浸る時間はもはやない。どうってことはない、ヴィンセントが来た、ただそれだけ。そもそも自分は彼に会いたいと思っていたではないか。

最後にもう一度部屋の中を急いで見回してから、メンタリストのためにドアを開けた。

「おはよう」彼はそう言って、部屋に足を踏み入れた。

小さな玄関マットに慎重に両足を載せて、そこに立ったまま靴を脱ぐよう努めた。彼のズボンが何だかおかしかった。やけにだらっとして、だぶついている。

「ヴィンセント」彼女は言った。「もしかして……パジャマのズボン?」

下に目を向け、ヴィンセントは真っ赤になった。

「いや、実は、うっかりしてたな……ちょっと急いでいたものだから」彼は、口ごもりながら言った。「朝食中にベンヤミンが来て、それで……」

彼は、何とも決まり悪そうにミーナを見た。

「あなたもパジャマのズボンにはき替えるとかどうですか?」彼は言った。「そうしたら、それほど気まずくならないかもしれない」

またも。ヴィンセントと下着。なぜに、この二つはこうも〝親密に〟リンクする？　まだ彼を部屋の中にすら入れていないのに。そんな考えが顔に出てしまったのだろう、ヴィンセントが小さなマットの上で一歩後ずさりして両腕を広げた。

「申し訳ない」彼は言った。「配慮が足りない発言でした。とにかく、わたしがここに来たのが、ズボンを見せるためでないのは幸運でした。あと、このパジャマのことは、リネンのスーツか何かだと想像してください。いずれにしても、自分が短パンで寝る派でなくてよかった。消毒液はどこに？」

彼女は、ボトルが置いてあるバスルームを指した。

ヴィンセントは中に入って、手を消毒した。

彼は今まで、こういう彼女の〝儀式〟がおかしいといった態度を取ったことがなかった。それどころか、それに合わせてくれた。そんなのは彼くらいだ。そしてミーナも、同じように彼に合わせてきた。このメンタリストの思考回旋を理解しようと努めてきた、と言うべきか。彼がステージでどれほど多くの称賛を得ようと、彼を真剣に理解しようとする人間はそれほど多くないだろう、とミーナは考えた。

ヴィンセントは、ボトルを手に出てきた。

「バスルームの中がすごく肌寒かった」彼は言った。「冷水でシャワーを浴びるようになったんですか？」

ミーナはうなずき、ヴィンセントが触れたばかりの玄関のドアノブをさりげなくきれいにしているのを見て、涙ぐみそうになった。

「水でシャワーを浴びるというのは、なかなか面白いことで」彼は話し始めた。「有名なのはヴィム・ホフ（一九五九年～。「アイスマン」として知られ、寒冷な環境に関する記録を持つオランダ人）ですが、冷水を浴びることによる生理学的・精神的なメリットは、かなり検証されているんです。ストレス耐性の増進とか、集中力の強化などがそうです。でもその効果というのは、実は自分の体が嫌がる行為を行い、体にショックを与えることによる結果なんですね。体を冷やすことでストレスホルモンであるコルチゾールの値が上昇し、ストレスへの耐性が増す。それに、非常に低い温度に晒されると、大きく深く息をするようになり、これによって血液中により多くの酸素が送られて、脳の酸素も増加する。その結果、少なくとも短時間、脳の機能を活発にするわけです。例えば集中力もそう。決断力にも影響を及ぼすというのはもっと簡単な話で、体が拒絶しているのにショックを与え続けるというのは相当の決断力がないとできないからです。なので、行為そのものに魔法のような効果があるわけではない。あなたがその行為にどう反応するかということ。足に釘が刺さるようなものです。さて、ではあなたの狙いは何ですか？　冷水シャワーの、ということですが」

　ミーナは、彼の手から消毒液のボトルを取った。

「二つありますよ、ヴィンセント。その一、情報が多過ぎ。またしても。そろそろ自制することを学んだんじゃないかと思ってたのに。その二、わたしが冷水のシャワーを浴びるのは、外が暑いから。それだけです。で、緊急の要件とは何ですか？」

　ヴィンセントは苦笑いをした。「どうしても見てもらいたいものがあるんです。班のみんなに見せる前に、あなたに見てもらいたかった。わたしが正気か否かの判断はお任せします。ところで、ヴィルマちゃんに関する新たな情報はありますか？」

　ミーナは頭を左右に振って、居間へ向かった。

「アーダムとルーベンが昨日、ご両親のところへ行きました」彼女は言った。「オッシアンくんのときと同様です。両親はショックを受けていて、過去に脅迫等もなく、折り合いの悪い親戚もいない。容疑者につながりそうな手掛かりは皆無。それを言えば手掛かりが何もない。とりあえず被害者の写真は入手しましたが、今回は記者会見は開かないでしょう。マスコミのリンチに遭うのは目に見えているから。なので、どんなものでもいいから見せてください。本件の捜査を前に進めるものが必要なんです。たとえあなたが正気でないとしても」

　ミーナがソファに深く腰掛け、ヴィンセントがその隣に座った。彼が取り出したのは、パンフレットとストックホルムの地図とチェスの雑誌の表紙の白黒印刷、そして文章を手書きした透明のプラスチックシートだった。

「これは〈エピキューラ〉のパンフレットです」彼は言った。「わたしがプラスチックシートに手書きしたのと同じ文章が載っています。改行を加えた以外の改変はありません。これはノーヴァの父親が事故の直前に書いたものです。彼はチェスが大変上手な人だった」

　見事な口髭の男性が微笑みながらトロフィーを抱えている雑誌の表紙をヴィンセントは指さした。見出しによると、男性の名前はヨン・ヴェンハーゲン。ノーヴァの父親に違いないとミーナは思った。ヴィンセントはペンを手にして、警察本部の壁の地図と同じように格子の描かれた地図に点を打ち始めた。

「リッリちゃん、ヴィリアムくん、デクステルくん、そしてオッシアンくん。彼らは、地図上のここ、とここ、とここ、とここで発見されました。そして『騎士の巡歴』に従えば、ヴィルマちゃんはここ、ユールゴーシュブルンス湾で見つかる」

そこでヴィンセントは透明のシートを地図の上に被せた。地図の全面を文章が覆い、プラスチック越しに点が見える。ヴィンセントは地図上の点に対応するマス目に書かれている単語を丸で囲んだ。最後に単語と単語を線で結んだ。これで読みやすくなった。

「すべては苦痛であり、痛みは浄化なり」ミーナは声を出して読んだ。「これは一体……？」

「もっともな反応です。ヨン・ヴェンハーゲンは、少なくとも三十年前に、このエピクロス主義者向けの文章を作成しました。意図的に六十四の単語を用いてこの文を書き、このメッセージをその中に隠した。目に見えないメッセージです。そしてそれは一連の遺体発見現場の位置と完全に一致している。突拍子もないのを承知で言いますが、われわれが追う殺人鬼は、ノーヴァの父親です。この男は、何十年もかけて計画を立てた」

ミーナは言葉を失った。ヴィンセントの話は情報が多過ぎるとよく愚痴を言ってきたが、今に限ってはヴィンセントがドアを少ししか開けてくれず、ドアの向こうに何があるのか見えないような気分だった。こんな感情は嫌だ。それに、ヴィンセントの言うことが正しいとも思えなかった。

そうすれば答えが返ってくるとでもいうように、彼女は白黒写真に写る父娘の目を見つめた。ヨン・ヴェンハーゲンは微笑み返してくるだけだった。

「気を悪くしないでほしいんですが、今のあなたは過労気味、ということはないですよね？」ミーナは言った。「わたしの理解が正しければ、三十年前にヨンが書いた文章に隠されたモットーを浮かび上がらせる形で死体は配置され、それを見破れるのは彼と同じくらいチェスが上手い人間だけということになりますよね。それなりに説得力はあります。そんなことは不可能だという点を除けば。連続殺人は今、起きているんです。そして、ノーヴァの父親は随分前に亡くなっている」

「それは本当でしょうか？　父親の遺体は発見されていない。ノーヴァの話だと、捜索したけれど見つからなかった。何か理由がありそうじゃないですか。ヨン・ヴェンハーゲンは、実は元気に生きている可能性が高いという、ちょっとした兆候かもしれない」

ミーナは彼を見つめた。突然、体中に寒気を感じた。もう冷水シャワーは必要なかった。あの事故が起こったとき彼女は小さかったから覚えていないが、あとになって警察学校で詳細を読んだ。農場の放火とそれに続く交通事故という悲惨な出来事。大破して沈みゆく車の中から女の子だけが救助され、運転していた人物が発見されることはなかった。溺死して水に流されたのだろう、と推測された。けれどヴィンセントの言葉どおり、遺体が見つからなかったのには、他の理由も考えられる。彼は生き延びて、身を隠した。ほとぼりを冷ますために。そうなると、ヴィンセントの推理にぴったり当てはまる。

「何てことなの」彼女はうなずきながら言った。「あなたが正しい。ヨン・ヴェンハーゲンは生きてる。ノーヴァは……ノーヴァは知っているのでしょうか？」

「必ずしもそうとは限りません」彼は言った。「彼女からも身を隠していたかもしれない。それが最も賢明でしょう。ましてノーヴァは、今回の事件の捜査にかかわっています。彼女の〈エピキューラ〉での活動を見ても、父親の行為をよしとするとは思えない」

ミーナはホッとした。それは確かだ。でもナタリーがあそこにいる。娘に連絡しなくてはならない。すべて順調であることを確かめたい。一番簡単なのは、ナタリーの父親に電話をすることだ。でも、様子を見るよう彼に頼んだのは彼女自身だ。となると、あの娘を探すのは彼女の仕事ということになる。本当に祖母とキャンプをしているだけであったとしても。

「ヨンは、こんなに長いこと、どうやって隠れていられたの？」彼女は言った。

「ヨンのように資産があれば、うまくいくのだと思いますよ。あるいは彼の父親が持っていたような資産があれば。死んだと思われていれば、人目につかないようにするのは容易です」

ミーナは頭を振った。まだ話が飲み込めていなかった。

「すぐにでも特捜班のメンバーたちに伝えないと」彼女の言葉に、ヴィンセントはうなずいた。

「ヴィルマちゃんを救うチャンスはまだ残されている」彼は言った。「だれなのかは分かった。あとは、ヨンがどこにいるかを突き止めなければなりません」

127

長いこと、車に乗った。町を離れて、森に入った。わたしは眠りかけていた。すると家畜小屋に着いた。家畜小屋だと思う。車を降りたときに逃げようとしたけれど、だれかに捕まった。わたしは押さえている手をうんと強く嚙んだ。その人は叫んで、手を離した。だけど、他の人に捕まえられたから逃げられなかった。閉じ込められるまでずっと、あの人たちを蹴とばしたり叩いたりした。はしごから蹴落とそうとしたけど、うまくいかなかった。だからわたしは一人で下りなくちゃいけなくなった。

今日の朝、あの人たちは朝ごはんが食べたいか訊いてきた。すごくお腹が空いてた。けど、この人たちの気持ち悪いご飯は食べたくなかった。

少し落ち着けって言われた。

あの人たちは、ママとパパのことを知ってるって言った。

だけど、本当じゃないって分かってる。

「嘘だ！」あの人たちが何か言うたびに、わたしは叫んだ。「あんたたちなんか大嫌い！ おうちに帰して！」

あの人たちは、わたしに近づかなくなった。わたしはすごく怒ってる。それに怖い。でも、怒っていなくちゃいけない。でなくちゃ、悲しくなるし、もっと怖くなるから。そんなの嫌だ。

わたしは床のマットレスの上で寝ている。柔らかそうじゃなかった。だけど柔らかい。

マットレスに身を投げ出して、枕を抱えて叫んだ。枕の下に何か硬いものがあった。枕の下に手を入れて、ｉＰａｄを引っ張り出した。そうだ、わたしをここへ連れてきた人が言ってた。好きなだけ使っていいって。壁に投げつけたけど壊れなかった。だから、床に叩きつけたら、画面にひびが入った。

「こんなもの！」わたしは叫んだ。「今すぐおうちに帰して！ 帰してくれないなら、殺してやるから！」

うんと大きな声で叫んだら、聞こえるかもしれない。

パパがやってきて、すごく怒った声で叫びながら、助けてくれるかもしれない。

でなくちゃ、ママが。自転車を飛ばしてきてくれるかも。
だけど、だれも来ない。
ぜんぜん来てくれない。

128

特捜班のメンバーは、ヴィンセントの話を理解するのを拒否するように壁を見つめていた。それでもヴィンセントとしては、できる限り明確に説明したつもりだった。ミーナに話したときよりも多くの機材を揃えた。クリステルが彼のために、警察本部の倉庫でオーバーヘッド・プロジェクターを探し出してくれていた。クリステルが会議室にその機材を押して入ってきたとき、ルーベンは大声で笑った。

しかし、ヴィンセントがヨンのメッセージの説明をし、プラスチックシートに書いた文をプロジェクターで壁のストックホルム地図に投射するや、みな黙りこんだ。彼らの目の動きから、各自が地図上の線を追ってヨンのメッセージを組み立てているのは明らかだった。何度も。もう一度読んだら、文の内容が変わるかのように。

「マジかよ」ついにルーベンが沈黙を破った。

「ヨン・ヴェンハーゲンだとはね」クリステルが呟いた。「本当に生きてたんなら、何十年もかけて自分の昔のカルトを築き上げる時間があったたってわけだ。やつを捜す者はだれもいなかった。きっと、もうヨンって名前も捨てちまってるだろう」

「昔のカルト教団って？」ルーベンが言った。

「あの噂を知らんのか？」クリステルは言った。「連中は共同生活を送っていた。場所は、ニーネスハムンに向かう途中だ。カルトみたいな運動をやってると噂されていたが、だれにもはっきりとは分からなかった。そして、あの事故のあとで散り散りになって消えちまったんだよ。ノーヴァがすぐに自分の苗字を出さなくなったのも分かる。彼女がカルトについては大いに経験があると言うときは、自分の生い立ちについて言ってるんだよ。なんで彼女が脱洗脳プログラムに携わっているんだと思う？」

「大変だ」ペーデルが、どういうわけか青い染みがついている髭を撫でながら言った。「ヨンが当時すでにカルトを創設していて、その後もずっと密かに活動を続けていたとしたら……新しいメンバーを洗脳する時間が何十年もあったってことだ」

一同の目がヴィンセントに戻った。全員、額に深いしわを寄せていた。ミーナだけが例外だった。ただし彼女はすでに話を聞いている。

「くそっ、暑いな」クリステルが呟いた。

彼は机の上のビニール袋を持ち上げて、手持ち扇風機をみんなに配り始めた。ヴィンセントは、ありがたく一台受け取った。そのとき初めて、ボッセがいないことに気づいた。

「ボッセなら、今日はうちにいる」ヴィンセントが空っぽの餌入れを見ているのに気づいて、クリステルが言った。「うちのほうが0・5度涼しいからな。あいつのことだ、自分で水風呂でも準備してるんじゃないか」

ヴィンセントは、大きなゴールデン・レトリバーが浴槽で嬉しそうにしぶきを上げる光景を頭に浮かべて、笑った。きっと、いい香りの泡だらけだろう。

「ヨン・ヴェンハーゲンに関する資料を集められるだけ集める」ユーリアが険しい顔で言った。

「早急に」

「もう始めています」ぺーデルは自分のパソコンを開いた。

「われわれは父親を追っている、とノーヴァに知らせないとな」クリステルが言って、そこで話を中断した。「まさか……みんな、ノーヴァもかかわっているって思ってるのか？ あるいは、〈エピキューラ〉が関係していると？」

あたりは静まり返った。

ミーナは頭を振った。

「ノーヴァは、本当に悲しそうな声で父親の話をします」彼女は言った。「ヨンが生きているとしても、彼女は知らないでしょう。父親は亡くなったと確信しているみたいでした。わたしはエピクロス主義者たちのことは詳しくありませんが、あの団体が誘拐殺人と関係あるとは思えません。エピクロス主義者たちは気持ちを穏やかに抑えるようにして、ノーヴァの言葉を借りると、静かに暮らすことに重点を置いています。ヨンの教えとは正反対です。ノーヴァにとっては大打撃だと思います。わたしから話してみましょうか？」

ユーリアは眉を持ち上げたが、何も言わなかった。

「問題は、なぜヨンはこんなことをしたかですね」アーダムが言った。彼の扇風機は動かないようだった。

「いえ、今問うべき問題ではありません」ユーリアがきっぱりと言った。「それはあとでも分かることです。目下の問題は、どこを捜すか。ヴィルマちゃんを救出するのに残されているのは、今日と明日だけ。それもあくまで、ヨンが今回も被害者を三日間生かすとしたらの話です。ところでペーデル、あなた、髭が青いのはどうして？」

ペーデルは顔を赤らめて、下を向いた。

「ええっと、子供のパーティーで」彼は呟いた。「色が落ちないんです、どうしたら……」

ミルダが突然、部屋に入ってきた。特捜班を見て、立ちどまった。

「あら、どうも。皆さんお揃いなのね」彼女は驚いた様子で言った。「ミーナ、あなたを捜していたの。でも、部屋にいなかったから。子供たちの最新情報、というか、遺体から見つかったものについての最新情報があるの」

「繊維のことですか？」

クリステルが扇風機をミルダに放ると、彼女は慣れたふうに片手で受け取った。ミルダは若い頃、ラウンダーズ（野球のような球技）をしょっちゅうプレイしていたに違いない、とヴィンセントは思った。

「ありがとう」彼女は言った。「そう、そのとおりよ、ミーナ。当初は羊毛繊維だってこと以上は、割り出せてなかった。でも、検査を続けた結果、全ての繊維からデルマトフィルス症菌という細菌が発見できた。このことから、繊維の出所は同じ場所だという説が有力になったわけ」

「どんな細菌なの？」ユーリアが言った。

「よくぞ訊いてくれました。例えば馬、その他、牛や羊などの皮膚病の原因となる細菌よ。ストレプトトリックス症とかデルマトフィルス症と呼ばれる病気を引き起こす。高湿度で皮膚が損傷し、そこから菌が侵入してかさぶたが形成される。稀ではあるけれど、ストレプトトリックス症が動物からヒトに感染したこともある。その場合は動物由来感染症の病原体と言えるわね。直接的接触でも感染するし、かさぶたが湿ることで胞子が放出され、馬体ブラシや馬用毛布に付着することでも感染する」

ミルダはここで一息入れて、手持ち扇風機をスタートさせた。

ヴィンセントはいまひとつ彼女の説明についていけていなかった。子供たちの喉に細菌が見つかった。だが、その細菌は通常、動物の皮膚にある？　何か聞き逃しただろうか？

「その細菌が羊毛繊維に付着していたのはなぜですか？」彼は言った。

ミルダがニコリとした。適切な質問をしたということらしい。

彼女の扇風機が、かすかにヒューヒューという音を立てながら作動し始めた。

「羊毛繊維の原料である羊毛と、感染した動物との間に、直接的接触があったからでしょうね」彼女は言った。「さらに、問題の毛織物が子供たちの顔を覆うほど大きかったということ。頭全体を覆うほどの大きさだったかもしれない。それで、子供たちが繊維を吸い込んだ。毛織物が無理やり口の中に押し込まれた形跡はなかった。わたしの考えだと——念のために付け加えておくけど、これはあくまでも、一介の監察医の非公式の推測以上のものとしか……」

「だから？」ユーリアが待ちきれずに言った。

「繊維の出所は馬用ブランケットではないかと」

ヴィンセントの思考が完璧な輪を描き、ついに円を形成した。馬。すべてにかかわっていて、同時に謎に包まれていた「馬」ですべては始まり、「馬」ですべてが終わる。

「えーと、すみません」ミルダが話す間パソコンの画面を見つめていたペーデルが言った。

「九〇年代にヨンが所有していた農場のことは知っていますよね、例の、放火された」

「ええ、もちろん。家畜が大量に焼死したところね？」ユーリアが言った。「覚えてる。大変な悲劇だったもの」

「その動物というのがですね」ペーデルはそう言って、見つけた写真がみんなに見えるようにパソコンの向きを変えた。

口髭を生やし微笑む男性が、柵囲いのそばに立っている。彼の横の動物は、筋肉たくましく美しい。

「馬なんですよ」ペーデルは言った。「ヨン・ヴェンハーゲンは、国内で最も人気のある馬牧場のひとつを所有していたようです。ここからわずか五十キロのソールンダにありました。そして、聞いてくださいよ。〈グーグルアース〉を見ると、どうやら一部改修されているようなんです」

部屋の中のみんなが顔を見合わせた。それから、急いで立ち上がった。

129

ユーリアはクリステルに、本部に残ってヨン・ヴェンハーゲンについて調べ上げるよう要請した。他の捜査員たちは車に急いだ。みんながパトカーに乗り込む一方、ミーナは自分の車に乗った。ユーリアは彼らが現場へ向かう間、出動班と特別遊撃隊に電話することになっていた。ミーナはアクセルを踏み込んだ。ニーネス通りをソールンダへ。助手席のヴィンセントは必死で耐えた。少なくとも、車内にはまともなエアコンが付いている。頭の中では、ヨン・ヴェンハーゲンのことや行く手に何が待ち構えているか、思いが渦巻いていたが、それでもミーナは、一時的な涼しさを満喫しているようだった。

「随分口数が少ないですね」ヴィンセントが言った。

「集中しているので」道から目を逸らすことなく、彼女が言った。

「ソールンダと言えばソールンダ・ケーキが有名ですが、知ってます?」彼は言った。「一種の縁起物で、『永遠』と『生殖能力』のシンボルで飾られていて、通常はリンゴとプルーンが入っています。葬儀で出されるときにはプルーンのみ。それでケーキの色を暗くするんです。ところで『永遠』のシンボルですが、これはノーヴァの『水』をめぐる推理とも無縁ではありません。なぜなら水は生命と結束を象徴するし……」

「ヴィンセント」

「はい?」

「無駄口を叩いていますよ」

ヴィンセントは口をつぐんだ。

彼には話す必要があるのは分かっていた。彼女に負けないくらい緊張していたからだ。向こうで何が見つかるか、神経を尖らせている。新たな子供の遺体が見つかるのか？　ヨンはそこにいるだろうか？　だが、ヴィンセントの防御策が話し続けることなら、彼女の防御策は黙りこむことだった。そしてそれを彼と分かち合う必要があった。とりわけ今は。

運よく、彼は理解してくれたようだ。「そのとおりです」そう言った彼は、窓から外を眺めた。「失礼。わたしたちはパン職人を追っているわけではなかった」数秒間、彼はおとなしくしていたが、すぐにまた話し始めた。「それより、運輸局が数年前にソールンダまでの案内標識をすべて取り外したことは知ってます？　今はスポングブローとしか書かれていないんです。そもそもは……」

ミーナはムッとした視線を送り、彼を黙らせた。彼は苦笑した。

「一発やられましたね」彼が言った。

ミーナは彼の肩を叩いた。「そういうことを言わないでください。一、一発とかやるとか」彼女が言った。

「えっ？　いや……そんなつもりは……」彼は口ごもり、シートで身をよじった。

「おっさんぽいっていう話、したことありませんでしたっけ、ヴィンセント？」

ヴィンセントが髪の生え際まで真っ赤になったので、ミーナは、車の中の温度が上がったような気がした。永遠と思えるほど長い数秒間、彼にはもがいてもらうことにした。

「一発やられましたね！」彼女は言った。

ミーナがおんぼろのシュコダ車を追い越すなか、ヴィンセントは、風船を膨らませられるくらい深い安堵のため息をついてから笑った。

「参った」彼は言った。「でも、正直言って……あなたは間違っていない」

彼は続ける前に深呼吸した。何か言いにくいことのようだ。

「二年前には本当にいろいろありましたが」彼は言った。「あの頃ほど生き生きしていたことはない。それは、あなたがいたからです。あれから忘れよう、前に進もうとしてみたけれど……うまくいかなかった」

ミーナはちらりと彼を見、すぐに道路に視線を戻した。

「本当に今ここで話す必要があることですか？」彼女は言った。

「話さなくては、と思うんです」ヴィンセントは言った。「殺人犯を捕えにいくところなのは分かっています。でも、それだってもうすぐ終わるかもしれない。わたしの人生にはあなたが必要なんです、ミーナ。単純な話です。あなたの生活について知っていることと言えば、出会いを探し始めたことと、わたしに費やす時間は恐らくないことくらい。でも、今回の事件が解決したら、これからも……会うということでどうですか？　あと一人友人を持つ余裕があるなら」

あと一人。他にだれかがいるような言い方。彼女はハンドルを叩きながら喚きたかった。ヴィンセントときたら。彼女をよく知っていながら、何も分かっていない。再び目の前に現れて、彼女が慎重に作り上げた盾を破壊しようとする。わたしは他人なんて必要ない。だが彼女も彼を必要としていた――忌々しいことに。単にそういうことだ。

突然ミーナがスポングブローに続く脇道にハンドルを切ったので、ヴィンセントの体が座席の隅に飛んだ。

「ノーヴァのほうがいいんじゃないですか？」彼女が言った。

「ノーヴァ？　どうしてまた……そりゃ、ノーヴァの専門知識の深さは高く評価しますよ。今の地位に就くまで相当努力したんでしょうから感心します。評判のいい講演会仲間というだけです。同僚というか。彼女は……あなたではない」

ミーナは黙ってうなずいた。

「ビリヤードを教えてあげますね」彼女は言った。

彼もうなずいた。

「今の見ました?」嬉しそうな声で、彼は言った。「標識にはスポングブローとしか書いてなかった。ソールンダはなし。言ったでしょう」

130

喉がすごく痛い。叫び過ぎた。だけど、まだ怒っていられる。だれかがここに来たら、すぐに叩いてやる。蹴とばすかもしれない。いい気味だ。あの人たちは大嫌い。大人はみんな大嫌い。森の中にいるのも大嫌い。

おうちに連れていってくれないなら、一人で歩いて帰ってやる。今、ここにはだれもいない。急いで上がって外へ出た。まだだれにも見られていない。馬小屋の中から音が聞こえる。みんな、あそこにいるんだ。わたしが一人で上がってこられるなんて、だれも思っていないみたい。動物のにおいがする。でも、糞のにおいのほうが強い。世界で一番嫌なにおい。

馬小屋の前に立った。だれも出てこない。よかった、やっと、おうちに帰れる。砂利道を歩いて、建物から遠ざかり始める。後ろでドアがギシギシと開く音が聞こえたけど、見なかった。

ただ、歩き続けた。

「ヴィルマ？」

呼んだのはあの男だった。わたしをここへ連れてきた男。変態《ペド》。わたしの後ろのどこかにいる。あんなやつなんてどうでもいい。

「ヴィルマ、どこ行くの？」

わたしは走り始めた。足元の砂利が音を立てた。走り始めたあの男の足音も聞こえた。わたしはもっと速く走った。できる限り速く。

「ヴィルマ、待つんだ！」

変態は、走りながら話すのが大変みたいだ。あれだけ太っているから、いい気味だ。だけど、あいつは脚が長い。わたしと違って。わたしは排水溝を跳び越えて、木と木の間を目指した。森の中なら、あの男には見つからないかもしれない。でも、最初の木々にたどり着いたところで、後ろからだれかに抱え上げられた。わたしは必死で蹴とばした。でももう疲れちゃった。

「ヴィルマ」男は言った。

男は息を切らしながらも、笑っていた。

「走らなくたっていい。もうここを離れていいんだから」彼は言った。

この男のことは信じていないけど、今回は本当みたいだった。わたしは蹴とばすのをやめた。

わたしたちは馬小屋へ入った。外はすごく暑いのに、男はわたしの肩にブランケットを掛けた。ブランケットは馬の嫌なにおいがした。他の人たちも、みんなそこにいた。みんな、地面の下に続く階段に向かうところだった。何かが起こるみたいだった。わたしが嫌だと思う何かが。

「ねえ、ヴィルマ？」変態が言った。「生まれたときのことを覚えてる？」

131

道はアスファルトから砂利道に変わった。二人は森の真ん中にいた。どうしたらミーナはこんなに狭い道をこれほど速く飛ばせるのか、ヴィンセントには理解できなかった。次のカーブの先に何が現れるか分かったものではない。けれど、アーダムとルーベンとユーリアとペーデルの乗った車が二人の車の前を走っている。何か起こったら、まず被害を被るのは彼らだ。

森を抜ける砂利道が一キロほど続いたあと、突然目の前で森が開《ひら》けた。右側は大きな牧草地で、左側がかつてヨン・ヴェンハーゲンの馬牧場だった。今そこにあるのは廃墟だ。一番手前の部分が住居だったのだろうとヴィンセントは思った。かつてどんな建物だったのかは想像すらつかない。ほぼ全焼しており、壁の残骸には草木や茂みが生い茂っている。元々森だったこの土地は、ここ数十年で、昔の姿に戻りつつあった。向こうに大きな建物がなければ見逃していたところだ。

馬小屋らしきその大きな建物も、同様にひどいありさまだった。住居と異なり、馬小屋には屋根と壁の一部が残っている。しかし屋根は崩落し、壁にはミカドゲームで散らかした竹ひごのように、黒焦げの丸太が不規則に並んでいた。植物で覆われていない分、黒い梁は周りの森の緑とコントラストを成して、ますます薄気味悪かった。ヴィンセントは、ペーデルが地図で見つけた建物を探そうと辺りを見回したが、目に入るのは残骸だけだった。

「あそこ」ミーナが馬小屋の背後の木立を指した。

そのとおりだった。木と木の間に、赤と白の鮮明な色合いが見える。木立を回って砂利道を進むと、比較的新しく建てられた馬小屋に到達した。その前に車が二台駐車してあった。そのうちの一台はルノー・クリオ。ヴィルマが乗せられたのと同じ車種だ。

「犯人はここに来て間もない」ミーナが言った。

「どうして分かるんです？　半年間ここにあったのかもしれないのに」

「車を見てください。葉っぱも載っていないし、鳥の糞も埃もない。長いこと置かれていたにしてはきれい過ぎる。あなたこそ、観察のエキスパートを標榜してませんでしたか？」

アーダムがその二台の車の後ろに横向きにパトカーをとめ、ユーリアがアーダムの車の後ろに駐車した。こうすれば、犯人たちの車での逃亡を防止できる。

「あなたの観察のほうがおもしろい」ヴィンセントは言った。「で、これからどうするのです？」

班の他のメンバーはすでにパトカーから降りて、馬小屋へ向かっていた。ミーナはユーリアの車の後ろに駐車した。

「犯人を捕らえに行きます」彼女は言った。

二人も車を降り、ヴィンセントが後ろに回った。森は耳に痛いほど静まり返っていた。まるで鳥すらも息をひそめ、何かが起こるのを待っているかのようだった。

ルーベンが先頭に立った。ミーナは目に手をかざしながら眉をひそめた。

「どうかしましたか？」彼女の後ろのヴィンセントが言った。

「あの砂利の中に何か見えたような気が……」

突然、馬小屋の扉が開き、口元に不敵な笑みを浮かべた男が一人出てきた。金髪で特徴的な口髭を生やしている。ヴィルマを誘拐した男の目撃情報と一致している。変装など気にかけなかったということだ。ヨンの信者たちは、自分たちは見つかるはずがないと確信していたのだろう。

しかし、警察に気づいた男の顔からはすぐに笑みが消え、真っ青になった。だれかを出迎えるつもりだったようだ。

男は向きを変えて、馬小屋の中へ駆け込んだ。警官たちはそのとき初めて、その男の後ろに立つ少女に気づいた。その子は肩にブランケットをまとい、困惑した目で警官たちを見つめていた。

ヴィルマだ。

「待て！」ルーベンは叫び、男のあとを走って追った。

ペーデルがルーベンに続き、ユーリアも、ヴィルマを指してアーダムにうなずいて命令してから、二人のあとに続いた。アーダムはオーバーオールを着た少女のもとへ行って、しゃがんだ。

「ぼくたちは警察だ」彼は言った。「きみをママとパパの待つおうちへ連れていくために来たんだよ。帰りたいかい？」

ヴィルマは、しきりにうなずいた。

「あのおじさんに、嫌なことはされなかったかい？　きみが嫌がるようなことはされなかった？」

「うん」ヴィルマは言った。「でも、あの人は嘘ついた。ここには馬がいないもん。馬を撫でてもいいって言われたのに、気持ち悪いブランケットを掛けられただけ」

そこでヴィルマが泣き始めてアーダムに抱きついてきたので、アーダムはヴィルマを抱き上げて、パトカーへ連れていった。

「ミーナ、手を貸してもらえるか？」そう叫んで、アーダムはパトカーを顎で指した。ミーナが二人のもとへ駆けつけるのと同時に、ルーベンとユーリアとペーデルが馬小屋から六人の人物を連れ出した。先ほどの金髪男に加え、中年の女、初老の男と二十五歳前後の女性三人がいるのをヴィンセントは見た。全員地面に目を落とし、抵抗する気などまるでないようだった。確証こそなかったが、たった今、リッリとヴィリアムとデクステルとオッシアンを誘拐した犯人を警察が確保したことに賭けてもいいくらいだった。

「これで全員」ルーベンが言った。「ヨンはいなかった。だが、こいつらは中で儀式らしきものの準備をしていた。ということは、ヨンがいつ来てもおかしくないってことだ」

木立を曲がる車の音に、みんな向きを変えた。彼らの百メートルほど前で、青いアウディが急ブレーキをかけ、砂利から煙が舞った。

「くそっ、やつだ！」ルーベンが言った。

ヴィンセントは、チェス雑誌の表紙の写真から三十年たった今、彼がどういう姿になっているのか見てみたかったが、フロントガラスに反射する日光のせいで、よく見えなかった。

ルーベンが車に向かって二歩走ったところで、ヨンがギアをバックにして急カーブさせ、アウディが百八十度回転した。それから、来たときと同じ速さで走り去った。

「くそっ」吐き出すように言ったルーベンは、砂利を蹴った。「だれかナンバープレートの番号を見てないか。ヴィンセント、数字とか記憶するのは得意だろ？」

「百メートルも離れていたら無理だ」

「大丈夫ですって」ペーデルが髭を擦りながら言った。

彼は、いまだに地面を見つめている六人に微笑みかけた。「ぼくらの〝新しい友だち〟が、彼の居場所を教えてくれますよ」

「だれのこと言っているのか分からないんですけど」女の一人が言った。「わたしたちの行動はすべて、自分たちの意志によるものですから」

「そうでしょうとも」ユーリアが言った。

132

「みんな、素晴らしい仕事ぶりでした」ユーリアはにっこり笑った。「ヴィルマちゃんは怪我もなく元気そうですが、まだ帰宅できないことに憤慨しているようです。精密検査のためにカロリンスカ大学病院に搬送されて、そこでご両親と再会することになっています。皆さんがいなければ、まるで違う結果になっていたことでしょう。うんと悲惨な結果に」

彼女は室内を見回して、特捜班の一人一人と目を合わせた。みんな疲れ切っていた。事件が解決を迎えると、大抵こうなる。緊張とアドレナリンから解放されるのだ。休むことなく職務を果たした一同の上に、濡れた毛布のように疲労が覆いかぶさっていた。ミーナは、空気の抜けた風船のような気分だった。もはや危機は去ったということを示すものだから、いつもなら歓迎する感覚だ。でも今回は、肩の力を抜いていいのは一時だけだ。ヴィルマは救い出せた。でも、ヨン・ヴェンハーゲンは逃亡中だ。それに、ナタリーもまだ戻っていない。

「クリステル、ヨンの経歴は一部まとめ終わっていますね。それが役立つ可能性がありますから、これまでに分かったことを共有してください。今のところ、どの箇所が捜査の鍵になるのか不明なので、すべてお願いします」

クリステルはユーリアに向かってうなずいてから、紙の束を取り出した。

「ヨンは大した男ですよ。金持ちのボンボン。不動産で大儲けしたバルツァル・ヴェンハーゲンの息子で、何不自由ない環境で育った。何でも手に入ったってわけです。やつの子供時代については、これくらいしか分からない。ただ、父親がこの頃からすでに、例のエピ……エピ……」

「エピクロス主義」ミーナが言った。

クリステルは彼女を無視して続けた。「……に従事していた。その後、ヨンは二十代前半で国外へ向かった。インドだ。そして、インドのカルト集団の信者になった。ええと……」書類にじっと目をやりながら読んだ。「バグワン運動だ。その後、ここの信者たちとともにアメリカ合衆国オレゴン州へ渡り、活動を開始。だが、正道を完全に踏み外した。何件もの殺人を犯し、他にも山ほどのろくでもないことをしでかしている」

「もしかして、テッド・ヤーデスタード（一九五六〜一九九七年。自殺したスウェーデンの歌手・作曲家）が入会していた、あの教団ですか？」ペーデルが言葉を挟んだ。

「テッド・ヤーデスタードって、カルト教団の信者だったのか？」ルーベンが驚いた。「『太陽と風と海』を歌っていた、あのテッド？ 〝サテリート、サテリート、オーオー……〟（ヤーデスタードのヒット曲）の？」

「そう、あの彼です」ペーデルが言った。「あんなことになって、残念だったな。すごく才能があっただけに。だけど、今になってアーティストとして見直されているから……」

「脱線しない」うんざりした声でユーリアは言って、クリステルに先を続けるよう指示した。

「見たところ、ヨンはオレゴンですべてが台無しになる前に逃げ出したようだ。そして、仲間を連れてスウェーデンに戻ってきた。あの土地を買って、小規模なカルト教団を自前で設立した」

「どうやって生計を立てていたんだ？」ルーベンが不思議そうに言った。

「馬牧場を何年も経営していた。おまえさんたちが行ったばかりのあそこだ。ノーヴァもあそこで生まれた。母親はヨンについてきたラジニーシ教団の女の一人。ただし、この頃の活動に関する資料はそれほど多くない。孤立した生活を送っていて、部外者との唯一の接触は、乗馬のレッスンを受けにくる生徒たちだった。おれが見つけられたのは、ヨンのカルトの前歴を知る周辺住民からの怒りの投書だけだ。乗馬レッスンは子供たちの間ではとても人気が高かったようだ。とはいえ、温かい目で見られてはいなかったんだろう。それはそのあとに起こった事件で証明された」

「例の火事？」ミーナが言った。

「そのとおり。現場検証結果に関する資料はあまりないんだが、ある晩、農場で火事があった。その後の鑑識調査によると放火の形跡が見られた」

「覚えてます、新聞に出てました！」ペーデルが言った。

「大ニュースだったからな。多数の信者が建物内で焼死。大人も子供も。馬もね。焼死を免れたのはヨンとノーヴァだけだった。そして、今の今まで、ヨンも死亡したと思われていたわけだ——農場から逃げる際の交通事故で」

クリステルは当時の〈エクスプレッセン〉紙の記事のコピーを取り出して、みんなに回した。

「ノーヴァが国民の間でこれだけ有名になったことを考えると、この事件がマスコミで取り上げられないのは意外ですね」ミーナが考え込みながら言った。

「秘密にされているというわけではありませんが」ヴィンセントが言った。「かといって、このことを取り上げて、彼女に余計な苦痛を与えたくないということでもないと思います。新しい事実がないのと、事件当時、ノーヴァが幼かったからでしょう」

「どうやってこれほど長い間、身を隠していられたんでしょうね？」ペーデルが髭を掻きながら言った。

「今調べるべきはそこ」ユーリアが言った。「彼が何をしてきたのか、どういう身分で生きてきたのか、どこにいたのか——それが分かれば、現在の隠れ場所発見のヒントになる」

「スウェーデンで身元を偽るのは、そう容易じゃない」クリステルが言った。

「身元なしで生きてきた可能性だってあるんじゃないですかね」ルーベンはそう言いながら、

何やら考え深げに自分のノートに落書きしていた。

それは何の意味もない落書きにミーナには見えた。ハートのように見える模様もあったが、それだって、彼女の想像にすぎなかった。

ルーベンは咳払いをしてから続けた。

「身の回りに世話をしてくれる者がいたら——やつと同じように生き延びた信者とか——やつは社会とかかわる必要がなかったかもしれない。実際のところ、身分を明かす必要のある唯一の機会は行政機関と接するときくらいでしょう。雨露がしのげて食料の世話をしてもらえれば、まったく気づかれずに暮らしてこられた。ましてや、だれもがやつは死んだと思ってたから、捜す者もいない」

「ヨンはすでに指名手配しています」ユーリアが言った。「マスコミへの情報公表も検討中です。ただ問題は、現在のヨンの写真がないこと。最新のものでも、三十年前の写真ですからね。過去の写真を元に、今の姿を予測する画像処理を始めさせたところです」

「もしかして、モンタージュ？　無駄ですよ」クリステルは言って、同意を求めて机を見回した。

「その反対です」アーダムが頭を振った。「科学的に証明された手法です。以前は手描きの似顔絵でしたが、現在はコンピュータで画像処理するんです。似たような一般向けのアプリがあるくらいです。時代の流れにはついて行ってくださいよ、クリステル」

「無意味だ」クリステルが不機嫌に言った。「言えるのはそれだけだ」

主人の気分を読み取ったかのようにボッセが頭を上げたが、すぐに前脚に頭を戻して、深いため息をついた。

「もちろん、青いアウディの行方も追っていますが」ユーリアが言った。「まだ発見には至っていません。ですが、それも時間の問題でしょう。路上を走る車両はすべてチェックしていますから」

「信者たちは？」ルーベンはそう言いながら、ノートにサイケデリックな曲線をさらに描いた。

「連中からは話が聞けるんじゃないですか？　絶対にヨンの居場所を知ってますって」

「ヴィンセントに任せるのがいいと思います」ミーナが言った。「レノーレ・シルヴェルの取り調べのときのように、こういった状況で力を発揮してくれたことがあります。実際、わたしたち警察に見抜けなかったことを見つけてくれたわけですから」

ユーリアは、今まで無言で座っていたメンタリストに目を向けた。

「どうします、ヴィンセント？　手を貸してもらえますか？」

ミーナは、ユーリアの脇の下に大きな汗の染みがあることに気づいた。ミーナは、こっそり腕を上げた。今のところ、デオドラントで汗は抑えられている。ヨンの農場へ行ったあと、できる限りウェットティッシュで体を拭いて、新たにデオドラントを塗った。現場で汚れたものに触れたわけではないが、馬の臭いと、あの場所全域の不健全さが毛穴のひとつひとつに浸み込んでいた。

「必要とあれば、もちろんお手伝いします」ヴィンセントは言った。「ですが、何と言ってもアーダムは交渉術の訓練を受けていますから、彼なら素晴らしい仕事をしてくれると思います。ヨンの信者たちは狂信的かもしれませんが、警察とやり合った経験はレノーレほど多くないはずです。せいぜい少しの間黙秘するだけで、自分たちが利用されたと悟ったら、寝返ると思います」

「同感ですね」アーダムが言った。「彼らを退屈させることで口を割らせるのです。彼らの救世主がいなければ、もっと容易になります」

「わたしはそろそろ帰宅したほうがよさそうです」ヴィンセントは言った。「多事多端な一日、ありがとうございました」

「お礼を言うのはこちらです」ユーリアが言った。「あなたがいなかったら、ヨンに気づくことができなかったでしょう。全員がそれぞれ重要な役割を果たしてくれました。だから、まずは、もう一度改めて、素晴らしい成果をたたえ合いましょう。それから気持ちを切り替えて、ヨン・ヴェンハーゲンを見つけ出す。みんな、やるべきことは分かっていますね？」

みんな「はい」と呟きながらユーリアにうなずいてみせてから、立ち上がって、その場を去った。

でも、ミーナは一人部屋に座ったままだった。気になることがあった。思い出すべき何かが。

二時間後、ミーナはまだもやもやしていた。何かが腑に落ちない。他のみんなは大車輪でヨン・ヴェンハーゲンを捜している——死から蘇った男を。午後にノーヴァに聞いたところ、彼女は父親は死んでいないとずっと思っていたと打ち明けた。だが、話はそれ以上進展しなかった。ノーヴァは、ヨンとはまったく連絡を取ってこなかったと断言した。あの悲劇以降、馬場には足を踏み入れていないとのことだった。もちろん、彼女の証言の裏を取る必要はある。

くてはならないし、書類仕事もあった。でも、ミーナは仕事に集中できないでいた。令状をとらな通話記録を調べ、〈エピキューラ〉の施設内を捜索することにもなるだろう。

あの農場で何かを見た。

あっという間の出来事だったので、その後に起こったことのせいで記憶に刻む余裕がなかった。でも、大事なことなのは確かだ。

ヴィルマを監禁していた連中の取り調べはすでに始まっていた。ヴィンセントが言ったとおり、全員黙秘している。今のところは。アーダムは、彼らの名前すら聞き出せないでいた。指紋登録データに登録されていなければ、彼らの身元特定はほぼ不可能だ。最終的にはマスコミに写真を公表して、優れた探偵団、つまり一般市民の協力が必要になるかもしれない。

ヴィルマはまだ病院だった。医師による検査が終了し、ヴィルマが質問に答えられるという保証が出次第、ユーリアとペーデルが彼女に話を聞くことになっている。だが、今のところは待つしかなかった。

ミーナは立ち上がり、机と壁の間を行ったり来たりした。焦点を合わせられなかった。すでに二時間ほどかけて、ヨン・ヴェンハーゲンに関する過去の登録データの中から、なにか小さなヒントはないか探していた。彼の過去の何かが、彼の居場所へと導いてくれるかもしれない。あの農場以外にも土地を所有しているのではないかと考え、土地の登記簿も調べてみたが、今のところ何の結果も得られていない。

でも、自分が探しているものはデータベースにないと分かっていた。それは潜在意識の中に埋まって、ぎりぎりで手が届かないところにあった。歯がゆかった。イライラして何かを思い切り蹴とばしたかった。そこで彼女は突然立ちどまった。自分では脳に答えを出すよう強制できない。でも、それができる人間が一人いる。彼がそうするのを見たことがあった。電話一本ののちには、彼はもう本部へ向かっていた。

133

ヴィンセントはミーナに、警察本部にある休憩室のうちの一室へ案内してもらった。

「こんなにすぐに戻ってきてもらって、ごめんなさい」ミーナが言った。「ご家族に嫌われそうですね」

その部屋には、ベッドと小さな机が一台ずつ、そして椅子が一脚あった。

「そうですね、車の中で言った、『友だちになりましょう』云々というのは撤回ですね」彼は言った。「嘘です、大丈夫ですよ。マリアはどうせ留守です。本当は彼氏のところへ行く予定だったレベッカと、あとベンヤミンに賄賂を渡して、わたしが戻るまでアストンと一緒に映画を観るよう仕向けたので」

ヴィンセントは、部屋にベッドがあるのを見てミーナがこわばっていることに気づいた。恐らく、何人の人間があそこで横になったり眠ったり、ここに隠れてその他もろもろの行為をしてきたか想像しているのだろう。しかも、マットレスは一度も洗っていないと思われた。

「子供たちのために『惑星ソラリス』をブルーレイプレーヤーに入れてきました」彼は言った。

「アンドレイ・タルコフスキー監督のほうです。あるドキュメンタリーによると、原作の著者スタニスワフ・レムは、スティーブン・ソダーバーグとジョージ・クルーニーのアメリカ版の作品の出来ばえにも興味を示していたようです。でも、一九七二年のロシア語版は、何と言ってもオリジナルですからね。ベンヤミンが、ポップコーンを作ると約束してくれました」

ミーナは彼をじっと見た。

「アストンくんって十歳ですよね?」彼女が言った。「だったら、そういう……映画よりは、例えば、『怪盗グルーの月泥棒 3D』あたりのほうがいいのでは?」

「わたしはあの子と同年代の頃に、『惑星ソラリス』を初めて見ましたよ」彼は肩をすくめた。「うまくいくでしょう。それに、ほぼ三時間の映画なので、万が一わたしたちに時間が必要な場合にちょうどいい」

ミーナは頭を振った。でも、少なくとも、もう部屋中をビニールで覆いたいとは思っていないようだ。一時的にせよ、注意をそらす作戦は効果があった。彼女が椅子に座れるよう、彼はベッドの隅に腰掛けた。

「それより」彼は言った。「この部屋で何をするんです? 緊急の用というのは?」

「あなたはレノーレに催眠術をかけた」彼女は言った。「ですよね? 彼女に質問をしたときに」

彼は少し躊躇した。催眠術は賛否の分かれるテーマだ。それを実行する人間の数だけ意見がある。だが、どういう見方をしようと、とても警察が奨励するようなものではない。でも、ミーナが彼に文句を言うつもりなら、ずいぶんとおかしな時間と場所を選んだものだ。

「レノーレには……話を聞きました」彼は言った。「ある種の言語的なテクニックと物理的なテクニックを使って、彼女を特異な心的状態へと導きました。リラックスしながら、同時に注意深くもあるという状態、言われたことについて疑問を抱いたり分析したりしない状態です」

「つまり催眠術をかけたということですね？」

「まあ、そういうことになりますかね」

「わたしに……催眠術をかけてもらえませんか？」

ヴィンセントは唖然とした。この会話がどうなると思っていたにせよ、これぱかりは予想していなかった。自分という人間の周りにそびえ立つ高い壁を築き上げ、十キロメートルもの厚い盾で自己防衛してきたミーナ。そのミーナが、自分の内心の最も繊細な場所へ足を踏み入れてもらえないかと頼んでいるのだ。

「できないと思って、やれるものならやってみろと言っているんですか、それとも、本当に催眠術をかけてほしいのですか？」

「今日あの農場に行ったときに、見たものがあるんです」彼女は言った。「それが何だったのか思い出せそうで思い出せない。一度にたくさんのことが起きたので、そのときは考える余裕がなかった。少なくとも、意識して考えたりしなかった。なので、今となっては何だったのか思い出せないんです。でも、重大なことのような気がしてならない。だからわたしに催眠術をかけて、思い出させてほしいんです」

彼は息を呑んだ。これが彼女以外の人間なら、おかしな頼みごとではない。もう何百回も頼まれたことがあるからだ。でも、頼んできたのがミーナとなると別だ。彼のことを完全に信頼していると、いうことであり、自分の頭の中を好きなだけ彼に見せる覚悟ができているということだ。同時に、彼が必要以上に覗きはしないと信じている。突然、部屋が小さ過ぎるような気分になった。でなければ、大き過ぎるように。ベッドの上で座り直した。何とかして信頼に応えたかった。ベッドがきしむ音に、ミーナは顔を歪めた。

「まず第一に」彼は冷静に言った。「ここで催眠を行なうとすれば、このベッドに横になる必要はありません。椅子に座ったままでできる」

ミーナは、明らかにホッとした顔をした。それでも、催眠術という言葉を最初に口にしたときによせた眉間の小さなしわは、まだ残っていた。やはり、不安がないわけではないようだ。

「第二に、催眠術が必要だとは思いません」彼が早口で言った。「催眠術を使わずに、思い出す手伝いもできる。他にも方法はあるんです」

ミーナの眉間のしわが消えた。やはりそうだった。彼が実際に何をするにせよ、彼女が催眠術だと思い込んでいることであったら、いい結果は得られない。催眠術をかけてくれとは、彼女としては思い切った頼みごとだったが、内心恐れているのだ。それがバリアになっている。別の戦略を使わざるを得ない。

「とはいえ、目をつぶって力を抜いてもらわなくてはなりません」彼は言った。「やってみましょう」

ミーナが目を閉じ、吐息がゆっくりし始めた。

「結構です。目を開けていいですよ。まだ始めていませんからね」

ミーナは少し困惑した表情で、ヴィンセントに向かって目をぱちくりさせた。

「でも次は、膝に置いた両手の感覚を意識してください。では、また目を閉じて、意識してみてください」

　また目を閉じたミーナは、今度は少し頭が垂れ下がった。彼は小さな声で五まで数えた。

「完璧です、また目を開けて。まだ始めていませんよ」ミーナは夢うつつのような表情をしていた。

　今回は、目が開くのに時間がかかった。ミーナはわたしの言うとおりにしてくださ
い。そうすれば、あの農場に戻って好きなことができますよ。では、目を閉じて……今まで体験したことがないほど、深くリラックスしてください」

　ミーナはすぐに目を閉じ、うなだれた。

「もっと深く……もっと深く……あなたの潜在意識に、あの農場での体験のある深いところまで沈んで……」ヴィンセントは、優しく単調な声で言った。「農場のにおいを感じ、音を聞き、見たものを見てください」

　彼はミーナの手首を摑んで、膝の上に持ち上げた。手を離すと、手は宙に浮いたままだった。

　本当を言うと、彼は、今自分が用いている方法が好きではなかった。フラクショネーションと呼ばれる手法を部分的に応用した。催眠状態に誘導し、すぐまた起こすことを繰り返すというものだ。この状態変化は生理的な負担が大きいため、脳は自発的に催眠状態を欲するようになる。同時に指示を大量に与えることによって、過負荷をかける手法も取り入れた。催眠術の世界では昔から知られているが、催眠をかける相手を十分に混乱させると、最初に与えられた明確な指示に従う。今回のケースでは「今まで体験したことがないほど、深くリラックスしてください」がそれに当たる。ヴィンセントは、このやり方は好きではなかった。あまりにも侮

ミーナはすでに、でも、結果をもたらしたのは疑いようがなかった。ミーナはすでに、深い催眠状態に陥っていた。

彼は人差し指を宙に浮かぶミーナの手の上に置き、ゆっくりと膝に押し戻し始めた。

「手が下がれば下がるほど、記憶が鮮明になります」彼は言った。「視界がはっきりしてきます。さあ、見えるようになったら、自分が今見ているものを教えてください」

ミーナは、さらに数秒無言だった。

「わたしたちは車をとめる」ようやく彼女は言った。「馬小屋の外に。車を下りる。ルーベンが小屋の扉に向かっている。わたしは辺りを見回す」

「何が見えますか？」

「新しい建物。木々。車、わたしたちの車と彼らの車。茂み。砂利が敷いてある場所」

「でも、あなたの注目を惹くものがありますね」彼は言った。「それは音ですか？」

ミーナは頭を左右に振った。

「地面で光っている」彼女は言った。「光るものなんてあるはずないのに。砂利ばかりなのに。だけど、何かが日光を浴びて光っている。ガラスとかゴミかもしれないけど、左右対称に見える。はっきり見えないから、目に手をかざす。それから、ルーベンが叫ぶ……」

「そこでストップ」ヴィンセントが言った。「あなたは何かを見ましたね、あなたの記憶にある何かを。今のあなたにはレーザーヴィジョンがあります。数十キロ先も見えるのです。時間をとめて、その物体をもう一度見て、それが何か教えてください」

ミーナはうなずいた。懸命に自分の記憶を見ようとしていた。そこで突然目を見開いて、彼の目を見つめた。催眠状態から跳び起きた。何もなかったかのように。

「何なのか分かった」彼女が言った。「あの農場へ戻らなくちゃ」

134

「すごいスピードで運転しているって分かってます？」ヴィンセントが恐怖に満ちた声で言った。「まただ」

ミーナは目を道路に貼り付けていた。もうすぐだ。彼女は、特捜班のメンバーに何も告げずに車に飛び乗った。まずは自分の目で確かめたかった。農場にはだれも残っていないし、ヴィンセントが一緒だ。でも、助手席のドアハンドルを強く握っている様子から察すると、彼は後悔しているようだった。

ウィンカーを出さずにスポングブロー方面へ右折すると、ヴェンハーゲンの馬牧場まで真っすぐ続く道だった。彼女は気を引き締めた。汚れの感覚がすでに彼女に覆いかぶさってきており、衣服の下に潜り込み、毛穴へと向かっていた。でも、自分の考えが正しかったことを確かめたい気持ちのほうが強かった。

「これはバクチです」ヴィンセントが言った。「無意味かもしれない」

「分かってます」ミーナはそう言って、アクセルをますます強く踏み込んだ。

石が跳ね、フロントガラスに大きな傷がついた。

「何なのよ、くそっ！」

「頭から湯気を立てていらっしゃるご様子ですな」ドアハンドルを強く握ったまま、ヴィンセントが素っ気なく言った。

「五十歳の誕生日に向けて、リタイアしたおじいちゃんみたいな話し方を練習してるんですか？」彼女が言った。

「目下のところは、果たして自分がその日を迎えられるか確信すら持てない」

ミーナは彼を無視して廃墟を通り過ぎ、馬小屋の前で車をスリップさせてとめた。二人が車を降りるとそこは不気味なほど静かで、生命の存在を示すのは、少し離れたところにある森から聴こえるカーカーという鳥の鳴き声だけだった。二人が急ぎ足で中庭に向かうと、砂利が埃を立てた。

彼らは焼け落ちた建物のそばを抜け、新しい馬小屋へと歩みを続ける。ミーナは立ちどまって、残骸を見つめた。何も見逃したくなかった。

「ああ」崩落した屋根を見て、彼女は言った。「叫び声が聞こえるようです。恐ろしかったでしょうね。炎。何もかもが崩れ落ちる音。馬もいたはず。馬たちもみんな……」

「わたしにも聞こえる」ヴィンセントが小声で言った。「こんなにはっきりと聞こえてほしくないくらいに」

二人は破壊された建物をしばらく見つめた。ミーナは以前、森の中で植物に覆われて平穏で神秘的とも言えそうな姿になった廃墟について読んだことがあった。でも、この廃墟はそうではない。ヨンの全焼した馬小屋は依然として、この風景の中に残された黒く大きな傷だった。まるでここで起きた出来事が悲惨だったあまり、自然までもが遠回りして、この建物を避けているようだった。

ミーナは早足で木立の周りを回り、馬小屋へ足を進めた。前にもそうしたように、目の上に手をかざした。今、太陽は二人の背にあるから、その必要はないはずだった。

「あそこだ」彼女は少し先の砂利の一点を指した。

彼女が近寄り、そのすぐ後ろにヴィンセントが続いた。

「見て」

彼女はしゃがんで、地面の金属片を指した。ヴィンセントもしゃがんだ。

「馬蹄だ」彼はそう言ってうなずいた。

「これ自体は不自然じゃない」ミーナは言った。「なにしろ、ここは馬牧場だった。それに、今はいなくても、以前ヨンがここで馬を飼っていた可能性もある。だから、そこら中に使用済みの馬蹄があるはず。でも、だとしたら錆びついていたり汚れていたりするはず。少なくとも多少は使い古されているはずでしょう？　なのに、この馬蹄はきれいで光っている。どうしてここにあるの？」

彼女は、持ち上げてじっくり見ようとしたが、地面から動かせなかった。

「びくともしない」ミーナは当惑して言った。

ヴィンセントは前かがみになった。ミーナの耳に吐息がかかるほど、彼女に近づいた。

「馬蹄を留めている金具がありますね」彼は言った。「これは馬蹄でもあり、取っ手でもある」

ミーナは驚いて、ヴィンセントのほうを振り向いた。うんと遠くから、また鳥の鳴く声が聞こえた。

135

ミーナはまた馬蹄を引っ張ったが、がっちり固定されていて持ち上がらない。

「待って。そこにばね錠がある」ヴィンセントが言った。「ほら、ここに」彼は砂利を払って、馬蹄のすぐ横にあるばねを巻かれた閂を見せた。ヴィンセントはばねを横に押して、戻らないよう、小さい石を押し込んだ。

「よし。もういっぺん引っ張りましょう」

彼はミーナの後ろに立ち、彼女に覆いかぶさるように両腕を下に伸ばし、馬蹄にかかった彼女の手に自分の手を添えた。

馬蹄はとても小さく、馬蹄を摑む彼の手の一部がミーナの手に重なった。彼は動きをとめ、肌が触れたことに彼女が何か言うのを待った。手を引っ込めるかもしれなかった。

だが、彼女は数センチほど体を後ろに傾けて、彼の上半身に自分の上半身を押し付けた。彼女の背中のぬくもりがヴィンセントの胸部に広がり、続いて体全体へ伝わった。彼は息をするのもためらった。

「ヴィンセント？」彼女が言った。

「はい？」

「いいから引っ張って」

二人で引っ張るうちに、砂利の中にゆっくりと隙間が見えてきた。だれかが念入りに蓋を砂利で覆って見えないようにしたのだろう。しかし二人が蓋を開けると、はしごの掛かった暗い穴が現れ、はしごは真っすぐ闇へと続いている。ばね錠は蓋の端に取り付けられており、蓋が閉まると自動的に鍵がかかるようになっていた。

「いよいよウサギ穴に入っていかないと、ですね……」ミーナが憂鬱に言った。

ウサギ穴。いつか、この件が終わったら、自分とベンヤミンの会話を盗聴したのかと訊いてみよう、とヴィンセントは思った。

「大丈夫？」彼が言った。

「正直言って、下で何が待ち受けているかを想像すると、吐きそう」彼女は言った。「でも、あなた一人で行かせるわけにはいかないので」

「了解」彼が言った。「きっとこれはヨンのシェルターです」

ヴィンセントは穴の底を見ようと砂利にひざまずいたが、かなり深く、どんな秘密が隠されているのかまでは見えなかった。

「シェルター？」

「それが一番ありえそうです。カルト教団が世界滅亡を唱えることはよくあります。世界の滅亡は、信者を団結させ、同時に恐れさせる共通の脅威となる。これによって、信者たちはさらに影響を受けやすくなるわけです。シェルターを作るのは、大惨事が迫っているという恐怖感を増大させる手段として、非常に具体的なものです。もちろんこれはカルトに限ったわけではなく、終末論《エスカトロジー》は多くの宗教に見られる要素です。大きな宗教だってそう。あるいはヨンが被害妄想の持ち主で、自分用のシェルターが必要だと思ったか」

「糞便学《スカトロジー》と言いましたか?」ミーナが言った。「そんなものがここの底にあると?」

彼女は恐怖に満ちた表情でヴィンセントを見た。彼は穴に背中を向けて縁のそばにしゃがんだ。「ギリシャ語で最後を意味するeschatos、それと教説を意味するlogosが語源です。終末、eskatonは個人の生命の終焉または世界の終末、つまり時の終わりと解釈できる。キリスト教では、これをイエス・キリストの再臨や、神と悪魔との最終戦争に結び付けています」

後ろの穴の中をちらりと見て、彼の心臓が大きく脈打った。そう狭くはないが、暗かった。もっと下はどうなっているかまるで分からない。自分の棺に向かっていくようなものかもしれない。

「ですが、バハイ教では、eskatonは破壊と結び付けません。世界の人間が神の恩恵を受けて新たな平和の世界秩序を作り上げるのだと信じているのです」穴の中に足を入れてはしごの最上段を見つけるまで、気を紛らわそうと、ヴィンセントは早口で言った。「少し明るいメッセージだということもできます。しかし、キリスト教というのは常に、人々を震え上がらせるという点において先駆者でした」

自分の声がひどく張り詰めていると思った。でも、放っておくことにした。ゆっくりとはしごを下りながら、自分の呼吸に焦点を合わせた。

吸って。はいて。

吸って。はいて。

パニック寸前だった。いつパニックが襲ってきても不思議ではなく、それは彼を底なしの不安の淵へと落下させるかもしれなかった。もう自分は二度と地上へ戻れないのではないかと恐れさせるほど深くまで。

136

ミーナは、ヴィンセントの金髪の頭部がどんどん暗い穴の中へ消えていく様子を見つめていた。

「これは意外とあるな」そう言う彼の声が聞こえた。

彼女は答えなかった。底が恐ろしく汚いのは分かっていた。錆びたはしごの段だけでゾッとする。

「下りてきても大丈夫ですよ」

前よりくぐもった声だった。ヴィンセントはさらに下に行ったに違いない。

「底はそれなりにきれいです。壁にもたれなければ、問題ありません」

ミーナは小声で悪態をつきながら、穴へ入っていった。一段また一段。何足の汚れた靴が、自分が摑んでいる段の上を通り過ぎたか考えないようにした。暗さで汚れが見えないのは、そこそこありがたかった。でも、あくまでも〝そこそこ〟だ。暗闇も苦手なのだ。暗いと汚れや細菌は見えないが、だからと言って存在しないわけではない。

やっとのことで、彼女は底へ到達した。ヴィンセントの言うとおり、地下に作られたコンクリートの掩蔽壕だとすると、それなりにきれいだった。地獄の穴の中に立っているような感じがした。この中に太陽を丸ごと引きずり下ろしたとしても、十分な明るさではないだろう。

「子供たちはここにいたに違いない」彼女は言った。

「ですね。信者たちが子供たちを地上の馬小屋にかくまっていたとは考えられない。人里離れてはいても、彼らにとって安全とは言えないし、何かあったら守り切れない」

「ヴィルマちゃんを見つけられたのは運がよかった」この小空間を調べながら、彼女は言った。「わたしたちが来る直前に、何らかの理由であの子を掩蔽壕から連れ出したのでしょうね」

地下にはものがあまりなかった。山積みのマットレス。ブランケットが数枚。食品のパッケージ。お菓子の包装紙。バケツが一個。

「ひどいもんだ」ヴィンセントは床に目を向けた。

地表の開口部から差し込む光の円の真ん中に立って、彼はマットレスを指した。

「馬のブランケットでしょう」彼は言った。「子供たちの喉にあった繊維はあれから来たに違いない。でも、喉に入った経緯が分からない。検死報告にあった肺の痕がどうやってできたのかも。まだ分からないことがたくさんあります。ヨンの動機は何なのか？　あの子たちだったのはなぜなのか？　どうしてこんなやり方なのか？　これほど長い年月ヨンが発見されることなく身を隠せたのは、彼と信者たちが極端なほど目立たない生活を送っていたからに違いない。なのに、どうして今になって、行動を起こしたんだろう？」

ヴィンセントは無言でマットレスを見つめた。それからブランケットに目をやった。珍しく、何のパターンも見出せない様子だ。見たくなくてもパターンが見えてしまう彼がどんな気持ちなのか、ミーナには想像もつかない。でも、ここには何のパターンもない。あるのは暗闇だけ。

彼が立っている光の円までも半月形に縮んでいた。ヴィンセントの金髪が、日光を浴びて輝いていた。ミーナは彼の視線をたどった。

マットレス。

ブランケット。

肺が強く圧迫されたような痕。

喉にまで入り込んだ繊維。

すると、古い記憶が徐々に蘇ってきた。警官になる前に読んだことがある何かが。悪に立ち向かうことを決心させるきっかけとなった犯罪のひとつ。

「米国で少女が死んだ事件」彼女はゆっくり言った。「二〇〇〇年だったと思います。その子の名前は……キャンディス。キャンディス・ニューメーカーだったと思う。娘の行動が普通でないと考えた養母が、その子を精神科医へ連れていった……」

ミーナはゾッとした。ここから出たかった。日の当たる場所に戻ってユーリアに電話をかけて、ここを一ミリ刻みで調べ上げてくれる鑑識班を送ってもらいたかった。ヴィンセントの周りの光の円は、さらに縮んでいた。

「薬物治療の効果がなかったので」彼女は続けた。「母親は娘をセラピストのところへ連れていき、そこでキャンディスは愛着療法を受けることになった。そのセラピストが用いた療法のひとつは〈再誕生〉と呼ばれるものでした。そしてキャンディスは二週間目の治療の最中に息を引き取った」

「再誕生？　それは何なんです？」

ミーナは、マットレスとブランケットを指さした。

「キャンディスにはブランケットが巻かれた。それから大人たちはその上にマットレスを置いて産道を再現して、頑張って出てくるようキャンディスに言ったのです。何らかの形で養母に愛着を持たせるためなのか、わたしには分かりません。とにかく、少女が脱出しようとする間、大人たちは自分たちの体重をかけて、彼女を押さえつけた。彼女は叫び、嘔吐し、死にそうだと何度も訴えたけれど、だれも耳を貸さなかった。その翌日、彼女は酸欠により脳死したと宣告され、死亡しました。一部始終が動画として残っています」

「それはひどい」ヴィンセントは言った。「それはミルダの検死報告と一致する。ユーリアに連絡をしましょう」

直射日光が照らしてこない今、掩蔽壕の中はそれほど暖かくなかった。光の円は今や、細い三日月ほどに縮小していた。

光が。

光が消えかかっている。

ミーナは、床で縮みつつある光の円から、上の開口部に視線を移した。

「ヴィンセント」彼女は言った。「蓋。蓋をきちんと固定しなかった。閉まりかかっている」

ヴィンセントは蓋を見上げ、素早くミーナに視線を向けてから、はしごに跳びついた。彼が最下段に足を載せると同時に、三日月形の最後の光が消え、ドスンと音を立てて、二人の頭上の蓋が閉まった。ばね錠が二人を閉じ込めるカチッという音は聞こえなかったが、ミーナはそれを体全体で感じた。

137

「だれかがわたしたちを閉じ込めたのかしら？」

ミーナは、じわじわ壁が近づいてくる気がした。彼女に向かってじわじわと。呼吸が重労働になってきた。細く浅くなってきた。突然、腕に手が置かれた。いつもなら、それは彼女の不安をまったく鎮めてくれず、むしろその反対だった。しかし、この手はヴィンセントの手だった。

「残念ですが、この問題の原因は人的要因によるものでしょう」彼は言った。「わたしたち自身の愚行です。蓋をもっときちんと開いておくようにすべきだった。そんなこともできなかったなんて。だから勝手に閉まってしまった」

「あそこまで上って、開けてください」ミーナは歯を食い縛りながら言った。

沈黙。少し長過ぎる沈黙。ミーナは携帯電話を取り出して、ヴィンセントの姿がよく見えるよう、懐中電灯機能をオンにした。彼の表情は、彼女が不安になるほどこわばっていた。

「あの鍵は中から開けられない構造になっている」彼は言った。

「だけど、そんな。そんなの筋が通らない。だって、ここはシェルターでしょう。外部から守る場所であって、中からではないはず。どうしてヨンは外へ出られないようなシェルターを設計したの？」

「最後の審判を予言する人間に、通常の論理は当てはめられない」ヴィンセントは言った。

「ヨンの世界で、このシェルターを使用する日は、すべての終末の日なんです」

「でも、それじゃ、ますます筋が通らない。どうせ死ぬことになるのなら、どうしてわざわざシェルターを？　地上で最後の日を迎えてもいいでしょう？」

ヴィンセントは、隅に積んであるマットレスの上にドスンと座った。彼は答えない。何やら考えているようだったので、落ち着いて考えてもらうことにした。ミーナは携帯電話をチェックした。電波が繋がらない。無論、予想外ではなかった。はしごを上って、電話を蓋に向けてみた。何の変りもない。携帯電話は使用不可能だ。

「ヨンのような性格型の人間は、しばしば自分を、世に不可欠だと見なします」ミーナがはしごから下りると、ヴィンセントが言った。「そして、他の人たちより優越しているとも。物事の答えを持っているのは彼であり、それを信者に告げるかどうかも彼に委ねられている。彼には責任が……生き延びる責任がある。わたしが思うに……信者たちは死ぬべきだとヨンは考えていたのではないでしょうか。でも、彼自身は死なない。ここは死の空間だった。彼は信者の命を奪うための何らかの毒を、ここに保管したのではないか。ベアータ・ユングが話してくれたジョーンズタウンや〈ヘヴンズ・ゲート〉のように。もちろん、これは憶測にすぎませんが、ヨンの計画は、信者たちとここにこもり、地上の世界は消えたと伝えるというものだったのかもしれない。そうなると、残されている唯一の選択肢は、自ら虚無に身を投じること。彼がよく言っていたように――すべては苦痛であり、痛みは浄化なり。ただしヨンは例外です。彼は生き延びるつもりだった」

ヴィンセントは考え深げに周りを見回した。電話を掲げて辺りを照らしながら、ミーナも同じことをした。むき出しのコンクリートの壁を見つめるうちに、パニックがどんどん高まってきた。

「どうします？」彼女が言った。「ここから出る手段はない」

携帯電話のバッテリー残量はわずか九パーセント。そして、懐中電灯機能を使用すれば、バッテリーの減りは速い。

「携帯電話は持ってます？　わたしのはバッテリーが切れそうです」

ヴィンセントは頭を振った。

「わたしのは車の中に置いたままです」

彼は立ち上がった。壁に沿って歩く自分を照らすようミーナに頼みながら、壁に触れた。一匹のクモが光から素早く逃げ去り、ミーナは電話を落としそうになった。ヴィンセントは振り返った。

「大丈夫ですか？」

「何とか。探してください」

バッテリー残量は八パーセント。

「照明を消して」ヴィンセントが言った。

「えっ？」ミーナは彼を見つめた。「嫌です、そんなことしませんから」

「不快なのは分かります。ですが、視覚に邪魔されないほうが、感覚系とわたしの指の感覚が増すんです。見るのではなく感じたいんです」

「お好きなように出口を探してください」ミーナは非難するように呟き、震える指で照明を消した。

真っ暗になった。まったくの闇だった。どこからも光は届いてこない。目を慣らそうにも手立てがない。底なしの暗闇だ。彼女は立ったまま、この空間を動き回るヴィンセントに耳を傾けていた。彼女は目を閉じた。何も変わらなかった。それでも、目を開いて虚無を見つめるよりも、馴染み深い瞼の裏側の闇のほうが心安らいだ。

「ミーナ！　ここを照らして！」

ヴィンセントが真後ろにいた。ミーナは跳び上がり、そっちを向いた。いまだに震える手で携帯電話の懐中電灯機能をオンにして、彼の声が聞こえる方向を照らした。ヴィンセントは両手を壁に向けて立っていた。それからポケットに手を入れて探り、鍵束を取り出した。鍵をひとつ握り、壁をひっかき始める。ミーナが彼の行動を興味深げに見つめるなか、コンクリートの埃が彼の靴に落ちた。ゆっくりゆっくり、真っすぐな切込みがコンクリート上に見えてきた。ヴィンセントはその切込みをたどり、あるところで真横に線を引いた。やがてコンクリートの壁に四角が現れた。

扉。

「見つけたみたいです」彼は静かに言った。「ヨンの秘密の抜け道」

彼は扉を押した。カチッという音がして、扉が外れた。ヴィンセントが扉を持ち上げ、床に置いた。中を照らしたミーナの喉が引きつった。

「無理」そう言って後ずさりすると、マットレスにつまずいて転んだ。

すぐに跳ぶように彼女は立ち上がった。今自分に触れた、汚れておぞましいマットレスを考えただけで、パニックが突き上げてきた。ヴィンセントの横の汚らしい穴が二人にとっての唯一の出口という事実は、何の助けにもならなかった。

「これは駄目……」

「ミーナ、ここにいたら空気が足りなくなる。息をするたびに、ここの酸素を使ってるんです。それに、バッテリーの減りが速いと言ったのはあなたでしょう。脱出するときには光が手元にあるほうがいいのでは？」

ミーナは壁の暗い穴の中を凝視した。

「これは何なんです？　トンネル？」

近寄って中を見たいという気もあった。でも、壁にぽっかりと開いている恐怖になど一歩として近づきたくない気持ちもあった。答えを聞く前に、ミーナはヴィンセントのためらいを目と耳の両方で感じた。

「わたしの推測だと、古い下水管です」彼は言った。「恐らく、掩蔽壕を作る前にここにあった建物の下水管でしょう」

「冗談ですよね」

ミーナは後ずさりした。今回は、マットレスを慎重に避けた。彼女は携帯電話を見た。残量五パーセント。バッテリー容量のもっといい電話に替えておくべきだと随分前から思っていたのに、延ばし延ばしにしていた。パーセントは着々と減少している。もうすぐ、真っ暗な管の中を這って進まなくてはならない。でなければ、ここで死ぬことになる。

このどちらを取るか。彼女にとっては他の人ほど答えは自明ではなかった。ここで窒息して死ぬほうが、あんなに細い管の中で得体の知れぬものが待ち受けているよりもマシだと思った。「一緒に切り抜けましょう」ヴィンセントは言った。「ずっと一緒にいますから。先に入りますか、それとも後がいいですか？」

その質問がミーナの耳の中でとどろいた。先か、後か？　ペストか、コレラか？

呼吸をするのよ。

ヴィンセントが正しいのは分かっていた。何だかんだ言っても、死にたくなかった。「後」そう言った。

「それじゃあ、行きましょう」ヴィンセントはうなずいた。「あなたならクリアできます」

「わたしが後悔する前に」彼女は険しい顔で言って、ヴィンセントに電話を手渡した。

彼は這って頭から管の中へ入り、ミーナの電話で照らしながら、肘を使ってゆっくり前へと進んでいった。ミーナは、ヴィンセントの麻のスーツがすべての汚れを吸い取って、彼女のために管をきれいにしてくれる様子を思い浮かべようとしたが、そんな考えもさほど長くは続かなかった。彼のすぐ後に続いて入ったときの悪臭は凄まじかった。彼女は泣き、噎せた。彼女は胃酸を呑み込んだ。管の中で嘔吐しても状況はよくならない。

「それほど長いはずはない」自分の前を行くヴィンセントのこもった声が聞こえた。「七〇一、七〇九、七一九……」

彼が何を数えているのかミーナは訊くつもりはなかったが、奇数ばかりのようだった。ヴィンセントを知る者としては、これがいい兆候のはずはない。

一センチずつ彼女は前進した。排泄物の臭いが鼻孔から入ってこないよう、口で息をした。

吐物の味が、まだ口の中にあって吐き気をあおった。壁の付着物を横目でちらりと見て、それが何だか悟った瞬間、もう耐えられなかった。もろに嘔吐し、彼女の前のヴィンセントの靴にかかった。

「おやおや。大丈夫ですか？」例のこもった響きの声で、ヴィンセントが言った。「七五一、七五七、七六一」

口の中に残る嘔吐物の残りをなくそうと、彼女は音を立てて唾を吐いた。

「元々、いいにおいの場所ではなかったですから」彼は言った。「七六九、七七三……」

ヴィンセントの声が次第に消えていった。自分の手が胃酸と吐き出した食べ物で覆われていることに気づいて、ミーナの恐怖が高まった。この気味悪いべとべとの混合物の中を、両肘で掻き分けながら進まなくてはいけない。排泄物の臭いがするトンネルの中を。

「もっと速く這って！」パニックに襲われて、彼女はそう叫びながら、悪臭の中を進み始めた。

胃液はぬるく、ミーナの胸部と腹部に張り付いた。彼女はふたたび唾を吐き、口で呼吸するようにした。突然、横で何かが動いた。叫んだ拍子に片方の腕が滑ってドロドロの中に落ち、肩を打った。前方で揺らめく一筋の光に照らされて、巨大なクモが急いで立ち去った。心臓が胸の中で破裂しそうなほど激しく脈打っていた。

「もう少しで出口のはずです」ヴィンセントは言った。「そう願っています。八五三」

出口という言葉で、ミーナの動きが少し速まった。今や、パンツも足に張り付いていた。できることなら、ヴィンセントを追い越して新鮮な空気の中へ飛び込みたい気分だったが、この管の幅では不可能だ。

髪の毛に何か落ちてきて、彼女はまた叫んだ。叫び声が管の中で跳ね返り、恐怖に満ちたコーラスのように増幅されて戻ってきた。何かが髪の毛の中を這っていたが、腕を上げて、それを取り除ける広さがなかった。彼女は過呼吸に陥り始めた。

「どうしました?」ヴィンセントは立ちどまった。「助けが要りますか?」

「進み続けて」あえぎながらそう言い、彼女は呼吸を整えようとした。

ミーナはふいに、ヴィンセントの声がこもっているのは、管の中の音響のせいだけではないと悟った。彼は、歯をかみしめながら喋っていたのだ。自分のことばかりに気を取られていて、ヴィンセントの問題を忘れていた。彼は狭い空間に耐えられないはずだ。あんなに冷静な態度で支えになり続けるには、相当な努力を要するに違いない。彼女に負けないほどのパニックを抱えながら。そう考えて力が湧いた。彼に耐えられるのなら、自分にもできるはずだ。

携帯電話の懐中電灯機能が切れ、トンネルの中が真っ暗になった。バッテリーがついに切れたのだろう。

ミーナは泣きたかった。わめきながら、のたうち回りたかった。一瞬口で息をするのを忘れ、臭いがまた襲ってきた。吐瀉物や排泄物の酸性の異臭。目が涙でヒリヒリしたが、それでも、真っ暗闇の中、一センチまた一センチと前進し続けた。そして、ヴィンセントが自分の前方のどこかにいることを願った。

「ミーナ?」

ヴィンセントの声が、暗闇を突き抜けてきた。

「はい?」

「光が見えてきた。一二九七。出口に到達。一三〇一」

涙が——安堵の涙が——ミーナの頰を伝うのをよそに、髪の毛の中では何かが動き続けていた。ヴィンセントの音を追いかけながら、彼女は自由へと向かっていった。

138

管から転げ出てきたミーナを見て、ヴィンセントは抱きしめたいと思った。しかし、それは恐らく最悪の行為であろうと分かっていた。ましてや今、彼女はひどい悪臭を放ち、体にはべとべとの衣服が粘着している。そもそも彼にもそんな気力があるか疑わしかった。狭い空間の中でパニックを抑え続けたため、精根が尽きていた。ミーナが必死で髪をかき回すと、三匹の大きなクモが落ちてきて、地面のどこかに消えた。ヴィンセントはクモを見習って、長く伸びた草に仰向けになり、澄み切った青空を見上げた。

暗闇にいたせいで光が目に染みたが、気にならなかった。また呼吸ができる。周りに空気と空間がある。彼は頭の向きを変えた。ミーナもスノーエンジェルのように両腕を広げて、草むらに仰向けに寝そべっていた。自発的に地面に寝そべる彼女の姿が、ここに至るまでの苦労を物語っていた。恐らく彼女の脳は、アドレナリン過剰の状態に違いない。それが先ほどまでは彼女を原始的生存本能のみに従わせて管を通り抜けさせ、今は彼女を周囲の世界から守っている。だが、そんな状態もそう長くは続かないはずだ。彼女の頰に涙が光っている。ヴィンセントは、二人が汚物の中を通り抜けてきたことを実感した。ミーナはひどい臭いだった。しかしヴィンセントは、これほど美しい彼女を見たことがなかった。

「ひど・ぁった」彼女は途切れ途切れに言った。

できることなら身に着けている衣服をすべて引き裂きたいところなのだろうが、彼と同様、その気力はなさそうだった。

「あの男、どれだけ病んでるの」彼と同じ青空を見つめながら、彼女はやっと言った。「あなたの言うとおりなら、彼は周りの人間を全員殺し、自分はこっそり逃げ出そうとした。ノーヴァは連れていくつもりだったのか。それとも、娘もあそこで死なせる計画だったのか。子供を見捨てないのが親というものの本質なのではないですか？」

ヴィンセントは、広々とした青空をゆっくりと流れる雲を見つめていた。どう答えるべきか考え込んでいた。ミーナの質問には、ヨン・ヴェンハーゲンだけでなく、もっともっと深い意味が含まれているのだ。だから慎重に答えたかった。ミーナは急所を見せたことがないし、彼女にとっては心の傷に違いないことを話そうとしたことはない。だから、訊かないようにしてきた。それを話すタイミングは、彼がとやかく言うことではなかった。

「わたしは……」彼はためらいがちに言った。「人が何をしたいのかを容易に知ることはできないと思っています。ですが、自分の子供への親の愛情は、世界で最も強い力のひとつだとも思っています。それを科学や心理学や、生物の進化などを根拠にして説明することもできます。しかし、それ以上の何かがあると思うんです。生物学や種の生存では説明できない何かが。わたしなら『天分』と呼びたいところですが、そうすると、『じゃあ、その天分はだれから与えられるのか？』といった余計な質問が投げ掛けられることになる」

彼は一息ついて、ためらった。話がどんどん、彼自身、確信を持っているとは言い難い域にまで達していた。そして、今から言おうとしていることでミーナを侮辱したくもなかった。

「親から子への愛情は、どんなに離れていても及ぶものです」彼は言った。「ソロモン王の話を知っていますか？　二人の女性が、賢明な人物として名高いその王の元へやってきます。二人は一人の子供をめぐって争っていて、それぞれ、その子は自分の子だと主張する。二人とも譲りません。すると、王は剣を抜いて、ならばこの子を真っ二つに切ろう、そうすればどちらも子供の半分を自分のものにできる、と言う。女性の一人は素晴らしい考えだと言い、もう一人は、殺すくらいなら相手の女性に子供を与えてくださいと言うんです。ソロモン王は、後者が本当の母親であると見抜きました。子供のために自身の幸福を犠牲にする覚悟ができていたのはそちらだったからです」

ミーナは長い間黙り込んでいた。

「人生で最も困難な決断でした」ようやく言った。「あの子を見捨てることは。でも、それが最善だと分かっていました。あるいは、分かっていたと思っていた。わたしが育ったような環境では成長してほしくなかった。中毒でぼろぼろの、頼りにならない母親の元で育つなんて。わたしがあの子に与えられるものは何もなかった。まったく何も。わたしは何者でもなかった。わたしは空っぽだった。そして、他の何かになれるなんて思ってもいなかった。あの子にあげるものなど何もないと思っていた」

「ナタリーのことですね」

「ええ、ナタリー」

ミーナはすすり泣いたが、すぐに自分を立て直した。また雲が、彼女の頭上に流れてきた。彼女は弱々しい小声で続けた。

「あの人はひどく傷ついていました、ヴィンセント。わたしが彼のもとを去ったことに。でも、わたしがナタリーを置き去りにしたことが一番応えた。それで、最後通牒を突きつけてきました。手放すというなら、あと戻りは一生できない。娘にも一切かかわらない。彼の人生にも一切かかわらない。ひょっとすると彼は……いえ、彼に悪意はなかったでしょう。そういう人ではありません。あのときも今も、彼はナタリーにとって一番いいのは、徹底的な一貫性だと考えています。そう考えるには、彼なりの理由があります。精神的な不安。わたしたちがみんなそうであるように。でも、わたしに最後通牒を突きつけたときに彼の頭にあったのは、ナタリーにとって何がベストかということだけだったし、わたしのほうも、それが正しいと思う気持ちがあった。去ることを選択したのはわたしです。娘は五歳で、わたしはそんな娘を捨てることを決めたんです」

雲が流れ去って、日光がその場を心地よく温めた。だからと言って、ミーナの衣服の臭いを抑えてくれるわけではない。ヴィンセントは、彼女が見えるよう横向きになった。スーツには、トンネルで付いた排泄物に加えて、草の汚れが全体についてしまっただろう、と彼は思った。彼だって、いいにおいがするとは言えなかった。

「人間であることの素晴らしさは」彼は言った。「すべてを――あるいは少なくとも大抵のことを――変えられるということです。あなただって、その頃とは違う人間になっている。あなたの体内に、あの頃と同じ細胞はひとつもない。あなたの考えだってそう。今のあなたなら、昔のあなたにはできなかったような形でナタリーに会えますよ」

「だけど、わたしになんてかかわりたくないって思われるかもしれない！」

その言葉は、悲痛な叫びのように空に上がった。ヴィンセントは彼女に触れてそんなことはないと安心させてやりたかったが、手は草むらに置いたままにした。それに彼女は、ちょうど手の届かないところに寝ころんでいた。

「簡単だとは言っていません。最初の好機は訪れたわけじゃないですか。娘さんの父親が、あなたに心を開いた。それには、何かの意味があるに違いありませんよ」

「彼に他の選択肢がなかったからでしょう」彼女は言った。「そうでなかったら、わたしはいないも同然でした」

「そんなこと言わないで。人間は、切羽詰まると、一番したいことをするものです」

ミーナは答えなかった。新たな雲が現れ、そこにあった白い雲を空から追いやり始めた。

「トンネルの中で何を数えていたんですか？」少ししてから、ミーナが言った。

「素数です。這うことに耐えられるよう、海馬の機能を抑える必要があったので」

「ふむ」

二人はもうしばらく無言で寝そべった。

「ひとつ訊きたいことがあります」彼女が言った。「時折あなたの首の周りに付いている赤い痕。それは、わたしが心配になるようなことですか？」

「何のことです？」彼は彼女を見た。「ああ、あれ。隠していたつもりでした。あれはショーでつくった痕です。でも、あの演目はもうやりません」

「じゃあ……窒息性愛ではないわけですね」

思わず、彼の中で笑いがこみあげ、けたたましい大笑いとなって放たれて、木々の間で跳ね返った。その音が、信じられないほど心を解放してくれた。彼の横でミーナが笑った。彼は笑いの涙を拭いて、自分を落ち着かせた。

「原子ってどうやって形成されるか知っていますか？」彼は訊いた。

「原子？」

「ええ、原子。あれは星の中で形成されるんです」

「太陽のような？」彼女は、目を細めて灼熱の太陽を見た。

うなずいて、彼も空を見上げた。うんと遠くにある星、青空の向こうの暗闇にある星。

「星は原子工場なんです」彼は続けた。「星の一番奥の最も高温なところで、宇宙のすべての構成要素が作られるんです。それから原子は宇宙空間に放たれて、例えば、ここ地球にたどり着く。あなたの周りのすべてのもの、つまりすべての人間やすべての物体は、何千、もしかしたら何百万もの星から来た原子でできているんです」

ミーナはブラウスを引っ張り始めた。彼女の脳内の警報システムが、やっとのことで危険は過ぎたという決定を下し、アドレナリンが治まり始めている。その結果、自分が何を身に着けているのか気づき始めたようだ。

「その生地だってそうです」彼は言った。「それに、わたしたちが寝ころんでいる地面だって。あなたとわたしも。わたしたちが星から来たのは、ロマンチックな詩ではなく、自然科学なのです。すべては星の原子だから」

ヴィンセントは一瞬黙った。この先何を言えばいいか分からなくなった。

「どうして原子の話をしているんですか？」彼女はそう言って、ブラウスを引っ張るのをやめた。

「あなたといるとわたしは……」彼はためらった。

彼は感情を呑み込んで、彼女の目を見つめた。彼女のすべてが詰まっている大きく澄んだ瞳。ミーナそのものが詰まった瞳。彼を見つめる瞳。彼はつい視線を逸らした。それからまた、彼女の目を見た。

いちかばちかだ。

「馬鹿げて聞こえるのは百も承知ですが、あなたといると、わたしたち二人は、同じ星から来た原子で成り立っているように感じるんです。うんと遠くに存在する星で、地球にたどり着いた構成要素は、かろうじてあなたとわたしを作れる程度の数だった。他のだれにも渡らなかった星の原子。なぜならわたしは……思うにわたしは……」

どう言えばいいのだろう？　あなたを知っている？　あなたが分かっている？　いや、それでは足りない。

「あなたという人間をよく知っているのだと思います、ミーナ」彼は言った。「ここをね」

彼は最初、自分の頭を指したが、思い直して、胸を指した。

「そして、そういう意味では、わたしは過去に他のだれのこともよく知らなかった。これ以上うまくは説明できないけれど、あなたと一緒だと、初めて……同類だと感じられる」

彼女は答えず、ただゆっくりとうなずいた。彼は恐らく、自分の馬鹿ぶりを暴露してしまったのだろう。彼は苦労して身を起こした。

「戻りましょうか？」彼は言った。

「今から三十秒以内にこの衣服を脱げなかったら、わたしはわめき出す」彼女はやっとのことで、パンツのポケットから車の鍵を引っ張り出した。「でも、車の中に下着の着替えがあるんです。わたし用のはね。あなた用にはウェットティッシュをどうぞ」

ヴィンセントは、汚れて破れた自分のスーツをじっと見た。帰宅したら、たっぷり説明させられることだろう。

139

ヴィンセントが取調室に向かうのは、人生においてこれで四度目だ。自分が経験するなんてあり得ないと思っていたのに、すでに四回目の「まさか」を迎えていた。しかし今回は、カルトの信者の一人と話してみないかとアーダムに尋ねられてのものだ。興味をかき立てられた。何と言ってもアーダムは訓練を受けた交渉人だ。だが、ヨンの信者が黙秘を続けると決め込んでしまっては、何の役にも立たない。

アーダムは警察本部の正面玄関で彼を待っていた。ヴィンセントとしては、待っているのがミーナのほうが嬉しいが、前日の掩蔽壕での冒険以来、彼女は家にこもっていた。彼が電話をしても、出てもらえなかった。ここ十二時間ほどは、シャワーを浴びっぱなしなのではないかと彼は推測した。

「来ていただけて助かります」アーダムは手を差し出してきた。「昨日のあなたとミーナの一件については聞いています。まだ少しお疲れのようですが、今回のお願い、本当に大丈夫ですか？」

ヴィンセントはかすかに笑った。

「今の自分にはベストなことかもしれません」彼は言った。「他のことを考えさせてくれることなら、何でもいい」

「分かりました。でも、ここにはもう足を踏み入れたくもないと思われても、非難したりはしませんから。ともかく、今回の事案に関しては、自分よりあなたのほうが優れていると思います。それに、あなたがこれを週末前に片づけてくれれば万々歳ですしね」

「わたしをおだてて乗せようとしてますね？」ヴィンセントはそう言いながら、ゲートを通り抜けた。「あなたがそういうタイプだとは思いませんでしたよ」

「ちょっと確かめてみただけですよ」アーダムは笑った。「でも実際、苦労しているんです。信者たちは、黙秘を貫いているんですよ」

つまり、ヴィンセントの推測どおりということだ。

二人は廊下を歩いて、取調室へと向かった。

「喋り出すまで待つわけにはいかないんですか？」ヴィンセントは言った。

アーダムは頭《かぶり》を振った。

「いつまでも勾留しておくわけにはいきません。ヨンを捕えれば終わるとも言い切れません。それにわれわれは全員を捕まえられたわけではなさそうです。リッツリちゃん誘拐事件で目撃されたのは初老の男女で、女性は紫色のコートを着ていたらしいのですが、それに該当する男女はここにはいません。初老の男が一人だけです。彼らを喋らせようとしている間に、また誘拐事件が起きることだって考えられます。自分が取り調べをする間、あなたには容疑者の様子から無意識なシグナルを拾い上げてもらえれば、というのがこちらの考えです」

「もっといい手がある」ヴィンセントは言った。「どっちみち取り調べをするのであれば、わたしと容疑者とで話をさせてください。取調室にあなたの携帯を録音モードにして置いておけばいい」

アーダムはヴィンセントを見つめた。今の提案を検討しているようだった。それからうなずいて、ヴィンセントがレノーレやマウロに会ったときと同じ部屋のドアを開けた。今回座っているのは、六十代前後の男だ。白髪交じりの癖毛と目じりの笑いじわで、いかにも人好きのするおじいさんに見える。もちろん、児童殺害への関与が疑われていなければの話だが。

男は、部屋に入ってきた二人をじっと見た。それはそれで、興味深い行動だった。よそよそしい態度か敵対的な態度を目にするとヴィンセントは思っていた。ヨンの信者たちは一晩、身柄を拘束されていたから、疲れているだろうし、怯えてすらいるのではないかとも思っていた。何と言っても、彼らは犯罪のプロではない。でも、この男は……警戒していた。堂々としている。喋ることを厭うタイプの人物という印象ではなかった。つまり、どんなことなら彼は話したがるだろう、という問いの答えを見つければいい。男の燃えるような目の輝きから、ヴィンセントには、それが何なのか大体の察しがついた。信仰を見出した者は、救済を求める者を説得するのが好きだ。

アーダムはドアのすぐそばに立って、小さな棚の上に何か置いた。携帯電話だな、ヴィンセントは思いながら、部屋の中に入った。

「初めまして」彼は言った。「ヴィンセントといいます。お会いできるのをとても楽しみにしていました」

男は答えなかった。

「わたしは警察の者ではありません」ヴィンセントは、アーダムを顎で指しながら言った。「ですから、これは正規の取り調べではありません。ただ、わたしは道徳哲学に関心があって、エピクロスはわたしの好きな哲学者なんです。だから、あなたにお話を聞く許可をもらったんです。座っても構いませんか？　ところで、わたしは少し空腹なのですが、そちらは？　何か食べませんか？　わたしはお菓子とコーヒーか何かを頼むつもりです。もし何かご所望なら……」

ヴィンセントは喫茶店で注文でもするかのように、アーダムのほうを向いた。ヴィンセントができるだけ刑事らしくない行動を取るのが良い。まずはこの男との絆を築き上げて、二人を結び付けるものを見つける必要がある。そして、警察権力に関心がないふりをするのは良いスタートだ。アーダムは快く思っていないようだったが。

「お菓子をお願いします」男は答えた。「ついでにコーヒーも」

1対0。

ヴィンセントは、アーダムが部屋をそっと出るのを横目で見た。作戦はうまく行った。しかし、男の応答には、他の重要な情報も含まれていた。自分の行動を恥じる人間は、他人からの贈り物やサービスを受けたがらないことが多い。彼らは潜在的に、自分はそれに値しないと考えているからだ。男が茶菓子を希望したことは、ヨンの支配力がいかに深く男に食い入っているかを示すものだった。そこに恥の意識はない。ヴィンセントが何か聞き出せたとしても、それを解釈するのが困難になるということでもある。男は、ヨンが創り上げた妄想の世界に生きているだろうからだ。子供を誘拐し、果ては殺すことをさせるような世界に。

「すべては苦痛であり、痛みは浄化なり」ヴィンセントは言った。「エピクロス主義の四つの基本原則に加えられた、ヨン・ヴェンハーゲンによる素晴らしい一文です」

男の目が、ますます輝きを増した。

「『痛みは浄化なり』とはどういう意味なのかを理解したいので、教えていただけないでしょうか。哲学者エピクロスは、痛みはむしろ避けるべきだという考えでした」

「よく勉強していらっしゃる」男は言った。「ここの人間たちとは大違いですな。おっしゃるとおり、エピクロスの言う『痛みを避けるべき』というのは、実は苦痛のことを指しているのです。この苦痛とは現代世界で生きること、つまり、つかの間のものに誘惑されることなのです。まさに仏教の教えと同じです。しかしヨンは、ある種の痛みが――体の痛みであれ心の痛みであれ――人に新たな物の観方を与えてくれることを理解していたのです。あなたが痛みとともに生きるのならば、不要なものを切り裂いて遠くへ及ぶ、剃刀のごとく鋭利なレーザーヴィジョンのごとき視覚が得られるのです。痛みの無きことを達成するには、まずもって痛みが必須であるということですな。ところで、わたしはグスタフといいます」

ヴィンセントは、男が差し出した手を握った。温かくて安心感を与える握手だった。まさに、人好きのするおじいさんだ。

「そんなふうに考えたことはありませんでした」ヴィンセントは言った。「ということは、痛みを感じるのはいいことなのですね？」

「あなたは、本当の痛みに晒されたことがないようですな」グスタフが言った。

追憶の万華鏡が点滅しながら、ヴィンセントの頭の中を通り過ぎていった。彼が自作した奇術の箱の中にいる母。彼のせいで死んだ母。ミーナと水槽に閉じ込められた自分。溺れゆく彼の口と鼻孔を満たす水。それからミーナ。この人なしでは生きていけない相手であるミーナ。ヴィンセントはそんな映像を追い払おうと目を固く閉じ、うなずいた。これは痛みなんかじゃない。

「あなたが本当の痛みを経験するまで、わたしの言うことは理解していただけないでしょう」グスタフは言った。「わたしは、むち打ち症に苦しめられています。わたしと妻が乗っていた車が追突されたのです。薬とリハビリで、一週間ほどで回復すると言われました。あれから十五年です。体を動かすたびに、背中のあちこちにナイフを刺されるような痛みを感じるのではないかという不安に晒されます。指にはしびれを感じますし、めまいだってする。妻は腰の手術を五回受けたのに、悪化する一方です。誤解しないでください、わたしは文句を言っているわけではないのです。痛みのおかげで、わたしたちは何を優先させるべきなのか知ったのです。痛みがわたしたちに、新たな人生の見方を与えてくれたのです」

「そんなふうに考えたことはありませんでした。ということは、ヨンと近いところにいる皆さんは、痛みとともに生きてきたがゆえに、いかにして痛みが浄化してくれるのかを理解しているということですか？」

グスタフはうなずいた。

「まさしく。世界をありのままに見る能力があるのは、わたしたちだけなのです」

振り返って棚の上のアーダムの携帯電話に目をやるリスクは冒せない。会話がまだ録音されていることを祈るだけだった。

「奥さまは今どこに？」彼は言った。

グスタフは唇をかみしめた。しまった。いかにも取り調べの質問っぽかった。やり直さなくてはならない。

「奥さまは大丈夫ですかという意味ですよ」その言葉に、グスタフはまた少しリラックスしたようだった。「ところで、だから子供たちにも、その痛みを与えようということになるのですか？」

男は顔をしかめた。人好きのするおじいさんは突然、消え去った。

「あなたはまったく理解していない」彼は言った。「なぜわたしらがそんなことをする？　子供に危害を加えたがる人間などおらん。あんたが刑事でないというのは本当か？」

「失礼しました、一体どうやってヨンは子供を殺すように持っていったのか、理解に苦しんでいるものですから」

まずい進め方だとは承知の上だったが、どのみちこの件を取り上げざるを得ないのだ。危うく「子供を殺すようあなたを持っていったのか」と言いそうになって、ぎりぎりでもっと中立的な物言いをした。最も避けたいのは、これはグスタフの話だと気づかれることだった。実際のところ彼がどれほど関与しているのかは関係ない。グスタフには事態を他人事として見てもらっていたほうが、答えが返ってくるチャンスは大きい。

「わたしらはだれも殺してなどおらん」グスタフは鼻を鳴らした。「わたしらのやっていることを色眼鏡で見ている。わたしらには導きの星がある。そのおかげで、この世に生きる限り必ずついてくる苦痛から、子らを救っておるんです。次なる存在へと導いておるだけです。苦痛のない世界。わたしらは、この身を捧げてこの世に居続け、他の者たちが自由になるのを手助けしておるんですよ」

「あと何人の子供たちが解放されると、皆さんの使命は終わるのでしょう？　そして、どういう理由から、あの子たちでなければならなかったのでしょうか？」

グスタフは目を細め、胸の前で腕を組んだ。

「あんたなら分かってくれると思っていたのに」彼は言った。「苦痛と痛みのことを理解していると。だがヨンの言葉は、あんたの中では目覚めてはおらんようだ。話はこれで終了。もうコーヒーは結構」

140

ミーナは古布で鏡の湯気を拭き取って、そこに映る自分の姿を見つめた。髪の毛と鼻の先から水が滴っている。あってはならないものが付着していないか、顔の肌、それから歯をチェックした。あるわけがないと分かっているのに。

木曜日、帰宅するや否や、シャワーを浴びた。体を一平方センチごとにブラシで擦った。爪の下、足の指の間、それに何かが付着しそうなところはすべて、特に念入りに擦った。シャワー中に歯を四回磨き、洗口液《デンタルックス》を一リットル消費した。それでも十分ではなかった。できることなら、漂白剤《クロリーン》で口内と喉を洗いたいところだった。

丸めた手を口の前に掲げて、自分の息の匂いを嗅いだ。彼女の頭の中では、まだ臭っていた。とはいえ少しはましになってきていた。木曜日には三時間シャワーを浴びた。できる限り熱いお湯を浴びたので、最後には肌が赤くなってひどくヒリヒリした。それから、食器洗い用のブラシと軟石鹼入りの湯でアパートの部屋をゴシゴシ擦って掃除した。壁まで。そのあと、またシャワーを浴びた。一時間かけた。昨日も数回シャワーに入ったが、今日は三十分だけ。お湯は以前と同じくらい熱くしたが、肌は前ほど赤くならなかった。

今振り返ってみると、ヴィンセントの隣であの背の高い草むらによく寝ころべたものだ。あのおぞましい下水管の中で彼女の脳が過負荷に陥り、生き延びる、ただそれだけのために、数分間、不安をシャットダウンでもしたかのようだった。あるいは、彼女は自分が思う以上に強いのかもしれない。

でもその後、車にたどり着く前に、もう嫌悪感が戻ってきてしまった。彼女はブラウスとパンツと靴とソックスを引き剝がすように脱ぎ、地面に捨てた。急いで車の中のバッグから新しいキャミソールを引っぱり出した。できることならショーツも替えたかった。そこで寒気を感じ、抑えきれないほど体も震え始めた。だから運転したのはヴィンセントだった。隣にキャミソールとショーツ姿の彼女が体をガタガタ震わせながら座っている――最低最悪のタイプの男性優位主義的な推理小説みたいだった。強くて毅然とした男性が、か弱い女性を安全な場所に送り届ける途中。一応念のために言っておくが、ミーナは半裸の状態。まるでブライアン・デ・パルマ監督の映画だ。そういうのはミーナは嫌いだった。弱い自分が嫌いだった。

車で移動中、ヴィンセントがずっと人体の神経系の話をして、マッチョな態度をまったくみせなかったのは彼自身にとって運がよかった。彼の説明によると、今後二人は、震えたり、理由もなく泣きたくなったり、罪悪感に苛まれたりすることが予想されるが、それは身体的かつ心理学的な反応なのだという。つまるところ、二人はトラウマを体験したのだと。

それからヴィンセントが路上で見張りを演じて、彼女が他人に見られることなくアパートの中に駆け込めるようにしてくれた。

ナタリーのことを思った途端、嗚咽が湧き出してきた。これが「理由もなく泣きたくなる」というやつか。彼女はヴィンセントに、自分の過去の許されぬ行動について話してしまった。彼女の最大の罪を。自分の依存症で家庭を崩壊させ、自らそこから去ったこと。ナタリーを捨てたこと。自分の子供を。母親が決してしてはいけないこと。それに対して、ヴィンセントはどう反応した？　彼は、原子の話をしたのだ。

ミーナはまた、鏡の中の自分を見つめた。髪は鳥の巣のようだ。すべての汚れが取り除けると確信したくて、シャンプーの代わりに食器用洗剤を使って洗った。さもなくば、またバッサリ切るしかない。

彼は、そんな彼女に不快感を示さなかった。彼女が告白した恥ずべきことにも。それどころか、彼は……彼は何と言ったのだったか？　そう、〝わたしはあなたという人間をよく知っている〟だ。

なんて憎らしいんだろう。

141

馬鹿げたアイデアだった。とんでもなく馬鹿げたアイデアだった。おまけに、彼は汗びっしょりだ。クリステルはポケットからハンカチを取り出して、額を拭いた。隣でボッセは息を切らしていたが、ご主人様より散歩にはうんと前向きだった。ユールゴーデン地区はもちろんいつも同様美しかったが、クリステルはその美しさを満喫できなかった。前方に、緑豊かな庭のあるオレンジ色の瓦屋根の白い建物が見えてきた。

最後にあそこに行ったのは一週間前。先週土曜日のレストラン〈ウッラ・ヴィーンブラード〉訪問は大失敗に終わった。出だしは好調だった。彼はついに勇気を出して、給仕長のラッセに、自分たちは知り合いだと言うことができた。でも、その直後、彼はパニックに襲われてしまった。急ぎの電話が入ったふりをして、よろめきながら急いでその場を離れた。

そして、今また、あそこへ向かっている。崖から飛び降りるほうがましな気がしていた。自分がだれなのかラッセが思い出してしまっていないよう、彼は何ものとも知れぬ聖なる存在に祈った。であれば、またやり直せる。やれやれ、母が空の上から見ていそうだ。きっと、一言二言、口を挟みたがるだろう。

見覚えがあるレストランに気づいたボッセは、前回待った自転車置き場へと駆けていった。

クリステルは、ボッセは水入れを探しているのだろうと思った。なかなか賢い犬だ。「ここで待ってるんだぞ」彼はそう言いながら、ボッセの毛をくしゃくしゃにした。「すぐに戻ってくるからな」

彼はレストランに入り、どう切り出そうか迷った。来る前に考えておくべきだったかもしれない。でも、ラッセが瞬く間に彼に気づいたので、計画を立てるどころではなくなった。

「ああ」ラッセが素っ気なく言った。「あなたですか」

その声には、まったく感情がこもっていなかった。クリステルは床を見下ろした。考えていた最悪のシナリオより、事はまずい方向に進んでいた。

「ええ、まあ、お詫びしたかったので」彼は咳払いをした。「前回のことで。わたしが……馬鹿でした。電話なんてかかってきていなかったのに。気づいていたでしょうが。面倒を起こしたくなかったんです」

「そりゃ、わたしに詫びなくてはいけないでしょうね、クリステル」ラッセは言った。

クリステルは驚いて、彼を見上げた。

「あなたが走って店を出ていったとき、突然あなたの正体が分かりました。すぐに逃げようとするところは昔と変わらない。わたしは長いこと謝罪を待っていたんですよ、三十五年前のあの出来事への謝罪をね。わたしは信頼していた、それをあなたは完全に裏切った。立ち直るのには長い時間がかかったのですから。でも、やがてわたしは、謝罪されることは決してあるまいと悟って、先へ進むことにしました」

こんな話になるとは、クリステルは想定していなかった。まず自分が詫び、あのとき自分がどんなに愚かだったか二人で笑い、クリステルが正体を明かすとラッセは喜び、二人は思い出話に花を咲かせる——はずだった。でも、そんなのは、おめでたい想像だったという思いがどんどん募っていた。彼はまた、ハンカチで額を拭いた。

「あの出来事……というのは?」クリステルは言った。「何のことなのか本当に……わたしがここに来たのは、ただ……」

彼は言葉を探しあぐねた。

「じゃあ」やっと言った。「どこかでゆっくりお話しできませんか? あなたが勤務中でないとき?」

ラッセは、ランチ客で埋まり始めた店内に目をやった。彼の案内を今か今かと待つ客が何組もいる。

「そんな必要はないと思います」そう言って、彼は今参ります、と客たちに手で合図した。

「お願いします」

ほんの一瞬、ラッセは不快感を顔に表した。それから、クリステルの目を見た。

「いいでしょう」彼は言った。「次の土曜日。その日なら休みです。十二時にヴァーサパルケンの喫茶店のそばで。遅れないでください」

クリステルは胸がドキドキした。まるで、自分の立派な腹の中で小さな蝶が舞っているかのような感覚だった。彼の母なら、そんな蝶に衝撃を受けるだろう。客を案内するために歩み去るラッセの後ろ姿を見つめた。それから、ボッセを迎えにいって、ゆっくり歩きながら街へと戻り始めた。腹の中の蝶は、散歩中ずっと舞っていた。

142

ヴィンセントは、今日の〈ダーゲンス・ニーヘーテル〉紙を各面バラバラに分けて、キッチンテーブルの上に広げていた。いまだにガウン姿の彼は、見出しに焦点を合わせられないでいた。週末中、完全に無気力だった。何を考えても、管の中をミーナとともに這った体験に思考は逆戻りした。あのとき彼は、あそこから出られるか確信はなかった。あの暗闇の中でパニックに襲われないようにするには、かつてないほど自分の感情を抑圧するしかなかった。彼は脳の中の感情を司る部分をシャットダウンしたのだ。ロボットになれと。でも冒険を終えると、感情が戻ってきた。一斉に。

車中のミーナと違って、震えはしなかった。だが、もしかしたら自分たちは下水管の中で死んでいたかもしれなかったという考えが、何度も頭に浮かんだ。彼が突然何かに頭をぶつけ、そこが管の行き止まりで、二人は地下深くに閉じ込められて出られなくなるという妄想が離れてくれなかった。そのたびに彼は意志と関係なく嗚咽した。運よく、今のところは家族の前で泣くことはせずに済んでいた。

自分が感じている疲労は防御機制なのだろう。彼にもついていけるペースで、身体がトラウマを分割して、徐々に解消しているのだ。金曜日はとても元気な状態で警察本部へ行ってグスタフを尋問することができたが、その後、どっと疲れが出た。今の彼は、自分の理性的思考をまた活性化して、体がトラウマに対処できるよう促していた――少しずつではあるが。彼はコーヒーに息を吹きかけた。古いコーヒーメーカーを復帰させたところ、コーヒーは彼の記憶どおり熱々になった。

　まずは、ここ数週間で得た情報をさらうことから始めるのが賢明だろう。まず第一に、殺された四人の子供たち。その遺体は、チェスの古典的な問題『騎士の巡歴』に従って遺棄され、それを実行したのは、かつてカルト教団を率いていたチェスの名人ヨン・ヴェンハーゲンだった。グスタフによれば、殺害したのは、この世の苦痛から子供たちを救うため。

　すべては苦痛であり、痛みは浄化なり。この人生哲学はヨン・ヴェンハーゲンの心に深く刻み込まれたものであり、それは〝〈エピキューラ〉の信条〟のみならず、暗号を駆使して、チェスの問題にも組み込まれていた。こうすることで、ヨンにとっての何かが円環を成すように完成するのだろう、とヴィンセントは推測していた。彼は身を震わせた。正気ではない。パターンというものを愛好する彼から見ても、正気とは思えなかった。限度というものはあるのだ。

　ヴィンセントは頭を平静に戻そうと、キッチンの中を見回した。アストンは暑くなり過ぎる前に自転車で出かけていて、ベンヤミンは自分の部屋で株に関する作業中だ。レベッカは朝の食卓に残って、朝刊を読んでいる。子供たちが何の反感も持たずに紙の新聞を読んでくれるのを嬉しく思っているヴィンセントは、レベッカが新聞をめくる音に喜びを感じていた。もちろん喜ぶふりをしようとしているわけではない。そんなことをしたら最後、娘が新聞を読まなくなってしまう。二人の関係はなかなか微妙な状態にあった。

　すべては苦痛であり、痛みは浄化なり。

　おぞましい。そして、警察はまだあの男を逮捕していない。やつはいまだに、その辺のどこかにいる。ヨン・ヴェンハーゲンが、いつ犯行を再開してもおかしくない。

このゲームはまだチェックメイトがかかっていないのだ。

マリアはガレージにいて、新たに来た磁器の人形や手塗りの木製プレートの注文を整理している。ビジネスは順調で、もう居間には品物を置く場所がなくなっていた。マリアとケヴィンは、ヴィンセントには決してできない形で、お互いを仲間として理解しているらしかった。

ケヴィン。

マリアの起業コーチが電話をかけてきたのは、しばらく前のことだ。少なくとも、ヴィンセントが気づいた限りは。一方マリアは、ずっと笑顔のまま携帯電話に夢中になっていることがよくあった。彼女が家にいるときの話だが。

彼女の携帯電話がキッチンテーブルの上に置いてあることにヴィンセントは気づいた。手に取って、自分のほうに向けた。二年前の夏のウルリーカとの出来事は、マリアには話していない。人間というものはいつもすべてを話すわけではないのだろう。彼自身やマリアだって、恐らくそうだ。

思考がヨン・ヴェンハーゲンに戻っていった。彼は物事を数学的な精度で行う人間のようだ。そして明らかに、自分の賢さを誇示するのを好んでいる。ヨンの経歴をたどることで、彼の隠れ家が割り出せないだろうか？

もうひとつヴィンセントが知りたいのは、ヨンがどうしてこんな忌まわしい罪を犯したのかだった。罪のない四人の子供たちを殺害した理由は？　まったく正常に見えた人物を――少なくともある時点まではそう見えた――このような犯行に駆り立てるものなど、ヴィンセントには理解が及ばなかった。こんなことをするには、ありえないほどの強い信念か、無差別の憎悪がなければならない。

逮捕の手が迫っていても弱まることがない信念。ヨンは今後、より慎重になるだろう。

ヴィンセントはコーヒーを飲みながら、手の中の携帯電話を見つめた。技術と名のつくものすべてを嫌うマリアは、電話のロックを解除するための顔認証の設定法を覚えようとしたことがない。ヴィンセントは反射的に、マリアが考えそうな暗証番号を思案した。恐らく簡単なものだ。世界で最も一般的な四桁の暗証番号は、1234と1111と0000だ。情けない限り。マリアなら、ヴィンセントからの酷評を避けるためにも、少しはまともな番号にしただろう。それでも、覚えやすいものに留めているはずだ。彼は数字の1を押した。それから、いちかばちか00と押した。続いて、1の真下にある4。

ロックが解除された。

同時に、ケヴィンからの新しいメッセージの着信通知が現れた。ヴィンセントの親指が受信アイコンの上をさ迷った。これを一度押すだけで、妻とケヴィンのメッセージのやり取りすべてにアクセスできる。彼が望めば、妻が戻ってくる前に、〈メッセンジャー〉だって〈ワッツアップ〉だってチェックできる。

しかし。しかし。しかし。しかし。ミーナに関しては自分の言葉を信じてほしいと彼はマリアに頼んだ。彼自身が同じことをしなかったら、つまり、妻の言葉を信じなかったら、自分はとんでもない人間だ。

「マリアの電話で何するの?」新聞から視線を上げ、レベッカが言った。

「別に」彼は携帯電話をテーブルに戻した。「何もしないよ」

マリアにケヴィンのことを単刀直入に訊いたことはない。それとなく口にしたかもしれない。ほのめかしたかもしれない。もちろん、マリアには完全無視する権利がある。でも、この問いを投げ掛けることを決めたなら、彼は妻の答えは真実だと信じなくてはならない。それ以外のことは、夫婦の関係にダメージをもたらす。

彼の心を読み取ったかのように、ちょうどそのときマリアが段ボール箱を抱えて、ガレージから戻ってきた。ヴィンセントに謎めいた眼差しを向けた。「どうしたの?」彼女が言った。「何か考えてるみたいな顔してるけど」

彼は口を開き、それから閉じた。

「いや、別に」そう言った。「だけど、携帯電話の暗証番号は、もっといいものにしたほうがいいと思うよ」

143

先週の金曜日に父親のところから金を取ってきて以来、ナタリーは〈エピキューラ〉のセミナー施設に留まっていた。その前に住んでいた馬牧場へは戻らず、イーネスは彼女をノーヴァのところへ連れてきた。最初、ナタリーはがっかりした。あの馬牧場を改修して、きれいにする手伝いをするうち、自宅のように感じ始めていたところだったからだ。それでも、あのみすぼらしい牧場に比べると、ノーヴァのセミナー施設はとても豪華なので、不満はなかった。あそこで暮らしたご褒美《ほうび》のようだった。考えれば考えるほど、きっとそうなのだと思えるようになった。何しろ、彼女は仲間の一人だということを証明したのだ。

夜の歯磨きを済ませて戻ってくると、彼女のベッドの上に白い生地の束が置いてあり、その上にメモがあった。


これに着替えてから、集会場へいらっしゃい。

母方の祖母より

その束を広げると、イーネスが一度着ていたようなスモックだった。寝衣だろうか？　随分遅い時間だし。でも、寝衣にしては……何だか立派だった。彼女はズボンとセーターを脱いで、スモックを頭からかぶった。清潔な感じがした。そして価値あるもののような感じがした。何か大きな出来事が始まるみたいだった。

集会場がどこにあるのかよく分からなかったので、そこまでの経路を見つけるまで数分かかった。とはいえ、どうにか最終的に、大きくて白い部屋にたどり着いた。

イーネスが、部屋の真ん中に高く積んだマットレスとブランケットのそばに立っていた。イーネスの後ろには、十人ほどの会員が半円を描くように立っていた。数人は見覚えがあったが、多くは初めて見る顔だった。馬牧場の友人たちはいなかった。手に包帯を巻いた人たちもいなかった。

「ようこそ、ナタリー！」厳《おごそ》かに宣じ、イーネスは両腕を広げた。「今日は特別な日よ。あなたはすでにわたしたちの仲間ですね。とうとう脱皮するときがきたの。今日あなたは、これまでの人生を捨て、その死んだ皮を脱ぎ捨てて、新しい人生へと旅立つのです。完璧で色鮮やかな人生へ。やがてあなたは今日この日を振り返って、あれこそが自分が真の意味で生まれた日なのだと思うことでしょう」

どう答えればいいのか、ナタリーにはまったく分からなかった。でも、重要なことのような気がした。視界の隅で星が踊り――この頃よく起こるのだ――祖母がきらきら光って見えた。

「ありがとう」ナタリーは小声で言った。「わたし、おばあちゃんみたいに、色鮮やかになりたい」

イーネスはにっこり笑って孫の手を取り、積んだマットレスのほうへ導いた。二人で腰掛ける。

「わたしが、偉大な指導者ヨン・ヴェンハーゲンの言葉を何度か引用していたのを聞いたことがあるでしょ?」イーネスは言った。「『すべては苦痛であり、痛みは浄化なり』。でも、わたしはその意味をきちんと説明していなかったわね。最初の部分は仏教の教えなの。『すべては苦痛』というのは、わたしたちは自分たちの欲望や願望のせいで無駄に苦しんでいる、ということなのよ。金銭的に手が届かないものを買いたがる。大きくて立派な家に越したら幸せになると思っている。インスタグラムの人たちは、みんな自分たちより楽しい生活を送っているように思える。すべての非現実的な夢や、必要ないのにほしいもののひとつひとつが、苦痛を生み出すのね。仏教では、苦しみを逃れるには欲望をなくす必要があると教えている。ここまでは話についてこられた?」

ナタリーはうなずいた。ノーヴァの講演のようだった。こういう講演を聞いたことがあるような……うんと昔にあるような気がした。

「ここでわたしたちは、『ものの見方』を創り出すことで、それを実現しているの」祖母は続けた。「ヨンの言う『痛みは浄化なり』という部分ね。それがどういうことか、あなたはすでに体験したわよね。ところで、あなたにとって人生で一番の苦痛って何だったかしら？」

どれを選べばよいのだろう？　以前なら、彼女が好きだった男の子をパパの送り込んだ護衛が初めて追い払ったときと答えただろう。あるいは、スケートボードで骨折したとき。それとも「ママはもう死んでいる」という言葉の意味を理解したとき？　でも今ならどうだろう？

彼女は肩をすくめた。

「答えは『あなたが生まれたとき』」イーネスは言った。「それまで、あなたの世界に痛みは存在しなかった。あなたは安心していられた。温かく、守られていた。そして、それ以外は何も知らなかった。でも突然何の前触れもなく、何時間も細い管の中に押しこまれることになる。あらゆる方向から強い圧迫を受け、そしてようやく、まぶしくて寒くて馴染みのないにおいのする世界へ出てくる。そこでは母親の心臓の音はもう聞こえない。恐ろしいわよね。そして、あなたには、そんな体験を何かと比較しようにもできないし、理解をしようにもできない。この最初の苦痛に匹敵するものなんてないのよ。だから、これからわたしたちがするのは、そのときの記憶を再創造すること。そうすることで、あなたは本当の自分を知るようになるの。ナタリーは再誕生するのよ。さあ、その服を脱いで」

144

マリアは居間の床に座って、磁器の人形を詰めていた。ヴィンセントは、この週末をどう過ごしたか自分でもはっきりしなかった。二日間、有意義なことは何もせず、もやの中をさ迷っていたようだった。今は日曜の晩の十時半で、薄明を浴びるマリアの磁器の人形は、どこか神秘的に見えた。黄金色の夏空の光の中、そこそこに見えた。ヴィンセントは、妻を見つめた。彼女は口元に微笑を漂わせ、少し頰を赤らめている。歌でも歌っているようだ。

〝わたしの愛は燃え盛る、夜空の星のように輝きながら〟そう静かに口ずさんでいる。

ヴィンセントは、自分の妻はどこに行ってしまい、床に座っているのはだれなのか、だれかに尋ねたかった。残念ながら、それに答えられる人物がだれなのかは、はっきりしている。彼は、ミーナには、知りたくないと言った。だけど、それは今やもう真実ではなかった。

「ダーリン」彼は言った。「話がある、ケヴィンのことだ」

「もう、しつこいわね」マリアはそう言って、ピンクとライムグリーンの上品な色合いの箱を閉めた。

彼女は振り返って、ヴィンセントを見つめた。

「代わりに、例のミーナの話をするってのはどう?」彼女は言った。「そっちのほうがもっと重要だと思うんだけど」

「いい加減にしないか」ヴィンセントは両腕を広げた。「カウンセラーが言ったことを思い出してくれよ。その件はきみの頭の中にしかないんだ。それに、ぼくを責めたところで、何も変わらない。ぼくはケヴィンのことを話したいんだよ」

「そうね、少なくとも彼のほうが、あなたよりもうんと扱いやすいし」彼女は呟いた。

ベンヤミンの姿が目に入ったので、ヴィンセントは頭の中を巡っている思考回路を中断させた。ベンヤミンがｉＰａｄを手にしていたので、きっと最新の株価格のサイトだろうとヴィンセントは推測した。息子は眉間に深いしわを寄せている。見たところ、期待したほど投資がうまくいかなかったようだ。

「パパ、ちょっといい？」

マリアは唇をかみしめ、当てつけがましく新しい磁器人形を詰め始めた。

「少し待ってもらえないか？」ヴィンセントは言った。「パパとマリアはケ……マリアの会社の話をしているところだ」

しかし、息子のボディランゲージが、どことなく気になった。何なのかは分からないが、すぐにでも話したいようだ。ベンヤミンは、ヴィンセントに見えるよう、ｉＰａｄの向きを変えた。それは株価チャートでも何でもなく、〈エピキューラ〉のホームページだった。

ヴィンセントは息子の部屋を視線で示してから、問いかけるように無言で指を二本立て、眉を片方上げた。二分待て。二分は必要だった。ベンヤミンは短くうなずいて、自分の部屋に引っ込んだ。

「マリア」ヴィンセントは言った。「何が起ころうとも、きみに分かってもらいたいことがひとつある。話しかけられているときは、こっちの顔を見てくれないか？」

マリアは箱から視線を上げ、こちらを見た。非難と怒りに満ちた目だったが、そこには涙と悲しみも浮かんでいた。

「きみには幸せになってもらいたい」彼は言った。「しつこく訊き過ぎたのなら謝る。ぼくは理解したかっただけなんだ。だけど、唯一大切なのは、きみが……幸せでないとしても、満足していることだ。それ以外は何の意味もない。分かってくれたかい？」

マリアは長いこと、彼を見つめていた。それから、ゆっくりとうなずいた。

「よかった」彼は言った。「そろそろ、二十一歳の息子のパパ役を務めにいくよ」

彼はベンヤミンの部屋に入って、ドアを閉めた。机に向かうベンヤミンは、iPadをじっと見ていた。

「そんなに急いでどうした？」ヴィンセントはベッドに腰掛けた。そのベッドは、上にあるものをベッドカバーで覆ういつものやり方ではなく、きちんとベッドメーキングされていた。ヴィンセントが、自分を心配させることでもあるのか訊こうと思ったところで、ベンヤミンの顔色が蒼白であることに気づいた。

「どうなんだろう」ベンヤミンが画面を顎で指した。「気の……せいかもしれない。ぼくは一日中、数字とか株取引の統計に取り組んでいる。さまざまなリスクや可能性を比較考量して、投資に関する決定を下す。そのとき、ぼくの手元には必要な情報がすべてあるわけではない。最初の頃は、随分本を読んだよ。デイヴィッド・テナントが『ドクター・フー』（イギリスのSF系テレビドラマ。テナントは俳優で、十代目のドクター・フー）で言ってるだろ、本は世界最強の武器だって」

「おまえが『ドクター・フー』を見てるとは初耳だ」

ベンヤミンは父親を見つめた。「ぼくはパパの息子だからね。見たっておかしくないだろ？それに、デイヴィッド・テナントは、史上最高のはまり役だしね。パパだって同意見でしょ？だけど、ぼくが話したいのはそんなことじゃない。どこまで話したっけ……そうそう、ぼくの投資の決定だ。直感に頼らなくちゃいけなくなることが多いんだよ。ぼくは自分の潜在意識を信じていてね、それが物事のパターンを拾い集めていて、ぼくの意識にいちいち説明している暇がないから、『これは正しい』っていう直感をまずはぼくに感じさせてくれるんだと思ってる」

ヴィンセントは笑った。ベンヤミンは、日に日に自分に似てくる。そうなってほしいとヴィンセントは願ったわけではない。むしろ逆だ。でも父として、ベンヤミンの分析能力をすこぶる誇りに思わずにはいられなかった。

「まさにそういうメカニズムなんだ」ヴィンセントは言った。「おまえが考えを巡らすよりも速く、複雑な決定を下せるよう自分の潜在意識を訓練することも可能だ。もちろんそのために、おまえは定期的に同一の状況に置かれたうえで、自分の下した決定が正しかったか間違っていたかのフィードバックを即時に受ける必要がある。株式市場に限って言えば、非常に多くの不確定要素があるから、おまえがパターンを見つけたと思っても、そのほとんどはおまえの錯覚にすぎないだろうな。だけど、おまえがパパをここに呼んだのは、株式投資の話をするためじゃないだろ？」

ベンヤミンはうなずいてから、〈エピキューラ〉のホームページの映る画面を指した。

「言いたいのは、ぼくらの発見が、どうも腑に落ちないってこと。すべてが完璧に結びつくのは明らかだ。五件の殺人は、チェス盤上の『騎士の巡歴』の位置と一致しているって言ってたよね？　盤上におけるその位置は、殺人事件につながっているだけじゃなくて、ノーヴァの父親が隠したメッセージを解読するカギでもあった。そして問題の父親は、かつてのチェスの名人。すべてがきれいに組み合わさっている。だけど……直感っていうか、どうもぼくの中には納得できない部分があって、こいつには投資するなと言ってるんだ」

「でも、そうだとしたら……」ヴィンセントは言いかけて、言葉を切った。

ベンヤミンの言わんとしていることが把握できた。自分の犯した間違いに気づくや、背筋が寒くなった。五人の被害者。五つの単語。父子による推理は間違っていた。ナイトの動きを追うのをやめるのが早過ぎたのだ。つまり、五ではない。

彼は警察に間違った殺人犯を追わせてしまったのだ。

145

彼女は息ができなかった。あらゆる方向から強く圧迫されて、対抗できなかった。腕も脚も動かせず、どっちが上でどっちが下なのかすら確信が持てなかった。唯一分かっているのは、真っ暗な中で酸欠になりかけていることだった。

まずイーネスがブランケットで彼女を巻いた。ナタリーはロールキャベツになったような気がした。この時はまだナタリーはクスクス笑っていた。すべてが馬鹿らしく思えたからだ。それから、三枚のマットレスの上に横たわるよう祖母に言われた。残りのマットレスを彼女の上に置き、ナタリーをマットレスの間に挟むようにするのだという。人間ハンバーガーみたい、と彼女は思った。あるいは、人間ホットドッグか。

彼女がしなくてはいけないのは、体をよじってマットレスとブランケットから抜け出すことだった。これが彼女の再誕生を表すのだという。彼女には、何の意味があるのかよく理解できなかった。でも、反論する勇気もなかった。

イーネスが言わなかったのは、ナタリーがマットレスの間に挟まれたあと、その上に部屋にいた全員が乗ることだった。ふいに大人十人分の重さが、彼女をマットレスに押し込めた。あっと言う間の出来事で、ほぼすべての空気が彼女の体から押し出された。疲労とめまいは消え去り、代わりにアドレナリンで全身がいっぱいになった。マットレスの詰め物で、圧力は多少分散されているが、それでも圧死すると思った。本気で。

このマットレスの間で自分は実際に窒息するかもしれないと感じた。叫びたくても体内に空気が残っていないし、叫んだところで耳を傾ける者はいない。何が何でも意識を失うわけにはいかなかった。

両手だけでも自由になれば、何とか這い出ることができそうだが……巻き付けられたブランケットのせいで、そんな動きはまるで不可能だった。マットレスがサンドイッチのように合わさった時点で光は消えてしまい、もう何も見えなかった。

どこまでが自分の体で、どこからがブランケットなのか分からなくなった。彼女にできるのは体を前後左右によじっては、これで前進できると願うことだけだった。たとえ数ミリずつであっても。少なくとも体をよじっているつもりだったが、それだって確かではなかった。

イーネスによれば、マットレスに挟まれていると、自分という人間が分かるのだという。しかし今のナタリーにあるのは感覚のみだった。熱さと暗さで、何かを具体的に考える余裕などなかった。その感覚とは……パニックだ。そして……諦念。

もうアドレナリンが長くは持たない。

エネルギー不足だった。

空気もない。

彼女は自分が吐き出したばかりの空気を吸っていた。それも彼女に呼吸ができるときの話で、肺は圧迫してくる重量でぺたんこになっていた。意識が彷徨いかけていた。睡魔が彼女を連れ去ろうとしていた、彼女をリラックスさせようとしていた。諦めさせようとしていた。それはそれでいいのかもしれない。だって、自分はこれまで何度も諦めてきたのだもの、違う？　学校や友人関係において、彼女が指導力を発揮したことはなかった。成り行きに任せるだけだった。闘う必要なんてないじゃない。どっちみち、生きていくのはしんどいことなのだ。だったら、今回もまた諦めたってどうってことないかもしれない。自分はそういう人間だった……だろうか？

彼女には分からなかった。

でも何かしっくりこなかった。

だって、自分は……ナタリーだから。パパとエステルマルム地区で暮らし、家族は壊れているけれど、大きくなったら警察官になりたいと思っているナタリーだ。毎日護衛につきまとわれているナタリー、それでもいっときはパパに気づかれずに秘密の彼氏がいたナタリー。確かにこれらはみんな過去のことだけれど、それでも……。それも自分だった。それより何より今のナタリーは、痛みは浄化だと知っている。痛みなんて乗り越えてみせる。諦めることだってあったかもしれない。でも、みんなそうでしょう?

彼女は自分の体の輪郭を探した。どこからがブランケットでどこまでが体なのかを感じようとした。容易なことではなかった、意識は点滅していた。でも、諦めることを拒んだ。そして、ようやく自分の体の輪郭が分かった。足、脚、お腹、そして胸がある。手も腕も背中も喉も頭も。

ナタリーがここにいる。

抜け出そうとしているナタリーが。他のことは、もうどうでもよかった。パパがどう思っているのかとか、祖母が何をしているのかとか、学校の友人たちのことも、もうどうでもよかった。

本当に重要なことはひとつだけ。

自分はナタリーであり、自分はここから抜け出す。

これまで自覚していなかった力を、彼女はどこからか見つけ出した。

暗闇の中で、怒りの雄叫びを上げた。彼女の唇に触れるブランケットが湿った。そこで彼女は体をひねった。体が動くのを感じた。また叫びながら体をひねった。動いた。自分ならできる。勝ってみせる。

外界からくぐもった音が聞えてきた。口論をしている声のようだ。いずれにしても外には世界があるということだ。彼女が目指している世界が。

頭上の暗闇の中に走る一筋の光。マットレスとマットレスの間の隙間。つまり、空気が入ってきているということだ。彼女は肺を満たそうとしたが、体への圧力が大き過ぎる。構わず息を吸おうとした。隙間があるのはすぐそこだ。

その隙間から、声がより明確に聞こえてくる。

「正気じゃないわ、わたしたちにはこの子が必要なのよ！　この子がどうしてここにいるか忘れたの？」

ナタリーは歯をくいしばって唸りながら、もう一度体をよじった。鼻と顔の半分が隙間から出た。そこにいる人たちに、悪態をついてやるつもりだった。だがもはや、そんな理性的な思考を失っていた。彼女は一個の感情になっていた、憤怒になっていた。最後の力を振り絞って原初の咆哮をあげ、それは延々と続いた。

体への圧迫が和らいだ。

彼女は冷たいコンクリートの床に落ちた。だれかが横に座り、彼女の頭を自分の膝に載せた。だれかが愛情をこめて彼女の頰を撫でた。もうすべて大丈夫だと伝えてくれた。彼女が恐る恐る目を開けると、ノーヴァの目が見えた。

「ごめんなさいね」ノーヴァが優しく言った。「イーネスがあなたにこんなことをするなんて思わなかった。分かっていたら、とめていたのに。あなたには危険な目に遭ってほしくなかった」

ナタリーは深呼吸し、酸素が肺に広がって血液中に送られるのを感じた。目が眩むほどまぶしい室内の光で、目に涙が溢れた。彼女は生きている。かつては当然だと思っていた世界に、再誕生した。ああ、自分は間違いなく生きている。以前の自分は無知だった。でも、今はもう違う。

「大丈夫です」彼女は咳をした。祖母は正しかった。ようやく自分が何者なのか分かった。自分はナタリー。今この瞬間、自分が愛されているという安心感の中にいるナタリー。彼女のことを思い、もう決して彼女を捨てはしない人に迎え入れられて。

そして、重要なのはそれだけなのだ。

「もっと時間があると思ってたけど、残念だわ、もう終わり」ノーヴァは言った。「さあ、あなたが自分の母親について知るときが来たようよ」

146

ヴィンセントは自分を殴りたかった。ノーヴァの父親につながる手掛かりが巧妙に隠されていたがゆえに、息子と二人でこれを発見した瞬間に満足してしまったのだ。ちょうど二週間前、自分でもその重要性に気づかぬまま、彼は警察本部で正しい手掛かりについて説明をしていたのに。

あまりに事態が急を告げていたのと、一人の子供の命がかかっていたからだ、と主張したかった。だが、それは何の言い訳にもならない。彼は〈達人メンタリスト〉なのだ。こんな過ちは許されない。普通の人間に戻りたいのだとしても、それは今やることではない。

ヴィンセントは、自分の仕事部屋からノートを取ってきた。

ベンヤミンの部屋から向かう途中、マリアのそばを通りかかった。彼女は居間で石鹸をパッケージに詰めている。居間には、ラベンダーの独特の香りが漂っていた。

マリアはヴィンセントが通りかかっても、目を上げなかった。

「おまえはさっき、五件の殺人事件と言ったな」部屋に入るや、ベンヤミンに言った。「そして、単語も五つだと」

「言った。パパたちが阻止した第五の〝殺人〟で、文章は完成してた」ベンヤミンが言った。「『すべては苦痛であり、痛みは浄化なり。』最後には句点まで打ってある」

ヴィンセントはノートを繰って、『騎士の巡歴』のページを探した。知らない者がみたら、世界で一番奇妙な刺繍のパターンのように見えるだろう。だが実際には、数学的に長けた能力そのものだった。

のっけから『騎士の巡歴』が挑戦的だったのみならず、犯人によるそれには、いわゆる「魔法のような特異な数学的性質」も組み込まれているだろう、とヴィンセントは実感していた。

つまり、この数学的性質のおかげで、犯人による『騎士の巡歴』には左右対称という、美しさが加わることになる。ナイトの動きは、ほぼ完璧な規則性と調和性を持つパターンに沿って、チェス盤の左右で鏡像関係を成すコースをとるのだ。作り出すのが非常に困難なパターンだ。ヴィンセントには最初の十手までしか見つけられなかった。

これを心理学的にみると、犯人は厳しい規則に従って行動しているのみならず、その規則もまた自身の規則に縛られる。かくも強烈にコントロールを必要とする犯人は、何らかの薬物がないとやっていけないのではないかとヴィンセントは考えていた。

「パパ？　もしもーし」ベンヤミンが言った。「何考えてる？　五件の殺人事件の話をしてたんですけど」

ヴィンセントは激しくまばたきして、現実に戻ろうとした。

「そうだった」彼は言った。「ただ、殺人事件は五件じゃなかった。何件なのかははっきり分からない。事件と事件の間隔が半減していることを考えると、最大で八件。だからと言って、殺人が八件起こらないとおかしい、ということではない。あくまで上限があるということだ。もちろん、われわれとしては件数が少ないほうがいい。さて、ヴィルマちゃんは五人目の被害者になりかけ、われわれは五つの単語から成る完成された文を見つけ、ゆえに五件で終わりだと解釈した」

「じゃあ」ベンヤミンは言った。「五件じゃないかもしれないとしたら……八件の殺人ならば八カ所が地図上に示されているってこと？」

ヴィンセントはうなずいた。

「地図の八カ所。そして、例の文章の中の八つの単語」

ベンヤミンは、例の〝〈エピキューラ〉の信条〟が8×8のマスに収まるようにしたファイルを開いた。

「最後の三語を見ていなかったな」ヴィンセントは言った。「句点で終わりだと思ったから」

「じゃあ、五番目のマスのあと、ナイトはチェス盤のどこへ進む？」ベンヤミンが言った。

「ヴィルマちゃんの次ってことだけど」

ヴィンセントは咳払いをしてから、自分のノートを読んだ。

「マスh5、つまり『浄化なり。』のあとは……g7。上から二段目、右から二番目だ」

ベンヤミンは、文章の中の該当する単語に印をつけた。

「それからe8、続いてf6」

「何だこれ?」そう言ったベンヤミンは、ヴィンセントに画面が見えるよう脇に寄った。

〝〈エピキューラ〉の信条〟の文内の三つの単語が新たに太字にしてあった。

	a	b	c	d	e	f	g	h
8	エピクロスの	手引き	は	この	**新たなる**	時において	なお	不変なり
7	不安は	過ぎるまま	に	せよ	なぜ	ならば	**かの**	不安の
6	速き	こと	あたかも	彗星	の	**星**	を	過ぎる
5	ごとき	なれば	生の	平穏の	実相	とは	生の	**浄化なり。**
4	心すべき	ことは	何ものも	欲望	せず	**痛みは**	いかなる	ものも
3	避ける	べき	こと	欲望	なき	生と	**は**	汝を
2	解き放ち	汝に	もはや	なきは	**苦痛であり、**	全なるものを	成し遂げ	その
1	大いなる	成就を	満喫する	ことを	已に	許す	ことこそ	**すべて**

「パパの言った順番だと、『かの』、『新たなる』、『星』になるね」ベンヤミンが言った。「すべては苦痛であり、痛みは浄化なり。かの新たなる星」

軽いめまいを覚えたヴィンセントは、両手でベッドの隅を握った。

〝かの新たなる星〟をラテン語でどういうか、彼は知っていた。ベンヤミンも知っているはずだ。

「メッセージはヨンからじゃなかった」ヴィンセントは呟いた。

ほんの一週間ほど前に、彼女がテレビで、すべての頂点を一度しか通過しない『ハミルトン路』のような人生を送っている、と説明するのを聞いていた。それは『騎士の巡歴』そのものではないか。

ヴィンセントが話を聞いた勾留中の男は、「わたしらには導きの星がある」と言っていた。そしてその人物は身体的な痛みと共に生きていると。自分はちゃんと聞いていなかったのだ。この推理を現実にするべく、大声で叫びたかった。しかし叫ばぬよう自制して言った。

「新たなる星」彼は言った。「すなわちステラ・ノヴァ」

ベンヤミンの顔がますます青ざめた。

「ずっとノーヴァだったんだ」

第六週

147

ミーナは、王立公園の噴水そばのベンチに腰掛けるヴィンセントを見つけた。噴水の足元の水盤には、周囲の樹木から散った花が、アイスキャンディーの包装紙や投げ捨てられた紙ナプキンとともに浮いていた。注射針も沈んでいそうだとミーナは思った。それでも、王立公園はきれいなところだった。町の清掃員がどれだけ噴水をきれいにしようとしても、お手上げだ。何よりも、ベンチが木陰にある。

ヴィンセントの隣の座面は、木の色が他より濃く、かすかに消毒剤のにおいがした。ミーナが来る直前に、彼が拭いたに違いない。彼がそのことを口にすることは、もちろんないだろう。ヴィンセントはクラゲの柄の半袖のシャツに半ズボンのいでたちで、観光客のようだった。

「服の趣味を変えました?」彼女はちょっと驚きながら腰掛けた。「半ズボンをはくタイプではないと言っていませんでしたっけ?」

「下水管の中を這い回って以来、衣服の選択を慎重に考えるようになったんですよ」彼は言った。「何というか……ゆったりとした服がいいなと思ったんです。しばらくは体にぴったりする服は……ごめんです。でもこのシャツも駄目ですか?　まあ、ごもっともかな」

彼は胸元のクラゲのプリントに目をやった。

「あまりいいアイデアではなかったかもしれない。あなたみたいに、タンクトップだけのほうがよかったのかも」

「絶対に駄目」彼女が言った。「街ではやめてください。それに、あなたはきちんとした服装のほうが似合いますよ」

ヴィンセントは彼女を横目で見た。

「最後にそう言い足したのはラッキーでしたね。でなければ、今座っているベンチは、噴水の水で拭いたんだ、と言ってやるところでした」

彼女は立ち上がりたい衝動を抑えた。冗談に違いない、と分かっていたから。彼がそんなことをするはずがない。ないよね？　座ったままでいようと意識したせいで、脇の下に汗をかいた。一番起こってほしくないことだ。ベンチの横のゴミ箱がウェットティッシュでいっぱいになっているのを見て、やっとまた普通に息ができるようになった。

「それより、話というのは？」彼女は動じていないような口振りを装ったが、まるでうまくいかなかった。

ヴィンセントの口元が笑いを堪えて引きつった。

いつか仕返しをしてやる、とミーナは思った。噴水の水云々の冗談は仕返しされて然るべきだ。不意打ちを食らわせてやるから。

「昨日の夜、電話してもよかったのですが」彼は、すぐに真剣な顔になった。「遅い時間だったし、かけたところで何もできなかったでしょうから」

「一体何の話です？　また水のそばでレゴのモデルを発見したとか？　だから、この噴水のそばで会うことにしたわけですか？」

ヴィンセントは頭を振り、バッグの中をかき回した。

「ノーヴァの水に関する推理、あれはめくらましです」彼は言った。「警察が間違った方向にエネルギーを割くよう、彼女はあのアイデアをみんなに植え付けた。わたしのせいです。わたしはひどい間違いを犯してしまった」

彼は折りたたんだ紙を取り出して、ミーナに手渡した。

「ノーヴァの父親が遺した暗号のメッセージはご存じですよね？」彼が言った。「〈エピキューラ〉のパンフレットに載っている文章です。あれを書いたのは彼だから、わたしたちは殺人犯も彼だと推定した」

「だけど？」

「あの文の追及をやめたのが少し早過ぎた。続きがあったんです。ところでわたしは、ヨンはあの文章を書いていないと思っています。あれもめくらましだった。奇術界では『ミスディレクション』と呼んでいます」

ミーナは紙を広げた。〝〈エピキューラ〉の信条〟だ。単語が六十四のマスに配分されていて、そのうちの八語が太字にしてあった。

「わたしたちは『騎士の巡歴』の最初の五つの単語しか読んでいなかった」彼は言った。「ヴィルマちゃん誘拐までしか。でも、完成させるには単語が八つ必要だったのです」

「ええ、事件と事件の間隔が狭まってきていることを考えると、犯人は最大で八件の殺人しかできない、と言っていましたね」

ヴィンセントは、最後の三つの単語を指した。

「かの……新たなる……星」彼女は読んだ。

少し間が空いた。そして彼女は理解した。

「ノーヴァ」ヴィンセントを見つめたまま言った。

「ノーヴァです」ヴィンセントがミーナの推測を追認した。「彼女がすべてのブレーンだった」

噴水の反対側から、失望の唸り声が聞こえてきた。水の中に入ろうとしたところで親にとめられた子供の不平の声だった。

「ノーヴァだけじゃなく」ミーナが言った。「〈エピキューラ〉の信者全員が、彼女を手助けしていた」

ヴィンセントはうなずいた。

「全員ではないと思います」彼は言った。「ほとんどの信者たちがしたのは、彼女への献金くらいでしょう。でも、側近がいたのだろうと思いますよ。ヴィルマちゃんの救出の際に確保され、勾留されている者たちがそれでしょう。彼らが黙秘しているのは当然です。最初期からノーヴァと行動をともにしてきた人たちだから。彼らはノーヴァを信じているし、彼女のほうも、彼らは自分にとって必要なことをしてくれると信じている」

ミーナはベンチに身を沈めた。ノーヴァの最側近。そのことを耳にしたことがあった。それも自分にあまりにも近い人間から。

「例えば、わたしの母親」彼女は言った。「イーネスとか」

だが警察がヴィルマを救出したとき、イーネスは馬牧場にいなかった。母は何も知らなかった可能性もある。極めて低い可能性にせよ。

「もう少しでノーヴァを捕えられたのに」ミーナが言った。「馬小屋の近くで。わたしたちがヨンだと思った人物、車を運転していた人物は、ノーヴァだった。何てこと。じゃあ、これから何を？〈エピキューラ〉のセミナー施設へ行ってノーヴァを逮捕する？」

「彼女があそこに残っているとは思えない」ヴィンセントは言った。「ヨン・ヴェンハーゲン犯人説はミスリードだったけれど、彼女が犯人だと警察が気づくまでそれほど時間はかからない、とノーヴァは理解していたはず。そもそも彼女は、暗号メッセージに自分の名前を仕込んでいた。わたしなら一刻も早く施設をとんずらします。そして、もうひとつあるんです。この誘拐殺人犯……つまりノーヴァが、誘拐するたびに間隔を半減させていますね。もしわれわれが殺害を阻止できていなければ、ヴィルマちゃんの次の被害者、つまり六番目の殺人までの間隔は二週間のはずだった。六番目と七番目の間隔は一週間、そして八番目、最後の殺人までは半週間となった。この計画は、先ほど言ったように、われわれで阻止しました。誘拐の手助けをしていた信者も捕えました。こうなるとノーヴァは一気にフィナーレの殺人に向かうのではないか、とわたしは思っています。チェス盤上の第八のマス。彼女の規則に従えば、半週間後には起こるはずの事件」

噴水の反対側の子供がまた水の中に入ろうとして両親に阻まれ、また吼えたてた。落ち着いて考えたいミーナは、その子に水遊びさせてあげなさいよ、と両親に怒鳴ってやりたかった。

「でも、待って」彼女は言った。「わたしたちがヴィルマちゃんを救出したのは、先週の金曜日。今日は月曜日。すでに三日間経過している」

「そこです」ヴィンセントが彼女のほうを見た。

ミーナは、これほど真剣な表情のヴィンセントを見たことがなかった。

「ノーヴァの最後の殺人は今日の午後起きる」彼は言った。

ミーナの全身にパニックが走った。

「ナタリー」彼女は言った。「ナタリーを連れ戻さなくちゃ」

ひどく震えた手で、ポケットからなんとか携帯電話を出した。それから、ナタリーの父親の電話番号を押した。他に手はなかった。

「もしもし、わたしだけど」彼が出ると同時に話し始めた。「〈エピキューラ〉へナタリーを連れ戻しにいって。お願いだから。今すぐに。住所を送る。わたしはパトカーで向かうけど、パトカーの手配をしに本部へ行くことになるから、そうなると、時間がかかり過ぎてしまう。そんな時間はないのよ。交通規則はすべて無視して……でなければ、ヘリコプターで行って。とにかく、ナタリーを安全な場所に移動させなくちゃならないの」

前夫が答える前に、ミーナは電話を切った。

彼にこんな物言いをしたことはかつてなかった。二人が一緒に住んでいた頃、ああしろこうしろと彼に言ったことは一度もなかった。まして命令するなんて、考えられなかった。あとで面倒があるかもしれないが、他に何ができた？

ミーナはGPSアプリを開いて、アプリがナタリーのリュックサックの中の発信機を探す間、下唇を強くかんでいた。ナタリーの位置を特定するのに時間がかかった。あまりにも長く。最終的に「発信機が機能していません。電池をチェックしてください」というメッセージが表示された。

148

ヴィンセントはバッグの中を探った。地図を引っ張り出し、膝の上で広げた。定規を使って、ストックホルムの地図にノーヴァによる『騎士の巡歴』の八地点をつなぐ経路を描き入れた。これでノーヴァの暗号メッセージの最後までが地図に写し取られた。

「これを見てください」彼はミーナに言い、指さした。「『星』という単語は、チェスのマスf6に当たります。これが第八のマスです。地図ではエステルマルム地区の真ん中。ここにあるのは建物ばかりで、公園や水路はありません。でも、この地区のどこかで、ノーヴァは最後の犯行に及ぶ」

ミーナは常にチェックできるよう携帯電話を握ったまま、地図をじっくり見た。太陽が空に昇り始めたので、彼女は画面に手をかざさなくてはならなかった。

「エステルマルム広場が同じマス内にある」彼女は言った。「公園ではないけれど、大きくて広いスペースです。それと、すぐ隣の教会も同じマス内にある。ノーヴァの計画には墓地が適しているような気もする」

ヴィンセントはミーナをちらりと見た。彼女は今、冷静沈着であろうと最善を尽くしている。ヴィンセントは感心していた。だが瞬きがあまりにも強く、速い。体の動きもぎくしゃくして、どこか不自然だ。横隔膜が張りつめているのだろう。ミーナは壊れてしまう寸前だった。ヴィンセントは何とかして手助けしてやりたかったが、適切な手段が頭に浮かばなかった。

「ノーヴァが広場や教会のような人目につく場所で犯行に及ぶつもりか、確信が持てません」彼は言った。「きっと警察が迫っていることは察知しているでしょう。わたしがノーヴァだったら、なるべく目立ちたくない。このマス内のほとんどの建物は住宅です。なので、〈エピキューラ〉の信者宅にいる可能性があります。一軒一軒チェックしなければならなくなるかもしれませんが、でも、ここには……これも存在しているんですよ」

マスの上の隅に、周囲と異なる形の建物があった。

「エストラ・レアルス高校」ミーナは地図の上に指を走らせた。「わたしが通っていた高校です」

「楽しかったですか？」

「本当に知りたいのなら、あの頃のわたしは今ほど……敏感ではありませんでした。とはいえ、十分に敏感だったから、クラスの変わり者扱いでした。一年生のときに一度、男子たちが丸を描いた付箋紙をわたしのロッカーのあちこち、とりわけ鍵の部分に貼って面白がっていたことがあります。最初は何のことか分からなかった。あとで説明してくれた生徒によると、鍵の部分に、男子たちが自分たちのペニスを擦り付けたんですって」

ヴィンセントは笑った。そこでミーナの悲しげな表情に気づいた。

「失礼」彼は言った。「少し予想外のことだったので」

「絶対、男子たちはふざけただけ」彼女は言った。「そんなこと、本気でする勇気なんてなかったでしょうし。でも、それ以来、ロッカーを開けるときには、いつもビニール手袋をするようになりました」

彼女は反抗的と言ってもよさそうな表情で、彼と視線を交わした。彼女の目に涙が光っていた。でも、ヴィンセントは、そこに闘争の意志があることにも気づいた。屈することを拒否する意志。だからきっと級友たちは、そんな下品な遊びをしたのだろう。彼女は変人だったかもしれないが、馬鹿にできる存在ではなかった。なぜなら彼女はミーナだから。常に偽りがなく、厳しい目と荒れた手をしたミーナ。

「ともかく、学校は夏休み中は閉まっていますから」彼女は言った。「ノーヴァはいないでしょう。ユーリアに電話をして、あの地区の聞き込みに何人出せるか訊いてみます」

「あなたをいじめた連中が、卒業時に全員揃って落第だったことを願います」彼は言った。「学校に関しては、あなたの言うとおりでしょう。夏休み中に学校が開いているのは――うちの次男のアストンの学校もそうですが――生徒がいない間に、ちょっとした収入を得るために校舎を会議施設として貸し出すときくらいで……」

彼はそこで話をとめた。

二人は顔を見合わせた。

ミーナの手には、まだ携帯電話があった。急いでクリステルの電話番号を押して、スピーカーに切り替えた。クリステルはすぐに電話に出た。多少息を切らしているようだった。「クリステル、署にいます？」ミーナが言った。

「ちょっと待ってくれ」クリステルが言った。「今ボッセと……こらこら、ボッセ、そのご婦人の犬にちょっかいを出すんじゃない！」

「クリステル？」ミーナが言った。

「すみません」クリステルは言ったが、言った相手がミーナでないのは明白だった。「うちの犬は、挨拶したかっただけなんですよ、通常はそんなこと……メスじゃありませんし。いえいえ、そうですよね……」

「クリステル」ミーナは大きい声を出した。

「聞こえてるよ。解決しなきゃいけないことがひとつあっただけだ。で、用件は？」

「今週エストラ・レアルス高校に会議の予約が入っているか、チェックしてもらえませんか？」ヴィンセントが言った。「できれば今すぐ」

「ヴィンセントもいるのか。こりゃまた。問題ないさ。本部に行って、ボッセの水入れに水を入れたら調べられるさ」

「こっちのほうが重要です」ミーナは言った。「まずは高校、それからボッセ」

シーンとなった。ヴィンセントは、クリステルとボッセが電話の向こうから二人を睨みつけているに違いないと思った。

「ごめんな、ボッセ」彼は言った。「あとでご主人様から、特別美味しい水をもらってくれよ。クリステル、緊急事態だからこそ、わたしたちは……」

「任せろって」クリステルは言った。「少ししたら電話する」

ミーナは電話を切って、またGPSアプリをスタートさせた。発信機能は完全に失われてはいなかった。発信機のありかを示す円は、領域は狭くなっていたが、まだ絞り込めていない。

唯一分かるのは、ナタリーは施設にはもういないらしいことだった。ヴィンセントの想像どおり。

「ノーヴァは、最後の殺人を自分一人で実行すると思いますか？」彼女は言った。「過去の誘拐に携わったであろう信者たちは警察に勾留されていて、手助けする者はいないのではないかと」

ヴィンセントは、噴水の周辺を見渡した。王立公園にいる観光客たちはアイスキャンディーを食べたり、自撮りをしたり、ソフトドリンクを飲んだりしている。若者のグループは地面に座って、いかにも夏休み中の若者らしいことをしている。あと数年で、アストンもああいったグループの一人になるのかもしれない。でも、リッリとヴィリアムとデクステルとオッシアンがそんな体験をすることは決してない。この子たちにとって、すべてはすでに終わっている。何のために？　ヴィンセントは、ノーヴァの目的がいまだに分かっていなかった。そして、彼女がまだその目的を果たし終わっていないのは確かだった。

「八番目のマスは、誘拐のようにシンプルなものではないと思う」彼は言った。「ノーヴァは、そのマスに自分の名前を当てはめたくらいだから。他の箇所とは違うはずです。これは最後のポジションであり、ゲームの終局なのです。だから彼女自身が行くと思う」

電話が鳴ったので、ミーナはまたスピーカー機能をオンにした。

「どうしておまえさんらが自分で学校に電話をしなかったのか理解できないね」クリステルの声が聞こえてきた。「すぐ分かったぞ。今週の貸し出しは一件のみ、しかも今日だ」

クリステルが話している間に、画面に通知が表示された。GPS発信機が再び機能し始めたようだ。アプリがミーナの娘の居場所を特定した。ミーナは電話を掲げて、ヴィンセントに画面が見えるようにした。ナタリーは、ストックホルムの中心部にいる。

「妙なことに、予約を入れたのは、おれらも馴染みの連中だぞ」ミーナが地図を拡大する間、クリステルは話し続けた。「〈エピキューラ〉が丸一日のセミナーを催すらしい。参加者は八十人。これでいいか、おまえさんたちが何と言おうと、おれは今からボッセの世話をするからな」

ヴィンセントがもっとよく見えるよう電話に手をかざすと同時に、クリステルは電話を切った。すべての建物がはっきり見えるよう、ミーナが追跡アプリの地図を拡大していた。疑いの余地はなかった。ナタリーはエストラ・レアルス高校にいる。

太陽がさらに高く昇り、野外の気温はすでに二十七度近かったにもかかわらず、ヴィンセントは寒気を感じ始めた。彼は上半身に両腕を回した。

「すべては苦痛であり、痛みは浄化なり」彼は言った。「何てことだ。ヨンが命を奪う空間としてシエルターを作ったことを覚えていますか？　ベアータ・ユングが話してくれた破滅的なカルトのことは？　わたしは、ノーヴァは父親の言葉に従って、論理的な終着点まで行こうとしているのではないかと思っています。フィナーレは一人を殺すだけじゃない。八十人です。そしてナタリーも。ノーヴァは全員を殺すつもりだ」

149

ヴィンセントは、かつてないほどの無力感を感じていた。ミーナの力になりたい。力にならなくてはいけないと、心の一部は言っている。だが何をすべきか分からない。今の自分はまるで役立たずだ。ミーナがベンチから立ち上がろうとすると同時に、彼女の携帯電話がテキストメッセージの着信音を発した。

「またクリステル？」彼が訊いた。

立ち上がりかけた姿勢でミーナは動きをとめて、画面を見つめた。彼女の顔から血の気が引いた。

「ノーヴァ」そう言った彼女は、ヴィンセントに読ませようと電話を手渡した。

こんにちは、ミーナ。

今日、あなたに会えるのを楽しみにしています。

でも、あなたはちょっとした問題を抱えていますよ。

あなたが救えるのはお母さんかお嬢さんのどちらか。

二人とも救う時間はありません。

何を選びます？　道をたどって、行くところまで行きます？

お待ちしています。

ノーヴァ

「どうしたらいいの？」ミーナが言った。「何を言いたいのかさっぱり分からない。〝選ぶ〟とか〝行くところまで〟ってどういうこと？」

ヴィンセントは、もう一度メッセージを読んだ。何かがおかしい。でも今は考え込んでいる場合ではない。

「無視することです」彼は言った。「ノーヴァはあなたを不安にさせて、時間稼ぎをしているだけ。あなたをひるませることができれば、それが彼女にとって一番です。だから、それに乗ってはいけない。エストラ・レアルス高校へナタリーを連れ戻しにいくのがいい。全員を救ってください。〈エピキューラ〉に対応したりノーヴァを逮捕したりするのに、わたしは必要ない。あなたが必要なのは、警察の仲間たち、こういう状況に慣れている人たちです。わたしは邪魔になるだけだから、ノーヴァのメッセージの解読に集中するほうがいい。何かが隠されていそうだというあなたの想像は正しい。ノーヴァがこんな単純なわけがない。でも、気をつけてくださいね。彼女はあそこにいる。そして、どんなサプライズを用意しているか分からない」

「もう一度ナタリーの父親に電話をしてみる」ミーナは言った。「彼には動かせる人員がいるから」

ヴィンセントはうなずいた。

「さあ、行ってください」


「さて、面白くなるわよ」ノーヴァが言った。

ナタリーは、こんなに目をギラギラさせるノーヴァを見たことがなかった。彼女は部屋の中を見回した。頭に浮かんだのは「由緒ある」（一八六九年設立の伝統を誇る高校で、卒業生には有名政治家や、ミュージシャンの故アヴィーチーなども）という表現だったが、その意味はよく分からなかった。

「どうしてわたしたちだけがここに？」彼女は言った。「他の人たちがいないのはなぜ？」

～彼女にはどうして信者たちから引き離されたのか理解できなかった。彼らとノーヴァ、みんな揃っているほうがよかった。自分のことを本当に理解してくれる人たちと一緒にいたかった。

「あの人たちは、自身の旅に出るの」ノーヴァは微笑んだ。「わたしもついて行こうと思ったんだけど、気が変わったの。わたしはまだまだ準備ができてないって悟ったから。あの人たちには、先に行ってもらうことにしたわ」

「そうなんだ。でも、どうしてわたしたちはこの部屋にいるんですか？」

「わたしがあなたのお母さんに、あなたを迎えにくるチャンスをあげたから。わたしの……再出発のときが来る前に」

　どういう意味なのかよく理解できなかったが、ナタリーはそうした物言いには慣れてきていた。少しミステリアス、それがノーヴァという人だ。ナタリーは木製のドアに目を向け、まるでそうしていればドアが開けられるとでもいうように見つめた。母親。自分の母親が生きているという事実をいまだに受けとめられないでいた。一か月前には母方の祖母の存在すら知らなかったところに、昨日ノーヴァから母親も生きていると聞かされたのだ。ナタリーの成長期を通して、連絡を取ろうともしなかった母親。刑事だと聞いている。

　これでナタリーが思い浮かべてきた未来の計画は消えてしまった。

　彼女は、自分の中に残っているはずの母親の記憶を思い出そうとした。現実なのか、ただの夢なのかも定かでない記憶。あのにおい、あの声、あの笑い声。母親に迎えにきてほしくなかった。今このときは、何よりも母親が嫌いだった。そして、母親のことを何も教えてくれなかったパパは地獄に落ちればいい。

きちんと彼女の面倒を見て、ありのままの彼女を受け入れてくれたのはノーヴァだけだ。彼女に嘘をつかなかった人はノーヴァだけだ――世界中で彼女だけが例外だった。ナタリーに選べるのであれば、これからずっとノーヴァのもとに残りたい。彼女に必要なママはノーヴァだけなのだ。

ミーナは、茶色のレンガ造りの城のような建物へ早足で向かっていた。もう何年も、ここへは来ていなかった。自分が二度と足を踏み入れなくても済むよう願っていた建物。エストラ・レアルス高校の前の大きな中庭に、ひと気はない。電話に目をやった。ナタリーのGPS発信機からのシグナルはまだ明確だ。娘は校内にいる。イーネスが何をしていようと構わないが、ナタリーは……あの子は見つけなくてはならない。

完全武装したアーダムとペーデルが、彼女のすぐ後ろにいる。ペーデルの髭には、まだ青色がかすかに残っている。高校へ向かう途中、ミーナは本部に連絡を入れ、二人は彼女と同時に現場に到着した。ユーリアとルーベンも、もうすぐ合流する予定だったが、ミーナは二人を待ちきれなかった。

そして、ナタリーの父親からは、まだ返事がない。もう時間がない。

いいい、二人とも救う時間はありません。

「これを」アーダムがミーナに無線機を投げた。「連絡を取り合えるように」

まるで古今の映画のお決まりの展開を演じているみたいだと思いつつ、ミーナは巨大な正面玄関扉に続く階段を駆け上がった。独りで、必要十分な援護もなしに。しかし、ヴィンセントが正しければ、目下の〈エピキューラ〉の最大の敵は、彼ら自身のはずだ。

二人の同僚を背後に従えて、彼女は薄茶色の木製の正面玄関を開けた。

「どこにいるの？　どの部屋？」彼女は言った。

校舎に入ると、目の前に黒い石でできた幅広の階段があった。嫌になるほど馴染みのある階段。何度もこの階段の下に立ちすくみ、踵を返して家に帰ろうか悩んだものだった。空気が淀み、サウナのように暑い。ペーデルが額の汗を拭いた。それから彼は、玄関を入ったところにある各教室や各講堂の位置を記した案内板を確認した。

「〈エピキューラ〉が予約したのは集会場で」彼は言って、階段の上を指した。「二階上」

ミーナはまたアプリをチェックした。

「ナタリーがいるのはそこじゃない」彼女は言った。「どこかの教室だわ」

ペーデルとアーダムの言葉を待たずに彼女は階段を駆け上がり、携帯電話を確認しながら廊下を走った。ナタリーは一番奥の教室にいる。各教室の古い木製ドアは頑丈そうだ。ドアの反対側の人物が望まないとなると、中に入ることはできなそうだ。しかしノーヴァはまだ、警察が到着していることに気づいていないかもしれない。彼女は走るスピードを上げた。

窓際に立つノーヴァが、眉をひそめた。

「何かあったんですか？」ナタリーが言った。

「ここから正面玄関が見えると思ったんだけど」ノーヴァが言った。「この部屋からは死角になるみたいね。何人来るか見えるといいのに」

ノーヴァはまたナタリーのそばに座り、温かい笑みを浮かべた。彼女は、ナタリーの髪を撫でた。

「こんなふうに待たせてしまってごめんなさいね」彼女は言った。「施設に残っていたかったわよね。でも、エピクロス主義の教えを知っているでしょ？『自分らしく生きよ　さらば波風の立たざれば』って。それに、ここにはそう長くいないから」

ナタリーは何か食べたかった。あるいは、飲みたかった。お腹がペコペコで、腹痛を覚えていた。舌は口蓋に張り付いていた。空腹で物を考えられない。でもノーヴァの温かい目を見て、万事好調なのだ、と思った。今起こっていることが何か、彼女には理解できなかったが、ノーヴァが信頼できるのは分かっていた――ノーヴァが自分の面倒を見てくれるのだと。

「どこかに行くんですか？　わたしも一緒に行けますよね？」ナタリーは言った。「だって、わたしのことを気にかけてくれるのはノーヴァだけだから」

ノーヴァは微笑んで、保冷バッグから一本のボトルを取り出した。

「すぐに〈エピキューラ〉の仲間たちと一緒になれるわよ」そう言って、そのボトルとコップを机の上に置いた。「モーニカとかカールとか、あなたが知っている人全員とね。もちろんイーネスも。もうすぐ、またみんなと一緒になれるわ」

ボトルに入っているのは、アイスティーか薄めたシロップのようだ。やっと何か飲める。ナタリーはありがたく手を伸ばしたが、ノーヴァは彼女の手を押しのけた。

「もうちょっと待ちましょう」彼女は言った。

あの激しい光が、目に戻ってきていた。

「来るのがあなたのお母さんじゃないときのためにね」

ヴィンセントは、ミーナに宛てたノーヴァのメッセージが気になった。単語の選び方がどこかおかしい。もちろん二人を攪乱させるのを狙ったものだろうが、これに取り組むのはミーナよりも彼のほうがいい。彼女はエストラ・レアルス高校での事態に、最大限集中すべきだ。何と言っても、彼女の娘にかかわることなのだ。ヴィンセントは、もしアストンに何かあったとしたら、ミーナのように焦点を合わせ続けられるとは思えなかった。

このメッセージの何が問題なのか。今回の一件で学んだのは、ノーヴァは進んで手掛かりを残すことだ。それが、でっちあげであれ真の手掛かりであれ。このメッセージはどちらなのかを知る必要がある。

〈二人とも救う時間はありません〉、彼女はそう書いている。〈何を選びます？　道をたどって、行くところまで行きます？〉。

一見したところ、ノーヴァの質問は、ミーナがだれを助けるのか選ぶことを意味しているように見える。ナタリーかイーネスか、ということだろう。しかし、文法的に見るならば、ノーヴァが訊いているのはそれではない。〝何を選ぶか〟という問いは、次に投げかけられる質問にかかっている。つまり、ミーナが〝道をたどって行くところまで行くか〟という問いだ。ノーヴァが突きつけてきたのは、その選択だ。

道をたどって行くところまで行くか——それとも行かないか。

二つの可能性。

救うべき人物は二人。
行動を起こす——行動を起こさない。
ナタリー——イーネス。
何を意味するのかを悟り、ヴィンセントは背筋を伸ばして立ち上がった。

「あとどれくらい待つんですか?」ナタリーはため息をついた。

ノーヴァは腕時計に目をやった。

「もうすぐ」彼女は言った。「わたしが〈エピキューラ〉の名前でここに予約を入れていることを、彼らは少し前には気づいたはずよ。だから数人は、もうすでに建物内にいる。今あなたのお母さんは、どの教室にあなたがいるか探しているでしょうね。だから、もうすぐ、だれかがここに来る。あるいはだれも来ない」

ナタリーはまたも、すべてが理解できたわけではなかった。でも、もう訊く気力もなかった。

空腹と喉の渇きに加えて、退屈し始めていた。こんなに長いことノーヴァを独占できるなんて、そうあることではない。この一秒一秒を味わえないのは残念だ。でも、本当を言うと、少し眠りたかった。寝れば、お腹だってそれほど痛まないかもしれない。飲み物を少し飲むくらいいいだろうと思い、彼女は飲み物に手を伸ばしたが、ノーヴァはまたも、ボトルを手の届かないところに移した。

「喉がカラカラなんです」ナタリーは立ち上がった。「だったら、水を取りにいってきます」

「あなたにはここに残っていてもらわないと」ノーヴァの目が、ナタリーを再び座らせた。

その目はもう温かく微笑んでいない。冷たい鋼鉄でできた目をしている。先ほどまでナタリーが感じていた愛は、もはや消えていた。

ナタリーは、もうここにはいたくなかった。本当に。でも、もう一度立ち上がる気力があるか、分からなかった。

「あなたはわたしの安全保障なのよ」ノーヴァが言った。「事がうまく運ばなかったときのためのね。それに、遅かれ早かれ、あなたはその飲み物を飲むことになる。だから心配しなくていいわ」

ナタリーは身をよじった。突然、喉の渇きを感じなくなった。二人の下の階でだれかが走っている音がする。足音が近づいては向きを変えて、また聞こえなくなる。

「安全保障ってどういうこと？」ナタリーは言った。「何が起きてるの？」

ノーヴァは笑顔を返すだけ。でも、その目は笑っていない。ナタリーは後ろに椅子を引いて、ノーヴァから離れた。

ミーナは廊下の一番奥まで来た。恐怖とともに、突然ひどい孤独感を覚えた。ヴィンセントはいないし、ナタリーの父親への懸命の電話にも答えはないままだ。最後に、彼のボイスメールボックスにメッセージを残した。今は、集中しなくてはならない。娘を助けなくてはならない。

アプリのGPS位置情報マークと教室のドアが一致しない。何なのよ。彼女の娘は、この階にはいない。彼女が走って階段に戻ると、アーダムがユーリアとスピーカーフォンで話しているようだった。

汗がミーナの鼻から滴り落ちていたが、気にかける余裕はない。なんでこんな馬鹿みたいに長い廊下にしたのか。

「あとどれくらいかかります？」アーダムはそう言いながら、苛々した様子で隣に立つペーデルと視線を交わした。「とにかく急いでください」

ミーナはそこを通り過ぎて、さらに一階上がり、新たな階の廊下に忍び入った。今回は静かに走る。ノーヴァは他の信者たちとともに集会場にいるかもしれないが、確認されたわけではない。一番奥にＡ３１１番教室がある。イェオリ・パウリの壁画で有名な教室だ。ミーナは教室の前まで来ると、ドアに手をかけて、呼吸を落ち着かせた。

アプリをチェックした。一致している。ここだ。

ナタリーはドアの向こう側にいる。

もうすぐ、自分の娘に会える。ミーナがだれなのか知らない娘に。今は間違いは犯せない。

突然、無線機が音を立てた。急いで彼女はドアから後ずさりした。教室の中まで聞こえていないことを願った。

「ミーナ、こちらはドア越しに視認完了」アーダムの声が無線機から聞こえた。「全員、集会場にいるようです。〈エピキューラ〉の全員が。ですが、これは単なる会議のようです」

ミーナは眉をひそめた。〈エピキューラ〉の全員。だとしたら、イーネスもいるに違いない。こんなふうに簡単に母を見つけられるというのは妙だ。ノーヴァのメッセージからすると、簡単には見えなかったのに。

二人とも救う時間はありません。

何かがおかしい。

全身でそう感じた。でも、何がおかしいのか見当がつかない。

「信者たちは今、何をしています？」彼女は訊いた。

「ちょうどコーヒーブレイク中ですね。しかし、コーヒーの入った魔法瓶はまったく見当たらず、ソフトドリンクかジュースのような飲み物をコップに注いでいるようです。いかにも清く正しく生きているという感じで」

ミーナの背筋を氷のような冷や汗が流れた。背骨に感じるその冷たさに、彼女はあえいだ。

何がおかしいのか分かった。

ノーヴァは教室内を行ったり来たりしていた。ナタリーが今まで見たことのないノーヴァだった。いつものノーヴァはノロジカを思い出させる。でも、今の彼女はメス狼だ。

「うんざりしてきたわ」ノーヴァが言った。「このゲームを最後までプレイする覚悟ができているのはわたしだけってことかしら？」

彼女はナタリーのほうを向いた。その目は憎しみに満ちていた。ナタリーはたじろいだ。

「あなたの母親がわたしの邪魔をしたの」彼女は言った。「あと三回だったのに。ヴィルマも入れれば四回。これを完遂して初めて、わたしはすべての痛みから無縁になれるところだった。なのに半分しかできなかった。だから今、わたしはやり直さなくちゃいけない。まあ、すぐには無理ね。世間がこれに飽きて忘れてしまうまでは、当然目立たないようにしていなくちゃいけない。でも、そのあと」

教室の外の廊下から、走る音が聞こえてきた。何かパチパチという音がしてから、足音はまた消えていった。

「これもひとえにあなたの母親のせい」ノーヴァは続けた。「それとヴィンセント・ヴァルデルのせい。ヴィンセントをやり込めようとしたけれど、うまくいかなかった。だから、わたしたちはここへ来たのよ。だけど、もううんざり。一時間ここにいるのに、だれも来ない。これでおしまいね。あなたは〈エピキューラ〉の後を追うことになる。そもそもあなた、さっき喉が渇いたって言ってたわね」

ミーナは小声でも聞こえるよう、無線機に唇を押し付けた。彼女の心の一部が、いま唇を押し付けている表面をアーダムが温かい手で握っていた、と知らせた。彼女は気分が悪くなった。でも、ドアの反対側の人間に声を聞かれるのはまずい。

「彼らに飲み物を飲むのをやめさせてください」彼女は無線機にささやいた。「テーブルをひっくり返すでも何でもいい。ヴィンセントは、ノーヴァは全員を殺すつもりだと言ってた。その飲み物はジュースじゃない。毒です。わたしもできる限り早くそっちに行きます」

「くそっ」アーダムは言った。「何か起きた。自分は中に入ります」

連絡が途切れた。ミーナは無線機を床に置いて、またアプリに目をやった。下の集会場で何が起きていようと、彼女が手助けに行くには遠過ぎる。

ドアの反対側で、だれかが動く気配はない。ミーナの声が聞こえなかったことを祈るだけだ。

彼女は深呼吸を一回してからA311番教室のドアを開けて、娘のいる場所へ入っていった。

道をたどって、行くところまで行きます？

ヴィンセントは理解した。ナタリーとイーネスは、それぞれ別の場所にいるのだ。このメッセージはそういう意味だ。

ノーヴァは言葉を慎重に選ぶ人間だ。すべてに何かしらの意味がある。彼女が「道」という単語を使っているのは、偶然ではない。

そしてヴィンセントは、彼女がどの道のことを言っているのか分かった。

彼は目を閉じて、ティルデ・ドン・パウラ・エビーが司会のテレビ番組を思い浮かべてみた。あの番組を見てから、永遠の時間が経ったような気がした。その記憶はすぐには出てこなかった。長期記憶に保存したときに、重要な情報に分類しなかったということだ。彼は戦略を変えて、自宅の居間でソファに腰掛ける気持ちを呼び出した。背中に触れる柔らかいビロード生地の感触と、隣に座るマリアの「すごく意味不明じゃない？」という声の音声記憶を組み合わせてみた。

これで、テレビ番組の視覚記憶を活性化することができた。今またあの番組を見ているかのように、鮮明に見える。

ノーヴァとイーネスが、スタジオのソファに座っている。痛みについて語っている。ティルデが、一生残る損傷を与えた事故の後に、ノーヴァがどうやって苦い思いを抱えずにいられたのかを訊く。

「『ハミルトン路』ですね」ノーヴァは答える。「これは数学的概念なのです。幾何学的形態において、頂点と頂点の間を移動する方法のことで、すべての頂点を一度だけ通過するものを指します。わたしは、人生をこれと同じように生きようとしているのです」

ヴィンセントもその言葉を聞いている。だがノーヴァが同時に複数の意味をそこに込めていたことには気づいていなかった。昔の記憶に縛られて生きていきたくはない、と言っただけではなかったのだ。さらに彼女は、文字どおり、自分はある特定の数学的な道をたどる、と宣言していたのだ。

ヴィンセントは、また地図をベンチの上に広げた。日光が地図に反射して、彼の目が眩むほどだった。すでに彼自身の『騎士の巡歴』に、エストラ・レアルス高校へたどりつく八つの点を描いてあった。チェス盤上でナイトを移動させる際には、いくつかのマスへ進む可能性があるが、最終的に正しいのはひとつだけだ。動かそうとするたびに、複数の可能性が生まれる。だから、パソコンで計算する人が多いのもうなずける。

彼は、八番目のポジションに指を置いた。エストラ・レアルス高校。ここにある単語は『星』。彼はすでに十番目のポジションまで解いていたが、改めて確かめようと思った。ワーンスドルフの法則を適用する――移動可能なマスをすべて見て、そこからさらにいくつのマスに移動できるかを調べ、移動の可能性が最小のマスを選ぶというものだ。その結果、彼がたどり着いたのはd5。体内を駆け巡るアドレナリンの影響を抑えようと努めた。理性的思考能力に害をもたらすからだ。

この作業は時間がかかる。ナイトを一コマ進め、それが次の一手目、五手目、あるいは十手目に行き詰まれば、後戻りしてやり直しだ。しかしミーナには時間がない。

道をたどって、行くところまで行きます？

ノーヴァの『騎士の巡歴』を完成させるまで、地図にはまだ五十五のマスが残っている。ノーヴァが頂点と頂点の間を動くのをやめるまでに。マスのどれかが最後のマスになる。巡歴の最後のマス。

彼は、それがどのマスかを見つけなくてはならない。

教室はミーナの記憶どおりだ。白い机と椅子は、窓から差し込む強い日光に照らされて、幽霊のように青白い。緑がかった壁画の中の人物たちは、彼女の記憶と同じ姿勢で立っている。

そして、部屋にはだれもいない。

ナタリーはどこかに隠れているのではと思ったが、隠れる場所などない。だが奥の机の上に、何かがある。だれかがここにいたことを物語る唯一のもの。

リュックサックだ。

このリュックサックはもう二年も目にしていなかった。だがナタリーのものであることは断言できた。

彼女はその机に駆け寄った。リュックサックの蓋に折りたたんだA４の紙が置いてある。その内容を読んで、ミーナは息ができなくなった。

またお会いしましたね、ミーナ。リュックサックにＧＰＳを仕込むのは見事でした。欠けていたのは新しい電池です。あなたは母親より娘を選ぶだろうと予想していました。いい選択です。わたしの父も、まさに同じことをしました。あのときは何にもなりませんでしたが、今回もやはり、何の解決にもなりません。残念ながら、あなたがこの手紙を読む頃、お母さんは一つ下の階で毒を飲んでいます。そしてナタリーを救うには、あなたのいる場所はあまりに遠過ぎる。でも、あなたは何年間も、娘さんから遠く離れたところにいたのですものね。チェスメイト。もう娘さんはわたしのものです。

ノーヴァ

ミーナはあえいだ。パニックで肺に空気が入らない。腕と脚が自分のものでないような感じだ。ナタリー。教室が回り始め、視界も点滅を始めた。ナタリーを助け出さなくてはいけない。でも、動けない。体を支えようと机にもたれたくても、机は一キロも離れたところにあるようだ。ナタリーのために来たのに。彼女はしくじったことを悟った。

目の前でチカチカ光る花火に圧倒され、彼女は自分が倒れていくのを感じた。腕に突然、激痛が走る。倒れる途中で、ここにある椅子の一つにぶつかったのに違いない。それから床に倒れ、A311番教室が残りの世界すべてとともに消えていった。

集会場の中の動揺した声が、アーダムのもとに聞こえてくる。ノーヴァがどんな計画を立てたにせよ、問題なく進行している雰囲気ではない。ユーリアとルーベンはまだ到着していないが、二人を待つ時間はもうない。行動に出なくてはならない。ペーデルにうなずいて合図を送り、同僚の準備ができていることを確かめてから、部屋の中へ入った。

「警察だ！」彼は中の人ごみに叫んだ。「何をしていようと、今すぐやめるように。動くな！」

二つのことが同時に目に入った。まず、〈エピキューラ〉信者の間で起こっている争い。彼らは、アーダムとペーデルを気に掛けていないか、叫び声と混沌で二人に気づいていない。一人の若い女性がテーブルの下にひざまずいて、ヒステリックに泣いている。彼女の隣で床に倒れている男性は、体を震わせ、けいれんを起こしている。ひどく鼻をつくにおいが漂っている。尿のようなにおいだ。

「おれたちは飲むつもりはないからな！」七、八人で集まって立っていたうちの一人の男性が叫んだ。

ついこの間までティーンエージャーだったという感じの若い男がしゃしゃり出て、手近にいた男の膝にバットを叩き込んだ。打たれた男は叫び、すでに床に倒れている人々の上に転んだ。彼は痛みでうめきながら、膝を抱いている。彼の下の人々は動かない。

「飲め！」若い男はそう言いながら、グループに向けてバットを振りかざした。「みんな飲むんだ。痛みは浄化なり！」

テーブルに沿って一列に立つ人々が、小声で唱えている。

「すべては苦痛であり、痛みは浄化なり」プラスチックのコップを受け取っては次の人に回しながら、彼らが何度も何度も唱えるのが聞こえてくる。

泣いていた女性はどうにか立ち上がり、コップを払いのけようとしたところでふらついてしまい、周囲の信者たちが彼女の口元にコップを持っていった。

アーダムの目に入った二つ目のものは、紫色のコートを着た六十代の小柄な女が手にしているピストルだ。銃口はコップを受け取ることを拒否したグループに向けられていたが、今や彼とペーデルに向けられていた。ひとまずこの女だけは、二人の存在に気づいていた。

「動いちゃいけないのは、そっちよ」女は言った。

アーダムは制式拳銃の真上で、手をとめた。拳銃を抜く勇気がなかった。目の片隅に、同じ状況のペーデルが見える。

「あんたたちが来るかもしれないって、ノーヴァが言っていたのよ」彼女は言った。「だから、ちゃんと弾も込めてあるってわけ。拳銃を床に置きなさい。ゆっくりね。まず、そっちから」

彼女はペーデルに顎をしゃくって合図を送った。

アーダムは、遠くのテーブルのそばで、信者が二人、喉を掻きむしりながら床に倒れたのを見た。一人の信者が飲むのを拒否し、倒れた二人のうちの一人の名前を呼びながら前に出ようとしたが、他の信者たちが両手で取り押さえ、彼の口にコップを持っていった。

銃を持つ女は、アーダムとペーデルから目を離そうとしない。女がまたペーデルに顎で合図を送ったので、彼は三本の指で拳銃を取り出してから、はっきりと見えるような動きで床に置いた。

「次はあなた」女は言って、アーダムに向けて拳銃を振った。

アーダムもペーデルと同じく、三本の指で拳銃を抜いた。女は静かに落ち着いている。緊張のあまり、うっかり発砲することはないだろうが、自分の動きが誤解されないよう、彼はゆっくりと自分の横に拳銃を置いた。

床に倒れてけいれんをしながら小便を漏らす人が増えるにつれ、悪臭はひどくなる一方だった。アーダムは口で呼吸をしようと努めた。女はノーヴァの名前を口にしたが、そのノーヴァの姿はどこにも見えない。

「あっちの壁に向かって立って」女は銃口を動かして壁を指した。「わたしたちの儀式が終わるまで、もうこれ以上邪魔されたくないのよ」

彼女は声を張り上げて、部屋の奥にいる人間に叫んだ。

「モーニカ！　残りをお願いできる？」

「もちろん」飲み物が置かれたテーブルのそばの女が答えた。「時間はかかるだろうけれど、問題はないと思う。カール？」

体をよく鍛えた感じの長身で金髪の男が女の横に立ち、にっこり笑いながら、彼女にスプリング式警棒を渡した。

「ノーヴァの約束を思い出すように」モーニカは室内の信者たちに大声で言った。「あなたたちはやっと、痛みから解放されるのです。とうとう、報いが得られるのです。そして、現世で耐えてきた褒美として、来世ではわたしたちが王であり女王となります。怖い気持ちは分かります。でも恐怖は錯覚。だから飲みましょう。全員分ありますよ」

数人の信者が、警棒とカールと、目下アーダムに向けられている拳銃を盗み見た。それから、飲み物が並ぶテーブルのそばに並んだ。

「そんなことしちゃいけない」ペーデルが紫色のコートの女に言った。「あなたたちは間違っている！　人生は苦痛だけじゃない」

「あんたたち二人は邪魔なのよ」女は拳銃を軽く振った。「もう、何年も前から計画してきたことなの。なのに、あんたたちのせいで、急がなくちゃならない。最善のやり方じゃないと分かってるけど、こうするしかないのよ」

「でも、全員を殺すのは許さない」ペーデルが一歩前に出た。「正気じゃない」

アーダムは、ペーデルの髭の青い染みを見つめていた。彼の視界の隅で、光が揺らめいている。アドレナリンで、視界が狭まってきている。こんなんじゃ駄目だ。彼は何度か目を固く閉じた。警戒心を研ぎ澄ませ。いかなることにも備えよ。ペーデルがさらに一歩前進し、アーダムの全身に緊張が走った。

「わたしたちは、だれも殺したりしない」例の小柄な女は拳銃をペーデルの顔の高さに上げながら、一歩後ずさりした。「次のステップに進むだけ。みんな、自由意志でここにいるの。今は、少し当惑しているだけ。それは理解できる。重大な決断だもの」

彼女は、拳銃を持っていないほうの腕を広げてみせた。

「すべては苦痛であり、痛みは浄化なり」彼女が叫んだ。

「すべては苦痛であり、痛みは浄化なり」応える声が部屋中に響きわたった。

女は微笑んだ。

「わたしがこれを使わないなんて思っちゃダメよ」女は拳銃を顎で示した。「必要なことをするだけ。まあ、現世にいられるのは、あと一、二分ほどだけど」

「だけど、たくさんのことを逃すことになりますよ」ペーデルが言った。

彼の声には、わずかに絶望の響きがあった。アーダムには理解できた、ペーデルは全員を救いたいのだ。みんなの幸福を願う青い髭のペーデル。でも無理だ。実際、もう遅過ぎる。床には二十人を超える人々が倒れている。アーダムは、この瞬間を決して忘れることはないだろうと思った。自分を信じていた人々全員をノーヴァが殺すこの事態を、彼とペーデルが目撃することになるだなんて。

「ぼくが何を言いたいか、これを見たら分かりますよ」ペーデルは言った。

信じられないことに、この惨事の中、彼は微笑を浮かべた。

「うちには三つ子がいましてね、『ユーロビジョン・ソング・コンテスト』のスウェーデン国内予選を見ながら、一緒に歌う動画があるんです」なお微笑みながら、彼は言った。

彼は、尻ポケットに手を回す動作をした。

「アニス・ドン・デミナに合わせてね。この子たちを見たら、あなただって分か……」

女がピストルを撃った。この大きな集会場の中で、銃声は星が爆発したように響いた。

ペーデルはゴムバンドに取り付けられているかのように後ろに引っ張られた。

彼の体が壁に叩きつけられる。

だれかが叫んだ。

アーダムかもしれない。

150

ミーナはビクッとした。自分が何の音で目覚めたのか、はっきり分かった。拳銃の発射音だ。彼女は立ち上がった。ノーヴァが紙に書き残していったことが、現実味を増して意識に入り込んでくる。教室から駆け出そうとしたが、脚がまだふらついていたので、廊下に出るまでに二、三回椅子にぶつかった。

一階下、ノーヴァはそう書いていた。母が一階下にいる。集会場に。ナタリーもそこにいるのだろうか？　ノーヴァのゲームは込み入っていて、ミーナはすべては理解できていなかった。

階段にたどり着くまで、廊下は延々と続いているような気がした。大股で階段を下りた。途中で転びそうになったが、手摺にしがみついて転落を何とか防いだ。心臓は胸の中で激しく打っており、彼女は最後の数段を落ち着いて下りるよう自分に強いた。

集会場に近づくと、絶叫や怒声が半開きのドアから聞こえてきた。ドアをゆっくり押し開け、中で何が起きているのか覗いてみた。まず、ひどい悪臭を感じた。まるで世界最大の猫用トイレだった。アーダムが両手を高く上げた集団に制式拳銃を向けて立っていた。他の信者たちは床に倒れていた。そのほとんどが動かない。苦痛のためか、身をよじっている者もいた。だが、彼らの目的が何であったにせよ、それは中途で阻止されたようだ。紫色のコートを着た初老の女性が、両手を後ろに回した状態で床に座っていた。アーダムかペーデルが、彼女に手錠をかけたようだ。視線を少し奥に移すと、床に横たわる人たちの中にイーネスが見えた。

ミーナは同僚に誤って撃たれないよう、叫んだ。

「アーダム！　ミーナです！　入室します！」

アーダムからの「オーケー」を待つ間、彼女は拳銃を抜いた。返事が聞こえたところで、ドアを全開にして部屋を駆け抜けて、イーネスのもとへ向かった。彼女の母親は、目を開けているのがやっとだった。彼女のすぐそばに、空のプラスチックのコップが転がっていた。

「何をしたの、お母さん？　ナタリーはどこ？」

イーネスは娘を見上げて、必死に手を上に伸ばした。ミーナは一瞬ためらってから、その手を取った。自分の手の中の母親の手は、見知らぬもののようでも馴染みのあるようにも感じられた。あの頃、ミーナの手を握ってくれたのは母だった。今はミーナが母親の手を握っている。母の手は、ほんの少しでも力を入れたら壊れてしまいそうなほど、もろく、か弱い感触がした。ミーナは母親に激怒していた。こんなことになるなんて。話したいことがたくさんあったのに、答えてほしい問いがたくさんあったのに。けれど、ひとつだけ、他の何より大切な質問があった。ミーナは母の目を見つめながら訴えた。

「ナタリーは、母さん。あの子はどこ？」

「わたしは騙したのよ、ミーナ」イーネスはかすれた声で言った。「騙してやったの。ノーヴァを。ごめんね。わたし、土壇場になるまで……理解してなかった。ノーヴァがしてきたことも、他のみんながしてきたことも。でも、それを知ってからは、できる限りのことをしたのよ。あなたのために。ナタリーのために。ノーヴァはナタリーを殺すつもりだった。わたしはぎりぎりで気づいた。だから、ノーヴァに言ったのよ、ナタリーを連れていったら、時間稼ぎできるって。計画を成功させるには、時間が必要だってね。あなたがわたしたちと一緒にいなくなるなんてもったいないって言ってやったわ。彼女はナルシストだから、聞き入れるだろうって分かってた……」

「ノーヴァはあの子をどこへ連れていったの？」

イーネスは咳き込みながら、一語一語を苦しそうに絞り出すように言った。ミーナは母親を置き去りにしたくなかった。でも、ナタリーへの思いが、もう彼女を立ち上がらせていた。イーネスは彼女の手を握った。

「ごめんなさいね。今までのこと。ごめんなさい」

娘の手を握る彼女の手の力が抜け、イーネスは目を閉じた。

151

ヴィンセントの電話が鳴った。ミーナからだ。絶好のタイミングだった。

「ノーヴァの意図が分かりました」彼は言った。「ナタリーとイーネスは違う場所にいる」

「分かってます」ミーナが大声で言った。「ナタリーをここへ近づけないようにするために、母がそう仕向けたんです。でも、わたしたちには、それほど時間が残っていない。それに、あの子の居場所も不明です。ああもう、どこにいるのかまったく分からない！　こっちはてんやわんやです。信者が毒を飲んで、イーネスは……母は……ああ何てこと……母が……」

何かよくないことが起きたのだ。ひどくよくないことが。まるで声がコントロールできないみたいに、ミーナの声はか細くなって消えたり、再び聞こえるようになったりした。アーダムが叫ぶ声が背景に聞こえたが、何が起きているのか訊く暇はなかった。まずはナタリー。他のことすべてはそのあとだ。自分が何かしら役立てるとして、この優先順位はヴィンセントが従わなくてはならないものだ。

「ナタリーがどこにいるか分かりました」彼は走って道を渡り、駐車してある自分の車へと急いだ。「ノーヴァはあなたへのメッセージに、娘さんを見つけたいなら道をたどって、行けるところまで行けと書いていた。覚えてますね？　だから、わたしはたどってみたんです、つまり彼女の『騎士の巡歴』の残りを解いたんです。少々時間はかかりましたが、今では完璧に確信しています。ノーヴァが数学的に対称的なパターンに従うつもりなら、チェス盤上の——失礼、地図上の——最後のマスはa3になります。そこには、レイメシュホルメ島とロングホルメン島があります。でも、レイメシュホルメ島はしっくりこない。ノーヴァは劇的なことを好む。とすると彼女は、現在はホテルやユースホステルとして使われているロングホルメン島の元刑務所にいる。賭けてもいいくらいです」

車にたどり着いたヴィンセントは、ポケットに手を入れて鍵を探した。

「町の反対側ってことですね」ミーナが絶望の叫びを上げた。「そこまで行くとなると、どれだけ時間がかかるか分からない。それに、イーネスが……」

「わたしはすでに向かうところです」鍵を見つけ、車のロックを解除した。

「ヴィンセント？」

「はい？」車に乗りかけた動作をとめたヴィンセントが言った。

「かっ飛ばして」

152

「娘とノーヴァがロングホルメン島にいるので、そっちに行くわ」横たわるイーネスから離れ際、ミーナは言った。

後ろからアーダムのくぐもった声が聞こえた。彼は繰り返し何かを言っていたが、ミーナには耳を貸す余裕がなかった。ナタリーのことを考えるので頭がいっぱいだった。

「ミーナ！」彼が再び叫んだ。

彼女はびっくりして、くるりと向きを変えた。

「ミーナ、知っておいてもらいたいことがひとつある」

外から聞こえるサイレンの音が高くなってきた。援軍がこちらへ向かっていた。彼女は周りを見回した。アーダムが事態を掌握しているようだ──彼女はここに留まって、仲間を待つ必要はなかった。

「それと、娘さんがノーヴァと何をしているのか説明してもらえませんか。あなたに子供がいることすら自分は知らなかった」

「時間がないんです、ナタリーを見つけなくちゃ」ミーナは痺れを切らし、ドアに向かった。

「ミーナ！」

アーダムはまだ信者のグループに向けて拳銃をじっと構えていたが、彼らは反抗する気などさらさないようだった。彼がドアの横の床を顎で指した。今までミーナは気づいていなかった。まず靴が見えた。数脚の椅子の陰から突き出している。もう一人、毒を飲んだ信者がいるのだと思った。それから、ソックスに見覚えがあることに気づいた。バート・シンプソンの絵柄の、彼のお気に入りの。ミーナは二、三歩近づいた。

そうしたくはなかった。

それを目にしたくはなかった。

そんなことを知りたくはなかった。

でも、そうすることを余儀なくされた。さらに数歩近づいた。叫ばずにはいられなかった。喉を裂くような苦痛の悲鳴。椅子の陰に、ペーデルが仰向けに横たわっていた。青い染みのある髭に大きく見開いた目。何かがおかしいと気づかせるのは、頬の小さな赤い丸だけだ。その丸と、椅子の向こうに飛び散った血液と、ペーデルの後頭部の大きな穴からとめどなく流れ出る血液だ。

「その女がペーデルを撃った」アーダムはその人物に目をやることなく、手錠をかけられ床に座る初老の女を顎で指した。

彼の声は抑揚がなかった――まるで感情がもう涸れてしまったかのように。

もうたくさんだ。ミーナはこれ以上の死に耐えられなかった。涙で目をかすませながら、彼女は向きを変えて、出口へと駆けた。ペーデルのためには何もできなかった。でも、ナタリーを救うことならできる、救わなくてはならない。

153

ヴィンセントは、ロングホルメン島を目指してセーデル・メーラシュトランド通りを走っていた。右手で水域が輝いていたが、その光景を拝む時間はなかった。今回に限っては、今日が夏休み真っ最中の酷暑の月曜日であることをありがたく思った。通りは、車の行き来がほとんどなかったのだ。ミーナに言われたとおり、できる限り飛ばした。

「ヴィンセントか」ハンズフリーのスピーカーから、クリステルの声が聞こえてきた。

ヴィンセントは車に乗り込むや否や、彼に電話を入れていたのだ。

「おまえさんのほしがってたものが揃ったぞ。ホテルとユースホステルの予約状況。夏のシーズンってことで、ほぼ満室だ」

ヴィンセントは、ロングホルメン島へ続く橋へ車をカーブさせた。ストックホルムで最古の刑務所のひとつを誇る島だ。

「ところが昨夜、ホテルのほうが妙な予約を一件受けた」クリステルが言った。「121号室。女からで、その部屋を三時間だけ使いたいというんだ。ホテル側はその予約を受けた。さて、予約したのはだれだと思う？」

「ノーヴァだ」駐車場に車を入れると同時に、ヴィンセントが答えた。「ありがとう」

急いで駐車し、今はホテルになっている元刑務所目がけて走った。

思考を集中させろ。何が自分を待ち受けているかは考えるな。感情に影響されないようにすべし。部屋番号が対称なのが気に入った——121。始めと終わりが同じ数字。真ん中の数字はその二倍。正規分布曲線だ。

でも、今起きていることは、正規ではなかった。ナタリーはレベッカとほぼ同年代だ。もし、自分が間に合わなかったら……いや、そんなことは考えるな。集中せよ。

彼は黄色い石造の建物を見上げた。この刑務所が完成したのは一八八〇年だと知っていた。建設には六年を要した。18＋80＝98。98－6＝92。刑務所の解体が始まったのが一九七二年。1972－1880＝92。またもや。ふむ、不思議だ。数学的な関連性があるのかもしれないが、見つけられなかった。気に入らない。こんな奇妙な対称が見られたのに、その理由が分からないなんて。でも、92＋92＝184。184は四月十八日。記憶が正しければ、これはデイヴィッド・テナントの誕生日だ。デイヴィッド・テナントは『ドクター・フー』に出演している、ベンヤミンの好きな俳優だ。

ホテルの正面玄関を開けると同時に、ヴィンセントは脳裡にアルファベットを思い浮かべた。三つの文字ごとにグループ分けして数えたところ、DOCTORWHOの文字は、アルファベットの4番目のDで始まり、以下、15、3、20、15、18、23、8、15となった。この数字の合計は……121。

正規分布曲線。

ナタリーを連れたノーヴァが待つ部屋。

行くのが遅過ぎてはいけない。

フロントでは、一階（スウェーデンの階の数え方は、英国式と米国式が入り混じっているが、このホテルは英国式なので、日本でいう「二階」が「一階」となる）のその部屋への行き方を説明してくれた。どういうわけか、短いフロントデスクの後ろに三人も立っていた。三角形の辺は三。ママのトーストサンド。二人で十分そうなのに。

彼は二階へ駆け上がり、古い独房の列の前を駆け抜けながら、2かける3は6、6は偶数で、いい数だと考えた。

121独房の前で立ちどまったヴィンセントは、何の作戦も立てていないことに気づいた。でも、時間がない。ドアノブを試してみると、ドアがスライドして開いた。鍵はかかっていなかった。

ノーヴァが小さな部屋のテーブルに向かって座っており、ボトルから小さなコップに何かを注ごうとしていた。

「こんにちは、ヴィンセント」微笑んで、彼女はボトルを置いた。「がっかりしかけていたところよ」

「悪かった。道が混んでてね」彼はそう言いながら、素早く周りを見回した。

室内に脅威を感じさせるものや、暴力が間近に迫っていると思わせるようなものは何もなかった。唯一目に入ったのは、テーブルの上のコップとボトルだった。そのテーブルの向こうに座るノーヴァはエレガントなパンツスーツを身に着けて、完璧ないでたちだった。白いTシャツと白いパンツ姿の、ナタリーに違いない若い女の子が、その向かいのベッドに腰掛けていた。何かを強制されているようには見えなかった。

「初めまして、ナタリー」彼は言った。「ノーヴァが言ったように、ぼくはヴィンセント、友だちなんだ、きみの……」

「お母さんの」彼に代わって、ノーヴァが言った。

それを聞いてナタリーの態度が一変した。ベッドを睨みつけ、腕を組んで背中を丸めた。

「それで……今から何をするつもりだ？」彼は言った。

「とってもシンプルなことよ」ノーヴァが言った。「ナタリーの自由と引き換えにわたしが自由を得る。わたしがあなたにこの子を渡す代わりに、あなたは警察がわたしをこれ以上追わないよう説得するの」

「すでに警察がここを包囲しているかもしれないのに？」

ノーヴァは彼に美しく微笑んだ。

「ねえ、ヴィンセント。警察はエストラ・レアルス高校で手いっぱいじゃないの。あそこから手が離れるまで、しばらくかかるはずよね。それに、あの人たちは、あなたとわたしほど賢くない。わたしがここにいるっていう結論を出せたのは、あなただけだったでしょう。あなたはわたしの居場所が分かるとすぐに、ここへ駆けつけた。つまり、あなたはたった独りでここへ来たってこと」

ヴィンセントは、室内で唯一空いている椅子に腰掛けた。ノーヴァの言うとおりだった、そんなことはないなどと嘘をついても無駄だ。

「ナタリー、こんなことになってしまってすまない」彼は、少女を見つめながら言った。「ぼくたちは、きみのお祖母さんの行動を見抜けなかった」

「今回のことで、イーネスはそんなに重要ではないのよ」ノーヴァは鼻を鳴らした。「イーネスの娘が特捜班に加わっていることと、その娘にナタリーという子供がいることを知ってすぐに、孫を探し出すようイーネスに頼んだの。切り札は多いに越したことはないから」

「どういうこと？」ベッドに座るナタリーが言った。「おばあちゃんが……」

「お祖母さんは、わたしが頼んだことをしたってこと」ノーヴァは言った。「一か月前にはすでに、遅かれ早かれあなたを利用できるって気づいていた。イーネスがあの地下鉄に乗っていたのは偶然だって、本気で思っていたの？」

ナタリーは、小さなボールのように背中を丸めた。消えてしまいたいかのように。

「なるほど、ナタリーの自由と引き換えにきみが自由を得る？」ヴィンセントが言った。「きみがここを去るや否や、ぼくが警察に電話をすることくらい、想像がつくだろ？　警察がきみを追跡するのをやめるはずがない」

「あなたが警察をうまく説得するのが一番じゃないかしら」彼女は言った。「わたしは逮捕される心配がないと確信して初めて、警察にナタリーの居場所を教える。ナタリーをいつ保護できるか、あるいは保護したいのか、決めるのは警察側」

「何を根拠に、ぼくがここからナタリーと一緒に出ていって、きみを警察に突き出さないと思っているんだ？」そう言って、ヴィンセントは携帯電話を取り出した。「ぼくをとめられるとでも思っているのか？」

「わたしじゃ無理かもしれないけど、わたしが一人だなんて思ってないわよね？　あなたとナタリーの二人だけでは、駐車場にだって行き着けないわよ」

ノーヴァが援護を用意していたとしても不思議ではない。だが、彼女は喋りながら喉を触っている。身体を触れる回数が増えるのはストレス時によくあることだ。そうすることで、ストレスホルモンの分泌を抑えられる。ということは、彼女は嘘をついているのだろうか？　すべてを今日実行するというのはとっさに決断を下した結果だろうし、ノーヴァが他の信者たちと別行動なのも元々の計画だったとは思えない。彼女に、本当に自分用護衛を準備する時間などあったろうか？

ヴィンセントは、窓から外を見た。屋外の駐車場には、白いジャケットを着た三人の男がうろうろしている。この夏の暑さにふさわしくないジャケットだ。観光客かもしれないが、ノーヴァが言うことが本当で、彼女の部下かもしれない。どちらが正しいのか、彼には決めようがなかった。

けれど、ノーヴァにナタリーを解放する気があるとはまったく思えなかった。ノーヴァの良心には、あまりにも多くの失われた命がのしかかっていて、そこにもうひとつの命が加わったところで、どうということもないだろう。ナタリーが〈エピキューラ〉に到着するときには、彼女には死んでもらおうとノーヴァは考え始めていた。なのに、自分はミーナに、ノーヴァは危険ではないと言ってしまった。あんなことを言わなければ、ナタリーの父親がずっと前に、教団に娘を連れ戻しにいっていただろう。こんなことになったのは自分のせいだ。自分が収拾しなくては。また窓から外を見た。男たちはまだいる。

あの男たちがノーヴァの部下だとする可能性は高くない。ノーヴァには時間がなく、彼女からは無意識に強いストレス下にあることを示すサインが出ていたからだ。しかしヴィンセントとしては、彼女が真実を語っていたという可能性も無視はできない。

彼らがノーヴァの護衛である可能性は三十パーセントと見込んだ。そうでない可能性は七十パーセント。もし護衛であるなら、あの三人がヴィンセントとナタリーを取り押さえられる可能性はどれくらいだろう？　ホテルからは複数の逃げ道がある。彼らの監視の目が届かない方向にうまく逃げられるチャンスは比較的高い。それでも、そういう状況で、うまく脱出できる見込みは二十パーセントか。三十の二十パーセントは六。したがって男たちが護衛だとしたら、二人がうまく脱出できる見込みは六パーセントとなる。男たちが護衛でなければ、七十パーセントのチャンスだ。つまり、ヴィンセントとナタリーがノーヴァを負かして、そこから逃げられれば、連中が警備であろうとなかろうと、脱出劇が上手くいくチャンスは七十六パーセントということだ。

捕まる危険性も二十四パーセントある。捕まってしまえば、二人のうちの一人、または二人とも命を落とす可能性は、ほぼ百パーセントだろう。

そんな危険を冒すわけにはいかない。

「分かったよ、きみの勝ちだ」彼は電話を置いた。「だけど、なぜきみがここを選んだのかが分からない。脅迫が目的でナタリーを利用したいだけなら、だれにも分からない場所から電話で指示をするほうが安全だったはずだ。きみ自身がここにいることで、リスクを負うだけじゃないか」

「そんなことないわ」彼女は眉をひそめた。「わたしの『ハミルトン路』はここで完成するんだもの。わたしはここへ来なければいけなかった。最後の指し手がここなのよ。あなたはそれが分かったからここに来た。わたしは巡歴をやり遂げなくちゃいけない。わたしが向かう次の場所、そこが新たな巡歴のためのスタート地点になる。どうたどることになるのか未知のルートね。でも、まずは今回の巡歴を終わらせなくてはいけないのよ」

ヴィンセントはノーヴァを見つめた。この事件の犯人は自分の数学的規則の奴隷になっているのだろう、と彼は推測していた。でも、ノーヴァはそれより深刻だ。彼女は正気を失っている。聡明さと狂気が同居しているのだ。彼に残された時間はほんのわずかだろう——彼女がナタリーを連れ去ってしまうまで。ミーナの娘を一生失ってしまうまで数秒。いい手が浮かぶまで、ノーヴァを足留めしなくてはならない。だが、いい手とは何か？

何か？

何か？

彼女が言った言葉の中の何か。**巡歴をやり遂げる。最後の指し手。**

これだ。

見つけた。

自分がヴィンセントより頭がいいことを見せつけるチャンス。ノーヴァは根っからのナルシストだ。彼女にはこの提案を退けることはできないはずだ。

「きみが言うとおり、ここがきみの最後のマスだ」彼は言った。「きみのゲームはこれで終局に入った。でも、きみの最後の指し手が脅迫とは、きみにしては……雑なんじゃないか？」

ノーヴァは笑ったが、その目は笑っていなかった。

「ゲームといえば」彼は続けた。「きみが送り付けてきたパズルの意味がよく分からないんだ。ぼくがこの捜査に加わることになったときに備えて、ぼくの目をくらませようとしたのかい？

二年前に、ルーベンに新聞記事を送り付けた野心には拍手を送るよ。なにせリッリちゃん誘拐の丸一年も前だ。けれど、あのパズルに、きみが期待したような効果はなかった。だって、ぼくは結局、ここへ来たわけだから」

賭けだ。しかし、ノーヴァなら自分の綿密な計画に誇りを持っているだろう。雑だとか、思惑が上手く働かなかったと言われたら、これから彼が提案しようとしていることに、意地でも乗ってくるはずだ。

「パズルとか新聞記事なんて送ってない」彼女は言った。

笑みはすっかり消え失せていた。

予想外の答えだった。嘘かもしれないが、そうとは思えなかった。自分の行動に誇りを感じている彼女なら、こんな反応はしない。だがノーヴァでないのなら、一体だれの仕業だ？　彼は顔をしかめた。だが今は考えるべきときではない。後回しだ。

彼はノーヴァに微笑みかけ、テーブルの上のボトルを持ち上げた。ミーナがエストラ・レアルス高校の毒の話をしていた。このボトル内の液体は、恐らくナタリー用に取っておいた毒だろう。

いよいよだ。ヴィンセントは、今できる限りの精神的圧力をノーヴァにかけた。果たして彼女が彼の期待どおりに反応して挑戦を受けるか否か。すべてはそこにかかっていた。

「きみは自分自身とチェスをしてきた」彼が言った。「そして、道の果てまで達した。文字どおりね。ところで、きみがこの街の上に描いたパターンは信じられないほど美しかったよ。しかもそれがシンメトリーになっていることに気づいたときには……。いや、あれはちょっとしたものだった。さて、今ぼくたち二人は最後のマスにいるのだし、本来の形でチェスをプレイしようじゃないか。何も懸けずにチェスをやっても面白くはないだろう？　この巡歴をきちんとした形で終わらせずに、明日また新たな旅路を始めても面白くないんじゃないか？　とっさに思い付いたような恐喝で終わらせるっていうのは、ちょっと……。きみもぼくも、きみになら、もっとうまいやり方があると分かっている。チェックメイト目指してやらないか？　コップはこれ以外にも持っているだろ？」

ノーヴァは彼を見つめた。それから微笑んで、ルイ・ヴィトンのバッグの中からコップを二つ、それとボトルをさらに一本出した。

「それは毒入りじゃないね？」ヴィンセントは言った。

「梨のシロップを薄めたもの」彼女はうなずきながら言った。

彼女はそのボトルを、テーブルの上のボトルの横に置いた。中身はそっくりだ。でも、一本には毒が入っている。もう一本は果物の味。ノーヴァは彼の目を見つめた。

「きみが毒を飲みぼくが勝ったら、ナタリーはぼくのものになる」彼は言った。「生きているうちにきみが最後にすることは、部下たちにぼくたちに触れないよう命令することだ。でも一方で、きみはやっと慢性の痛みから解放されることになる。きみが勝ってぼくが死んだら、ナタリーを連れて計画を続けるがいい。回る余裕がなかったマスが四つ残っているだろう？　きみが殺せなかった四人の子供さ。どういう展開になろうと、きみの勝利ってことだ」

ナタリーが目を見開いた。

「子供って？」彼女は憤然とした顔でノーヴァを見た。「あの人、何の話をしてるの？」

ノーヴァはナタリーとは目を合わせずに、ヴィンセントを見つめ続けていた。グスタフの目が炎のようなら、ノーヴァの目は火山のようだ。

「ぜんぜん分からない」パニックに満ちた声で、ナタリーが言った。「毒ってどういうこと？　わたしを懸けて二人でチェスをするつもり？　まるでわたしがチェスの駒みたいに？　冗談でしょ、ノーヴァ、何か言ってください。あの人に誤解だって説明して。わたしに危害を加える気なんてないって」

ノーヴァは答えなかった。

「ノーヴァがそもそも考えていたのは、きみ自身にゲームをプレイさせることだったのだと思う」ヴィンセントは言った。「使うのは二本じゃなくて一本のボトルだ。ノーヴァは、きみとここを出てから、きみを毒殺するつもりだったんだよ、ナタリー。きみを警察に渡す気なんてさらさらなかった。きみを殺して、自分は逃げるつもりだった。でも、ぼくが今チェスの試合をすれば、少なくともきみが無事でいられるチャンスは五十パーセントある。うまくいかなかったら、そうだね、危いのはきみというよりはぼくだ」

彼はノーヴァから視線を外さずに話した。ナタリーに目を向けてしまったら、すべきことができなくなってしまう。こうなったのは自分のせいだ。自分は予兆を見逃したのだから。ナタリーのためにやらなくてはならない。彼女を見ると、嫌でもミーナを思い出す。自分はこの娘のためなら何でもする。そう思っている自分に気づいた。

「すまないね、ナタリー」彼は言った。「こんなのはたいしたことじゃないけど、ぼくにはこれが精一杯なんだ」

彼は毒入りのボトルの栓を抜いて、片方のコップに注ぎ、最後はコップの縁にボトルを軽く打ちつけて、余すことなく注ぎ切った。それからボトルに栓をする。ノーヴァは、彼の手から視線を離さなかった。ヴィンセントはもう一本のボトルを取って、もうひとつのコップを満たし始めた。

「自分が取ったのが正しいボトルだったって確信できる?」ノーヴァは笑みを浮かべた。

「そう祈るばかりだ」ヴィンセントは微笑み返した。「でないと、両方のグラスにうっかり毒を入れたことになるからね。それはまずい」

ノーヴァの微笑が消えた。

「ナタリー」ヴィンセントは言った。「ぼくとノーヴァは後ろ向きになって十まで数える。その間にきみはコップの位置を何度か換えて、どちらがどちらか分からないようにするんだ」

「そんなことしたくない」ナタリーが情けない声を出した。

「ぼくだってしたくないさ」ヴィンセントが言った。「でも、ぼくらはどっちにしろこれをやるんだよ。さて、一……」

彼はノーヴァにテーブルに背を向けるよう合図して、自分も同じことをした。彼が大きな声で十まで数える間、背後でコップの位置を換えるためのずらす音が聞こえた。

「……十」

彼は、ノーヴァと同時にテーブルに向き直った。コップは前と同じ位置にあった。両方とも見かけは同じだ。

「同時に飲もう」そう言って、彼はコップをひとつ取った。

154

ノーヴァは、ヴィンセントと同時に、自分のコップの中身を一気に飲み干した。彼女はメンタリストを見つめた。梨の味がした。でも、それには何の意味もない、毒入りも同じ味だからだ。

彼女は液体が胃の中に流れ落ちていくのを感じた。吐き気はしないか、焼けるような感覚は、あるいは喉が締めつけられるような感覚はないか探った。何もない。時間はとまっていた。

ノーヴァは自分のコップのにおいを嗅いだ。梨以外のにおいはしない。

だから、ヴィンセントの顔を観察した。

メンタリストは片手を掲げたまま動かない。彼の瞳孔がゆっくりと拡大した。

手がゆっくりと下がり始め、テーブルの上にだらりと落ちた。空のコップが音を立ててテーブルにぶつかり、彼の手から落ちた。液体の細い跡を残しながら、コップはテーブルの天板を転がっていく。

ヴィンセントはまだノーヴァを見つめているが、目は虚ろで、この部屋ではないものを見ていた。

それからヴィンセントは横に傾き始めた。上半身がどんどん傾き、椅子から床に落ちた。頭が部屋の床にドスンとぶつかった。

ノーヴァは数秒待った。ナタリーは、ベッドの上でボールのように丸くなっている。膝の間に顔を埋めて、体を前後に揺らしている。目の前の出来事を見ないほうが賢明だ。

ノーヴァは、こんなにあっさり終わるとは思ってもいなかった。だが、「驕れる者は久しからず」とはこのことだ。

彼女は立ち上がって、倒れているメンタリストのところへ行った。彼の目は半開きで、短く浅い呼吸に合わせて、胸部が上下している。その状態が数秒続いた。それからピタリととまった。

ノーヴァは床に横たわるヴィンセントのそばにしゃがんで、彼の脈を測った。

まるでない。

「チェックメイト」彼女はそう言って立ち上がった。

パンツスーツの埃を払って自分のバッグを手にしてから、ナタリーのほうを向いた。

「ヴィンセントが本当に一人で来ていて、下にだれもいないことを確かめなくちゃいけないわ」彼女は言った。「だから、ここから動かないようにね。さもないと、ヴィンセントと同じものを飲むことになるわよ」

ノーヴァは、少女が十分に恐れをなして、言うことを聞いてくれるよう願った。ナタリーがひどく恐怖におののいた目でノーヴァを見つめているところをみると、効果はあったようだ。

彼女はドアを開けて、廊下へ出た。

勝った。

信じられないが、彼女は本当に勝った。これでやっと、邪魔されずに計画を続けられる。もちろんノーヴァは姿を消さねばならないし、ここまで築き上げてきたものを思えば、それは悲劇ではある。〈エピキューラ〉はおしまい。でも彼女は、いつでもまたイェシカに戻れるのだ。彼女は壁に片手を置いて、一息入れた。思っていた以上に、骨の折れる一日となった。身を隠すまで警察を遠ざけるのにナタリーは役立ちそうだ。それが済んだら、ナタリーには……消えてもらおう。そこから一年ほど待ってから再出発すればいい。まだ四人残っているのだ。ヨンが報われるまで、子供があと四人。

また歩き出したところでノーヴァの足がもつれた。一体何なのよ。だれかに見られるかもしれないから、自然に振る舞わなくちゃ。

四人の子供のことが頭に浮かんだ。どんな子供たちなのか、あの子たちはなぜ死なねばならなかったのか、警察はまるで理解していなかった。ならば次回も彼女をとめられないだろう。彼女には時間がたっぷりある。

そこで急に息苦しくなった。めまいの波に襲われた。ただの疲労じゃない。

彼女は振り返り、開けっ放しの121号室のドアに目をやった。ヴィンセントはまだぐったりと床に倒れ込んでいる。

しまった。

ヴィンセントが毒を注ぐ姿を思い返す。まずひとつのコップに、それから……。あいつめ、本当にやったのか。冗談と思わせて、本気だったとは。ノーヴァを確実に阻止する手段がたったひとつあり、彼はそれをやったのだ。

ナタリーのために自分を犠牲にした。彼は両方のコップに毒を注いだのだ。

喉が腫れ始め、彼女は床に頽《くずお》れた。肺は火をつけられたようで、彼女は喉を掻きむしった。

彼女は間違っていた。もう、痛みから解放されたいとは思っていなかった。生きたかった。それは世界中のすべての痛みを受けるに値する。でも心の中の別の部分は、現実を歓迎していた。これまで生き残るのはいつも彼女だった、彼女にとって大切な人を犠牲にしながら生き残ってきた。父は、母ではなくノーヴァを救うことを選択した。その結果が、両親とも失うことだった。そうして彼女自身は生きてきた。

今回は、公平なのかもしれない。

それでも、彼女はまだ先へと進みたかった。

生き続けたい。

罪と共に。痛みとともに。

彼女は廊下に横たわったまま、部屋の床に倒れているヴィンセントを見た。星が——それは新しい星、つまり彼女の星かもしれず——視界を踊りながら、彼女の体から酸素が尽き、心臓から力も尽きてきたことを告げた。彼女はヴィンセントに手を伸ばした。星のちりばめられた視界の向こうの彼に触れようとした。彼もまた痛みを抱えて生きてきたのか訊きたかった。どうしてきたのか。今、解放感を味わっているのか。

だが、そこまでだった。

155

「ナタリー！」

ホテルの階段を駆け上がりながら、ミーナは声を限りに叫んだ。二階まで来たとき、廊下に横たわるノーヴァにつまずきかけた。

「わたしならここ!」女の子の声が聞こえた。

ナタリー。ミーナの向かう先のどこかにいる。

「待ってて、今行くから」ミーナは叫んだ。

彼女は腰をかがめて、ノーヴァの生命兆候を調べた。もう死は見たくなかった。ペーデルを失い、イーネスを失い、〈エピキューラ〉の信者たちが多数死んだ今は。ひどく虚しかった。この一時間で、もう一生分以上の死を目にした気がする。だから、もしノーヴァを救えるチャンスがあるのなら、自分はそれに賭けただろう。彼女がどんなにひどいことをして、自分がどんなに彼女のことが嫌いであっても。でも、ノーヴァは命が尽きているようだった。それに、この向こうにナタリーがいる。

ユーリアとルーベンがすぐ後ろにいた。彼らは、まだ手遅れでない場合に備えて、ノーヴァのために救急車を呼んでいた。ミーナは立ち上がって、声が聞こえてくる部屋の開いたドアを目指して走った。

部屋に足を踏み入れる前に、人が床に倒れているのが目に入ったが、ミーナの頭に浮かんだのは唯一、これは自分の娘のはずがない、ということだった。

彼女が中へ飛び込むと、ベッドの上で丸くなっているナタリーがびっくりした顔をした。

「えっ?」ナタリーが言った。「あなたのこと覚えてます」

ミーナはうなずいた。二年前の夏、二人は王立公園でコーヒーを飲んだ。あのとき、ミーナは自分の身元を明かさなかった。ナタリーがあの日の出会いを覚えているか、ミーナは確かではなかった。

「あなたがわたしの母親なんですか？　もう何が何だか分からない」

ミーナはもう聞いていなかった。床に横たわるのがだれか分かったからだ。分かりたくなかった。ヴィンセントだという事実を受け入れたくなかった。わたしのヴィンセント。彼女が唯一、自分のガードの内側に入ることを許したヴィンセント。心を許した唯一の人物。その彼が、彼女の気持ちなどお構いなし、というように、今そこに横たわっていた。

「一体何をしたの？」ミーナはメンタリストを見つめながら呟いた。「ヴィンセント、あなた一体何をしたの？」

彼女は床にひざまずいて、ノーヴァに対してしたように、生命兆候を調べた。ノーヴァのときと同様、何の反応もなかった。

「救急車を呼んだ」ユーリアが部屋に入ってきて言った。「ノーヴァは間違いなく死んでいると思う。だから……」

ヴィンセントに目を留めて、彼女は話をやめた。

「何てこと。ミーナ……」

「あのう、あなた、わたしの母親なんですか？」ナタリーがまた言った。

ミーナには答える気力がなかった。やっと自分の娘を取り戻せた。うんと幸せなはずだ。なのに、床から立ち上がった彼女には悲哀しかなかった。この日の残り、そして明日、その後の年月、そして人生の残りを、ヴィンセントなしで過ごさなくてはいけないなんて。この世にはもはや悔恨しか残っていなかった。

156

クリステルは、ディスプレーに映る黒と白のマスを嫌悪の目で見つめていた。チェスに対する関心はすっかり消え失せていた。ヨン・ヴェンハーゲンの娘でノーヴァとして知られていたイェシカのせいで、楽しみはすっかり台無しになってしまった。とんでもなくイカれたやつだった。彼女が原因でミーナは母親を失った。でもミーナは、ヴィンセントのおかげで、少なくとも娘は取り戻せた。昨日、ナタリーらがロングホルメン島から病院へ搬送されて以降、クリステルはその後の話を耳にしていなかった。娘さんが元気でいてくれることを願った。妙なもんだ。数日前までは、ミーナに家族がいることすら知らなかったのに。

また、画面のチェス盤に目をやった。ここ一週間ほどやりかけだったチェスの勝負を終わらせて、その後はもうやめようと考えていた。

もうすぐ屈辱のときを迎える。駒をどう動かそうと、試合は終わる。彼は、その不可避の事態をできるだけ先送りしようとしていた。でも、もう終わらせよう。

クリステルは、〈再開可能な試合〉のリスト中の、〈現在対戦中の試合〉にマークを付けてクリックした。前回中断したときと同じ位置に駒が並んだ。彼は駒の配置を見て、自分は作戦を立てていたか、立てていたとしたら、どんな作戦だったのか把握しようとした。

作戦があったとは言えなかった。

勝つチャンスなどなかった。

苦痛の時間を短縮する目的で、手当たり次第に駒を数回動かした。チェス盤にはそう多くの駒が残っていなかったのに、以前より明らかにいい流れになった。生き残っているナイトを動かした。すると突然、頭の中でヴィンセントの声が響いた。ここ数週間の間に彼が話したことが、早口で響いた。

「ナイト」

「馬」

「Ｈｉｐｐｏ」

「ＨＯＲＳＥ」

「アラブ種のサラブレッド」

「マイリトルポニー」

「ポーンの心理学」

「騎士の巡歴」

「Turagapadabandha」

チェスなんてクソ食らえだ。パソコンが駒を動かし、クリステルはナイトをもう一回移動させた。突然、チェスのプログラムが、今まで聞いたことのなかった音を発した。

勝者　白

画面に輝いていた。

彼は白番だった。こりゃ驚いた。彼の勝利だ。数か月かけてやっと。

クリステルは、少しの間、この出来事を嚙みしめた。それからプログラムを終了させ、パソコンのチェスプログラムのファイルを探し出し、ゴミ箱に移動させた。〈ゴミ箱を空にする〉をクリックすると、プログラムが永久に削除される際の、満足をもたらすバサッという音がした。

157

「帰る前に、コーヒーでもどう？」

ルーベンは、この質問が小言の前触れなのか、エリノールが〝真剣に話したい〟ときによく見せる例の表情をしているか確認した。

一週間前の児童殺人事件に関する会議の場にアストリッドがいたと知って、エリノールは大感激したとはとても言えなかった。くそっ、ヴィンセントめ。でも、あのメンタリストのことは、もうそんなふうに考えるべきではなかった。ロングホルメン島で起きたあの事件以降は。でも、ルーベンは自分が間違いを犯したとは思えなかった。エリノールもあながち怒っているふうではない。とはいえ、彼女は、能率よく相手を打ち負かす名人だ。「コーヒーでもどう？」で始まった礼儀正しい会話が、最終的に「もうアストリッドに会わせない」で幕を下ろすこともあり得る。

彼は、まだ白い武術着を着たままの娘を横目で見た。聞いた話では、家ではこれ以外の服を着たがらないのだという。

「ああ、いただくよ」彼は慎重に言った。「お邪魔でなければ」

「来て、ルーベン」アストリッドは彼の手を取った。「もう一回コーヒータイム。ママに喉輪攻めを見せなくちゃ」

「もう一回コーヒータイムって?」エリノールは眉を上げた。

「練習の後でアイスキャンディーを一本買っちゃってさ」彼は咳払いをした。「いや、二本か」

アストリッドを迎えにいったとき、努めて明るく振る舞った。ペーデルのことを考え過ぎないようにした。あるいは、アネットと三つ子たちのことを。あるいは、ミーナの娘のために自分を犠牲にしたヴィンセントのことを。あの一連の出来事から二日しか経っていない。ルーベンはまだ受けとめようとすることすらできないでいた。でも、アストリッドに会うときに、悲しいパパではいたくなかった。娘がちょっとしたセラピーの役目を果たしてくれることを期待していたのかもしれない。でも、すべてを忘れるのは難しかった。あまりにもやりきれなかった。だからアイスキャンディーを買ってごまかした。それで何とかなったような気がした。

彼はエリノールの後について、キッチンへ行った。アストリッドはすでに腰掛けて、色鉛筆で絵を描き始めていた。明らかに母親の才能を受け継いでいる。エリノールは、キッチンテーブルに着く彼の前に、コーヒーカップを置いた。

「シロップ飲む?」すでに立ち上がって母親に技をかけようとしている娘に訊いた。

「ハイ、センセイ!」アストリッドはそう言って母親を放し、お辞儀をした。

エリノールは笑った。ルーベンが十年以上耳にしていなかった笑い声だった。その声を聞いて初めて、それが自分にとってどんなに恋しかったかを悟った。

「まだ言っていなかったけど」彼のカップにコーヒーを注ぎながら、エリノールが言った。「アストリッドのためにいろいろありがとう。娘は最初あなたにはもっと用心深いんじゃないかって思ったのよ。あなたのことを知らなかったから。だけど、まるで逆だった。あなたがどんな手を使ったのか、わたしには分からない。でも、あなたがうまくやってくれて、嬉しいわ」

ルーベンは、少しきまり悪そうに笑った。エリノールに目を向ける勇気がなかった。アマンダのところでカウンセリングを一年受けた今でも、話しづらいことはある。彼は、話す代わりにコーヒーを飲んだ。濃いコーヒーだった。彼の記憶どおりの、彼女の好みの味だった。

「アストリッドといると楽しくてね」彼は言った。「おれと好みが合う」

エリノールは長いこと、彼を見つめた。それから、うなずいた。

「あなたって、彼氏としてはろくでなしだったかもしれないけど」小声で言った彼女は、娘に目をやった。娘はピッチャーに入れた水とシロップを混ぜることに気を取られていた。「いいパパよ。そのことは覚えておいて」

ルーベンはうなずいただけだった。喋ったら、おかしな声が出そうだった。

「どうぞ」エリノールは厚い写真アルバムを差し出した。「生まれてから今に至るまでのアストリッド。ここ十年の彼女がどんなだったか、知りたいんじゃないかと思って」

彼はまたうなずいた。さっき喋れなかったとしたら、今は絶対に喋れない。目に涙が浮かび、胸がいっぱいになった。またもペーデルのことを考えた。しかし、続いてふいに、サーラが頭に浮かんだ。自分の子供の話をするときの彼女は、いつも温かい声をしていたことを思い出した。その理由が分かった。彼自身がアストリッドを見つめるたびに、心の中に同じようなぬくもりを感じるからだ。サーラは、エリノールと同じくらい、いい母親に決まっている。サーラの夫がろくでなしなのは言うまでもなく。

シロップが入ったコップを手にしたアストリッドが、彼の隣に腰掛けた。それから、シロップを一気に飲み干し、高らかにげっぷをした。

「こら、アストリッド！」エリノールが笑った。

「ルーベン、うちで晩ご飯を食べていってよ」彼の娘が言った。「じゃなくてパパ。お願い」

ルーベンは恐る恐るエリノールを横目で見た。まだ、何も言える状態ではなかった。

158

会議室は静まり返っていた。みんな、言うべき言葉が見つからなかった。ペーデルの空いた椅子に目を向けられる者はだれもいなかった。悲しそうな目で椅子を見てから、クリステルの膝に憂鬱そうに頭を載せたボッセだけが例外だった。椅子は象のように部屋の中に佇んでいた。ついに立ち上がったルーベンは、椅子を部屋の隅に投げつけた。全員が跳び上がった。でも、あれは怒っているんじゃなく、フラストレーションだ、とミーナも分かっていた。彼女だって、何かを壊したい気分だった。

何もかもが不公平だった。

そして、彼らが何をしようと、何も変えられない。

ボッセがクンクン鳴いたので、クリステルが慰めた。ミーナは、壁のストックホルムの地図を見つめた。ヴィンセントがまずチェスのマス目に分け、それからルートを描き入れた地図だ。死にしか通じなかったルート。あまりにも多くの死に。

ユーリアがホワイトボードまで歩いていった。今回の事件の整理をしたホワイトボードだ。まだすべて残っている。絵、単語、矢印、写真。

「わたしたちは仲間を悼まなくてはなりません」彼女が抑えた声で言った。「友人であり、この部屋で出会った人間の中でも最も素晴らしい人物の一人でした。立ち直るには時間がかかるでしょう。わたしたちの悲しみは長く続くでしょうから。ですが今はまず、ペーデルがわたしたちに望むであろうことをしなくてはなりません。わたしたちに見逃したことはないか、確認することです。今回の事件が、何の疑いの余地もなく終わったことを、確認しましょう」

声が裏返りかけ、ユーリアは咳払いをした。

ミーナの喉にも涙が溜まっているような気がした。まだ発することのできていない嗚咽の涙だ。ナタリーの無事を確かめたとき、ミーナはいっとき、喜びにふけることを自分に許した。でも、それもつかの間のことだった。

今や彼女はなす術もないほどに猛烈な悲しみに打ちのめされている。特捜班が今後どうなるのかも分からない。あっけらかんとしたユーモアと気立てのよさとエナジードリンクとで、ペーデルはパテのようにみんなをつなぎ合わせてくれていた。あの三つ子の動画をもう一度見られるなら、ミーナとしては何だってするだろう。

それからヴィンセントの件がある。

そう、あのヴィンセントの件だ。ミーナは、まだ彼を許していない。

彼女は、自分の隣に座るメンタリストを見つめた。彼は、自分用の松葉杖を床に置いていた。

「まずは、どうしてミーナはあなたが死んだと思ったのか説明してもらえますか？」ユーリアが厳しい声で言った。

ヴィンセントは、ひどくばつが悪そうだった。当然の報いだ。

「実は、わたしは腕の血流を短時間とめることができるのです」彼は言った。「脈がないように見せかけるため、ショーで用いるトリックなんです。そうやって、わたしが毒を飲んだようにノーヴァに信じ込ませました。わたしが死んだとなれば、彼女はナタリーに危害を加えないと思ったからです。ですが、かなり危険なので、お勧めはしません」

「短時間ですって？」アーダムが言った。「ミーナがあの部屋に入ったとき、あなたには脈がなかった。あなたは一体何者なんです。ラザロ（イエス・キリストによって蘇生したユダヤ人男性）ですか？」

ヴィンセントは、ますますきまりが悪そうな顔になった。ミーナをちらりと見て、彼女と目が合うや、すぐに目を逸らした。

「騒がしい音が聞こえたので、てっきりノーヴァが戻ってきたものと思ってしまったんです」彼は言った。「足がひどく痛くて、頭もぼんやりしていました。だから脈を再びとめたんです。万が一に備えて」

「ほんとに馬鹿」ミーナが呟いた。「足の骨折は当然の報いです。というか、椅子から落ちて脚を折るなんて、初耳です」

彼を見つけたとき、ミーナは途方もない恐怖を感じていた。だが、ヴィンセントが突然目を開けて彼女に話しかけてきたときの恐怖は、それどころではなかった。以来、彼とはほとんど口を利いていない。ヴィンセントの〝死〟、ナタリーに何かが起きるのではという恐慌、そしてペーデルの死――それらが、圧倒的な感情の籠の中に一度に積まれた感じだった。彼女は自分のアパートの部屋という安全な場所に這い込んで、ただ胎児のように丸くなり、彼女の内面を引き裂こうとするすべてのものをシャットアウトしたかった。

「すみませんでした」ヴィンセントが小声で言った。「すべてナタリーのためでした。ところで、駐車場にいた三人の男は捕らえられましたか？　やはりノーヴァの部下だったのでしょうか？」

ミーナはだれかの手が自分の腕に置かれるのを感じ、ヴィンセントの青い目を見た。そして、彼を許そうと思った。少なくとも、彼はまだ生きている。ナタリーも。

「白いジャケットを着た三人ね？」彼女が言った。「あの人たちは日本人の観光客でした」

「どうしてノーヴァがあんなことをやったのか、いまだに理解できんよ」クリステルが言った。「動機は何だったんだ？　それに、おれたちに手を貸すふりをしたのはなぜなんだ？　警察に協力したことで、相当なリスクを抱え込んだわけだろう？」

ヴィンセントが唾を飲み込んだ。まるで涙をこらえたかのようだった。

「いいですか？」ヴィンセントは、許可を求める目をユーリアに投げて言った。

彼女がうなずいたので、彼はホワイトボードのそばまで行った。ユーリアは席に着いた。

「わたしは生き残った信者数人に話を聞きました」彼は言った。「ノーヴァが死んでから、信者はずっと口数が多くなりました。彼らから得られた情報は不十分ですが、それでも、ある程度の答えは得られたように思います。ご存じのように、ノーヴァは子供の頃にひどいトラウマ体験をしています。自動車事故で彼女自身は重傷を負い、父親も恐らく同じ夜に死亡しています。わたしたちは、この父親が生きているという誤導にひっかかってしまったわけですが。さて、慢性の後遺症が残ることになった事故のあと、ノーヴァは父方の祖父、バルツァル・ヴェンハーゲンに引き取られます。エピクロス主義の教えのもと、彼女を育てたのがこの祖父です。ですが、わたしは、彼女は生前の父親にも多くを教わり、それを心に留めていたと考えています。あの変形したエピクロス主義は、父と祖父の二人からの教えが混じり合ったものを、彼女の人生の中心を占めるようになった絶えざる肉体的痛みを焦点とすることで、生まれたのだと思います。ノーヴァには自分が抱える痛みの意味を見つけ出す必要があった。その探求を続けるうちに、彼女は、痛みを抱える人々や痛みの意味を追求する人々を惹きつけるようになっていった。苦痛を少しでも耐えやすくしてくれる何かを追求する人たちです。ノーヴァの痛みが身体的でも精神的でもあったことは忘れてはなりません。この組み合わせが、やがて悲劇につながる破壊的なものになってしまったのです。理性と論理が、狂信と絶望に取って代わることで」

ヴィンセントは、今回のおぞましい出来事を少しの間理解しやすくするために、落ち着いた口調で、適切な言葉を選択しながら話した。彼が講義のように語ることで、感情を交えずに第三者的な視点を取りやすくなった。

ヴィンセントが、話しながら特捜班の一人一人と意識的に目を合わせるようにしているのを見て、ミーナは、きっと彼は事件と感情的な距離を取るように刑事たちを意図的に導いているのだろうと思った。自分にできる唯一の方法であるメンタリストとしての技を尽くして、たとえ一時的にでも、悲しみと向き合うのが楽になるように。

「でもおれには、なぜノーヴァが捜査に関与しようとしたのかが分からない」クリステルが言った。「そんなことをしたところで、得るものは何もないだろう?」

「恐らく、警察がどんな情報を入手しているのかを知り、あるいは捜査を誤った方向に導いたりすることで、支配の感覚が得られるからではないでしょうか」ヴィンセントは言った。「ですが、それ以上に、ノーヴァの人格の最大の特徴である自己愛が理由でしょう。自己愛性人格障害を持つ犯罪者が、自身の犯した犯罪の捜査にかかわろうとするのは珍しいことではありません。その点で、彼女はさほどユニークではないのです」

「〈エピキューラ〉の信者たち全員が、自分たちの仲間が子供に何をしたか知っていたんでしょうか?」ユーリアが言った。

「いいえ、知らなかった、とわたしは思っています」ヴィンセントは言って、腕を組んだ。「カルト教団においては、全員にすべての情報が伝わっていないことが多いのです。こういった組織は、玉ネギの皮のような多層の構造をしているものです。そして、玉ねぎでいえば芯にあたるグループに近づけば近づくほど、より多くの情報にアクセスできる。〈サイエントロジー〉がまさしくその形を取っていて、カネを払うことで徐々に課程を踏んで、より高い知識レベルに上がってゆくのです。ですが、〈エピキューラ〉では、自分の価値をノーヴァに示すことが重要でした。痛みに十分耐えられることを示すということですね」

「イーネスは知っていたんですか?」ミーナが言った。

この質問が、自分を丸腰で差し出すようなものだということは百も承知だった。すでにこの場にいる全員が、ミーナとイーネスとナタリーの関係を知っていた。だれかがこの件に触れるのは時間の問題だと思っていた。

「わたしが話を聞いた信者たちによると、知らなかったようです」ヴィンセントは言った。

ミーナはうなずいたが、納得はしていなかった。自分の母親が一体何者で、どんな役割を担っていたのか分からなかった。でも、亡くなる直前にイーネスは、自分はノーヴァの計画を知らなかったと言った。ミーナは何としてもその言葉を信じたくて、それにしがみついていた。

「子供たちは、痛みのない新しい人生への道だ、とノーヴァは言っていました」ヴィンセントは言った。「子供は常に究極的な純真の象徴ですし、宗教的な文脈においては案内人と見なされることがよくあります。〈エピキューラ〉の中心グループは、子供たちを純真で新しい存在として再誕生させることで、痛みから解放していると信じていた。子供たちは一足早く新しい時代へ行くのだと。〈エピキューラ〉版千年王国といったところです」

「やたら意味不明だ」ルーベンがボソボソ言った。

「神の息子が十字架で処刑されてから三日後に蘇った、と何百万もの人々が信じているのと変わりないと自分は思いますよ」アーダムが言った。「すべての宗教、すべての宗派に神話はある」

「ノーヴァは強い指導者でした」ヴィンセントは言った。「説得力があった。そして、信者が何より求めていたものを提供しました。痛みからの解放です」

「でも、あの子供たちでなければならなかった理由は?」ユーリアが思案顔で言った。「わたしがいまだに理解できないことのひとつがそこ」

「それについてはわたしにも見えていません」ヴィンセントは言った。「話を聞いた信者たちも知りませんでした。彼らはノーヴァから誘拐に必要な情報を教えられて、命令に従っただけです。無作為に選ばれたのかもしれません。連れ去りやすかったからとか。その可能性が一番高いのではないかと。他の規準があったとしても、ノーヴァは他の信者たちと共有していなかった」

彼は言葉を切り、一同を見回した。ミーナは彼の視線を追った。珍しくワイシャツではなく白いTシャツを着ているアーダム。子供の話になるとたちまち猛烈な怒りを顔に浮かべるルーベン。憂鬱な表情でボッセの頭を掻いているクリステル。そして、育児休暇から戻ってきて以来、ずっと眉間にしわを寄せているユーリア。彼の青い目は最後にミーナと視線を合わせた。

彼は疲れているようだった。ひどくしんどそうだった。

「ひとつ大事なことがあります」彼は言った。「ノーヴァをとめられなかったら、さらに多くの家族が苦しむところでした。ご存じのように、彼女の計画は終わっていなかった。ヴィルマちゃんだけでなく、さらに三人の児童の命を皆さんは救ったのです。その子供たちがだれだったかは永遠に分からない。でもその子たちは確かにどこかにいて、命はもう危険に晒されていない」

だれも答えなかった。励ましになるはずのヴィンセントの言葉だったが、今はだれも喜びを感じることはできなかった。

ルーベンが立ち上がって、部屋の隅のペーデルの椅子を取りにいった。正しい向きにして、元の場所まで運んでから、そっと机の下に入れた。それから部屋を出ていった。去り際にミーナの目に映ったのは、堪え切れずに唇を震わせる彼の姿だった。

彼がドアを閉めると、室内は耳に痛いほど静かになった。何かを物語るのは、だれも座っていないペーデルの椅子だけだった。

159

彼らはアネットの家の居間に座っていた。彼女の姉が三つ子を連れて外出してくれたので、彼らだけになれた。人間がわずか数日で二十キロ痩せることはないが、それでもルーベンの目には、アネットはそれくらい細くなったように映っていた。彼女の顔色は灰白色で、彼女にしか見えない遠くの何かを一心に眺めていた。

この家を訪問しようとなったとき、ルーベンは抵抗した。自分たち警察は、目下アネットが世界で一番会いたくない人間ではないか、と思っていた。彼女の夫を救えなかった人間たちなのだ。でも、彼らが訪問すると、アネットは驚くほど冷静だった。すべてを諦めている、という表現のほうがふさわしいかもしれない。

「何の助けにもならないのは百も承知ですが」穏やかな声でユーリアは言い、アネットの腕に手を置いた。「わたしたちはずっとあなたのことを気にかけていると伝えたくて参りました。そして、ペーデルのことも。彼がどんなに素晴らしい人だったか、そして、どんなに素晴らしいパパだったかということを」

「そのとおりです」アネットは小声で言って、腕を引いた。「何の助けにもなりません。いまだに毎日、わたしはこれは全部夢で、いずれ目が覚めると信じているんです。あの馬鹿げた青い髭を生やした夫がドアから入ってきて、すべては勘違いだったんだよ、って言ってくれるような気がして」

彼女は、頬に流れる涙をぬぐおうともしなかった。大人はどれくらいの涙を流せるだろう、とルーベンは思った。きっと多過ぎるくらい涙は流れるのだろう。アネットは、月曜日から絶えず泣いていたような様子だった。

ミーナがソファの端ぎりぎりに座って、何とかバランスを取っていることに気づいた。ミーナはぎくしゃくとした動きで、ソファや部屋の至るところにある三つ子たちのべたべたした食べ残しやら何やらを、恐怖の表情で見つめていた。部屋中に人形やチョークやデュプロ、カラフルなケースに入ったｉＰａｄが、食べかけのパンやつぶれたお菓子と一緒に散らばっている。

彼はミーナに何か言おうと思ったが、自分と同様、今では彼女にも娘がいることを思い出した。にわかに信じ難いが、ミーナの家もかつてはこんなふうだったに違いない。それに、カウンセラーのアマンダも言っていたではないか。人間を特徴付けるのは、思考ではなく行動だと。ミーナはソファに座り続けている。それが彼女にとって、どんなに困難でも。ふいに彼は、この同僚を誇らしく思った。

それからルーベンは、また三つ子のことを頭に浮かべた。ペーデルの携帯電話の動画で三人が踊る姿を思い出し、胸が苦しくなり、息ができなくなった。

「お子さんたちは……」彼はそう言いかけて、やめた。辛過ぎた。

「いえ」アネットは頭を左右に振った。「まだ何も言っていません。あの子たちは、パパは数日間出かけていると思っているんです。でも、話さなくてはいけませんよね。ただ、どうやって……三人のちっちゃな子たちにパパがいなくなったことを伝えたらいいんですか？　ねえ？　あなたはご存じですか？」

ルーベンは頭を振って、感情を強く呑み込んだ。こんな残酷なことがあるか。

「そのときが来たら、わたしも立ち会いましょう」クリステルが優しく言った。「悲しい知らせを伝える役は、大抵わたしなんですよ。ユーリアに訊いてみてください。あれは楽なことじゃない。でも、わたしには経験があります。参りますよ、アネット、ご希望とあれば。一緒にやりましょう」

「ありがとうございます」涙にくれながら、アネットが言った。

「お姉さんが今ここに住んでくれているのはいいことだと思います」ユーリアが言った。「警察でも、カウンセラーや心理士といったご希望のサポートを提供できます」

「恐れ入ります、でも……今は警察とは距離を置きたいの。ひどい職業です。家に子供が三人いるのに、どうして夫はあんな危険を冒したんでしょう？」

アネットは鼻を強くすすった。

「まあ、どうしてかは分かってます」彼女は続けた。「あの人、いつも言っていたんですよ、自分には小さな子がいるからこそ、刑事でいる必要があるんだって。そうすれば、これから子供たちが育っていく世界を作りあげるのに一役買えるってね」

「そして、彼はそうしました」アーダムが言った。「彼は優しい刑事でした」

「最高に優しい刑事」ミーナが目を潤ませながら言った。

「悪いふうに取らないでほしいんですが」アネットはアーダムのほうを向いて言った。「どうしてあの女性はペーデルを撃ったのでしょう？ あなたではなく。どうして、彼を守れなかったのですか？」

「犯人は、ペーデルが拳銃を抜くと思ったんです」アーダムは言った。「反射的な行動だったのだと思います」

「実際はどうだったんですか？ 拳銃を抜こうとしたんですか？」

「いいえ、取り出したのは携帯電話でした。彼は動画を見せたかっただけです。女性を喜ばそうとね」

アネットは黙った。それから、うなずいた。

「最高に優しい刑事ね」彼女は言った。

160

机に向かって、アーダムは住宅広告を見ていた。母の言うとおりだ。これ以上、独身を続けるわけにはいかない。もっといいアパートを見つけて、一緒に住むパートナーを見つける。今住んでいる部屋を見て、彼をまともに扱おうという人間などいない。

料理教室にでも通おうか。意中の相手を家に招待してスパゲッティミートソースなんて出せない。いや、それもありか？　問題はその後にどうするかなのだ。彼の料理のレパートリーはかなり限られている。仕事以外の興味は後回しにしてきた。でも、自分を変えるときがきた。

住宅情報配信プラットフォーム〈ヘメット〉の広告が、彼の目の前を次々に通り過ぎていく。市内中心部の2LDKあたりはどうだろう？　いや、3LDKのほうが格好がつく。でも、一人で本当にそんな経済的余裕があるのだろうか？

彼は椅子の背にもたれて、ため息をついた。順序が間違っているかもしれない。〈ティンダー〉をダウンロードするほうがいいのだろうか？　それとも、料理教室か？

彼は、げらげら笑う四人の子供たちを追いかける母親の姿を思い浮かべた。つい微笑んで、心がうんと温かくなった。母はとても喜ぶことだろう。だけど、子供が四人というのはちょっと。三人で勘弁してもらおう。

ドアをノックする音が聞こえ、ユーリアが戸口から覗き込んだ。

「どうも」彼は言った。

「どうも」彼女が言った。「ご苦労様でした……って言いたかっただけよ。あと、この班へようこそ。言っておくけど、今回みたいにハードな仕事ばかりじゃないから」

「はあ、だといいですけどね」彼は笑った。

机の上の携帯電話が鳴り始めた。見たことのない電話番号。彼は通常、知らない番号からの着信には答えない。

「出ないの？」ユーリアが言った。

彼は肩をすくめてから、緑色の電話マークを押して、電話に出た。そして息を呑んだ。

「すぐに向かいます」

彼は電話を切った。

「何かあったの？」

「ええ、母親のことで」

アーダムはオフィスから廊下へ飛び出した。背後でユーリアが大きな声で何か言っていたが、それが何なのか、彼にはもう聞こえていなかった。

161

クリステルは、もっといいシャツを選ばなかったことを後悔していた。こんな茶色とベージュのビスコースの縞シャツを着てくるなんて。できることならニットのベストも着たかったが、なにせこの暑さだし、そもそも洒落ているとは言い難い。今になって服装なんて上っ面を気にするというのも、後ろめたい気がした。

木曜日に、アネットと一緒に三つ子たちに話をした。子供というのは独特だ。理解すると同時に何も理解していない。それに、あの子たちはまだあんなに幼い。言葉で伝えただけだが、三人は悲しそうだった。アネットとクリステルも悲しんだ。それでも、まだ言葉にすぎない。今日明日ではないだろうが、すぐに本当に理解することになる。パパが来る日も来る日も帰宅しないとなると。そこから、本当の意味でのアネットの苦労が始まることになる。

そうして、人生は続いていく。人生。厄介なものだ。

クリステルはハンカチを取り出して、額の汗を拭いた。同時に、ボッセが少し遠くにいるゴールデン・レトリバー犬を見つけ、嬉しそうに鳴き始めた。

「こらこら、ボッセ。おとなしくしなさい」彼はリードを引っ張った。

急に気持ちが沈んだ。こんなことすべて間違いだった気がしてきた。しかも犬を連れてくるなんて。ラッセからヴァーサパルケンで会おうと言われたとき、クリステルは、それならボッセに最適だ、と無意識に考えたのだ。でも、ボッセをレストランの外につないでおくのと、間近に会わせるのとでは、まったくの別ものだ。ラッセは犬アレルギーかもしれないし。

何てこった。

彼は、またハンカチで額を拭いた。

少し先に、待ち合わせ場所の喫茶店が見えてきた。早めに行って、ラッセが来たときには、この世界を双肩に担うスタイリッシュな刑事よろしく座っているつもりだった。エスプレッソ・ダブル片手に、事件のメモを取っているとか新聞を読んでいるとかしながら。ミステリーに出てくるお気に入りの刑事ハリー・ボッシュみたいになりたかった。でも、今の彼は、ハリー・ボッシュと同じ星の住民なのかすら分からなかった。

沈んだ気分が、脚に移動していった。彼は立ちどまった。喫茶店を見つめた。無理だ。家に戻りたくなった。今すぐ。向きを変えようとしたまさにそのとき、背後から高らかな笑い声が聞こえた。若い頃と比べて、声は低くなっていた。でも、昔と同じように、彼の心にぬくもりが広がった。

「犬でぼくを釣ろうとしているとか?」クリステルが振り向くと、ラッセがまた笑った。

ラッセはひざまずいて、ボッセとの交流を図った。

「初めまして、ワンちゃん。こんにちは。名前は何ていうんだい？」

ラッセがボッセの毛をクシャクシャにしてやると、ボッセは陽気にしっぽを振った。同時に、かなりの量のよだれがボッセの口角から流れ出た。

「犬で釣る？」クリステルは口ごもった。「いや、おれは……つまり……そんなんじゃ……」

ラッセは一体、何を考えているんだ？　クリステルは情けなくなった。ラッセに不意を突かれて、ズボンをちゃんとはいていない姿を見られてしまったような気分だった。いや、このたとえは不適切の極みだ。〝暴露されたような気分〟ならどうだ？　そう、彼が言いたかったのは〝暴露〟だ。

ラッセは立ち上がった。

「だとしたら、これほどひどい釣り方は見たことないね」彼はそう言って微笑んだ。「ノミにたかられた薄汚い犬を連れた六十代の肥満おじさんじゃないか」

クリステルは、二人が若かった頃の、あの微笑を思い出した。いつも好きだった微笑。彼は微笑み返そうとした。恐らく、かなりぎこちなくなっていただろう。

「本当は、きみに腹を立ててるんだ」ラッセが言った。「はっきりさせなくちゃいけないことがたくさんある。だけど、きみとワンちゃんは、なかなかお似合いだよ。さて、あそこでコーヒーでも飲むとしようか？」

162

ミーナは、静かに病室に入った。自分の娘が個室に入れたのは偶然ではないと思った。でも今回については、ナタリーの父親が権力を行使したことに異議はなかった。

娘は穏やかに眠っている。目に見える怪我はなかったが、経過観察のため入院していた。近寄って髪を撫でてやりたい衝動を抑えた。もうずいぶん長いこと、娘に触れていない。どう触れたらいいのだろう？　母親はわが子にどう触れるのか分からなかった。

椅子を恐る恐るベッドのすぐそばに移して腰掛けた。ナタリーの寝顔を見つめられるほど、近くに座った。距離を置きながらずっと娘の生活を追ってきたが、間近でじっくり観察するのは不思議な感じだった。とても馴染みがありながらも、何だか見慣れない感じがする。ミーナが家を出たとき、娘は元気でかわいらしい五歳児だった。あの頃の面影や身ぶりで消えてしまったものもあった。過ぎ去った年月で消されてしまったのだ。でも、残っているものもあった。寝ているときに上唇を軽く引きつらせるところ。扇子のように頬にかかる黒くて長いまつげ。

ミーナは、いつまでも彼女を飽きることなく見ていられた。でも、二人のこの先がどうなるのかを考えて、怖くなった。解決すべき問題が山積みだ。言い訳や馬鹿げた理由にくるまれた罪悪感がある――あの頃は筋が通って見えたが、今ではそうは見えない。

ナタリーの瞼がぴくぴく動いた。それから、ゆっくりゆっくり目を開けた。ミーナは一瞬、逃げようかと思った。部屋を飛び出して、訊かれると分かっている質問に答えなくて済むよう、娘から離れようかと思った。

「あなたは……」徐々に意識がはっきりし始めたナタリーが、張り詰めた声で言った。眠りから覚めるにつれて、視線が定まってきた。ミーナは、ナタリーの手に届く寸前のところに自分の手を置いていた。ナタリーは手を引っ込め、視線を逸らし、あからさまに窓をじっと見つめた。

「ここで何してるの?」彼女は冷たく言った。

「あなたの様子が見たかった」ミーナが言った。声が軽く震えた。

「わたしなら大丈夫だから」ナタリーは言った。「帰って」

最初、ミーナは無言で座ったままだった。動く様子を見せなかった。

「説明すべきことがたくさんあるのは分かっているわ」ようやく彼女は言った。「それに許してもらいたいこともたくさんある。聴いてもらえるだけでいいのよ」

「パパとわたしは、あなたなしでうまくやってきたの。あなたは必要ない」

ナタリーの声は反抗的で冷めていたが、うわずっていた。ぎりぎりまでこみ上げた感情がそこにうかがえた。

「あなたたちがうまくやってきたのは知ってる」ミーナは言った。「あなたがうまくやってたことを。わたしたち二人のこれからも、どうにかしていいほうに進めばいいな、って思っているのよ」

「帰って、って言ったよね?」もう冷たい態度を取り続けられなくなって、ナタリーは、すすり泣いていた。「聞こえなかった? 帰って!」

ミーナは立ち上がった。背後から、だれかが部屋に入ってくる音が聞こえた。振り返ると、ナタリーの父親が立っていた。

「時間がかかると思う」彼が、驚くほど柔和な声で言った。「慣れない状況だからね。しかし、すべての接触を絶たせたのは、最良の解決策ではなかったと、今になって思うようになった。そうしていなければ、今回のようなことは起こらなかったからね。この子が退院したら、うちに夕食を食べに来ないか？　そのときに、ゆっくり話そう」

「この人に夕食になんか来てほしくない！」ナタリーが怒鳴った。

ミーナは涙を堪えた。ナタリーの父親が、彼女の肩に手を置いた。この手の感触も、とても馴染みがありながらも、何だか慣れない感じがした。

「何とかなる。これからは電話をし合おう。けれど今は、きみが帰るのが一番だと思う。あと、きみが……ナタリーを迎えにいくよう電話をくれたのに、出られなくてすまなかった。仕事のほうが……いささか……危機を迎えていたものだから」

「ああ、タブロイド紙の広告で見たわ」ミーナはうなずいた。

彼は、ミーナと目を合わせずにうなだれた。

「わたしの仕事が……いいかね、わたしはずっと娘を最優先してきた。それは分かってほしい。だが今回は、仕事のほうで……」

ミーナはうなずいた。涙が出る前に、廊下に出たかった。泣くところを彼に見られたくなかった。彼女に泣く権利はないし、彼女がいたからといって肩身の狭い思いをする理由も彼にはなかった。人生を通して、家族以外のことを優先してきたのは彼女のほうだ。家族以外を選択したのも彼女だ。
部屋を出るときに、彼女は振り返った。ナタリーが両腕を父親の首に回して、強く抱きついていた。

廊下を数歩歩いたところで、涙がこみ上げてきた。

163

「トルケル！　何があったの？　あの子は大丈夫なの？」

ユーリアは、アストリッド・リンドグレーン小児病院内の小さな部屋に飛び込んだ。受付で教えてもらった部屋だった。トルケルが奥の壁際の椅子から立ち上がって、彼女のもとへやって来て、息ができないほど彼女を強く抱擁した。彼女は体を放して、診察台のハリーを見つめた。白衣を着た女性が息子の上にかがみこんでいた。

「ハリー？」

ユーリアは息子のもとへ急いだ。

ハリーの青く大きな目が彼女と目を合わせ、息子はママに会えた嬉しさに喉を鳴らした。安堵で彼女の脚の力が抜けた。

「坊やは、おうちでちょっとした騒動を巻き起こしたようですね」医者は、安全を保障するように微笑みながら言った。「口に入れちゃいけないものを入れてしまったのですが、パパの優れた行動のおかげで、救急車もすぐに到着しました。パパを心臓麻痺にしかけたこと以外、息子さんに問題はないと思います」

医者はハリーを抱き上げて、ユーリアに渡した。彼女は息子を強く抱きしめた。それから、トルケルと視線を合わせた。

「ありがとう」

うなずいたトルケルの目には、涙が浮かんでいた。彼が涙ぐむのを初めて見た。ハリーが生まれたときですら、彼は泣かなかった。代わりに〈デュラセル〉乾電池のCMに登場するやたらと元気なウサギのように、両脚を揃えて、その場で跳び上がって大喜びしたのだった。

「家に連れて帰っても構いませんか？」ユーリアが訊いた。

医者はうなずいた。

トルケルは持参したものをかき集めてから、ユーリアに続いて部屋を出た。ユーリアは、腕を回してきたトルケルが震えていることに気づいた。

「わたしが運転するから、ハリーと一緒に後部座席に座って」車に向かいながら、彼女はきっぱりと言った。

「分かった」トルケルは反論しなかった。

いまだ楽しそうにはしゃいでいるハリーを二人でチャイルドシートに固定してから、ユーリアは前方に回って、後部座席のトルケルが自分のシートベルトを締める間に運転席に座った。発車しようとしたときに、肩に彼の手を感じた。

「ちょっと待って。ひとつ言いたいことがある」

ユーリアはバックミラーに映るトルケルと目を合わせた。彼は感情を呑み込んだ。

「ぼくは大馬鹿者だったよ」彼は言った。

「トルケル……」そう言った彼女を、彼が遮った。

「これだけは言わせてほしい。今日ほど怖かったことはない。この子が死ぬんじゃないかって思ったんだ、ユーリア。本当にそう思った。そのとき初めて、きみが仕事でどんなことと向き合っているのかが頭に浮かんだ。あの両親たち……」彼は言葉に詰まった。「子供を失ったあのご両親たちが、どうして生きていられるのかさえ想像できない。そして、きみは、そうした人たちのために答えを見つけ、同じ思いをする両親をこれ以上増やさないようにするために、毎日仕事に行っている。その間、ぼくは自宅で子供みたいに愚痴をこぼしていた。ごめん。本当に恥ずかしい。今からぼくは〝ミスター・マム〟になるって約束するよ。もう、文句は何ひとつ言わないから」

彼は口にチャックをするように、唇の上を指で引いて、鍵をかけてその見えない鍵を捨てるふりをした。

ユーリアは振り返った。彼の目をじっと見つめた。

「そうね。あなたは大馬鹿者だった。でも、あなたはわたしの大馬鹿者だもの。それに、ハリーにとっては最高のパパよ。あなたは少し運が悪かっただけ。だから、今回のことは忘れて、再スタートしましょう。それにね、わたしには三週間の休暇があるのよ。あなたを育児から解放してあげようと思って取るつもりだった。職場復帰したばかりだけど、今回の事件が事件だから、わたしが少し休暇を取ることには、父にも何も言わせない。だから、あなたは明日、仕事に戻っていいわよ。でなければ、ゴルフをするもよし。何でも好きなことをして。ハリーの世話はわたしがするから」

「ぼくがゴルフ嫌いなのを知っているくせに」トルケルは笑いながら言った。「それに、仕事だって、ぼくがいなくても問題ない。自分はなくてはならない存在だって、ぼくが勝手に思い込んでいただけのようだし。だけど、休暇は悪くないね。その間、一緒に世話をしないか？　一晩おきとか？　交代でオムツを替えるとか？　二人とも家にいるってのはどうだい？　そのあとは、きみが警察本部に戻って、ぼくはまた世話係。そういうことにしよう」

ユーリアは笑いながら、エンジンをかけた。

バックミラーに映る彼と再び視線を合わせた。

「そうしましょう」彼女は言った。

164

ミーナは考えをまとめようと、ローランブスホフス公園内を歩いた。彼がもちろん正しい。ナタリーには時間を与えなくてはならない。時間なら運よく十分にある。ヴィンセントのことが頭に浮かんだ。彼女には子供が一人しかいないが、彼には三人いる。彼も、子供のことで苦労したのだろうか？　恐らく。子供と暮らす親には付きものだろう。

ヴィンセント。

二年前と違って、今回彼女とヴィンセントは警察本部でのミーティングのあと、「さようなら」を言わなかった。「それじゃ」すら言わなかった。曖昧な「じゃあ、また」だけだった。

問題は、いつまた会うか言わなかったことだ。無論、ペーデルの葬儀で顔を合わせることになるが、それは本当の意味での再会とは違う。いずれにせよ、再び二十か月後ということにならないよう、気をつけようと思った。なにしろ、彼はナタリーのために足を骨折したわけだから。娘の命を救ってくれたのは言うまでもない。

口実としては十分だろう。

ミーナは携帯電話を取り出して、彼に電話をかけようとした。赤地に白い炎のアイコンを見て、立ちどまった。〈ティンダー〉。

自分がこのアプリを利用したことを思い出した。本当に利用したのだ——他の人たちがするみたいに。普通の人たちのルールに従って、普通の人と普通に会ったのだ。普通のデートをした。それなりに普通の人らしく振る舞った。笑うところで笑った。彼女は普通の人と同じように振る舞えないのでは、と疑う者がいたとしても、彼女はそうでないことを証明したのだ。

そして、もう二度とそんなことをする必要はないと思った。

アプリが削除されるまで、指で押し続けた。それから、水域に沿って、また歩き始めた。

ここに来た最後の二回は、ヴィンセントと一緒だった。一度目は冬、そしてもう一度は、ほんの数週間前。彼がいないと、公園はちょっとつまらなかった。彼ならきっと、公園に高い橋が架かっていることによる心理的効果について語ってくれたり、橋と自転車レーンの配置の数学的関係を説明してくれたりしただろう。

彼女は髪をかき上げた。掩蔽壕から脱出したあと、今回は散髪したい気持ちを抑えられた。戦傷なら、ヴィンセントの足だけで十分だ。

ヴィンセント。わずかな間なのに永遠に思えるほど長い間、彼女が死んだと思った人物。彼女は、そのことをまだ許していない。この件と王立公園での噴水の冗談への仕返しは、いつかこっぴどくしてやるつもりだった。彼がもっとも油断しているときに。作戦リストを作成し始めよう。

ポケットに入れた手が、プラスチック片に触れた。いけない。ヴィンセントにあげるのを忘れていた。彼女はその片を取り出して、見つめた。ファートブシュ公園でヴィンセントが見つけた二種類の草の葉を、ミルダの手を借りてラミネート加工したものだった。薄い色と濃い色の葉を並べ、熱で溶ける糊を使ったフィルムで加工した、プラスチックの小さなブロック。レゴのピースみたいな。

プレゼントとして渡すつもりだった。彼らが体験した出来事の思い出として。でも、彼に渡すのを忘れて、かえってよかったかもしれない。ちょっと気持ち悪いと思われるかもしれない。ミーナは、こういったものの判断が少し苦手なときがある。この草の葉には、殺人事件を思い出させるもの以上の意味があった。

この二枚の葉は彼女であり、

この二枚の葉はヴィンセントでもある。

この二枚の葉は、存在し続けるためには光と影の双方を要するすべてのものである。隣同士に並ぶ草の葉は、彼女とヴィンセントが並ぶ姿かもしれない。

彼女はプラスチックの立方体をまたポケットにしまい、サングラスを正した。公園には人が大勢いるが、彼女に気を留める者はいない。運がよかった、なぜなら彼女はきっと、赤面し始めているだろうから。

165

松葉杖のヴィンセントは、タントルンデン地区の歩道を跳ねるように前進していた。以前にも、暑い日にここを歩いたことを思い出した。そのときはミーナが一緒だった。もうあまりにも前のことだった。夏が終わる前に、また彼女と一緒に歩こうと思った。もちろん、彼女がそう望むならの話だが。自分はまだ、ミーナに多少否定的な見方をされていると思っている。でも、気にならなかった。埋め合わせをする時間ならある。

ノーヴァとあの部屋にいたとき、危うく誤ったほうのコップを取るところだったことは、だれにも話していなかった。ボトルのトリックは、彼が両方のコップに毒を入れたかもしれないという考えをノーヴァに植え付けるのを狙ったものだ。彼がそうしたと彼女が思っていなかったとしても、その考えはあとに残り、彼が死んだふりをしてみせたとき、その信頼性を増したはずだった。

彼が毒入りのボトルでガラスのコップの縁を叩いたのは、奇術界で〈ニック〉と呼ばれるトリックのためだった。探さない限り見えないような印を付けるトリックで、ヴィンセントが正しいコップを選ぶ手掛かりになるものだった。昔からあるトリックで、偽の霊能者が、同時に複数の人々を呼んだ降霊会などで使われる。よく知られている手順は、降霊会の参加者それぞれに小さな紙切れを渡し、個人的な質問を書かせる。紙切れがすべて同じであることをあらかじめ参加者に確認させ、質問する側の匿名性を保証する。でも、霊能者の助手が質問を集める際、紙の隅に爪で小さな〈ニック〉を入れる。その印がどこに付いているかを確認した霊能者は、どの質問がだれのものかを知ることができ、死者の魂が霊能者を正しい人へ導くふりをすることができるのだ。

でも、コップに印はつかない。ヴィンセントは、もっと強く叩くべきだった。ナタリーがその後にコップを移動させたとき、どちらに毒が入っているのか、彼にはまったく分からなかった。

結局、彼は賭けに出た。

そして、うまくいった。足の骨折というマイナスのおまけがあったが。

特捜班との前回のミーティングのあと、彼とミーナは、ああいった事件に関わったという理由でセラピーの提案を受けたが、二人とも断った。警察で彼が話をする必要がある人はミーナだけだ。

連絡を絶やしてしまうという前回と同じ間違いは犯したくない。今になってみれば、不必要に馬鹿げたことだった。自分は一体、何を考えていたんだろう？　あんなふうに尻込みするなんて……。マリアには、今の彼には友人がいることを理解してもらう必要がある。してもらえなければ、さらなるカップルカウンセリングの時間を予約しなくてはならないだろう。というのも、彼の心の一番奥にいるのはミーナだからだ。つまり、そういうことなのだ。彼女がいてこそ、彼は完全になる。ときに彼にとって唯一リアルに感じられる人物、それがミーナだ。もちろん、そんなことは大声で言ったりしない。完全にいかれてしまったと思われたくもない。

実際、今、彼女に電話をして、散歩でもしませんか、と訊きたいくらいだった。いいじゃないか。夏はいつまでも続くわけではない。本当に電話をすることにした。だがその前に、電話で済ませる必要がある用件が一件あった。

松葉杖を使いながら話ができるよう、彼はエアポッツを耳に入れてから、携帯電話の中の番号を探した。

「もしもし、ぼくだけど」〈ショーライフ・プロダクションズ〉のウンベルトが電話に出たときに、ヴィンセントが言った。

「やあ、ヴィンセント！」ウンベルトが嬉しそうな大声で言った。「しばらくぶりじゃないか。明日フォール・ボワヤール要塞に行くことに、わくわくしているのか？」

〈フェイスタイム〉での通話でなくてよかった。笑う様子をウンベルトに見られずに済む。

「ちょうどそのことで電話をしたんだが」ヴィンセントは困った声に聞こえるように言った。「残念ながら、悪い知らせだ。足を怪我して、あと一週間ほどは松葉杖生活になってしまった。だから、申し訳ないんだが、『要塞脱出大作戦』には出演できなくなった」

電話の向こうが、しばらく静かになった。

「だけどヴィンセント、直近の更新情報を見て……まあいいか、気にしなくていい。おまえさんは本当に運がいいやつだな。きちんと歩けなくても問題ない。おまえは虫が這い回る場所に閉じ込められることになると制作側が決めたんだよ。ほら、八本足の虫とかその他楽しいものが勢揃いの細い通路だ。どうせ足は使わない。腕を使って這って進めばいいだけだ。スムーズに進むとはまさにこのことだ」

ヴィンセントはあえいだ。ウンベルトの言う〝本当に運がいい〟という形容は再検討の必要がある。いま聞いたようなことだけはやりたくない。絶対に嫌だ。片足だけでなく、両足を骨折するよう取り計らったら、制作側は彼の出演を諦めてくれるだろうか？　あるいは、両足切断とか？　このほうが、虫と這い回るより、よっぽどいい気がした。

「それより、撮影アシスタントと話したばかりなんだが」ウンベルトは続けた。「おまえが出演すると知って大喜びだったよ。アンナって名前の子でね。おまえとは会ったことがあるそうだ。だれのことか分かるだろ？　まあ、ちょっと変わった子だが、噂によると、そのアンナは背中におまえさんのタトゥーを入れているとか。面倒をよく見てくれるんじゃないか？」

ヴィンセントは目を閉じて、松葉杖にもたれた。彼のストーカーであるアンナが「その日をつかめ」と彼に向って叫ぶなか、興奮過剰の司会者の盛んな声援を受けながら、ぴちぴちのトレーニングウェアを着た自分を想像してみた。

ミーナなら、死ぬほど笑うことだろう。

166

フレードリック・ヴァルテションは、ユール島にある小さな別荘のそばの砂利道に駐車した。道にとめてある車の数から判断すると、彼とヨセフィンが最後に到着したようだ。二人は芝生を渡って、茶色の建物へと向かった。植物が生い茂った庭では花が満開で、二本のリンゴの木の間にハンモックが吊るされている。これほど素晴らしいスウェーデンの夏の日はない。しかし、フレードリックはそんな日を満喫できなかった。数日前に警察から連絡が入り、二人からオッシアンを奪ったのがだれなのか聞かされたのだ。犯人は自殺したという。

以来、彼とヨセフィンは、今日の集まりをずっと待っていた。

そして今、二人はここへやってきた。

マウロ・マイヤーが出てきて芝生の二人と合流し、握手を交わした。

「もうみんな来ている」彼は小声で言った。「始めるから中に入って」

彼は二人を別荘へ入れた。玄関ホールには靴が何足もあり、フレードリックも無意識に自分の靴を脱いだ。いかなる状況であろうと、抜けない癖があるのは不思議なものだ。

居間に入った二人は、他の顔ぶれの見分けがつくまで数秒かかった。みんな、うんと年齢を重ねていた。年の取り方も様々だった。マウロのように魅力的になった者もいる。四十歳という年齢が似合っている。一方で、例えばローイス・カールソンなどは、死が差し迫っているような老け具合だ。

フレードリックは、静かにソファに腰掛けているイェンスとヤニーナ・ヨーセフソンに会釈をした。ヒューゴとカーリンも、ヘンリとトビアスの隣に座っていた。イェンスとヤニーナ同様、彼らの子供もまだ生きている。彼らが座る場所の雰囲気は、フレードリックとヨセフィンが立っている場所とは、はっきりと違っていた。フレードリック側には、マウロとローイスも腰掛けていた。

フレードリックとヨセフィンは、キッチンテーブルに着いた。マウロがコーヒーと菓子パンを並べてくれていたが、手付かずのようだった。

「本来なら、アルコールを出すべきなんだろうが」テーブルの上に向けたフレードリックの視線に気づいたマウロが言った。「きみたちは車で家に戻らなきゃいけないからな」

彼は咳払いをしてから続けた。

「始めたほうがいいだろう。ヴェンデラ以外は、みんな集まっている。みんな知っていると思うが、残念ながら、彼女は、春に自らの命を絶つ道を選んでしまった。デクステルくんが同時に消息不明になったことから、子供を道連れにしたと思われた。でも先日、電子掲示板サイト〈フラッシュバック〉に、トーマス・ヨンスマルクの息子がストックホルムの公園で発見されたというスレッドが上がった。これも恐らく、ノーヴァ……つまり、イェシカの仕業だろう」

イェンスとヤニーナは、顔を見合わせた。

ヨセフィンは、菓子パンから砂糖の粒をつまみ取っていた。フレードリックは、妻は無意識にそうしているのだろうと思った。

「トーマスは何か知っているのか？」ヘンリが言った。

ヘンリとトビアスには、アルフォンスという息子がいる。フレードリックはその子に会ったことはないし、会う気もなかった。なぜならオッシアンと違って、その子はまだ生きているから。自分を恥じながらも、息子とアルフォンスで命が替えられればいいのにと思った。命のための命。まさにイェシカがしたように。あるいはのちに彼女が自称することになるノーヴァがしたように。

「トーマスは知らないと思う」マウロは言った。「イェンニにだって何も話していない。だから、あの女がぼくに殺人の罪を被せようとしたときはひやひやしたよ。だけど、自分は何も言わなかったし、今後も言うつもりはない。妻のセシリアだって知らないんだ。ある意味、ぼくが有罪判決を受けたほうが公平だったかもしれない」

「そんなふうに考えないで」ヨセフィンがマウロの腕に手を置いた。「ずっと前のことよ。それにあれは事故だった。後先なんて考えなかった。子供だったんだもの。頭が鈍くて噂話が好きな、馬鹿な子供たちだったのよ」

「あれは事故なんかじゃない」マウロは苦々しく言った。「ぼくたちの嘘が原因だろ。ヨンは何もしなかったじゃないか。彼に罪はない。だけど、ぼくたちは彼たちに関する話をでっち上げた。どうしてなのかは覚えていないけれど。刺激がほしかった？　それとも彼の言ったことに腹を立てての復讐？　あの人たちは変わっているって聞いたから？　最悪だったのは、ぼくたちの親がその嘘を信じてしまったことだ。そして、ひどい結果を招いてしまった。悲惨な結果をね。そんなつもりじゃなかった……自分たちの親が、あんなことをするなんて……」

彼は黙った。

他のみんなも何も言わなかった。

室内には、罪悪感が漂っていた。

「わたしだって、ヨルゲンには何も話してないから」やっとローイスがしゃがれた声で言った。「あいつはヴィリアムを殺した罪でハル刑務所に服役中。あそこで朽ち果てればいい。あのクソ男。たとえ殺していなかったとしても」

室内が静まり返った。みなうなだれていた。

かつて彼らは、お互いのためならどんな危険も冒せただろう。でも、それから、月日が流れた。カップルになったりカップルのままの者もいる。素晴らしく出世した者もいれば、平穏な人生を送ってきた者もいる。悲惨な生活を送る羽目になったのはローイスだけだった。そして、もちろんヴェンデラ。哀れなヴェンデラ。だけど、彼女の人生があんなに悲劇的に終わるなんて、だれも予想できなかった。

彼らは、今後一切連絡を取り合わないことを誓っていた。昨年の夏、ヨセフィンに、リッリ・マイヤーという名の少女が遺体で発見されたという新聞記事を見せられたときですら、フレードリックはマウロに連絡を入れなかった。

「今回の一連の事件は、言葉では言い表せないほど恐ろしいものだった」マウロは言った。「でも、もう終わった。イェシカが死んだからね。だから、ぼくたちが交わした約束が今後も守られていくかを確かめようと思う。つまり他言無用ということ。それとも、気の変わってしまった人はいますか？　過去のことを警察やマスコミに話したくなった人はいませんか？」

居間にいる全員が、頭を激しく振った。

「よかった」マウロは言った。「じゃあ、そういうことで。連絡を取り合う際には気をつけること。〈ワッツアップ〉を利用し、本名は明かさないように。でも、以前決めたように、連絡は取り合わないのが一番だ。これはみんなで一緒に背負う責任だからな。沈黙を貫くことだ。親がまだ健在の場合も、何も教えないように。罪悪感に苛まれるのは、自分たちだけで十分だ。親たちが共有する必要はない。ぼくたちが嘘をつかなければ、あの事件は起こらなかった。少なくとも、ぼくはそう見ている。ぼくたちが嘘をつかなければ、事を荒立てないのが一番だ」

全員がうなずいた。それから立ち上がり、別れの挨拶もせずに去った。

167

夜遅い時間だった。家族は寝る準備を始めていたが、ヴィンセントは、準備ができないほどそわそわしていた。思いがけない夏の嵐に見舞われ、風が家の外の木々を激しく揺さぶっていた。木の幹がきしむ音を立て、葉は木から離れて自由になりたいかのように、カサカサ鳴っていた。ヴィンセントは仕事部屋に座って、もう何度も読み返した新聞のページを見つめていた。

奇術、悲惨な結末を迎える

クヴィービッレ近郊の農場で、遊びのつもりのイリュージョンが突然、死という現実を迎えた。

ヴィンセントは、数えきれないほど、この見出しを見てきた。

だが、先週本棚からこの記事を取り出して以来、元に戻せないでいた。彼は何度も何度もこの記事を読み返して、あのときの好奇心に満ちた新聞記者との出会いを思い出そうとした。でも、記憶は曖昧だった。ずっと前のことだ。それに、あのときの彼は……心が虚脱状態だった。親切な警官と失礼な女性記者のことは覚えていたが、どの記憶が本物で、どの記憶が、テレビドラマや本と現実を組み合わせた子供の脳の中の空想なのか分からなかった。真実は、もちろん、その中間のどこかにあるのだろう。自分の記憶どおりに起こった出来事は、ないことはないが稀である、と彼は知っていた。新聞のページから彼を見つめ返してくる七歳児の悲しそうな目は、彼が懸命に消し去ろうとしてきた記憶でもあった。

だが机の上の三つのパズルは、はっきりと伝えている。彼が幼かった頃の出来事を思い出させようとする人物がいる。そして、それはだれであろうと、イェーンでもノーヴァでもない。ヴィンセントは、パズルの送り主はノーヴァだと思っていた。彼の集中を妨げ、混乱させて捜査を妨害しようとして。あるいはノーヴァの自己愛的な性格を考慮に入れるなら、このパズルに重要な手掛かりが含まれているとも考えられた。自分が優れた人間であると考える人物が、自分の凄さを理解できるくらい頭のいい人物を相手に、自身の優越性を示すものを共有したいと思うのは珍しいことではない。

しかし、そうではなかった。彼にパズルを送ったのはノーヴァではなかった。ルーベンに新聞記事を送り付けたのもそう。

彼と不快なゲームをしている人間がいるのに、それがだれなのか分からない。

「何してるの？」戸口からマリアが言った。「居間のあなたのレコード、とっくに再生が終わっているんだけど。〝コンフォート・モジュール〟って、おかしなバンド名ね」

彼女が心配そうに彼を見た。

「気分でも悪いの？」

彼は答えられなかった。本当に分からなかったのだ。反射的に、机の上の新聞記事に両手を置いていた。子供っぽいかもしれない。だが記事について何か訊かれるのはうんざりだった。

予想どおり、マリアは記事に目をやった。それから、彼をちらりと見たが、何も言わなかった。

「体調が悪そうよ」彼女は言った。「さあ、ベッドに行くのを手伝ってあげるから。明日フォール・ボワヤール要塞に行くんだもの、元気でいなくちゃ。ここの片づけならわたしがするから、もう寝ましょう」

彼女は机の上にある、テープで留めたパズルを集めて重ねた。運がいいことに、彼女はそこに書かれた奇妙なメッセージに気づかないようだった。

「これ、どこに置けばいい？」彼女は、まとめたパズルを電気スタンドの下で振った。

彼は目を擦った。マリアが正しいのだろう。一人でここに座って、考え込むべきではない。妻の自発的な気遣いに感謝した。久しぶりだと思った。

そこで突然、机の上のアルファベットが、命を得たかのように揺らめいた。電気スタンドの光の中で踊り出し、ぼやけたかと思うと鮮明になった。目を強く擦り過ぎて、幻覚が見えているのだろうか？　いや違う、あのアルファベットは想像の産物なんかじゃない。家の外でくぐもったポキッという音がした。風で木の枝が折れたようだ。

「待って」彼はマリアの手からパズルを取った。

彼女は肩をすくめた。

「とにかく、声はかけたから」彼女は言った。「すぐに二階に上がってきてよ。本当に調子がよくなさそうだもの」

彼がまとめたパズルを慎重に見つめるうちに、彼女は部屋を去った。

穴。

テープで留められた三つのパズルには、それぞれ複数の穴が開いている。穴は〈テトリス〉のピースとピースの間にできているが、大きく不規則なため、何かの意味を成すようには見えない。パズルの穴は三つともおおよそ同じ位置に空いているが、形は異なる。三つのパズルを重ねると、穴は新たに、より狭い輪郭を形作った。

文字だ。

穴が文字を形成している。

彼は新聞記事をどけて、マリアと同じように、電気スタンドの下にパズルを掲げた。穴を通して机に届いた光が、単語をはっきりと映し出した。

SKYLDIG（有罪）

彼の心の中の影がつぶやき始め、目に涙が溢れた。涙でかすんだので、瞬きをした。こんなのフェアじゃない。彼はできる限りのことをしてきた。なのに、まだつきまとわれるのか。また強く瞬きをした彼の目が新聞記事の写真を捉えた。少年の頃の彼の写真。涙でぼやけた写真の中に、他の線よりはっきり写る線が二本あることに気づいた。彼は手の甲で目を擦り、もう一度見てみた。だれかが写真にボールペンで描いたようだ。彼自身、子供の頃、何もすることがないとそうしていた。大人になってからも、考えながら、新聞に載っている人や物の輪郭をペンでたどることがよくある。最後に髭を描くのが常だ。以前この記事を読んだとき、落書きには気づかなかった。一つには、インクの色が褪せていたためよく見えなかったから。また一つには、ペンでたどっているのは、写真の背景に写る奇術用の箱の直線だけだからだ。

あの箱の中でママが……

ヴィンセントはそんな考えを断ち切り、また写真に集中した。彼の中の影はどんどん大きくなり、力も増してゆく。

写真の落書きは、三本の線から成り立っている。一本目の線は奇術用箱の上縁をたどり、下へ向かう箱の横縁をなぞる二本目の線とつながっている。三本目の線は、この二本の線を結んでいる。

突然、自分が目にしているものが何なのかを悟った。

Aだ。ギリシャ語のアルファベットの一番目、アルファ。すなわち「最初」を表す。

彼は、三つ目のパズルと共に送られてきたカードを引っ張り出して読んだ。

そして、覚えておくように。責めを受けるべきは他のだれでもなく、おまえであることを。

他の道を行くこともできた。しかしおまえは選ばなかった。

だからわれわれは、おまえのオメガに到達した。

何が「始まり」なのかが分かれば、パズルの送り主の言いたいことが分かるだろうと思っていた。「終わり」を告げるものが何なのか知りたかった。それが今、分かった。パズルの送り主は、二年前にルーベンに記事を送り付けたときにすでに「始まり」は何か伝えていたのだ。

だがヴィンセントは気づかなかった。七歳で母親が死んだとき、それが「始まり」だったのだ。彼がヴィンセント・ヴァルデルになったとき。偶数を数えあげるのを好み、何も感じなくても済むように複雑なパターンを作り出すことに没頭するヴィンセント・ヴァルデルになったとき。影が彼の中に棲みついたとき。

それが彼のアルファだったのだ。

くじけずに人生を前向きに生きてきたと思ってきた。だがパズルのメッセージは明確だった。残したまま前に進んでいいものなど何もない。すべてがクヴィービッレの農場で始まった。そして今、彼に追いつこうとしていた。

だからわれわれは、おまえのオメガに到達した。

すなわちおまえの終わりの始まりに。

風が家の周りをごうごうとうなりながら、中に入ろうとするかのごとく窓を叩いている。彼は責任を問われるのだ。母の死後、四十年以上経った今、彼はついに罰せられる。だれに罰せられるのかは分からない。いつ罰せられることになるのかも分からない。分かっているのは、それが近づきつつあることだけだ。彼の中の影が耳をつんざくような大声で叫び、彼は両手で耳を塞いだ。

ソールンダ馬牧場　一九九六年

イェシカは夢を見ていた。どんな夢なのかはっきりしないが、いい夢だった。彼女は年長の子供たちと一緒にいた。だから、夢と分かった。でなければ、彼らと一緒にいてはいけなかった。だから、遠くから見つめるしかなかった。年長の子たちは、彼女は幼過ぎるし、変わり者だと思っていた。他の子よりそれほど年下ではないけれど、幼いというのは彼女だってそれなりに理解できた。でも、変わっているというのはどういうことなのだろう？　彼女の家族におかしなところはなかった。確かに大家族ではあったし、それぞれがどういう関係にあるのかが彼女には分からなかったけれど。ママとパパはママとパパ。他のみんなは、単に……「家族」だった。

彼女は寝返りを打って、枕に顔を埋めた。夢の中に戻りたかった。夢だと、だれからもからかわれることはない。ひそひそ噂されることもなく、変わらずエースモーの学校に通える。年上の子たちは、彼女に嫉妬しているだけなのだ。パパが、今後あの子たちが牧場に来ることを許可しなかったから。あの子たちはまず礼儀を学ぶ必要がある、と言った。他人の悪口を言うのをやめたら、牧場に戻ってきていいということだった。

パパがそんなことを言うのは珍しかった。パパはいつでもすごく優しかった。世界中のだれよりも優しかった。もちろんママも優しかったが、厳しいときもあった。パパは特別だった。どんなにパパを愛しているか言いたくても、言葉では言い表せないときがあった。パパはよく、月まで行って戻ってくるくらい彼女のことを愛している、と言ってくれた。だけど、月は近過ぎる。彼女は、目に見えるものでは表現しきれないほど、パパのことを愛していた。

おかしなにおいがする。彼女は掛布団をはねのけて、両足を床に下ろした。夏だったので裸足だったが、その夜は、いつもより暑かった。複数の声が聞こえたような気がした。憤慨した大人の声が。でも、夢なのか現実なのか、定かではなかった。

彼女はドアを開けて、こっそり部屋から出た。きつくなるにおいに鼻孔を刺激され、激しく咳き込んだ。口に手を当てて、恐る恐る階段を下りた。きしむ音を立てると分かっている段は、慎重に避けた。ママは起こされると気分を害するから。

一階に下りた彼女の目にすぐに映ったのは炎だった。強烈なにおいで、目に涙が浮かんだ。玄関ホールが燃えていて、ドアが少し開いていた。だれかがここに来たのだろうか？　ドアの隙間から馬小屋が見えた。そこからも炎が上がっており、馬たちのいななきがかすかに聞こえた。

後先を考えずに彼女は炎を駆け抜け、玄関ドアから外へ飛び出した。炎が彼女の後ろに手を伸ばしてきたが、追いつかれることはなかった。心臓をドキドキさせながら、中庭を抜けて馬小屋へと走った。

小屋に近づいたとき、シャーナ（スウェーデン語で星の意味）のいななきが聞こえた。シャーナは彼女のお気に入りの馬だった。小さくて白く、グレーのまだらが入った、鼻がピンク色のポニー。彼女はシャーナを愛していた。パパに匹敵するほど愛していた。シャーナが生まれたときには立ち会った。シャーナのおぼつかない第一歩を見届けた。哺乳瓶でミルクを飲ませた。そしてパパは、「シャーナはおまえだけの最初の馬だ」と言った。

天国の星になった姉妹に助けを求めるかのように、シャーナのいななきが激しくなってきた。他の馬たちのいななきが、シャーナの鳴き声と混じっていた。でも扉は閉まっていて、馬たちは外へ出られない。今や数メートルの高さに達した炎は、夜空に向けて、馬小屋の壁を舐め上げていた。

小屋の扉にはかんぬきが掛けてあった。涙を浮かべながら、イェシカはかんぬきを持ち上げようとした。シャーナの恐怖に満ちた声は激しくなるばかりだったが、かんぬきの位置が高過ぎるうえに重過ぎて、彼女には動かせなかった。

彼女は、炎の熱が凄まじい速さで自分に近づいてくるのを察した。でも、どうでもよかった。気がかりなのは、シャーナのことだけだった。彼女は無力感と恐怖感から空に向かって叫び、かつてないほど祈ったが、かんぬきは一ミリとて動いてくれなかった。

そのとき、だれかに扉から引き離されるのを感じた。

「いや、いや、いや」叫んだ彼女は、腕を振り回して突き放そうとしたが、相手は強過ぎた。

「シーッ……シーッ……遅過ぎる、馬たちを救うことはできない」

強い腕で彼女を抑えるパパの声が聞こえた。すすり泣き、わめき、彼女はパパの胸を叩いたが、パパはさらに強く彼女を抱いた。彼女は頭を上げた。襲ってくる熱を背中に感じた。

「ママは？」彼女は今になって初めて、振り返って玄関ドアを見た。いまや火は玄関ホールにとどまらず家全体を呑み込み、炎から発せられる音が夏の夜に轟音を立てていた。「もう遅い」パパが言った。「パパが目覚めるのが遅過ぎたんだ。でもパパとおまえとならまだ、ここから逃げられる」

彼は娘の髪に顔を押し付けた。それからイェシカを抱き上げ、農場を走って横切った。抱擁からすり抜けたくても、彼女にはもう、そんな力はまったく残っていなかった。すべて失ってしまった。残っているのは、パパの抱擁だけだった。

「きっと事故だ」パパは言った。「あの人たちだって、そんなつもりじゃなかったんだ。ガソリンは脅すためだった。でもあの人たちはとにかく怒っていた。彼らが言うには、彼らの子供たちが言ったんだそうだ……いや、わたしには理解できない。これは事故なんだよ……」

パパが自分の言葉を信じていないのは、彼女にも分かった。

彼は娘を慎重に車の助手席に座らせたが、シートベルトは締めずに急いでドアを閉め、車の前を半周して運転席に座ってからエンジンをかけた。

道の傍らの暗闇に人影があった。炎が彼らの顔を幽霊のように照らしていたが、何人かは分からなかった。二人の車が通り過ぎるとき、彼らは影に隠れてじっと立っていた。

砂利道で車が振動したときに、ヘッドライトが一瞬、人影の顔を照らした。イェシカには、ライトに照らされた顔が、日中であるかのようにすべてはっきりと見えた。彼らは口をあんぐりと開けて、魅せられたように、自分たちが引き起こした猛火をじっと見つめていた。見覚えのある顔ぶれだった。乗馬レッスンのときに、子供たちを送り迎えしていた人たちだった。

彼女は突然すべてを悟った。リアウィンドウから見える空に向かって高く燃え盛る火をつけたのが、あの大人たちだということを。だが彼女は学校で、自分の家族のことがひそひそ噂されているのを聞いてもいた。そして、あの火事を実際に起こしたのは子供たちで、悪意と噂によって、これを引き起こしたのだと知った。彼らの名前だって知っている――フレードリック。ローイス。ヨセフィン。マウロ。ヴェンデラ。ヘンリ。カーリン。トビアス。ヒューゴ。イェンス。ヤニーナ。

「誓ってやる」彼女は小声で言った。

馬小屋で燃えるシャーナのことを考えた。

ママのことを考えた。

彼女自身の心の中も燃えているような気がした。

「いつかきっと、あの人たちの一番大切なものを奪ってやるから」歯をくいしばりながら、彼女は言った。

それから、彼女はまた前を向いた。考えたら落ち着いた。うまくやってみせる。

目標ができた。

暗闇を車で走るのは、トンネルの中を走るようなものだった。二人の目の前の小さな領域だけが照らされていた。でも怖くなかった。パパと一緒だったから。だから大丈夫。

パパはかつてないほど、猛スピードで運転した。彼女は自席の窓ガラスを下げて、顔に風を受けながら目をつぶった。風はほのかに温かく、砂利道を車で走る彼女の顔を優しく撫でた。まだ、背後に炎の音が聞こえた。もうすぐ、二人は橋に到達する。彼女はこの橋とその下を勢いよく流れる水が大好きだった。彼女がそれを見られるよう、パパが車をとめてくれるときもあった。

彼女は、自由気ままな水の流れが好きだった——行けるところに行き、生き生きと飛び跳ねる。火と同じだが、性質は正反対だ。水は命を与えてくれる。今回もパパが車をとめてくれないかな。そうすれば、水の音でシャーナの悲鳴を消せる。でも、パパは速度を落とさなかった。それどころか、ますますスピードを上げた。二人が橋の上から宙に舞うまで。それから、水の音が彼女の耳を満たした。それでも駄目だった。シャーナの鳴き声はまだ聞こえていた。

この声が聞こえなくなることは決してない、と彼女は悟った。

（了）

謝辞

前回も書きましたが、もう一度書かせていただきます――本は一人で書けるものではありません。著者が二人でも、十分とは言えません。本書の執筆が適切な方向に進むよう協力してくださったたくさんの方々に、心から感謝申し上げます。

初めに、本書の内容に対し、力になってくださった方々

ストックホルム地区警察の医学研究所助手である理学修士ケルダ・スタッグ氏は、今回も死後変化に関する（詳細を盛り込み過ぎるほどの）説明をしてくださいました。例えば、遺体が芝生の下に埋められている場合や、そういった遺体の適切な解剖の仕方などです。微生物学に精通しているスタッグ氏は、馬と人間間で感染し得る細菌に関するわたしたちのとんでもない誤りを正してくださいました。これはわたしたちの想像以上に複雑な分野でした。（ケルダ・スタッグ氏は、インスタグラムアカウント @liketefterdoden の所有者の一人でもあります。わたしたち同様、この分野に関心のある方は、是非フォローしてください！）

警察の交渉任務に関する非常に貴重なご意見もいただきました。本シリーズの新たな登場人物アーダムの職務を綿密に調べ、緊急事態に彼が納得のいく行動を取れるよう描くのに役立ち

ましたし、警察の検挙時の行動も適切に描写することができました。もちろんアーダムには欠点はあるでしょうが、実際の交渉人および彼らの能力にはすっかり敬服しております。職業柄、この方々は匿名を希望していますが、彼らは日ごろ、われわれの想像を絶するような危険な任務に携わっていらっしゃいます。

ハル刑務所のマグヌス・スヴェンソン警部は、大変忍耐強く、同刑務所の面会規定に関するメールに答えてくださいました。これほど多くのメールを受け取るとは思ってもみなかったでしょう。些細なことだとお思いになるかもしれませんが、詳細をあなどってはいけません。

わたしたち二人の脳を合わせた以上に大きな、数学に適した脳の持ち主エリン・ディネッツ氏は、アナグラムの数え方などに協力してくださいました。彼女にとっては朝飯前のことでも、わたしたちが試そうとすると、前頭葉に結び目ができるような複雑な作業です。

それから、壁画やホテルの部屋やその他もろもろわたしたちが知りたかったことに関する不可解なメールや電話に無私無欲で答えてくださったり、その他の点で情報やインスピレーションを提供してくださった方々全員に感謝いたします。

警察捜査の詳細に関しても（質屋では盗まれた〝日常使用する貴金属〟のリストは作成しません）、世間一般に関しても（バッケンス幼稚園も〈エピキューラ〉のセミナー施設も実在しません）、例によって今回も、事実から変更したものがあります。それにより、作品がさらに面白いものになったと願うばかりです。

しかしながら、然るべく真っ当な「本」を作るには、前述の作業以外のことも要求されます。

今から挙げる方々の協力がなければ、『罪人たちの暗号』は、非常に長いワード文書にすぎなかったことでしょう。

まず、出版社〈フォールム〉の精力的なチーム。大勢の方々のご協力をいただきましたが、その先頭に立たれていたお二人を取り上げさせていただきます。わたしたちは編集主任のエッバ・エストベリ氏に、前作ほど長い作品にはしない、と神にかけて誓っておりました。が、嘘になってしまい、申し訳ありません。編集者シャシュティン・エデーン氏はこの時点ですでに、百万以上の文字と句読点の表記に誤りがないかのチェックならびに、何百にも及ぶわたしたちの主張の事実確認をしてくださいました。大変感謝するとともに、改めて謝罪いたします。

優れた装丁者のマルセル・バンディックソン氏に喝采を送らせていただきます。わたしたちのおかしな脳を完璧に理解したうえで、表紙をデザインしてくださいました。おかげで、前回に続き、書籍の歴史上、最も美しい表紙となりました。

ヨアキム・ハンソン氏、アンナ・フランクル氏、シグネ・ルンドグレーン氏および〈ノディーン・エージェンシー〉の方々、ならびに〈アセファ・コミュニケーション〉のリリ・アセファ氏とパウリーナ・ボンゲ氏をはじめとする皆さまは、世界に向けた素晴らしい事業を展開してくださいました。わたしたちは今回も、筆舌に尽くしがたいほど感激している次第です。アクセスが困難な日本の孤島やネパールの山頂のユースホステルで、その土地の言語に翻訳されたヴィンセントとミーナの本が目に入ったら、それは、先に挙げた優れた方々の努力の賜物に他ならないのです。

ですが、何より、わたしたち、ヴィンセント、そしてミーナとの〝旅〟を選んでくださった読者の皆さまにお礼を述べさせていただきます。物語は、だれかが参加して初めて創られます。ですから、ヴィンセントとミーナに息を吹き込んでくれた皆さま、ありがとうございます。この二人に親近感を抱き、次回の二人の物語にもお付き合いいただければ、これほど嬉しいことはありません。

カミラからの個人的な感謝の意――私生活で身近な人たちをなくして執筆するのは、わたしにはまず不可能なことです。彼らの援助や励ましや愛情のおかげで、作業を進めることができるのです。夫シーモンと子供たちヴィッレ、メイヤ、チャーリー、ポッリに心から感謝の意を表したいと思います。また、わたしの日常生活や仕事の面で手助けをしてくださるマティルダ・ノルマン氏、ナタシャ・マリッチ氏、そしてヨーハン・フルトマン氏にも感謝します。それから、わたしの友人たち……あなたたちがいてのわたしなのです。あなたたちは揃って、かけがえのない人間です。

ヘンリックからの個人的な感謝の意――パンデミックの最中執筆するのは特別でした。本作品『罪人たちの暗号』は、今までにないほど、わたしと家族が顔を合わせることになった期間中の作業と相成りました。ですから、睡眠中のわたしを暗殺せずに堪えてくれたリンダ、セバスティアン、ネーモ、そしてミーロには、その功績をたたえてメダルを授与したいと思います。

わたしを応援し支援してくれたすべての友人たちにも感謝いたします。最後に、おいしいウイスキーとまずい酒を飲みながら、長時間意見を交わしてくれたメンタリストであり友人でもあるアンソニー・ヘッズ氏に厚く感謝申し上げます。

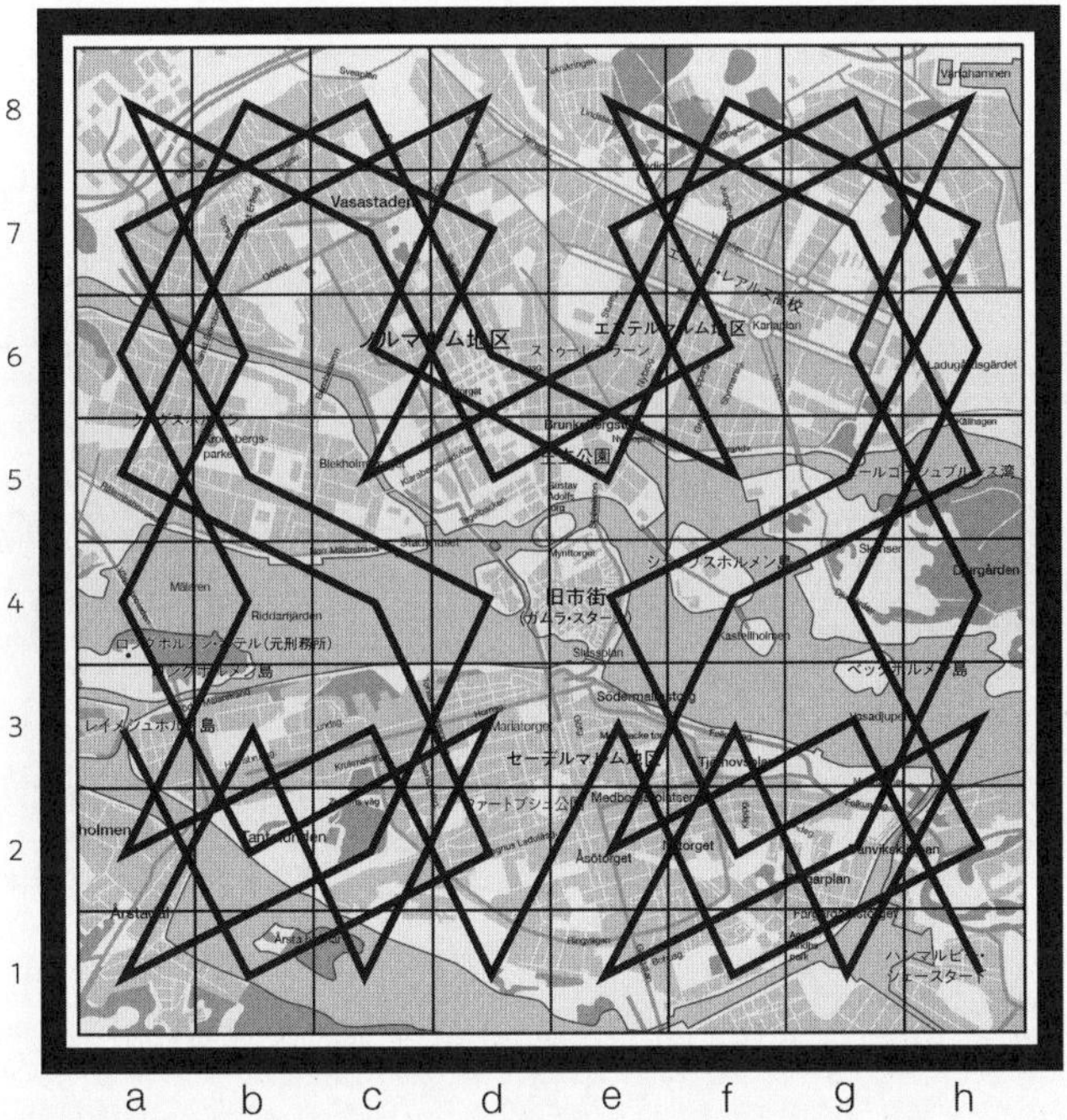
8
7
6
5
4
3
2
1
a
b
c
d
e
f
g
h
Vasastaden
Karlaplan
Ladugårdsgärdet
Blekholmen
Stadshuset
Mälaren
Riddarfjärden
旧市街
Slussplan
Kastellholmen
Södermalmstorg
Mariatorget
セーデルマルム地区
Medborgarplatsen
Åsötorget
Tantolunden
Värtahamnen

解　説

本書はスウェーデン・ミステリーの女王と呼ばれるベストセラー作家カミラ・レックバリと、やはりスウェーデンの有名メンタリストであるヘンリック・フェキセウスの共著、*Kult*（2022）の全訳です。女性刑事ミーナ・ダビリと、男性メンタリスト、ヴィンセント・ヴァルデルのコンビを主人公としたミステリー・シリーズの第二作にあたります。

前作『魔術師の匣《はこ》』（文春文庫上下）では奇術の有名なトリックになぞらえた連続殺人に挑み、命がけの捜査の末に意外な犯人を暴いたコンビが、今回相手どるのは連続小児誘拐殺人という卑劣きわまりない犯罪です――ストックホルムの公園で園外保育中の幼稚園児が、白昼堂々、何者かに連れ去られる事件が発生、捜査はストックホルム警察の敏腕刑事ユーリア率いる特捜班に委ねられた。一年前に起きた未解決の少女誘拐殺人事件を思わせる点があることから、同事件を担当したアーダム・ブローム刑事が助っ人として特捜班に加わる。一年前の事件では誘拐から遺体の発見まで三日。今回もそれを前提として、犯人を特定し、被害者を救出しなくてはならない……。

特捜班のメンバーであるミーナと、達人メンタリストとしてメディアでも活躍するヴィンセントが出会ったのは、『魔術師の匣』で描かれた連続殺人事件。奇術に造詣の深いアドバイザーとしてヴィンセントが捜査に協力、ミーナとともに事件を解決に導きました。生死のかかった危機を助け合って乗り越えたふたりは、お互いに惹かれあうようになったものの、ヴィンセントには妻子がいることもあって、事件解決とともに連絡を絶っていました。それから二年。連続児童誘拐殺人の捜査が暗礁に乗り上げたとき、この窮地を突破する最後の手段として、ミーナはヴィンセントに協力を要請します。

もともとこのふたりには、ある種の共通点がありました。自分でもコントロールのできない生きづらさを抱えていることです。ミーナは度を超えた潔癖症で、本書冒頭の彼女の登場シーンでも、見知らぬひとが呼吸を荒くして汗をかくトレーニングジムでの彼女のルーティーンをみることができます。しかも思ったことは口に出してしまい、空気を読まない。そんな彼女がストレスを感じずに一緒に行動できるヴィンセントのほうも、「秩序」に過剰にこだわってしまう性格の偏りを抱えています。楽屋に用意されている水のボトルが奇数だと落ち着かない。ことあるごとに「数字」を数えてしまい、そこに秩序を見出そうとする。彼にとって、世界は気を抜いていられる場所ではないのです。

そんなふたりが、それぞれの「偏り」を活かす場を与えられ、それによって事件を解決に導く――それが本シリーズの魅力のひとつです。また、人気シリーズ「エリカ&パトリック事件簿」（集英社文庫、『氷姫』『魔女』ほか）がそうであるように、ロマンス要素もレックバリ作品の読みどころで、本シリーズでのミーナとヴィンセントのくっつきそうでくっつかない関係は、ともすれば陰惨になりかねない卑劣な犯罪の物語に明るい要素をつけ加えてくれます。

前作『魔術師の匣』について、書評家の北上次郎氏は「刑事たちの私生活が必要以上の分量で描かれる」ので「普通に考えれば、構成に難がある」としつつも、「小説は断じてストーリーではないと思うのはこんなときだ。（略）小説は無駄と寄り道があるから面白いのだ。そのことを久々に教えてくれる小説であった。ようするに、特捜班の連中が愛しいのだ。これに尽きる」と高く評価しています（小説推理二〇二二年十一月号）。

こうした美点は本書にも受け継がれています。作中時間で二年が経過し、いずれもキャラの立った特捜班の面々は、それぞれに私生活の変化を迎えています。有能な班長ユーリアは産休明けで、つい自身の幼子と誘拐された子供たちを重ねてしまうほか、大事件の捜査を指揮するかたわらワンオペで育児をすることに疲弊して、夫への不満を募らせています。一方、前作では三つ子が生まれたばかりで寝不足で半死半生だったペーデルは、すっかり親バカとなって、誰かれ構わず、歌番組にあわせて歌って踊る三つ子の動画を無理やり見せようとします。鬼刑事クリステルは前作でひきとった犬のボッセを捜査会議にまで連れてくるありさま。悪名高い好色漢ルーベンはカウンセリングにかかっています。

彼らの生活の進展とともに、それぞれが何か「秘密」を抱えていたことも本書で明かされてゆきます。ルーベンは幸福そうな母娘にこっそり接近しようとしており、クリステルもあるレストランの給仕長と何か因縁があるらしいことが描かれます。しかし、最大の「秘密」は前作でも登場していたミーナの娘ナタリーをめぐるものでしょう。前作では、なぜミーナがミーナの顔も素性も知らないということが示されていましたが、本作で、なぜミーナがナタリーのもとを離れなければならなかったのか、父親は誰か、といった事情が語られます。さらにはミーナの母親も登場、孫であるナタリーを自己啓発団体を自称するカルト村に誘います。本書の原題がKult（英題はCult）なのは、連続誘拐殺人の捜査と並行して、ミーナの母と娘をまきこむカルト村の謎がもうひとつの大きなストーリーとなっているためです。

さきほどご紹介した『魔術師の匣』評で、北上次郎氏が苦笑まじりに「物語には直接の関係がない」と記していた登場人物の私的エピソードも、本作では物語のテーマと有機的に結びつけられています。そのテーマとは、「親子関係」です。

ヴィンセントと子供たちの挿話は前作でもフォーカスされていましたが、ユーリアとペーデルは幼い子の育児中、アーダムには母親との、ルーベンにも彼なりの、親子の問題が立ちはだかります。ミーナは母として娘との、そして娘として母との、難しい関係に取り組まなければなりません。そして今回の事件の原因もまた、その問題に直結してゆきます。

果たして〝ミステリーの女王〟レックバリと、〝達人メンタリスト〟フェキセウスがどのような役割分担で執筆しているのかはわかりませんが、本作もまた、レックバリらしい「キャラもの」の楽しさが横溢した、サスペンスフルな作品になっています。

さてこのミーナ&ヴィンセント・シリーズですが、当初から三部作構想であるといわれていました。『魔術師の匣（原題Box）』、『罪人たちの暗号（原題Kult）』につづく完結編は、すでに原稿が完成しています。Mirageと題された第三作では、衝撃的な結末が待ち受けているとも言われています。こちらも文春文庫での刊行を予定しています。

（編集部）

本書は文春文庫のために訳し下ろされたものです。

ＤＴＰ制作　言語社

文春文庫

罪人《つみびと》たちの暗号《あんごう》　下

定価はカバーに表示してあります

2024年2月10日　第1刷

著　者　カミラ・レックバリ
　　　　ヘンリック・フェキセウス
訳　者　富山《とみやま》クラーソン陽子《ようこ》
発行者　大沼貴之
発行所　株式会社　文藝春秋

東京都千代田区紀尾井町 3-23　〒102-8008
TEL 03・3265・1211㈹
文藝春秋ホームページ　http://www.bunshun.co.jp

落丁、乱丁本は、お手数ですが小社製作部宛お送り下さい。送料小社負担でお取替致します。

印刷・図書印刷　製本・加藤製本

Printed in Japan
ISBN978-4-16-792179-8

（　）内は解説者。品切の節はご容赦下さい。

恩田　陸
夏の名残りの薔薇
沢渡三姉妹が山奥のホテルで毎秋、開催する豪華なパーティ。不穏な雰囲気の中、関係者の変死事件が起きる。犯人は誰なのか、そもそもこの事件は真実なのか幻なのか——。（杉江松恋）
お-42-2

恩田　陸
木洩れ日に泳ぐ魚
アパートの一室で語り合う男女。過去を懐かしむ二人の言葉に、意外な真実が混じり始める。初夏の風、大きな柱時計、あの男の背中。心理戦が冴える舞台型ミステリー。（鴻上尚史）
お-42-3

大山誠一郎
赤い博物館
警視庁付属犯罪資料館の美人館長・緋色冴子が部下の寺田聡と共に、過去の事件の遺留品や資料を元に難事件に挑む。超ハイレベルで予測不能なトリック駆使のミステリー！（飯城勇三）
お-68-2

大山誠一郎
記憶の中の誘拐
赤い博物館
赤い博物館こと犯罪資料館に勤める緋色冴子。殺人や誘拐などの過去の事件の遺留品や資料を元に、未解決の難事件に挑む!? シリーズ第二弾。文庫オリジナルで登場。（佳多山大地）
お-68-3

垣根涼介
午前三時のルースター
旅行代理店勤務の長瀬は、得意先の社長に孫のベトナム行きの付き添いを依頼される。少年の本当の目的は失踪した父親を探すことだった。サントリーミステリー大賞受賞作。（川端裕人）
か-30-1

垣根涼介
ヒート アイランド
渋谷のストリートギャング雅《みやび》の頭《ヘッド》、アキとカオルは仲間が持ち帰った大金に驚愕する。少年たちと裏金強奪のプロフェッショナルたちの息詰まる攻防を描いた傑作ミステリー。
か-30-2

加藤　廣
信長の血脈
信長の傅役・平手政秀自害の真の原因は？　秀頼は淀殿の不倫で生まれた子？　島原の乱の黒幕は？　『信長の棺』のサイドストーリーともいうべき、スリリングな歴史ミステリー。
か-39-9

（　）内は解説者。品切の節はご容赦下さい。

香納諒一
贄《にえ》の夜会（上下）
《犯罪被害者家族の集い》に参加した女性二人が惨殺された。容疑者は少年時代に同級生を殺害した弁護士！　サイコサスペンス＋警察小説＋犯人探しの傑作ミステリー。（吉野　仁）
か-41-1

神永　学
ガラスの城壁
父がネット犯罪に巻き込まれて逮捕された。悠馬は真犯人を捕まえるため、唯一の理解者である友人の暁斗と調べ始めることに——。果たして真相にたどり着けるのか!?（細谷正充）
か-81-1

北村　薫
街の灯
昭和七年、士族出身の上流家庭・花村家にやってきた若い女性運転手〈ベッキーさん〉。令嬢・英子は、武道をたしなみ博識な彼女に魅かれてゆく。そして不思議な事件が……。（貫井徳郎）
き-17-4

北村　薫
鷺《さぎ》と雪《ゆき》
日本にいないはずの婚約者がなぜか写真に映っていた。英子が解き明かしたそのからくりとは——。そして昭和十一年二月、物語は結末を迎える。第百四十一回直木賞受賞作。（佳多山大地）
き-17-7

桐野夏生
柔らかな頬（上下）
旅先で五歳の娘が突然失踪。家族を裏切っていたカスミは、必死に娘を探し続ける。四年後、死期の迫った元刑事が、事件の再調査を……。話題騒然の直木賞受賞作にして代表作。（福田和也）
き-19-6

貴志祐介
悪の教典（上下）
人気教師の蓮実聖司は裏で巧妙な細工と犯罪を重ねていたが、綻びから狂気の殺戮へ。クラスを襲う戦慄の一夜。ミステリー界の話題を攫った超弩級エンターテインメント。（三池崇史）
き-35-1

貴志祐介
罪人の選択
パンデミックが起きたときあらわになる人間の本性を描いたSFから手に汗握るミステリーまで、人間の愚かさを描く、貴志祐介ワールド全開の作品集が、遂に文庫化。（山田宗樹）
き-35-4

（　）内は解説者。品切の節はご容赦下さい。

喜多喜久
プリンセス刑事　生前退位と姫の恋
女王統治下にある日本で、刑事となったプリンセス日奈子。女王が生前退位を宣言し、王室は大混乱に陥る。一方ではテロが相次ぎ——。日奈子と相棒の芦原刑事はどう立ち向かうのか。
き-46-2

黒川博行
封印
大阪中のヤクザが政治家をも巻き込んで探している〝物〟とは何なのか。事件に巻き込まれた元ボクサーの釘師・酒井は、恩人の失踪を機に立ち上がった。長篇ハードボイルド。（酒井弘樹）
く-9-4

黒川博行
後妻業
結婚した老齢の相手との死別を繰り返す女・小夜子と、結婚相談所の柏木につきまとう黒い疑惑。高齢の資産家男性を狙う〝後妻業〟を描き、世間を震撼させた超問題作！（白幡光明）
く-9-13

倉知　淳
ドッペルゲンガーの銃
女子高生ミステリ作家の卵・灯里は小説のネタを探すため、刑事である兄の威光を借りて事件現場に潜入する。彼女が遭遇した「密室」「分身」「空中飛翔」——三つの謎の真相は？
く-40-2

櫛木理宇
鵜頭川村事件《うずかわむらじけん》
亡き妻の故郷・鵜頭川村へ墓参りに三年ぶりに帰ってきた父と幼い娘。突然の豪雨で村は孤立し、若者の死体が発見される。狂乱に陥った村から父と娘は脱出できるのか？（村上貴史）
く-41-1

小杉健治
父の声
東京で暮らす娘が婚約者を連れて帰省した。父親の順治は娘の変化に気づく。どうやら男に騙され覚醒剤に溺れているらしい。娘を救おうと父は決意をするが……。感動のミステリー。
こ-15-2

今野　敏《びん》
曙光の街
元KGBの日露混血の殺し屋が日本に潜入した。彼を迎え撃つのはヤクザと警視庁外事課員。やがて物語は単なる暗殺事件から警視庁上層部のスキャンダルへと繋がっていく！（細谷正充）
こ-32-1

（　）内は解説者。品切の節はご容赦下さい。

今野 敏
白夜街道
外務官僚が、ロシア貿易商と密談後に変死した。警視庁公安部の倉島警部補は、元ＫＧＢの殺し屋で貿易商のボディーガードとなったヴィクトルを追ってロシアへ飛ぶ。緊迫の追跡劇。
こ-32-2

近藤史恵
インフルエンス
友梨、里子、真帆。大阪郊外の巨大団地に住む三人の少女は不可解な殺人事件で繋がり、罪を密かに重ね合う。三十年後明らかになる驚愕の真相とは。現代に響く傑作ミステリ。（内澤旬子）
こ-34-6

笹本稜平
時の渚
探偵の茜沢は死期迫る老人から、昔生き別れになった息子を捜し出すよう依頼される。やがて明らかになる「血」の因縁と意外な結末。第18回サントリーミステリー大賞受賞作品。（日下三蔵）
さ-41-1

佐々木 譲
廃墟に乞う
道警の敏腕刑事だった仙道は、ある事件をきっかけに休職中。だが、心身ともに回復途上の仙道には、次々とやっかいな相談事が舞い込んでくる。第百四十二回直木賞受賞作。（佳多山大地）
さ-43-5

佐々木 譲
地層捜査
時効撤廃を受けて設立された「特命捜査対策室」。たった一人の専従捜査員・水戸部は退職刑事を相棒に未解決事件の深層へ切り込む。警察小説の巨匠の新シリーズ開幕。（川本三郎）
さ-43-6

真保裕一
こちら横浜市港湾局みなと振興課です
山下公園、氷川丸や象の鼻パーク、コスモワールドの観覧車、外国人居留地——歴史的名所に隠された謎を解き明かせ。港町・横浜ならではの、出会いと別れの物語。（細谷正充）
し-35-9

真保裕一
おまえの罪を自白しろ
衆議院議員の宇田清治郎の孫娘が誘拐された。犯人の要求は「記者会見を開き、罪を自白しろ」。犯人の動機とは一体？　圧倒的なリアリティで迫る誘拐サスペンス。（新保博久）
し-35-10

（　）内は解説者。品切の節はご容赦下さい。

雫井脩介
検察側の罪人（上下）
老夫婦刺殺事件の容疑者の中に、時効事件の重要参考人が。今度こそ罪を償わせると執念を燃やすベテラン検事・最上だが、後輩の沖野はその強引な捜査方針に疑問を抱く。（青木千恵）
し-60-1

塩田武士
雪の香り
十二年前に失踪した恋人が私の前に現れた。だが彼女には何か大きな秘密があるらしい。彼女が隠す「罪」とは。『罪の声』著者が京都の四季を背景に描く純愛ミステリー。（尾関高文）
し-63-1

高村　薫
地を這う虫
――人生の大きさは悔しさの大きさで計るんだ。夜警、サラ金とりたて業、代議士のお抱え運転手……。栄光とは無縁に生きる男たちの敗れざるブルース。『愁訴の花』『父が来た道』等四篇。
た-39-1

高嶋哲夫
イントゥルーダー　真夜中の侵入者
その存在さえ知らなかった息子が瀕死の重傷。天才プログラマーの息子は原発建設に絡むハイテク犯罪に巻き込まれていたのか？　サントリーミステリー大賞・読者賞ダブル受賞の傑作！
た-50-10

高野和明
13階段
前科持ち青年・三上は、刑務官・南郷と記憶の無い死刑囚の冤罪をはらす調査をするが、処刑まで時間はわずか。無実の命を救えるか？　江戸川乱歩賞受賞の傑作ミステリー。（友清　哲）
た-65-2

大門剛明
鑑識課警察犬係
闇夜に吠ゆ
鑑識課警察犬係に配属された岡本都花沙はベテラン警察犬アクセル号と組むことに。元警察官の凄腕ハンドラー・野見山俊二の手も借り、高齢者の失踪、ひき逃げ事件などの捜査に奔走する。
た-111-1

知念実希人
レフトハンド・ブラザーフッド（上下）
左腕に亡き兄・海斗の人格が宿った高校生・岳士は殺人事件に巻き込まれ、容疑者として追われるはめに。海斗の助言で、真犯人を見つけるため危険ドラッグの密売組織に潜入するが。
ち-11-1

（　）内は解説者。品切の節はご容赦下さい。

知念実希人
十字架のカルテ
精神鑑定の第一人者・影山司に導かれ、事件の容疑者たちの心の闇に迫る新人医師の弓削凜。彼女にはどうしても精神鑑定医になりたい事情があった――。医療ミステリーの新境地！

ち-11-3

辻村深月
太陽の坐る場所
高校卒業から十年。有名女優になった元同級生キョウコを同窓会に呼ぼうと画策する男女六人。だが彼女に近づく程に思春期の痛みと挫折が甦り……。注目の著者の傑作長編。（宮下奈都）
つ-18-1

辻村深月
水底フェスタ
彼女は復讐のために村に帰って来た――過疎の村に帰郷した女優・由貴美。彼女との恋に溺れた少年は彼女の企みに引きずり込まれる。待ち受ける破滅を予感しながら…。（千街晶之）
つ-18-2

辻村深月・乾くるみ・米澤穂信
芦沢央・大山誠一郎・有栖川有栖
神様の罠
ミステリー界をリードする六人の作家による、珠玉の「罠」。最愛のひととの別れ、過去がふいに招く破綻、思いがけず露呈するほころび、知的遊戯の結実、コロナ禍でくるった日常……。

つ-18-50

月村了衛
ガンルージュ
韓国特殊部隊に息子を拉致された元公安のシングルマザー・律子。息子を奪還すべく、律子は元ロックシンガーの女性体育教師・美晴とともに、決死の追撃を開始する。（大矢博子）
つ-22-2

堂場瞬一
アナザーフェイス
家庭の事情で、捜査一課から閑職へ移り二年が経過した大友だが、誘拐事件が発生。元上司の福原は強引に捜査本部に彼を投入する……。最も刑事らしくない男の活躍を描く警察小説。

と-24-1

堂場瞬一
ラストライン
定年まで十年の岩倉剛は捜査一課から異動した南大田署で独居老人の殺人事件に遭遇。さらに新聞記者の自殺も発覚し――。行く先々で事件を呼ぶベテラン刑事の新たな警察小説が始動！

と-24-14

（　）内は解説者。品切の節はご容赦下さい。

誉田哲也・大門剛明・堂場瞬一・鳴神響一
長岡弘樹・沢村 鐵・今野 敏

偽りの捜査線 警察小説アンソロジー

刑事、公安、交番、警察犬……。あの人気シリーズのスピンオフや、文庫オリジナル最新作まで。警察小説界をリードする7人の作家が集結。文庫オリジナルで贈る、豪華すぎる一冊。

と-24-70

永瀬隼介

最後の相棒 歌舞伎町麻薬捜査

伝説のカリスマ捜査官・桜井に導かれ、新米刑事・高木は新宿歌舞伎町を舞台にした命がけの麻薬捜査にのめり込んでいく。予想外の展開で読者を翻弄する異形の警察小説。（村上貴史）

な-48-6

中山七里

静おばあちゃんにおまかせ

警視庁の新米刑事・葛城は女子大生・円に難事件解決のヒントをもらう。円のブレーンは元裁判官の静おばあちゃん。イッキ読み必至の暮らし系社会派ミステリー。（佳多山大地）

な-71-1

中山七里

静おばあちゃんと要介護探偵

静の女学校時代の同級生が密室で死亡。事故か、自殺か、他殺か？　元判事で現役捜査陣の信頼も篤い静と、経済界のドン・玄太郎の〝迷〟コンビが五つの難事件に挑む！（瀧井朝世）

な-71-4

長岡弘樹

119

消防司令の今垣は川べりを歩くある女性と出会って……（「石を拾う女」）。他人を救うことはできるのか——短篇の名手が贈る、和佐見市消防署消防官たちの9つの物語。（西上心太）

な-84-1

鳴神響一

鎌倉署・小笠原亜澄の事件簿 稲村ヶ崎の落日

鎌倉山にある豪邸で文豪の死体が発見された。捜査一課の吉川は、鎌倉署の小笠原亜澄とコンビを組まされ捜査にあたるが……。謎の死と消えた原稿、凸凹コンビは無事に解決できるのか？

な-86-1

新田次郎

山が見ていた

夫を山へ行かせたくない妻が登山靴を隠す。その恐ろしい結末とは。少年をひき逃げした男が山へ向かうと。切れ味鋭く人間の業を抉る初期傑作ミステリー短篇集。新装版。（武蔵野次郎）

に-1-46

（　）内は解説者。品切の節はご容赦下さい。

西村京太郎
「ななつ星」極秘作戦
十津川警部シリーズ
太平洋戦争末期、幻の日中和平工作。歴史の真相を探ろうと豪華クルーズ列車「ななつ星」に集った当事者の子孫や歴史学者らに、魔の手が迫る。絶体絶命の危機に十津川警部が奔る！
に-3-52

西澤保彦
黄金色《きんいろ》の祈り
他人の目を気にし、人をうらやみ、成功することばかり考えている「僕」は、人生の一発逆転を狙って作家になるが……。作者の実人生を思わせる、異色の青春ミステリー小説。（小野不由美）
に-13-1

似鳥《にたどり》　鶏《けい》
午後からはワニ日和
「怪盗ソロモン」の貼り紙と共にイリエワニ、続いてミニブタが盗まれた。飼育員の僕は獣医の鴇《とき》先生と事件解決に乗り出す。個性豊かなメンバーが活躍するキュートな動物園ミステリー。
に-19-1

似鳥　鶏
ダチョウは軽車両に該当します
ダチョウと焼死体がつながる？　――楓ヶ丘動物園の飼育員「桃くん」と変態（？）「服部くん」、アイドル飼育員「七森さん」、そしてツンデレ女王の「鴇先生」たちが解決に乗り出す。
に-19-2

貫井徳郎
追憶のかけら
失意の只中にある松嶋は、物故作家の未発表手記を入手するが、彼の行く手には得体の知れない悪意が横たわっていた。二転三転する物語の結末は？　著者渾身の傑作巨篇。（池上冬樹）
ぬ-1-2

貫井徳郎
夜想
事故で妻子を亡くした雪籐が出会った女性・遙。彼女は、人の心に安らぎを与える能力を持っていた。名作『慟哭』の著者が、「新興宗教」というテーマに再び挑む傑作長篇。（北上次郎）
ぬ-1-3

貫井徳郎
空白の叫び
（全三冊）
外界へ違和感を抱く少年達の心の叫びは、どこへ向かうのか。殺人を犯した中学生たちの姿を描き、少年犯罪に正面から取り組んだ、驚愕と衝撃のミステリー巨篇。（羽住典子・友清　哲）
ぬ-1-4